人民共和國文化與文學叢書

七 編

李 怡 主編

第 3 冊

寫在文學邊上

徐 可 著

花木蘭文化事業有限公司

國家圖書館出版品預行編目資料

寫在文學邊上／徐可 著 — 初版 — 新北市：花木蘭文化事業有
限公司，2019〔民 108〕
序 2+ 目 4+248 面；19×26 公分
（人民共和國文化與文學叢書 七編：第 3 冊）
ISBN 978-986-485-775-3（精裝）
1. 中國當代文學 2. 文學評論
820.8 108011412

特邀編委（以姓氏筆畫為序）：

人民共和國文化與文學叢書
七 編 第三 冊
ISBN：978-986-485-775-3

寫在文學邊上

作　　者　徐 可
主　　編　李 怡
企　　劃　四川大學中國詩歌研究院
總 編 輯　杜潔祥
副總編輯　楊嘉樂
編　　輯　許郁翎、王筑、張雅淋　美術編輯　陳逸婷
印　　刷　普羅文化出版廣告事業
出　　版　花木蘭文化事業有限公司
發 行 人　高小娟
聯絡地址　235 新北市中和區中安街七二號十三樓
　　　　　電話：02-2923-1455／傳真：02-2923-1452
網　　址　http://www.huamulan.tw 信箱 hml810518@gmail.com
初　　版　2019 年 9 月
全書字數　216866 字
定　　價　七編13 冊（精裝）台幣25,000 元

寫在文學邊上

徐可 著

作者簡介

徐可，江蘇如皋人，北京師範大學文學碩士、哲學博士。編審，中國作家協會會員，啓功研究會理事。散文家、評論家。致力於散文寫作實踐、散文理論研究和啓功研究，主張眞情寫作，認爲優秀的散文必定具有高遠的境界和思想的力度，並倡導回望傳統、弘揚中華散文的古典美。出版有《三讀啓功》、《爲了我們的明天》、《三更有夢書當枕（之一、之二）》、《背著故鄉去遠行》等，譯著有《湯姆・索亞歷險記》、《六個恐怖的故事》等。

提　　要

　　本書萃選了作者歷年來所寫的部分文學批評文章，共分四個部分。第一部分「文學現場」，是作者針對具體作家作品的評論文章，其中既有作家論，更多的是對作品文本的詳細解讀和評析。作者堅持緊貼文本，不作泛泛之論。第二部分「散文散談」，集中了作者有關散文發展問題的部分文章和演講，顯示了作者對於散文理論建設的深入思考，凸顯了作者倡導眞情寫作、弘揚中華散文古典美的散文觀。第三部分「秉燭夜話」，重點選取了作者的兩組讀書隨筆「漫話古代文人」系列和「夜讀抄」系列，一長一短，相映成趣，在詼諧的文筆、寬闊的視野中顯示出深邃的思想、淵博的學識和高雅的閱讀趣味。第四部分「說長道短」，是作者針對一定時期的文學現象、文學創作中存在的突出問題，所寫的部分批評文章，及時發聲，循循善誘，力圖倡導一種清雅端正的文風。

人民共和國時代新文學史料的保存與整理——《人民共和國文化與文學叢書》第七編引言

李　怡

中國新文學創生於民國時期，其文獻史料的保存、整理與研究、出版工作也肇始於民國時期。不過，這些重要的工作主要還在民間和學者個人的層面上展開，缺乏來自國家制度的頂層擘畫，也未能進入當時學科建設的正軌。

作爲國家層面的新文學文獻史料的搜集整理工作始於新中國成立以後。

十七年間，作爲新文學總結的各類作家文集、選集開始有計劃地編輯出版。如在周揚主持下，由柯仲平、陳湧等編輯了《中國人民文藝叢書》。該工作始於 1948 年，1949 年 5 月起由新華書店陸續出版。叢書收入作家創作（包括集體創作）的作品 170 餘篇，工農兵群眾創作的作品 50 多篇，展現了解放區文學，特別是自《在延安文藝座談會上的講話》以來的文學成果，從此開啓了國家政府層面肯定和總結新文學成績的新方式。此外，開明書店、人民文學出版社等也先後編選了一些現代作家的選集、文集，通過對新文學「進步」力量的梳理昭示了新中國所認可的新文學遺產。

除了文學作品的選編，文學研究史料也開始被分類整理出版，如上海文藝出版社影印了二、三十年代的革命文學期刊四十餘種，編輯了《魯迅研究資料編目》、《中國現代文學期刊目錄》等專題資料，還創辦了《中國現代文藝資料叢刊》；作爲「內部讀物」，上海圖書館在 1961 年編輯出版了《辛亥革命時期期刊總目錄》。這樣的基礎性的史料工作在新文學的歷史上，都還是第

一次。第二年 5 月，在《中國現代文藝資料叢刊》的創刊號上，周天提出了對現代文學資料整理出版的具體設想，包括現代文學資料的分類法：「一、調查、訪問、回憶；二、專題文字資料的整理、選輯；三、編目；四、影印；五、考證。」〔註1〕標誌著中國新文學史料文獻研究之理論探討的起步。

作家個人的專題資料搜集、整理開始受到了重視，在十七年間，當然主要還是作為「新文學旗手」的魯迅的相關資料。1936 年魯迅逝世後即有不少回憶問世，新中國成立後，又陸續出版了許廣平、馮雪峰、周作人、周建人、唐弢等親友所寫的系列回憶，魯迅作為個體作家的史料完善工作，繼續成為新文學史料建設的主要引擎。

隨著新中國學科規劃的制定，中國新文學（現代文學）學科被納入到國家教育文化事業的主要組成部分，對作為學科基礎的文獻工作的重視也就自然成了新中國教育和學術發展的必然。大約從 1960 年代開始，部分的高等院校和國家研究機構也組織學者隊伍，投入到新文學史料的編輯整理之中。1960年，山東師範學院中文系薛綏之等先生主持編輯了「中國現代作家研究資料叢書」，名為內部發行，實則在高校學界傳播較廣，影響很大。叢書分作家作品研究十一種，包括《郭沫若研究資料彙編》、《茅盾研究資料彙編》、《巴金研究資料彙編》、《老舍研究資料彙編》、《曹禺研究資料彙編》、《夏衍研究資料彙編》、《趙樹理研究資料彙編》、《周立波研究資料彙編》、《李季研究資料彙編》、《杜鵬程研究資料彙編》、《毛主席詩詞研究資料彙編》等；目錄索引兩種，包括《中國現代作家著作目錄》、《中國現代作家研究資料索引》；傳記一種，為《中國現代作家小傳》；社團期刊資料兩種，有《中國現代文學社團及期刊介紹》和《1937～1949 主要文學期刊目錄索引》。全套叢書共計 300 餘萬字。以後，教研室還編輯了《魯迅主編及參與或指導編輯的雜誌》，收錄了十七種期刊的簡介、目錄、發刊詞、終刊詞、復刊詞等內容。這樣的工作在當時可謂聲勢浩大，在整個新文學學術史上也是開創性的。另據樊駿先生所述，中國社會科學院文學研究所現代文學研究室在五十年代末也做過類似工作。〔註2〕

〔註 1〕周天：《關於現代文學資料整理、出版工作的一些看法》，載《中國現代文藝資料叢刊》第 1 輯，上海文藝出版社 1962 年版。

〔註 2〕樊駿：《這是一項宏大的系統工程——關於中國現代文學史料工作的總體考察》（上），《新文學史料》1989 年 1 期。

　　當然，這些文獻史料工作在奠定我們新文學學術基礎的同時也構製了一種史料的「限制性機制」，因爲，按照當時的理解，只有「革命」的、「進步」的文獻才擁有整理、開放的必要，在特定政治意識形態下，某些歷史記敘和回憶可能出現有意無意的「修正」、「改編」，例如許廣平 1959 年「奉命」寫作的《魯迅回憶錄》，1961 年 5 月由作家出版社出版。周海嬰先生後來告訴我們：「這本《魯迅回憶錄》母親許廣平寫於五十年前的 1959 年 8 月，11 月底完成，雖然不足十萬字，但對於當時已六十高齡且又時時被高血壓困擾的母親來說，確是一件爲了『獻禮』而『遵命』的苦差事。看到她忍受高血壓而泛紅的面龐，寫作中不時地拭擦額頭的汗珠，我們家人雖心有不忍，卻也不能攔阻。」「確切地說許廣平只是初稿執筆者，『何者應刪，何者應加，使書的內容更加充實健康』是要經過集體討論、上級拍板的。因此書中有些內容也是有悖作者原意的。」〔註 3〕

　　而所謂「反動」的、「落後」的、「消極」的文獻現象則可能失去了及時整理出版的機會，以致到了時過境遷、心態開放的時代，再試圖廣泛保存和利用歷史文獻之時，可能已經造成了某些不可挽回的物理損失。

　　1950 年代中期特別是「大躍進」以後，以研究者個人署名的文學史著作開始爲集體署名的成果所取代，除了如復旦大學、吉林大學、中國人民大學、北京大學中文系師生先後集體編著出版的《中國現代文學史》外，以「參考資料」命名的著作還包括東北師範大學中文系中國現代文學教研室《中國現代文學參考資料》（1954）、北京師範大學中文系編《中國現代文學史參考資料》（高等教育出版社 1959）、吉林師範大學中文系現代文學教研室《中國現代文學參考資料》（1961）等，所謂「資料」其實是在明確的意識形態框架中對文藝思想鬥爭言論的選擇和截取，東北師範大學中文系中國現代文學教研室《中國現代文學參考資料》在文學史的標題上彙編理論批評的片段，讀者無法看到完整的論述，而其他保留了完整文章的「資料」也對原本豐富的歷史作了大刀闊斧的刪削，甚至還出現了樊駿先生所指出的現象：

　　　　「大躍進」期間，採用群眾運動方式編輯出版的一些「中國現
　　代文學參考資料」書籍，有的不知是因爲粗心大意，還是出於政治
　　需要，所收史料中文字缺漏、刪節、改動等，到了遍體鱗傷的地步，
　　叫人慘不忍睹，更不敢輕易引用。理論上把堅持階級性、黨性原則

〔註 3〕周海嬰、馬新雲：《媽媽的心血》，見許廣平《魯迅回憶錄：手稿本》1～2 頁，長江文藝出版社 2010 年。

和爲無產階級政治服務的要求簡單化、絕對化了，又一再斥責史料工作中的客觀主義、「非政治傾向」，也導致了人們忽略這個工作必不可少的客觀性和科學性。〔註4〕

不過，較之於後來的「文革」，新中國十七年間的文獻工作還是值得充分肯定的，新文學的史料整理和出版在此期間的確在總體上獲得了相當的發展，——雖然「大躍進」期間也出現過修正歷史的史料書籍，不過，比起隨之而來的十年文革則畢竟多有收穫。在文革那浩劫的歲月中，不僅大量的文學文獻被人爲地破壞，再難修復和尋覓，就是繼續出版的種種「史料」竟也被理直氣壯地加以增刪修改，給後來的學術工作造成了根本性的干擾，正如樊駿痛心疾首的描述：

「文化大革命」後期，有的高校所編的現代文學參考資料，竟然把胡適的《文學改良芻議》和陳獨秀的《文學革命論》，與林紓等守舊文人反對新文學的文章一起作爲附錄。這就是說，他們不但不是「五四」文學革命最早的倡導者，而且從一開始就是這場變革的反對者、破壞者。顛倒事實，以至於此！不尊重史料，就是不尊重歷史；改動史料，就是歪曲歷史眞相的第一步。這樣的史料，除了將人們對於歷史的認識引入歧途，還能有什麼參考價值呢？

「文化大革命」期間，朝不保夕的「黑幫」和「準黑幫」、他們的膽戰心驚的親屬友好、還有「義憤塡膺」的「革命小將」，從各不相同的動機出發，爭先恐後地展開了一場毀滅與現代歷史有關的事物的無比殘酷的競賽。很少有人能夠完全逃脫這場劫難。不要說不計其數的史料在尚未公諸世人之前，或者尚未爲人們認識和使用之前，就都化爲塵土，連一些死去多年的革命作家的墳墓之類的歷史文物都被搗毀了。江青、張春橋等人爲了掩蓋自己三十年代混跡文藝界時不可告人的行徑，更利用至高無上的權力查禁、封鎖、消滅有關史料，連多少知道一些當年内情的人也因此成了「反革命」，甚至遭到「殺人滅口」的厄運。眞可以說是到了「上窮碧落下黃泉」的乾淨徹底的地步。

這類出於政治原因、來自政治暴力的非正常破壞所造成的損

〔註4〕樊駿：《這是一項宏大的系統工程——關於中國現代文學史料工作的總體考察》（上），《新文學史料》1989 年 1 期。

失，更是不知多少倍於因爲歲月消逝所帶來的自然損耗。試問有誰
能夠大致估計由此造成的史料損失？更有誰能夠補救這些損失於萬
一呢？」〔註5〕

至此，我們可以說，中國新文學的文獻史料工作出現了中斷。

中國新文學文獻史料工作的再度復蘇始於新時期。隨著新時期改革開放
的步伐，一些中斷已久的文化事業工作陸續恢復和發展起來，中國新文學研
究包括作爲這一研究的基礎性文獻工作也重新得到了學界的重視。1980 年，
在中國現當代文學研究剛剛恢復之際，作爲學科創始人的王瑤先生就提醒我
們，「必須對史料進行嚴格的鑒別」，「在古典文學的研究中，我們有一套大家
所熟知的整理和鑒別文獻材料的學問，版本、目錄、辨僞、輯佚，都是研究
者必須掌握或進行的工作，其實這些工作在現代文學的研究中同樣存在，不
過還沒有引起人們應有的重視罷了。」〔註6〕

新時期的文獻史料工作首先體現在一系列扎扎實實的編輯出版活動中。
其中，值得一提的著作如下：

作爲文獻史料的最基礎的部分——作家選集、文集、全集及社團流派爲
單位的作品集逐漸由各地出版社推出，人民文學出版社與各省級出版社在重
編作家文集方面作了大量的工作，中國社會科學院文學研究所現代文學研究
室主編的《中國現代文學創作選集》叢書，人民文學出版社編輯出版的《中
國現代文學流派創作選》叢書，錢谷融主編的《中國新文學社團、流派叢書》
等都成爲學術研究的重要文獻，大型叢書編撰更連續不斷，如《延安文藝叢
書》、《上海抗戰時期文學叢書》、《抗戰文藝叢書》、《中國抗日戰爭時期大後
方文學書系》、《中國解放區文學研究叢書》、《中國淪陷區文學大系》等，《中
國新文學大系》的續編工作也有序展開。

北京魯迅博物館於 1976 年 10 月率先編輯出版不定期刊物《魯迅研究資
料》，人民文學出版社於 1978 年秋季也創辦了《新文學史料》季刊。稍後，
各地紛紛推出各種專題的文學史料叢刊，包括《東北現代文學史料》〔註7〕、

〔註5〕 樊駿：《這是一項宏大的系統工程——關於中國現代文學史料工作的總體考
察》（上），《新文學史料》1989 年 1 期。
〔註6〕 王瑤：《關於中國現代文學研究工作的隨想》，載《中國現代文學研究叢刊》
1980 年 4 期。
〔註7〕 黑龍江、遼寧社會科學院文學研究所共同編印，不定期刊物，1980 年 3 月出
版第一輯。

《抗戰文藝研究》、〔註8〕《延安文藝研究》、〔註9〕《晉察冀文藝研究》〔註10〕
等，創刊於六十年代初期的《中國現代文藝資料叢刊》於七十年代末期復刊〔註
11〕，創刊較早的《文教資料簡報》也繼續發行，並影響擴大。〔註12〕

　　1979 年中國社會科學院文學研究所現代文學研究室發起編纂大型史料叢
書《中國現代文學史資料彙編》，該叢書包括甲乙丙三大序列，甲種爲「中國
現代文學運動、論爭、社團資料叢書」31 卷，乙種爲「中國現代作家作品研
究資料叢書」，先後囊括了 170 多位作家的研究專集或合集近 150 種，丙種爲
「中國現代文學期刊目錄彙編」、「中國現代文學總書目」等大型工具書多種。
甲乙丙三大序列總計五六千萬字，由 60 多所高校和科研機構的數百位研究人
員參加編選，十幾家出版社承擔出版任務。這是自中國新文學誕生以來規模
最大的一項文獻整理出版工程。2010 年，知識產權出版社將已經面世的各種
著作盡數搜集，在《中國文學史資料全編・現代卷》之名下再次隆重推出，
全套凡 60 種 81 冊逾 3000 萬字，蔚爲大觀。

　　一些較大規模的專題性文學研究彙編本也陸續出版，有 1981～1986 年天
津人民出版社出版的由薛綏之先生主編的《魯迅生平史料彙編》，全書分五輯
六冊計三百餘萬字，是對於現存的魯迅回憶錄的一種摘錄式的彙編。除外，
先後有上海社會科學院文學研究所主編的《上海「孤島」時期文學資料叢書》、
廣西社會科學院主編的《抗戰時期桂林文化運動史料叢書》、中國社會科學院
文學研究所魯迅研究室主編的《1923～1983 年魯迅研究學術論著資料彙編》
以及《中國人民解放軍文藝史料叢書》、《新文學史料叢書》、《江蘇革命根據
地文藝資料彙編》等。

〔註8〕 四川省社科院文學所與重慶中國抗戰文藝研究會聯合編輯，1981 年底開始「內
　　　　部發行」，至 1983 年 1 期起公開發行，到 1987 年底共出版 27 期，1988 年 3
　　　　月起改由四川省社科院出版社出版，重新編號出版了 3 期，1990 年由成都出
　　　　版社出版 1 期。
〔註9〕 陝西省社會科學院文學研究所和陝西延安文藝學會合辦的《延安文藝研究》
　　　　雜誌，於 1984 年 11 月創刊。
〔註10〕 天津社科院文學所創辦，最初作爲「津門文藝論叢」增刊，1983 年 10 月出版
　　　　第一輯。
〔註11〕 上海文藝出版社 1962 年 5 月創刊，出版 3 輯後停刊，第 4 輯於 1979 年復刊。
〔註12〕 最初是南京師範學院內部編印的資料性月刊，創辦於 1972 年 12 月，1～15
　　　　期名爲《文教動態簡報》，從第 16 期（1974 年 3 月）起更名爲《文教資料簡
　　　　報》，並沿用至 1985 年底。1986 年 1 月該刊改名《文教資料》，1987 年 1 月
　　　　改爲公開發行。

　　上述「文學史資料彙編」中涉及的著作、期刊目錄可謂是文獻史料工作的「基礎之基礎」，在這方面，也出現了大量的成果，除了唐沅等編輯的《中國現代文學期刊目錄彙編》〔註 13〕外，引人注目的還有董健主編的《中國現代戲劇總目提要》，〔註 14〕賈植芳等主編的《中國現代文學總書目》，〔註 15〕《中國現代作家著譯書目》，〔註 16〕郭志剛等編《中國現代文學書目匯要》〔註 17〕，應國靖著《現代文學期刊漫話》，〔註 18〕吳俊、李今、劉曉麗等編《中國現代文學期刊目錄新編》等。〔註 19〕此外，來自圖書館系統的目錄成果也為釐清文學的「家底」提供了幫助，如國家圖書館、上海圖書館編《1833～1949 全國中文期刊聯合目錄》（補充本）、〔註 20〕《民國時期總書目》〔註 21〕等。

　　隨著史料文獻的陸續出版，文獻工作的理論探索與學科建設工作也被提上了議事日程。

　　20 世紀 80 年代以來，學術界即不斷有人發出建立「中國現代文學文獻學」的呼籲。《中國現代文學研究叢刊》1985 年第 1 期刊登了馬良春《關於建立中國現代文學「史料學」的建議》，他提出了文獻史料的七分法：專題性研究史料、工具性史料、敘事性史料、作品史料、傳記性史料、文獻史料和考辨性史料。《新文學史料》1989 年第 1、2、4 期連續刊登了著名學者樊駿的八萬字長文《這是一項宏大的系統工程——關於中國現代文學史料工作的總體考察》。樊駿先生富有戰略性地指出：「如果我們不把史料工作理解為拾遺補缺、剪刀加漿糊之類的簡單勞動，而承認它有自己的領域和職責、嚴密的方法和要求、獨立的品格和價值——不只在整個文學研究事業中佔有不容忽略、無法替代的位置，而且它本身就是一項宏大的系統工程；那麼就不難發現迄今

〔註 13〕上下冊，天津人民出版社，1988 年。

〔註 14〕南京大學出版社，2003 年。

〔註 15〕福建教育出版社，1993 年。

〔註 16〕兩冊（含續編），書目文獻出版社分別於 1982、1985 年出版。

〔註 17〕小說卷、詩歌卷各一冊，書目文獻出版社，1994 年。

〔註 18〕花城出版社，1986 年。

〔註 19〕上海人民出版社，2010 年。

〔註 20〕中央民族大學出版社，2000 年。

〔註 21〕北京圖書館編，書目文獻出版社 1986 年～1997 年陸續出版。它以北京圖書館、上海圖書館、重慶圖書館的館藏為基礎，收錄了 1911 年至 1949 年 9 月間出版的中文圖書 124000 餘種，基本反映了民國時期出版的圖書全貌。

所作的，無論就史料工作理應包羅的眾多方面和廣泛內容，還是史料工作必須達到的嚴謹程度和科學水平而言，都存在著許多不足。」

1986 年北京語言學院出版社出版了朱金順先生的《新文學資料引論》，這是關於中國現代文學史料學的第一部專著。

1989 年，中華文學史料學學會成立，著名學者馬良春任會長，徐迺翔任副會長，並編輯出版了會刊《中華文學史料》，〔註22〕2007 年，中華文學史料學學會在聊城大學集會成立了中國近現代文學史料學分會，標誌著新文學（現代文學）文獻學學科的建設又上了一個臺階。

進入 1990 年代，從學術大環境來說，新文學研究的「學術性」被格外強調，「學術規範」問題獲得了鄭重的強調和肯定，應當說，文獻史料工作的自覺推進獲得了更加有利的條件。近 20 年來，我們的確看到有越來越多的學者自覺投入了文獻收藏、整理與研究的領域，河南大學、清華大學、中國現代文學館、重慶師範大學、長沙理工大學等都先後舉辦了現代文學文獻史料研討的專題會議。2004 年至 2007 年，《學術與探索》、《中國現代文學研究叢刊》、《河南大學學報》、《汕頭大學學報》、《現代中文學刊》等刊物闢專欄相繼刊發了專題「筆談」，《中國現代文學研究叢刊》還在 2005 年第 6 期策劃了「文獻史料專號」，《現代中國文化與文學》設立「文學檔案」欄目，每期發表新文學史料或史料辨析論文。新文學文獻史料的一系列新的課題得以深入展開，例如版本問題、手稿問題、副文本問題、目錄、校勘、輯佚、辨偽等等，對文獻史料作為獨立學科的價值、意義及研究方法等多個方面都展開了前所未有的研討。

陳子善先生及其主編的《現代中文學刊》特別值得一提。陳子善先生長期致力於中國現代文學史料研究，尤其對張愛玲佚文的搜集研究貢獻良多。2009 年 8 月，原《中文自學指導》改刊成為《現代中文學刊》，由陳子善先生主持。這份刊物除了對中國現代文學研究突出「問題意識」之外，最引人矚目之處便是它為現代文學的史料文獻研究提供了大量的篇幅，不僅有文獻的考辨、佚文的再現，甚至還有新出版的文獻書刊信息及作家故居圖片，《現代中文學刊》的彩色封底、封二、封三幾乎成為學人愛不釋手的歷史文獻的櫥窗。

劉增人等出版了 100 多萬字的《中國現代文學期刊史論》，既有「中國現

〔註22〕《中華文學史料（一）》由上海百家出版社 1990 年 6 月推出。

代文學期刊敘錄」，又有「中國現代文學期刊研究資料目錄」的史料彙編，從「史」的梳理和資料的呈現等方面作了扎實的積累。〔註23〕2015 年 12 月，劉增人、劉泉、王今暉編著的《1872～1949 文學期刊信息總匯》由青島出版社推出，全書分四巨冊， 500 萬字，包括了 2000 幅圖片， 正文近 4000 頁，涵蓋了 1872～1949 年間中國文學期刊的基本信息。

一些著名學者都在新文學的文獻學理論建設上貢獻了重要的意見。楊義提出「文獻還原與學理原創」的「八事」：1、版本的鑑定和對這些鑑定的思考；2、作家思想表述和當時其他材料印證；3、文本真偽和對其風格的鑑賞；4、文本的搜集閱讀和文本之外的調查；5、印刷文本和作者手稿，圖書館藏書和作家自留書版本之間的互補互勘；6、文學材料和史學材料的互證；7、現代材料和古代材料的借用、引申和旁出；8、圖和文互相闡釋。〔註24〕

徐鵬緒、逢錦波試圖綜合運用文獻學、傳播學、闡釋學、接受美學等理論方法，對中國現代文學文獻學的基本概念進行界定，嘗試建構中國現代文學文獻學理論體系的基本模式。〔註25〕

2008 年，謝泳發表論文《建立中國現代文學史料學的構想》，〔註26〕先後出版《中國現代文學史料概述》（廈門大學出版社 2009 年版）和《中國現代文學史料的搜集與應用》（臺北秀威信息科技股份有限公司 2010 年版）、《中國現代文學史研究法》（廣西師範大學出版社 2010 年版），就「中國現代文學史料學」問題闡述了自己的詳盡設想。

劉增杰集多年現代文學史料研究和研究生教學成果而成《中國現代文學史料學》，〔註27〕此書被學者視為 2012 年現代文學史料考釋與研究方面的「重大突破」。

最近十多年來，在新文學文獻理論或實際整理方面作出了貢獻的學者還有孫玉石、朱正、王得後、錢理群、楊義、劉福春、吳福輝、林賢次、方錫德、李今、解志熙、張桂興、高恒文、王風、金宏宇、廖久明、李楠、魏建等。

〔註23〕新華出版社，2005 年。
〔註24〕楊義：《文獻還原與學理原創的互動》，《.河南大學學報》2005 年 2 期。
〔註25〕徐鵬緒、逢錦波：《中國現代文學文獻學之建立》，《東方論壇》2007 年 1～3 期。
〔註26〕《文藝爭鳴》2008 年 7 期。
〔註27〕中西書局，2012 年。

　　隨著中國文學傳播與研究的國際化，境外出版機構也開始介入到文獻史料的整理與出版活動，如香港牛津大學出版社出版蕭軍《延安日記》、《東北日記》，臺灣秀威信息科技股份有限公司出版謝泳整理的《現代文學史稀見資料》，臺灣花木蘭文化出版社自 2016 年起推出劉福春、李怡主編《民國文學珍稀文獻集成》大型系列叢書。

　　在中國現代文學的史料文獻意識日益強化的同時，當代文學的史料文獻問題也被有志之士提上了議事日程，洪子誠、吳秀明、程光煒等都對此貢獻良多，〔註28〕這無疑將大大地推動新文學學科的文獻研究，更為新文學研究走向深入，為現代新文學傳統的經典化進程加大力度，甚至有人據此斷言中國新文學研究已經出現了現代文學研究的「文獻學轉向」。〔註29〕

　　但是，與之同時，一個嚴峻的現實卻也毫不留情地日益顯現在了我們面前，這就是，作為新文學出版的物質基礎──民國出版物卻已經逼近了它的生存界限，再沒有系統、強大的編輯出版或刻不容緩的數字化工程，一切關於文獻史料的議論都會最終流於紙上談兵，對此，一直憂心忡忡的劉福春先生形象地說：「歷史正在消失」：「第一，我們賴以生存的紙質書報刊已經臨近閱讀的極限；第二，歷史的參與者和見證者現在很多都已經再沒有發言的機會了。2005 年，《人民日報》海外版的消息，國家圖書館民國文獻，中度以上破壞已達 90%。民國初期的文獻已 100%損壞。有相當數量的文獻，一觸即破，瀕臨毀滅。國家圖書館一位副館長講：若干年後，我們的後人也許能看到甲骨文，敦煌遺書，卻看不到民國的書刊。而更嚴重的是，隨著一批批老作家的故去，那些鮮活的歷史就永遠無法打撈了。」〔註30〕

　　由此說來，中國新文學的文獻史料工作不僅僅有任重道遠的沉重感，而且更有它的刻不容緩的緊迫性。

　　新文學百年文獻史料，即便是中華人民共和國文學史料這一部分，也是好幾代史料工作者精心搜集、保存和整理的成果，雖然現代印刷已經無法還

〔註28〕參見洪子誠《當代文學的史料問題》（《長沙理工大學學報》2016 年 6 期），吳秀明、章濤《當代文學文獻史料研究的歷史與現狀──基於現有成果的一種考察》（《文藝理論研究》2012 年 6 期），吳秀明、章濤《當代文學文獻史料研究的歷史困境與主要問題》（《浙江大學學報》2013 年 3 期）等。

〔註29〕王賀：《現代文學研究的「文獻學轉向」》，《長沙理工大學學報》2016 年 6 期。

〔註30〕劉福春：《尋求中國現代文學文獻學學科的獨立學術價值》，《長沙理工大學學報》2016 年 6 期。

原它們那發黃的歷史印跡，無法通過色彩和字型的恢復來揭示歷史的秘密，然而，其中盡力保存的歷史的精神和思想還是「原樣」的，閱讀這些歷經歲月風霜雨雪的文獻，相信我們能夠依稀觸摸到中國新文學存在和發展的更為豐富的靈魂，在其他作品選集之外，這些被稱作「史料」的文學內部或外部的「故事」與「瘢痕」同樣生動、餘味悠長。

2019 年 1 月修改於成都江安花園

小　序

　　承蒙李怡教授抬愛，有機會把歷年所寫批評文字檢視一遍。

　　說是批評，其實不過是一點讀後感受或評點而已。我喜歡中國傳統的評點式批評。

　　書分四輯，分工明確，各有側重，不須贅言，惟第二輯需略加說明。在文學的諸門類中，我最愛散文，不僅喜歡寫散文，而且喜歡「琢磨」散文，對散文理論建設問題思考得最多，因此之故，特意將相關文字闢為一輯。

　　文章有長有短，長者萬餘字，短者數百言，其實正可以名之曰「說長道短集」或「長短集」，也暗合文學批評的要義；但我突然想起錢鍾書先生的《寫在人生邊上》，先生嘗自謂：「假使人生是一部大書，那麼，下面的幾篇散文只能算是寫在人生邊上的。這本書真大！一時不易看完，就是寫過的邊上也還留下好多空白。」先生此言，如果把「人生」二字易為「文學」，與本書的定位倒也頗為吻合。於是借用過來，定名為《寫在文學邊上》。

己亥仲春，北京芍藥居，陽光和煦

目
次

第一輯　文學現場

人的發現與人的解放
——略論早期周作人的人道主義思想

摘要：人道主義是周作人一以貫之的思想特徵。他的一生，關注得最多的就是「人」：人的發現、人的認識、人的解放、人的全面發展。從推動人的自我解放運動的戰略目標出發，周作人竭力鼓吹建立起一個以「認識人自己」為中心的全新知識結構，並不遺餘力地做了許多啓蒙工作。為了反對封建的婦女觀和性愛觀，周作人大力提倡建立健全的性道德。周作人形成了自己的一套兒童觀，認為兒童有自己獨立的人格，有自己獨立的生活，是完全的個人，應予充分的尊重與關懷。

關鍵詞：周作人　人道主義　人的全面發展　婦女觀　兒童觀

一

近年來，隨著周作人舊著的陸續出版，作為作家、翻譯家、文藝理論家、批評家以至詩人的周作人，以其獨具的魅力，引起了人們閱讀和研究的興趣；相對而言，作為啓蒙思想家的周作人，似乎還沒有引起足夠的重視。儘管有些著作也曾論及他在思想革命上的貢獻，但我總覺得闡述得還不夠充分，還有一些條條框框的束縛，對他的貢獻還不敢客觀、公正地予以評價。

其實，在周作人自己看來，他從來就不是什麼作家、批評家、詩人。他多次宣稱，自己「不懂文學」、「不懂批評」，「一直不相信自己能寫好文章」。相反地，他倒常常以「道德家」、「思想家」自居，認為自己的文章「如或偶有可取，那麼所可取者當在於思想還不是文章」。[註1]「我看自己的一篇篇的文章，裏邊都含著道德的色彩與光芒，雖然外面是說著流氓似的土匪似的話。」[註2]「看自己的文章，假如這裡邊有一點好處，我想只可以說在於未能平淡閒適處，即其文字多是道德的。」[註3]我覺得，周作人的自我評價是

〔註1〕 周作人著，鍾叔河編：《〈苦口甘口〉自序》，《知堂序跋》，嶽麓書社，1987年，第148頁。

〔註2〕 周作人：《〈雨天的書〉自序二》，《雨天的書》，嶽麓書社，1987年，第2頁。

〔註3〕 周作人：《自己的文章》，《豆瓜集》，嶽麓書社，1989年，第177頁。

基本恰當的。他的作品尤其是他的小品文，大多精緻可愛，是上乘的藝術精品，但它們的生命仍然在於其中所蘊含的思想。如果去掉思想的成分，這些藝術精品也就如「出了氣的燒酒，一點味道都沒有」了。〔註4〕事實上，在當時，周作人藉以影響一般新青年的也正是他的文章裏的思想，而不是它們在文學上的價值。甚至，在二十世紀三十年代，就有人提出：「與其說周作人先生是個文學家，不如說他是個思想家。」〔註5〕跟他的胞兄魯迅相比，周作人的革命確實不夠徹底，尤其是「晚節不保」，給自己的形象添上了很不光彩的一筆，使得後來的人們忽視甚至懷疑、否定他早期在思想革命上的貢獻，這完全是咎由自取。但是，我們應該承認的是：作為思想家，他在當時新青年心目中的形象，一點不比魯迅差，有時甚至還要親切些。他在某些方面所作的貢獻、所達到的深度，也是魯迅所不及的。因此我想，我們現在著手清理周作人的思想遺產，也許不無意義。

作為一位思想家，周作人的貢獻是多方面的。而人道主義則是他一以貫之的思想特徵。他的一生，關注得最多的，就是「人」：人的發現、人的認識、人的解放、人的全面發展，其中又包括婦女與兒童的發現與解放。「人道主義」是人們對周作人的普遍的評價。時至今日，人道主義依然是一個問題，「人」的問題包括婦女問題、兒童問題依然沒有得到很好的解決。

二

「人的發見（現）」，是五四時期風靡一時的文化思潮；而五四時代正是「鬧人荒」的偉大時代。在這個思潮中，周作人是一個引人注目的形象。他是一個勇猛的戰鬥者，也是一個熱情的、得力的鼓動者。他始終站在新文化陣營的最前列。

封建社會的根本特徵，就是「不把人當人」，以致「中國人向來就沒有爭到過『人』的價格」。〔註6〕要求得人的解放，人性的全面發展，首先就要「發見（現）」人，弄清「人是什麼東西」，然後「才好起手做人」。〔註7〕周作人說：

「中國卻是怎樣？大家都做著人，卻幾乎都不知道自己是人；或者自以為是『萬物之靈』的人，卻忘記了自己仍是一個生物。在這樣的社會裏，決

〔註4〕 周作人：《〈雨天的書〉自序一》，《雨天的書》，嶽麓書社，1987年，第1頁。
〔註5〕 蘇雪林：《周作人先生研究》，載1934年12月出版的《青年界》第6卷第5期。
〔註6〕 魯迅：《燈下漫筆》，《墳》，人民文學出版社，1980年，第206頁。
〔註7〕 周作人：《再論黑幕》，載1919年2月15日出版的《新青年》第6卷第2號。

不會發生眞的自己解放運動的：我相信必須個人對自己有了一種瞭解，才能立定主意去追求正當的人的生活。希臘哲人達勒思的格言道『知道你自己』，可以說是最好的教訓。」〔註 8〕

正是從推動人的自己解放運動的總的戰略目標出發，周作人竭力鼓吹建立起一個以「認識人自己」爲中心的全新知識結構。在構建以「人」爲中心的新思想大廈方面，周作人幾乎傾注了畢生的精力。在 1908 年發表的論文《論文章之意義暨其使命因及中國近時論文之失》中，周作人就提出了思想解放的問題，主張「擯儒者於門外」，肯定人的「求生意志」，要求「天賦之性靈」的自由發展。1918 年，周作人發表論文《人的文學》〔註 9〕。這是周作人文化思想的綱領性文件，是構成他的思想體系的基本骨架。文章的要旨不在談文學而在於談人學。文章明言其思想基礎是人道主義，要解決的是「人的問題」，「希望從文學上起首，提倡一點人道主義思想」。這就使它的意義超越於文學之上，而成爲一篇反封建、提倡思想革命的宣言。從人性論的觀點出發，周作人對「人」作了這樣的界定：「我們所說的人，不是世間所謂『天地之性最貴』，或『圓顱方趾』的人，乃是說，『從動物進化的人類』。」這裡有兩個要點：第一，人是「從動物」進化的，因爲「人是一種生物。他的生活現象，與別的動物並無不同。所以我們相信人的一切生活本能，都是美的善的，應得完全滿足」。這是「肉的一點，是獸性的遺傳」。第二，人又是從動物「進化」的，因爲「人是一種從動物進化的生物。他的內面生活，比別的動物更爲複雜高深，而且逐漸向上，有能力改造生活的力量。所以我們相信人類以動物的生活爲生存的基礎，而其內面生活，卻漸與動物相遠，終能達到高上和平的境地」。這是「靈的一面，是神性的發端」。

既然人是「從動物進化的」、「靈肉一致的」，人性是「獸性」與「神性」的結合，那麼，符合這種人性發展的理想的人的生活，勢必既不同於禁欲主義的「抵制人類的本能」的純乎「靈」的生活，也不同於縱慾主義的「不顧靈魂」的純乎「肉」的生活，而應該是一種以人間爲本位、順乎人性全面發展的、「靈肉一致的生活」。周作人對這種生活作了如下的設想：

〔註 8〕 周作人：《婦女運動與常識》，《談虎集》（影印本），上海書店，1987 年，第 408 頁。

〔註 9〕 載 1918 年 2 月 15 日出版的《新青年》第 5 卷第 6 號，收入《點滴》及《藝術與生活》。

「第一，關於物質的生活，應該各盡人力所及，取人事所需。換一句話，便是各人以心力的勞作，換得適當的衣食住與醫藥，能保持健康的生活。第二，關於道德的生活，應該以愛智信勇四事為基本道德，革除一切人道以下或人力以上的因襲的禮法，使人人能享自由真實的幸福生活。這種『人的』理想生活，實行起來，實於世上的人無一不利。富貴的人雖然覺得不免失了他的所謂尊嚴，但他們因此得從非人的生活裏救出，成為完全的人，豈不是絕大的幸福麼？這真可說是二十世紀的新福音了。」

可以看出，周作人懸想中的理想的人的生活，確實至善至美，令人神往，可惜其中空想的成分太多，恐怕永遠也只能像空中樓閣或海市蜃樓一樣誘人。但我並不認為這裏體現了什麼「局限性」和「不徹底性」，我尤其反對那種把他在五四時期的思想主張跟他後來變節行為聯繫起來的卑劣的推理法。我認為，第一，周作人的觀點在當時確實起到了振聾發聵的作用，給了新青年巨大的影響，在推動「人的發見（現）」和「人性的全面發展」方面，其貢獻絕不在魯迅之下；第二，這種「空想」，也絕不是周作人的發明，古今中外都不乏這樣的「空想家」。讓我們回顧一下，從孔子的「大同」思想、老子的「小國寡民」思想，到孫中山的三民主義思想，跟周作人的理想竟然有著驚人的相似之處！同樣是尚未實現的理想，我們憑什麼對其中一種或幾種橫加指責、說三道四呢？

其實，周作人並非只是在「空想」，他也在實幹。周作人設想，在以「認識人自己」為中心的知識結構裏，應該包括以下幾個方面的內容：「第一組，關於個人者」，包括「人身生理」（特別是性知識）、「醫學史」及「心理學」，以求從身心兩方面瞭解人的個體；「第二組，關於人類及生物者」，包括「生物學」、「社會學」（內含廣義的人類學、民俗學、文化發展史及社會學）、「歷史」，以求多側面地展開「人類」的本質；「第三組，關於自然現象者」，包括「天文」、「地理」、「化學」，以求瞭解與人相關的一切自然現象，即人所生活的自然環境；「第四組，關於科學基本者」，包括「數學」、「哲學」，以求掌握科學地認識「人」及其生活的世界的基本工具；「第五組，藝術」，包括「神話學」、「童話」，以求瞭解幼年時期的人類，還包括「文學、藝術、藝術史、藝術概論」，目的在「將藝術的意義應用在實際生活上，使大家有一點文學的風味」，這是人的健全發展所必需的「常識」。〔註10〕為了建立這樣一個知識

〔註10〕周作人：《婦女運動與常識》，《談虎集》（影印本），上海書店，1987 年，第412 頁。

結構，周作人不遺餘力地做了許多啓蒙的工作，從西方廣泛引入現代人類學、民俗學、心理學（特別是性心理學）、神話學、童話學……翻開兩巨冊的《知堂書話》，你便可以看出周作人爲了「闢人荒」所作的努力。即使在晚年，他也沒有完全停止這種努力和思考。

三

封建社會不把人當人，尤其不把婦女和兒童當人。在我國，婦女的地位尤其低下，命運尤其悲慘。婦女問題和兒童問題是周作人極爲關注並終生爲之努力的問題。因爲，在周作人看來，「女人與小兒的發見」，正是「『人』的眞理的發見」的延續和生發，是人道主義思想的一個重要內容，是「人」的發現和解放的一個重要組成部分。談「人的發見」而不提婦女與兒童，那麼這種「發見」至少是不徹底的。周作人認爲，西洋歷史上在「人的自覺」過程中有過三大發現：「十六世紀發現了人，十八世紀發現了婦女，十九世紀發現了兒童。」〔註11〕因此，在西方，婦女和兒童問題已經出現了光明，可望長出極好的結果來。而在中國，這依然是一個現實問題，必須從頭做起。基於這種思想，周作人將相當多的精力放在婦女解放和兒童教育問題上，寫了大量文章，尤以前期爲甚。

首先，周作人一針見血地揭露出封建社會的婦女觀和性愛觀的實質。他指出：「古來女人的位置，不過是男子的器具與奴隸。中古時代，教會裏還曾討論女子有無靈魂，算不算得一個人呢。」〔註12〕在另一篇文章中，他沉痛地指出：「由上海氣的人們看來，女人是娛樂的器具，而女根是醜惡不祥的東西，而性交又是男子的享受的權利，而在女人則又成爲污辱的供獻。」〔註13〕這裡的上海氣，指的是這個半殖民地半封建的畸形大都市裏的市民氣和流氓氣，骨子裏就是封建主義。在《情詩》一文中，他更進一步指出，封建的性愛觀的核心，就是「性的遊戲的態度，不以對手當做對等的人，自己之半的態度」。〔註14〕總之，在封建社會，女人就是男人玩弄的對象，享樂的器具。

針對上述封建觀念，周作人指出，既不應該說女人是惡魔，也不應該頌揚女人是聖母。女人應該有自己的「天然本色」，而不應該以男子的理想爲標準來

〔註11〕周作人：《〈長之文學論文集〉跋》，《苦茶隨筆》，嶽麓書社，1987年，第69頁。
〔註12〕周作人：《人的文學》，《藝術與生活》，嶽麓書社，1989年，第8、17、9、16頁。
〔註13〕周作人：《上海氣》，《談龍集》（影印本），上海書店，1987年，第155頁。
〔註14〕周作人：《情詩》，《自己的園地》，嶽麓書社，1987年，第54頁。

衡量和要求。周作人說：「對於婦女的狂蕩之攻擊與聖潔之要求，結果都是老流氓（Roué）的變態心理的表現，實在是很要不得的……從前的人硬把女子看作兩面，或是禮拜，或是詛咒，現在才知道原只是一個，而且這是好的，現代與以前的知識道德之不同就只是這一點，而這一點卻是極大的。」〔註15〕

周作人還對「不孝有三無後為大」的謬說給予了深刻的批判，認為「買妾蓄婢，敗壞人倫，實在是不合人道的壞事」。〔註16〕他無情地揭露了殘酷的殉葬制度，認為這種為了「維護風教」，去「強迫人自殺，正是非人的道德」。〔註17〕他反對那種專教女子做雞蛋糕的賢妻良母主義的女子教育，認為那種「老爺愛吃雞蛋糕故太太應做之」的理論，「是夫為妻綱思想的遺風」。〔註18〕所以，他主張婦女運動應與常識教育結合起來，「先去努力獲得常識，知道自己是什麼，人與自然是什麼，然後依了獨立的判斷實做下去，這才會有功效。」〔註19〕

為了反對封建的婦女觀和性愛觀，周作人大力提倡建立健全的性道德。他認為，中國人的縱慾或禁慾，都是沒有健全的性道德的緣故。首先，他以「淨觀」來反對「不淨觀」，認為男女戀愛、結婚等是正常的人的生態，沒有什麼「不淨」，不必驚慌失措，這不是什麼醜齷齪、骯髒、見不得人的事。其次，他對性主張採取嚴肅的態度。在《情詩》一文中，周作人寫道：「愛慕，配偶與生產：這是極平凡極自然，但也是極神秘的事情。凡是愈平凡愈自然的，便愈神秘；所以在現代科學上的性的知識日漸明瞭，性愛的價值也益增高，正因為知道了微妙重大的意義，自然興起嚴肅的感情，更沒有從前那戲弄的態度了。」又說：「道德進步，並不靠迷信之加多，而在於理性之清明。我們希望中國性道德的整飭，也就不希望訓條的增加，只希望知識的解放與趣味的修養。」〔註20〕

四

在封建社會，兒童的命運也比婦女好不了多少，因為「小兒也只是父母的所有品，又不認他是一個未長成的人，卻當他作具體而微的成人，因此又

〔註15〕周作人：《北溝沿通信》，《談虎集》（影印本），上海書店，1987年，第434頁。

〔註16〕周作人：《祖先崇拜》，《談虎集》（影印本），上海書店，1987年，第2頁。

〔註17〕周作人：《人的文學》，《藝術與生活》，嶽麓書社，1989年，第17頁。

〔註18〕周作人：《論做雞蛋糕》，《談虎集》（影印本），上海書店，1987年，第419頁。

〔註19〕周作人：《婦女運動與常識》，《談虎集》（影印本），上海書店，1987年，第417頁。

〔註20〕周作人：《情詩》，《自己的園地》，嶽麓書社，1987年，第53頁。

不知演了多少家庭的與教育的悲劇」。﹝註21﹞出於人道主義思想，周作人對兒童教育問題作了深入研究，形成了自己的一套兒童觀。

首先，周作人認為，兒童有自己獨立的人格，有自己獨立的生活，是完全的個人，應予充分的尊重與關懷。

在封建社會，兒童也「向來就沒有爭到過『人』的價格」。「中國向來對於兒童，沒有正確的理解」，「不是將他當作縮小的成人，拿『聖經賢傳』儘量的灌下去，便將他看作不完全的小人，說小孩懂得甚麼，一筆抹殺，不去理他」。針對這一點，周作人指出：「兒童在生理心理上，雖然和大人有些不同，但他仍是完全的個人，有他自己的內外兩面的生活。」因此，「兒童教育，是應當依了他內外兩面生活的需要，恰如其分的供給他，使他生活滿足豐富。」我們既要「承認兒童有獨立的生活，就是說他們內面的生活與大人不同，我們應當客觀地理解他們，並加以相當的尊重」，又要「知道兒童的生活，是轉變的生長的」，要用發展的眼光看待兒童。﹝註22﹞對於那種「將子女當作所有品，牛馬一般養育，以為養大以後，可以隨便吃他騎他」的封建父權觀念，周作人嚴屬斥之為「退化的謬誤思想」。周作人特別強調親子之愛，應當建立「父母愛重子女，子女愛敬父母」的新型關係，徹底拋棄「郭巨埋兒」式的封建「孝道」。﹝註23﹞周作人認為，「我們對於教育的希望是把兒童養成一個正當的『人』，因此凡是「違反人性」的虐殺兒童精神的「習慣制度」都應加以「排斥」。﹝註24﹞

其次，周作人強調理解「兒童的世界」，尊重兒童心理發展的年齡特徵，提供「迎合兒童心理」的精神食糧。

在兒童文學建設方面，周作人貢獻了很好的意見。他概歎「中國還未曾發見了兒童」，「所以真的為兒童的文學也自然沒有」。他提出「兒童同成人一樣的需要文藝」，呼籲知識界的志士仁人特別是知識婦女著手從事兒童文學的研究和創作，為他們提供精神食糧。﹝註25﹞

周作人認為兒童文學應當從兒童的角度出發，「第一須注意於『兒童的』這一點，其次的才是傚果，如讀書的趣味，智情與想像的修養等。」﹝註26﹞

﹝註21﹞周作人：《人的文學》，《藝術與生活》，嶽麓書社，1989年，第9頁。
﹝註22﹞周作人：《兒童的文學》，《藝術與生活》，嶽麓書社，1989年，第24頁。
﹝註23﹞周作人：《人的文學》，《藝術與生活》，嶽麓書社，1989年，第16頁。
﹝註24﹞周作人：《關於兒童的書》，《談虎集》（影印本），上海書店，1987年，第467頁。
﹝註25﹞周作人：《兒童的書》，《自己的園地》，嶽麓書社，1987年，第111頁。
﹝註26﹞周作人：《兒童的文學》，《藝術與生活》，嶽麓書社，1989年，第25頁。

他對兒童文學創作提出了這樣的標準：「文章單純、明瞭、勻稱；思想真實、普遍。」他反對兒童文學創作中的兩種不同傾向：「一是太教育的，即偏於教訓；一是太藝術的，即偏於玄美。」認為這「兩者都不對，因為他們不承認兒童的世界」。〔註27〕周作人尤其反對「把一時的政治意見注入到幼稚的頭腦裏去」，也反對「學校把政治上的偏見注入於小學兒童」，認為兒童讀物的第一要求是讓孩子的精神愉悅而已。周作人最推崇的是「有那無意思之意思的作品」，「因為這無意思原自有他的作用，兒童空想正旺盛的時候，能夠得到他們的要求，讓他們愉快的活動，這便是最大的實益。」〔註28〕

第三，周作人不僅提倡兒童本位論，強調兒童的權利，而且強調兒童的義務，認為兒童長大以後應把這種權利交給再下面一代。

周作人認為歷史是一條從祖先到子孫的長河。祖先代表過去，自己代表現在，子孫代表未來。他認為父母給予子女生命是很自然的事，既無不淨也無恩情。從子女誕生之日起，父母就負有養育子女的義務。子女長大以後，不僅自己要好好做人，而且要努力培養下一代。他批判了那種過去比現在好的觀點，認為現在勝於過去，未來勝於現在。因此我們不應崇拜祖先，而應該崇拜代表現在的自己，特別應該崇拜代表未來的子孫。他所提倡的把「祖先崇拜」改為「子孫崇拜」的主張，是對舊中國封建家族觀念的尖銳的批判，沉重打擊了抹殺兒童人格的孝的倫理——「報本反始」。〔註29〕

周作人在兒童問題上的貢獻，現代作家中恐怕是無出其右的。他不但有一套完整的、人道主義的兒童觀，還做了許多實際的工作。從 1912 年到 1925 年，他將相當多的精力用在兒童問題上，介紹、翻譯了許多外國兒童文學作品，搜集、整理兒歌童謠與民間故事，撰寫理論文章，為建立現代的兒童觀立下了汗馬功勞。

五

以上簡單梳理了周作人關於人及人性的一些論述和觀點，這只是周作人整個思想體系的一個方面，也是極為重要的一個組成部分和基本線索。應該指出的是，周作人提倡人的發現、人的解放是和他的反封建、反復古緊緊聯

〔註27〕 周作人：《兒童的書》，《自己的園地》，嶽麓書社，1987 年，第 110 頁。
〔註28〕 周作人：《兒童的書》，《自己的園地》，嶽麓書社，1987 年，第 111 頁。
〔註29〕 周作人：《祖先崇拜》，《談虎集》（影印本），上海書店，1987 年，第 4 頁。

繫在一起的。周作人主張人的解放（包括婦女與兒童的解放），偏重於精神方面，而不大注重社會方面。比如，他曾明確表示反對婦女參與政治、參與社會活動；他對於兒童的要求，也只是希望他長成正當的、健全的「人」，而不提他對於社會的責任。這是由他所處的社會條件決定的。在他所處的那個時代，人的發現與人的解放，是一項迫切的任務。爲了達到反封建、反復古的目的，周作人抓住一點，不及其餘，緊緊圍繞個體的「人」做文章，這是可以理解的。以今天的眼光看過去，難免有一些不滿足的地方，不過我們不能因此苛求前人，何況我們今天在很多方面還遠遠沒有達到前人的高度。

　　限於篇幅及本人的學識、視野，本文沒有對周作人的人道主義思想體系作全面的、系統的論述。本文所起到的，只是拋磚引玉的作用，希望能引起大家對周作人人道主義思想的關注，認眞加以研究。

　　（1989 年）

「一說便俗」的背後
——讀《知堂回想錄》隨想

　　「倪元鎭爲張士信所窘辱，絕口不言。或問之，元鎭曰，一說便俗。」（余澹心編《東山談苑》卷七）這個典故在《知堂回想錄》中反覆出現，終於勾起了我一探究竟的興趣。

　　倪元鎭，號雲林居士，元代著名畫家、詩人，擅山水，以簡中寓繁、似嫩實蒼的風格推動了文人水墨畫、山水畫的發展，與黃公望、吳鎭、王蒙合稱「元四家」。雲林生活於戰亂之中，想逃避現實，過著漫遊生活，一生不隱不仕，飄泊江湖，別人不瞭解他，他也不想被人瞭解。看得出雲林居士確是一位雅人，上面那句話出自這位雅人之口就顯得不俗。知堂老人也是一位雅人，顯然他是以雲林居士自況了，那麼這個典故是否也暗含著他對自己人生經歷的態度呢？

　　這就說到了周作人投敵附逆的問題。對於這段歷史，周作人恪守「一說便俗」的信條，「絕口不言」。有人據此認爲周作人聰明，留下這段空白，任後人評說；也有人認爲周作人頑固，至死都沒有對自己的叛國行爲作出懺悔。

其實我看周作人也不免於俗，他不斷念叨「一說便俗」，顯然對這段歷史是很在乎的。他何嘗不想說說這段歷史呢？只是欲說不能、欲說還休，只好以「一說便俗」作遮羞布，迴避了過去。在《知堂回想錄‧緣起》中，他感慨道：「古人有言，『壽則多辱』，結果是多活一年便多有一年的恥辱，這有什麼值得說的呢。」這不是積極的反省，但至少對自己的行為有了悔意了吧？

周作人是「雅人」，不肯多說；所幸的是這個世界上「俗人」還不少，使這段並不雅的歷史不致被湮沒。但據我看來，還沒有哪一種說法能令人十分滿意。今人分析知堂「下水」原因，我以為以李景彬著《周作人評析》（陝西人民出版社 1986 年版）中所述四條最為全面、最有代表性：一是「中國必亡論」蒙住了他的眼睛，二是極端個人主義的人生觀使他在日偽統治者面前卑躬屈節，三是儒家的治世之道及入世思想迷住了他的心竅，四是亞洲主義意識的麻醉劑使他喪失了民族主義思想和民族氣節。除此之外，還有其他原因嗎？這正是我讀《知堂回想錄》所想起的。這本書提醒我們：不可忽視日本在周作人生活和思想上的地位之高，周作人對日本的民族意識、生活習慣以至文學、文化的極度欣賞以及由此產生的民族認同感，也許正是其他原因的催化劑呢？

這種想法並非沒有根據。在這本正文二〇五章的《回想錄》中，談及日本的就有三十章之多。在這以前，周作人曾多次作文談論日本，所謂「日本研究小店」是也。在《日本管窺》一文中（收《苦茶隨筆》），他劈頭便說：「日本是我所懷念的一個地方。」在《日本的衣食住》中（收《苦竹雜記》），他又宣稱，日本是他的「第二故鄉」。這種感情是不同於尋常的。這一點是很可奇怪的。在我們許多中國人眼中，日本的形象並不光彩，很難與之產生親近感，何以周作人卻十分欣賞它呢？這正是周作人獨具眼識之處。我們平常人注意的是日本維新的成功、經濟的飛躍，以及所謂的「武士道」、軍國主義。周作人所注目的卻是日本人民的生活習慣、生活方式，由此發展探討日本的文化、日本的民族意識，發現了許多與中國相通之處甚至比中國高明之處，進而產生親近感和民族認同感。這種感情一旦根深蒂固，那是任何東西都不能使之動搖的；如果一個人再糊塗一點，有時候感情會掩蓋良知，做出愚不可及的蠢事。

周作人對日本的考察起始於生活習俗、生活方式。概而言之，他喜歡的是日本人「生活上的愛好天然，與崇尚簡素」，以及「清潔，有禮，灑脫」。具體說來，則是：

　　衣——「我現今不想來禮讚裸體，以免駭俗；但我相信日本民間赤腳的風俗總是極好的，……這實在是一種很健全很美的事。……我常想，世間鞋類裏邊最善美的要算希臘古代的山大拉，閒適的是日本的下駄，經濟的是中國南方的草鞋……凡此皆取其不隱藏，不裝飾，只是任其自然，卻亦不至於不適用與不美觀。」「這個木屐也是我所喜歡著用的，」「晚上穿了和服木屐，曳杖前往帝大前面一帶去散步，看看舊書店和地攤，很是自在。」

　　食——日本人多吃生冷食物，而且獸肉稀少，中國學生皆以爲苦，周作人卻別有見解：

　　「但是我自己卻不以爲苦，還覺得這有別一種風趣……吾鄉窮苦，人民努力日吃三頓飯，唯以醃菜臭豆腐螺螄爲菜，故不怕鹹與臭，亦不嗜油若命，到日本去吃，無論什麼都不大成問題。有些東西可以與故鄉的什麼相比，有些又即是中國某處的什麼，這樣一想就很有意思。」

　　「日本食物之又一特色爲冷……我覺得這也很好，不但是故鄉有吃『冷飯頭』的習慣，說得迂腐一點，也是人生的一點小小的訓練。中國有一句很是陳舊，卻很是很有道理的格言道：人如咬得菜根則百事可做。所以學會能吃生冷的東西，雖然似乎有背衛生的教條，但能夠耐得刻苦的生活，不是沒有什麼益處的吧。」

　　住——「這種日本式的房屋我覺得很喜歡。……我喜歡的還是那房子的簡素適用，特別便於簡易生活。」日本的房屋「土木功畢，鋪席糊窗，即可居住，別無一點不適，而且還覺得清疏有致。」

　　經周作人這麼一解釋，日本的簡陋、不舒適的生活方式倒成了一種享受，甚至還有了積極意義，成爲人生訓練的一種途徑。尤其令人注意的，是他時時拿日本與中國相比較，在對比中發現相通之處，從而逐步培養起對這「第二故鄉」的感情來。不管這感情後來產生了怎樣消極的後果，但在當時，他的用意卻是積極的。他自己解釋喜歡日本的原因，一是「個人的性格」，二是「思古之幽情」。對於這兩點原因他又分別說明道：「我是生長於東南水鄉的人，那裡民生寒苦，冬天屋內沒有火氣，冷風可以直吹進被窩裏來，吃的通年不是很鹹的醃菜，也是很鹹的醃魚；有了這種訓練去過東京的下宿生活，自然是不會不合適的。我那時又是民族革命一信徒，凡民族主義必含有復古思想在裏邊，我們反對清朝，覺得清朝以前或元朝以前的差不多都是好的，何況更早的東西。」這裡，他將東京的下宿生活看作是故鄉生活的延續，又

把日本的生活習俗與民族革命相聯繫，也可謂新穎吧？

因為有了對日本生活習俗的深入考察和特別偏好，周作人對日本其他問題的見解也就非同一般。比如，關於日本的民族意識，「普通講到日本人第一想到的是他的忠君愛國」，周作人對此說卻「不以為然」。他認為「這是一時的習性，不能說是國民性。」「忠君愛國是封建及軍國時代所養成的，算不得一國的特性。」關於「日本人古今不變的特性」，他指出兩點：「一是現世思想，與中國是共通的；二是美之愛好，這似乎是中國所缺乏。」並且稱許「日本人是單純質直的國民」（《日本管窺》）。他的這一看法，顯然是取了一個新的角度，即從文化藝術著眼來研究日本的民族意識。這對於以「忠君愛國」為日本國民性特徵的片面認識，至少是一個有益的補充吧。再有，周作人特別讚賞日本「善於別擇」的文化態度。在《日本的衣食住》中，他指出：「中日同是黃色的蒙古人種，日本文化古來又取資中土，然而其結果乃或同或異，唐時不取太監，宋時不取纏足，明時不取八股，清時不取鴉片，又何以嗜好迴殊耶。」這恐怕是一般研究者所不曾注意到的吧？他又說：「我因深欽日本之善於別擇，一面卻亦仍夢想中國能於將來蕩滌此諸染污。」這又將日本文化與中國革命聯繫起來了。

從以上所述可以看出，周作人對於日本文化的研究，一是獨到、新穎，常能發人所未發，說人所未說；二是時時將日本與中國聯繫在一起。在他心目中，日本、中國雖有不同處，但相通處更多，頂多也只是第一故鄉、第二故鄉的區別罷了。這種感情不難理解。可惜知堂老人畢竟糊塗，加上性格上的弱點，終於掉進污泥而不能自拔。這是知堂的不幸，也是中國文化界的不幸。

曾經與一位友人談起周作人投敵事，他提出一種假設：假如當年不是日本，而是別的國家──比如美國、英國、德國等──侵略中國，周作人會當漢奸嗎？這個問題很有意思，我不敢完全否定，但我也不能十分肯定，因為在這個假定中，缺少一個重要的條件，亦即是我上面所述的催化劑：民族認同感。

但歷史是無法假設的。周作人畢竟已當了漢奸，這是無法改變也無可辯駁的事實。從周作人的思想演變歷程來看，他的墮落也許是必然的吧？但這並不妨礙我們從多方面探討他墮落的原因。周作人常常自謂不為人知，又謂不願為人所知，所謂「不辯解」、「一說便俗」，也許確有難言之隱，只好以此作遁詞吧？近年來周作人研究發展很快，周作人在抗戰中的一段歷史成了敏感問題。我有兩點不算過分的願望：一望能將有關周作人的資料公之於世（比

如能否將他的日記、書信等公開出版發行），二望研究工作者能拓寬思路，不感情用事，既要注意周作人在抗戰期間的行徑及其產生的客觀影響，也要探索他投敵的主客觀原因和心理狀態。如能將這段公案弄個水落石出，也許周作人研究會呈現新局面吧？

（《知堂回想錄》，周作人著，香港三育圖書文具公司 1980 年 11 月出版。）
（1990 年）

啓功先生的打油詩

世人皆知啓功先生是書畫大家，也是學問大家，很少有人知道他還是一位傑出的詩人。這也難怪，啓功先生在書法上的名氣實在太大了，以致掩蓋住了他在別的方面的成就。其實，先生在古典詩詞研究和創作上用力甚勤，成就斐然。他「從十幾歲學作仄仄平平仄的句子開始」，一直到九十多歲高齡，七十多年間筆耕不輟，成爲當代古典詩壇上的泰斗之一。先生的詩詞作品，格律嚴謹工整，語言典雅豐贍，意境深遠含蓄，學力深厚堅實，深具古典風韻。

先生一生寫下的詩詞作品不計其數，結集問世的只是很小一部分而已。他生前出版的有《啓功韻語》、《啓功絮語》、《啓功贅語》，還有以詩歌形式談論書法藝術的《論書絕句》。其中《啓功絮語》，以先生手寫小楷影印，既免排字工人手植之誤，又得欣賞先生法書風采，讀字讀詩，一舉兩得。《論書絕句》更以先生手書論書絕句一百首、論書箚記二十餘則以及歷代書法名迹一百多幅製版精印，眞是美不勝收，令人愛不釋手。承蒙先生錯愛，每有新書出版，總會惠贈予我。持歸夜讀，喜愛不已。經常放在枕側，帶在身邊，時時把玩，常常品味。每到興會之處，都忍不住像先生那樣，拍著大腿，豎起大拇指，慨歎：「噯，寫得眞好啊！眞好啊！」

我之喜愛先生的詩，說白了，就是因爲他的詩我能看懂。以我的愚見，啓功先生的詩和他的人一樣，大雅大俗，至俗至雅。啓先生的雅，那是不消說的。學問大家，書界泰斗，高山仰止，景行行止。但如果你有機會與他接觸，你會發現，原來他也是一位俗人，跟我們一樣的俗人，也有著跟我們一樣的樂趣和煩惱。他說的都是大白話，從不掉書袋，還喜歡開一些「有傷小

雅」的玩笑。可是當你跟他接觸久了，深了，他那骨子裏的「雅」就會自然而然地顯露出來，令你由衷地產生「高山仰止」的感覺。

啓先生的詩也是這樣，詼諧幽默，明白如話。他巧妙地運用現代新詞語、新典故以及俚語、俗語，形成了鮮明的個性特徵。失眠、害病、吃烤鴨、擠公共汽車……我們在生活中都曾經親歷並習以為常的事物，在他的筆下都能入詩，讀起來那麼親切、有趣，令你忍俊不禁。「乘客紛紛一字排，巴頭探腦費疑猜。東西南北車多少，不靠咱們這站臺。坐不上，我活該。願知究竟幾時來。有人說得真精確，零點之前總會開。」（《鷓鴣天八首·乘公共交通車》之一）這樣的經歷，我們多少人都有過，可誰想過這也能入詩呢？有誰想過詩也可以這樣寫呢？

啓功先生為人幽默達觀，反映在詩詞中就是莊諧並出，他能把痛苦的生命體驗變為輕鬆幽默的創作素材。先生晚年，多次因心臟病發作被送進醫院搶救，有幾次醫院都下了病危通知單，可他本人卻像沒事人一樣，醒來後就在病床上吟詩作賦。他的很多詩詞都是以「生病」為題材的。1973 年，他在住院期間，一口氣以《就醫》為題填了六首詞，似乎把生病住院當成了一件樂事。一次，先生因頸椎病發作，去醫院做「牽引」治療。這般痛苦事，他卻開心地喻為「上弔」，形神畢肖地寫下《西江月》：「七節頸椎生刺，六斤鐵餅拴牢。長繩牽繫兩三條。頭上數根活套。雖不輕鬆愉快，略同鍛鍊晨操。《洗冤錄》裏每篇瞧。不見這般上弔。」

然而，讀者諸君千萬不要以為啓功先生當真「沒心沒肺」，只知道玩幽默搞噱頭。啓功先生的詩是需要慢慢品的。當你讀了一遍、兩遍、三遍……細細品味，你會發現，那些原本平常的事物，在他的筆下已具有了特別的意義。在你笑過之後，鼻子又忍不住發酸，甚至流下淚來。

有一次啓功突發心臟病送醫院急救之際，忽然眉開眼笑，嚇得醫護人員以為他「神經錯亂」。原來他在迷糊之中想起亡妻生前與他打賭，說她去世之後他一定會再找對象。自己至今未再娶，已經徹底贏了，故而露出笑顏。事後啓功據此寫了一首長句《賭贏歌》，看似放浪不羈，實則心酸悽楚，字字皆血。再如那首著名的《自撰墓誌銘》：「中學生，副教授。博不精，專不透。名雖揚，實不夠。高不成，低不就。癱趨左，派曾右。面微圓，皮欠厚。妻已亡，並無後。喪猶新，病照舊。六十六，非不壽。八寶山，漸相湊。計平生，諡曰陋。身與名，一齊臭。」用 72 個字概括了自己的一生。很多人把它看作自嘲之作，可我

卻視之為一篇辛酸的人生總結，每次讀它，心裏總是沉甸甸的。

　　在外人看來，先生一生功成名就，名滿天下，應該是沒有什麼遺憾的了。其實他歷經坎坷和磨難，幼年喪父，中年喪母，晚年喪偶，心底有說不出的苦和痛。先生給人的，永遠是幽默、快樂，其實他內心是沉重的、嚴肅的。這些在他的詩詞中都有所體現。1993 年 6 月 22 日上午，我去看他，他給我展示剛剛寫完的一首詩《中宵不寐，傾篋數錢，淒然有作》，詩曰：「鈔幣傾來片片真。未亡人用不須焚。一家數米擔憂慣，此日攤錢卻厭頻。酒釀花濃行已老，天高地厚報無門。吟成七字誰相和？付與寒空雁一群。」先生長夜無眠，懷念親人，詩中真情流露，讀來催人淚下。

　　不過，啓功先生並不將自己的詩稱作詩，他以其一貫的幽默，名之曰「胡說」：「這些語言，可以美其名曰『詩』。比較恰當，實應算是『胡說』。」「我們這族人在古代曾被廣義地稱為『胡人』，那麼胡人後裔所說，當然不愧為胡說。即使特別優待稱之為詩，也只是胡說的詩」（《啓功韻語‧自序》）在《啓功絮語‧自序》中，先生更不諱言其俗：「但這冊中的風格較前冊每下愈況，像『賭贏歌』等，實與『數來寶』同調，比起從前用俚語入詩詞，其俗更加數倍。」在別的場合，先生則多次自稱其詩是「打油詩」。「蛇來筆下爬成字，油入詩中打作腔。自愧才庸無善惡，兢兢豈為計流芳。」（《啓功韻語‧失眠》）如今寫格律詩的人如過江之鯽，有幾個人敢於承認自己寫的是「打油詩」？其實，「胡說」也好，「打油」也罷，一首詩能寫得讓人愛讀，讓人讀懂，有什麼不好的呢？難道非要寫得佶屈聱牙，莫測高深，雲山霧罩，讓人不知所云，那才算是好詩嗎？

（2016 年）

啓功研究的集大成者
——評趙仁珪教授《啓功評傳》

　　今年是著名書畫家、文物鑒定家、詩人、學者、教育家啓功先生逝世 12 週年、誕辰 105 週年。然而，至今還沒有一部全面介紹他的學術成就和藝術成就的著作，社會大眾對他的認知多還止於一個「書法家」，對他在其他方面

的成就不甚了了。正如著名學者鍾敬文先生詩中所說：「詩思清深詩語雋，文衡史鑒總菁華。先生自擁千秋業，世論徒將墨法誇。」（《致元白》）這對一位文化大師來說顯然是不公平的，對於文化傳承也是一大損失。北京師範大學文學院教授、中央文史研究館館員趙仁珪的《啓功評傳》（北京出版社 2017年 6 月出版），具有開創性的意義。

趙仁珪教授是啓功先生的第一批研究生，師從啓功先生研習古典文學。在與啓功先生長期的耳濡目染中，趙仁珪想到：我們研究古代文人的生平、思想、作品時，往往因爲缺少詳細記載而困難重重。啓功先生有很多學術成果，大家瞭解得也不是很準確，需要加以交代。啓功豐富的遺產，後人肯定會不斷閱讀，也會有許多疑問。那我與其鑽研古人的一句話到底是什麼意思，還不如把啓功先生的學術思想、詩文著作搞清楚，省得後人又打無頭官司。於是自上個世紀九十年代末開始，他就把研究方向轉爲「啓功研究」。他協助整理的《啓功口述歷史》是啓功本人認可的第一部傳記性質的著作，爲研究啓功提供了珍貴的第一手資料。他還出版了《啓功研究叢稿》、《啓功韻語集（注釋本）》、《論書絕句一百首（注釋本）》、《啓功詩文選賞析》、《啓功講學錄》（與人合作）等著作，爲啓功研究做了大量基礎性工作。《啓功評傳》則是這一研究的最新成果。

《啓功評傳》分爲兩大部分：第一部分題爲「三部曲啓功」，以啓功先生的一生爲經線，按照青少年、中年、晚年三段介紹啓功生平事蹟。這一部分用精練的文字概要介紹了啓功先生的一生，可以說是一部「啓功傳」。第二部分以啓功的爲人和成就爲緯線，包括「堅淨翁啓功」、「書畫家啓功」、「鑒定家啓功」、「詩詞家啓功」、「學問家啓功」、「教育家啓功」六章，分述啓功的爲人和學術、藝術成就，可以說是一部「啓功論」。從全書分配比例來看，第一部分即傳記部分占一章，第二部分即評述部分占六章。顯然，「評」是作者的著力所在，也是全書的亮點所在。

《啓功評傳》的價值首先在於，它全面展示了啓功先生在多方面的貢獻和成就，涵蓋了啓功先生的生平、爲人、學術、藝術成就的方方面面，從而使讀者能瞭解到一個全的啓功、活的啓功、眞的啓功。這是第一次全面系統深入地總結、論述啓功的成就。作者自述，他寫作本書的一個重要目的，就是想給大家介紹啓功先生的眞實情況，給喜愛啓功先生的人提供一些可靠的材料，爲有志研究啓功先生的人提供一些研究線索。眾所周知，以「啓功熱」

爲表徵的「啓功現象」方興未艾，但在復興中華傳統文化的當下，我們還應
積極地把「啓功熱」的「現象」推進爲「啓功學」的「研究」。我們應深入研
究啓功是如何成爲傳統文化的全才以及這種全才在當代的社會價值；研究傳
統文化的方方面面有哪些內在的關係；研究在當代如何才能培養這樣的人
才；這才是最有意義、也是最現實的工作。從長遠的學術發展、傳統文化繼
承上說，必須把「啓功之熱」變成「啓功之學」，釐清他對傳統文化的貢獻，
體現他的文化價值。

其次，《啓功評傳》特別注重學術性。啓功先生不是普通的文化名人，他
的書畫創作、書畫理論、詩詞創作、詩詞理論、鑒定成就、學術研究、教育
思想等都有很高的學術性、專業性，必須以專業的、學術的視角來評價。比
如，如何評價啓功的書畫創作和理論成就？啓功書法在中國書法史上究竟處
於什麼樣的地位？這就必須根據中國書畫基本的特點，從規範的學術角度來
評價，而不是僅僅憑感覺或者憑感情擅作結論。作爲一位學者，趙仁珪非常
注重評傳的科學性、學術性，書中對啓功的評價，無論其爲人也好，或者其
學術與藝術成就也好，都是建立在學理分析的基礎上，建立在具體的作品或
實例的基礎上，力戒陳言空話。對於他比較陌生的領域，比如文物鑒定，他
通過大量閱讀相關著作充實自己的知識，力戒說外行話。所有記載與評論皆
言之有據，翔實可靠，凡引用的材料都一一注明出處，力求爲讀者和研究者
提供真實可信的寶貴材料，因而有較高的史料價值。

此外，《啓功評傳》還爲我們提供了不少獨家資料和獨特見解。多年來，
我也在嘗試宣傳和研究啓功，注意搜集啓功著作、啓功事蹟和相關研究文章。
但是，閱讀《啓功評傳》，我常有新奇之感，書中有很多資料是第一次見到，
不少見解也令我耳目一新。趙仁珪追隨啓功先生三十餘年，深得先生信任，
他對啓功的瞭解非他人可比。同時，他還閱讀了海量的研究專著和文章，注
意吸收他人言之有據的研究成果。這種嚴謹的治學態度，使得《啓功評傳》
成爲啓功研究的一部集大成者。

「評傳」力求以可讀之文字體現啓功先生這位可讀之人，文字既通順生
動，又精美簡約。趙仁珪教授對古典詩詞造詣頗深，他在每章開篇都寫了一
首詩，用詩來介紹啓功的成就。全書還配有以書畫作品爲主的 160 餘幅插圖，
圖文並茂，賞心悅目。

（2017 年）

怪底篇篇都是水
——汪曾祺閱讀箚記

　　我讀汪曾祺，最喜的是那種水汽氤氳、水霧迷蒙的感覺。

　　汪曾祺愛水，他的很多作品中都有水。即使沒有直接寫到水，也有水的感覺。他的作品像是被清水洗過的，水淋淋、濕漉漉、清爽爽的，帶著里下河水鄉特有的水意；就像剛剛出水的菱角，嫩嫩的、脆脆的，清甜爽口。汪曾祺坦言：「我的家鄉是一個水鄉，我是在水邊長大的。耳目之所接，無非是水。水影響了我的性格，也影響了我作品的風格。」（《我的家鄉》）人們常說：「一方水土養一方人。」故鄉的水不但哺育了汪曾祺，而且對他的性格養成和文學創作都產生了重要影響。

水意沛然的故鄉

　　汪曾祺在《水鄉雜詠》一詩中說：「怪底（江淮方言，難怪之義）篇篇都是水，只因家住在高沙。」

　　汪曾祺的故鄉江蘇高郵（舊稱高沙），在大運河邊上，是典型的里下河水鄉。這裡平疇千里，溝汊縱橫，湖港曲曲彎彎，河水恣意流淌。他自述：「我小時候，從早到晚，一天沒有看到河水的日子，幾乎沒有。」（《我的家鄉》）家鄉的水，流進了汪曾祺的夢裏、流進了他的作品裏，終其一生，從未忘懷。「我的小說常以水爲背景……記憶中的人和事多帶有點汸汸的水氣，人的性格亦多平靜如水，流動如水，明澈如水。」（《菰蒲深處·自序》）

　　汪曾祺從小就與水結下了不解之緣。他善於寫水。水在他的筆下是那樣鮮活靈動，形態多樣。水不僅是他許多作品的背景，而且成爲整篇小說不可或缺的內容。

　　汪曾祺的作品，有的標題中就帶有「水」。比如《獵獵——寄珠湖》：「腳下，河水漸漸地流過；因爲入秋，萍花藻葉早連影子也枯了，遂越顯得清瀏；多少年了，它永遠平和又寂寞地輕輕唱著。隔河是一片茫茫的湖水，杳無邊涯，遮斷旅人的眼睛。」再如《大淖記事》：「淖，是一片大水……沙洲上長滿茅草和蘆荻。春初水暖，沙洲上冒出很多紫紅色的蘆芽和灰綠色的蔞蒿，很快就是一片翠綠了。夏天，茅草、蘆荻都吐出雪白的絲穗，在微風中不住

地點頭。秋天，全都枯黃了，就被人割去，加到自己的屋頂上去了。冬天，下雪，這裏總比別處先白。化雪的時候，也比別處化得慢。」這是四幅素雅的平遠小景，呈現出四時佳境，畫中的水似乎也緩緩地流淌在字裏行間。

更多的作品，雖然標題中沒有「水」，但是仍然離不開水。「小英子的家像一個小島，三面都是河，西面有一條小路通到荸薺庵。獨門獨戶，島上只有這一家。島上有六棵大桑樹，夏天都結大桑椹，三棵結白的，三棵結紫的；一個菜園子，瓜豆蔬菜，四時不缺……房檐下一邊種著一棵石榴樹，一邊種著一棵梔子花，都齊房檐高了。夏天開了花，一紅一白，好看得很。梔子花香得衝鼻子。順風的時候，在荸薺庵都聞得見。」《受戒》寫水不多，卻充滿了水的感覺。這一段水上人家的描摹，清澈、明淨，富於詩情畫意。

離開家鄉多年，作家仍然深情地懷念著故鄉，懷念著家鄉的水。他用純淨如水的眼光回望故鄉，水成了故鄉風景、風俗、風情畫卷的主要元素，寄託著作家長長的牽掛。在《我的家鄉》中他這樣寫道：

「湖通常是平靜的，透明的。這樣一片大水，浩浩淼淼（湖上常常沒有一隻船），讓人覺得有些荒涼，有些寂寞，有些神秘。

黃昏了。湖上的藍天漸漸變成淺黃、桔黃，又漸漸變成紫色，很深很深的紫色。這種紫色使人深深感動。我永遠忘不了這樣的紫色的長天。」

作者一提及故鄉，筆端就注滿詩意和溫愛。汪曾祺通過一幅幅水鄉風俗畫，把故鄉描繪成人間樂園：人與自然和諧一致，人與人之間和諧相處，令人神往。然而，真實的故鄉並不總是如此美好。他在《故鄉水》中坦承：「我的家鄉苦水旱之災久矣。……運河經常決口。五年一小決，十年一大決。民國二十年的大水災我是親歷的。死了幾萬人。」汪曾祺筆下的故鄉，是文學的故鄉，詩意的故鄉，精神的故鄉，過濾了曾經的貧窮與苦難。汪曾祺對故鄉水的詩化描寫，實質上是對故園深情的追戀，是一種溫暖的情感的凝聚。

柔情似水的女人

汪曾祺曾寫過這樣的詩句：「水盡溫柔似女郎。」女人如水，這不是汪曾祺的發明，但他卻把女人如水的品質寫到極致。汪曾祺筆下的水鄉少女，清純脫俗、柔情似水，她們組成一個美麗的女兒世界，表現出自然、樸素、純真的人性美，具有一種神性的美麗。

「巧雲十五歲，長成了一朵花……眉毛黑如鴉翅，長入鬢角。眼角有點

弔，是一雙鳳眼。睫毛很長，因此顯得眼睛經常是瞇縫著；忽然回頭，睜得大大的，帶點吃驚而專注的神情，好像聽到遠處有人叫她似的。」(《大淖記事》)「崔蘭是個水蛇腰。腰細，長，軟。走起路來扭扭的。」(《水蛇腰》)「兩個女兒，長得跟她娘像一個模子裏托出來的。眼睛長得尤其像，白眼珠鴨蛋青，黑眼珠棋子黑，定神時如清水，閃動時像星星。渾身上下，頭是頭，腳是腳。頭髮滑滴滴的，衣服格掙掙的。——這裡的風俗，十五六歲的姑娘就都梳上頭了。這兩個丫頭，這一頭的好頭髮！通紅的髮根，雪白的簪子！娘女三個去趕集，一集的人都朝她們望。」(《受戒》)這就是汪曾祺筆下的女人，她們如一泓清泉，閃爍著神性的光輝，她們的神性是自然健康的人性和人的尊嚴的體現。

汪曾祺寫了不少這樣的清澈明淨的女性。她們外表柔美，性格柔順，世界因為有了她們而變得純淨、美好。即使落入風塵，依舊令人憐愛，並無不潔之感。「虞小蘭……長得像一顆水蜜桃，皮膚非常白嫩，腰身、手、腳都好看。路上行人看見，就不禁放慢了腳步，或者停下來裝做看天上的晚霞，好好地看她幾眼。」(《八千歲》)作者用明淨如水的文字寫出了生活中的美和詩意，呈現給讀者的是超凡絕塵的靜美。

汪曾祺筆下的男女情事，也如故鄉的水一樣純淨。《大淖記事》寫巧雲和十一子在沙洲上幽會，只用了一句話：「他們在沙洲的茅草叢裏一直呆到月到中天。」隨後是一句感歎：「月亮眞好啊！」不著一字，盡得風流。而《受戒》寫明海和英子的相愛，則用了整整一段文字：「英子跳到中艙，兩隻槳飛快地劃起來，劃進了蘆花蕩。蘆花才吐新穗。紫灰色的蘆穗，發著銀光，軟軟的，滑溜溜的，像一串絲線。有的地方結了蒲棒，通紅的，像一枝一枝小蠟燭。青浮萍，紫浮萍。長腳蚊子，水蜘蛛。野菱角開著四瓣的小白花。驚起一隻青椿（一種水鳥），擦著蘆穗，撲魯魯魯飛遠了。」在這一片靜美中舒放著自然純眞的愛情，就像春天的蘆葦一樣，清新、美好、蓬勃，充滿著自由的精神。

明淨如水的語言

汪曾祺的語言具有水的品質：純淨、明快、靈動、柔美、流暢。

汪曾祺特別重視小說的語言，他將小說語言提高到本體論的高度來認識：「語言是小說的本體，不是附加的，可有可無的。從這個意義上說，寫小說就是寫語言。」(《中國文學的語言問題》)「一個作家能不能算是一個作家，

能不能在作家之林中立足，首先決定於他有沒有自己的語言，能不能找到一種只屬於他自己，和別人迥不相同的語言。」（《年關六賦‧序》）

那麼，什麼樣的語言才是好的語言呢？汪曾祺認為：「流動的水，是語言最好的形象。中國人說『行文』，是很好的說法。語言，是內在地運行著的。缺乏內在的運動，這樣的語言就會沒有生氣，就會呆板。」（《中國文學的語言問題》）他認為語言具有流動性、關連性，「語言像樹，枝幹內部液汗流轉，一枝搖，百枝搖。語言像水，是不能切割的。」（《自報家門》）

汪曾祺的語言，既有唐詩宋詞的雅致餘韻，又有民間口語的鮮活俏皮，俗白而富有韻味，如春水一樣靈動，像秋水一般明淨。他喜歡採用短句，偶而夾雜一些長句，時而急促，時而舒緩，極富節奏感和層次感，既有音樂美又有繪畫美。簡潔明快，紆徐平淡，流暢自然，生動傳神，是一種「詩化的小說語言」。

比如《瑞雲》：「花開花落，春去秋來。一窗細雨，半床明月。少年夫妻，如魚得水。」四字一句，語如連珠。既雅致，又通暢，將古典語言與現代語言巧妙地融會貫通，給人一種別致的韻律美。而《徙》中的「墓草萋萋，落照昏黃，歌聲猶在，斯人邈矣」，聲調錯落起伏，暗合作者對主人公蹉跎命運的嗟歎感慨。

《鑑賞家》中的一段描寫簡直是一幅色彩斑斕的百果圖：

「立春前後，賣青蘿蔔，『棒打蘿蔔』，摔在地下就裂開了。杏子、桃子下來時賣雞蛋大的香白杏，白得像一團雪，只嘴兒以下有一根紅線的『一線紅』蜜桃。再下來是櫻桃，紅的像珊瑚，白的像瑪瑙。端午前後，枇杷。夏天賣瓜。七八月賣河鮮：鮮菱、雞頭、蓮蓬、花下藕。賣馬牙棗，賣葡萄。重陽近了，賣梨：河間府的鴨梨、萊陽的半斤酥，還有一種叫『黃金墜子』的香氣撲人個兒不大的甜梨。菊花開過了，賣金橘，賣蒂部起臍子的福州蜜橘。入冬以後，賣栗子、賣山藥（粗如小兒臂）、賣百合（大如拳）、賣碧綠生鮮的檀香橄欖。」

這一段文字以新鮮的口語寫新鮮的果品，有色彩、有形狀、有味道、有大小，色澤鮮豔，香氣撲鼻，讀來朗朗上口，口齒留香，既有音韻美，又有畫面美。

行雲流水的風格

汪曾祺說：「我是個安於竹籬茅舍、小橋流水的人。以慣寫小橋流水之筆而寫高大雄奇之山，殆矣。」（《泰山片石》）

汪曾祺以短篇小說著稱，他的小說短小精彩，耐人尋味。有時是一人一事，有時只是生活的一個小片斷，甚至結構上都很隨便。他用一種沖淡平和的口吻，將一個個散發著生活氣息、市井味道的小故事娓娓道來，打通詩歌、散文、小說的界限，具有陰柔之美。因此，文學界普遍認為汪曾祺的小說具有散文化的特點。對此，作家本人也不否認。他說：「傳統的、嚴格意義上的小說有一點像山，而散文化的小說則像水。」「散文化小說是抒情詩，不是史詩，它的美是陰柔之美、喜劇之美，作用是滋潤，不是治療。」（《作為抒情詩的散文化小說》）

「水不但於不自覺中成了我的一些小說的背景，並且也影響了我的小說的風格。水有時是洶湧澎湃的，但我們那裡的水平常總是柔軟的，平和的，靜靜地流著。」（《自報家門》）這種「水性」在其創作上表現為選材隨心隨性，隨機隨緣；行文隨物賦形，舒卷自然。他的小說如清泉出山，如青萍逐水，鮮活靈動，舒緩有致，收放自如。呈現出與傳統現實主義小說迥然不同的特質，和諧沖淡，意蘊悠遠，散漫而又連貫，營造出詩意和美的氛圍。

（2017 年）

近代天津衛的浮世繪
——讀馮驥才小小說集《俗世奇人（足本）》

馮驥才先生不以小小說（或稱「微小說」）寫作為主業，然而他卻偏好這種文體，不但寫下了大量小小說精品，而且對小小說也有自己獨特的觀點和見解。可以說，他既有實踐也有理論。他的觀點基本體現在《小小說不小》這篇文章中。文章不長，才七百多字，可以說幾乎句句皆金句。我大概歸納一下，他的觀點基本有這麼幾個方面：第一，「小小說不是短小說。它是獨立的、藝術的、有尊嚴的存在。它有非常個性化的規律與方式。比起長中短篇，它更需要小中見大，點石成金，咫尺萬里，弦外之音。」這是從文體上明確它的身份。第二，小小說「它不是來自生活的邊邊角角，而是生活的核心與深層。它的產生是紛紜的生活在一個點上的爆發。它來自一個深刻的發現，一種非凡的悟性和藝術上的獨出心裁」。這是談小小說題材的選擇與主題的確定。第三，小小說「它的

特徵是靈巧和精練；它忌諱的是輕巧和淺顯。巧合和意外是它最常用的手段。……它所追求的最高境界是意味無窮。所以，結尾常常是小小說的『眼』。「小小說是以故事見長的，但小小說不是故事。要想區別於故事，一半還要靠文本與文字上的審美。在這一點上，每個人都可以極力發揮自己，因爲藝術的空間都是留給個性的。」這是從寫作技巧層面談小小說的寫作。

馮驥才小小說創作成果頗豐，《俗世奇人（足本）》（人民文學出版社 2016 年 1 月第 1 版）就是他近年來小小說創作成果的一個集中體現。這個版本在原先的《俗世奇人》基礎上增補 18 篇新作，並收錄他親手繪製的 39 幅插圖，使這本小說集圖文並茂，更加精彩。

《俗世奇人》最明顯的特點就是善於講故事，故事性很強。這當然是馮驥才一貫的特點，也是他對小小說寫作的基本要求和執著追求。馮驥才說：「把故事寫絕了是古人的第一能耐。故而我始終盯住故事。」《俗世奇人》以清末民初天津市井生活爲背景，每篇講述一個人物的傳奇事蹟，素材均收集於長期流傳津門的民間傳說。馮驥才也許甚至不是故事的創作者，而只是個故事的收集者、整理者和轉述者。天津衛本是一個水陸碼頭，居民五方雜處，性格迥然相異。這種地方的優勢首先在於故事多，其次在於講故事的人多。天津衛是一個典型的市民社會，小老百姓忙碌一天後，以講故事來緩解筋骨和情緒。天津的民間通俗文化，可以說比任何城市都要發達，相聲、曲藝、雜耍、故事……都是天津人的家常便飯。他的故事線條清晰，情節精彩，惟妙惟肖，人物音容躍然紙上。《俗世奇人》共有 36 個人物的故事，篇幅雖短，但故事完整，中間的過渡和轉折也有明確的交代。這組故事，寫出生活在天津的諸般奇人妙事。馮驥才掌握了這麼多寫小說的材料，倘若換作旁人，每一個都可以寫成短篇甚至中篇，可是他卻以如此簡短的篇幅將它們使用出來，每一篇都是高度濃縮的精品。

但是正如馮驥才所說，「小小說不是故事」，光會講故事還不行，小小說的最高境界是意味無窮。所以，成功的小小說要有神，要有魂。《俗世奇人》的「神」、「魂」在哪裏？我認爲，就在一個「奇」字上，也就是他筆下這些「奇人」與眾不同之處。「碼頭上的人，不強活不成，一強就生出各樣空前絕後的人物。」「手藝人靠的是手，手上就必得有絕活。」這些人物，人人都有一手絕活。比如，正骨醫生蘇金散，雙手「上下翻飛，疾如閃電，只聽『唪嚓唪嚓』，不等病人覺疼，斷骨頭就接上了」。（《蘇七塊》）粉刷匠「刷子李」

刷漿時必穿一身黑，幹完活全身絕沒有一個白點。（《刷子李》）泥人張從鞋底上摳下一塊泥巴便能單手捏出活人嘴臉。（《泥人張》）造假畫的黃三爺以假亂真耍得行家丟了飯碗。（《藍眼》）等等。

　　馮驥才筆下的「奇」，還表現在他善於設置懸念，最後又巧妙地解開懸念，這在相聲中叫做「抖包袱」。天津盛產相聲，馮驥才從小在天津長大，對這一手法顯然了然於胸。他在小小說中借鑒運用了相聲「抖包袱」的手法，每一篇作品中必定有一個「眼」，那就是它的「包袱」。刷子李的徒弟曹小三終於發現師傅褲子上有一個白點，黃豆大小。完了！師傅露餡兒了，他不是神仙，往日傳說中那如山般的形象轟然倒去。當我們讀到這兒，也不禁跟小三一樣在心裏暗暗歎一口長氣。可是且慢！你再仔細瞧瞧，原來是抽煙時不小心燒的一個小洞，裏邊的白襯褲打小洞透出來，看上去就跟粉漿落上去的白點一模一樣。（《刷子李》）神醫王十二路遇一鐵匠，鐵渣子崩進眼睛裏，扎在眼球上。大馬路上，沒有任何藥物和醫療器械，這樣的手術怎麼做？只見他兩邊一瞧，快步跑到一家洋貨店，從牆上隨手摘下一樣東西，跑回來就把紮在鐵匠眼球上的鐵渣吸出來了，那是什麼？原來是一塊吸鐵石。（《神醫王十二》）蘇七塊堅持收取貧苦三輪車夫的診費，轉手卻還給了暗中幫助車夫的牙醫華大夫，並說了一番耐人尋味的話：「您別以為我這人心地不善，只是我的這規矩不能改！」華大夫琢磨了三天三夜也沒琢磨透這話的深意，我相信不少讀者看到此處也要琢磨一番。（《蘇七塊》）這些「包袱」強化了小說人物的神奇性和故事的傳奇性，使作品更加回味無窮。

　　馮驥才的作品風格，頗具古典傳奇色彩，帶有馮夢龍「三言兩拍」和蒲松齡《聊齋誌異》的筆意。馮驥才喜用也善用天津方言，他的人物對話中，往往用的是純粹的「天津話」，包括俗語、俚語等；他的敘述語言也帶有濃鬱的「津味」，敘述語言與對話語言融為一體，強化了鮮明的地域特色。他的講述頗類天津特產單口相聲，往往讓人忍俊不禁，這種風格也正與天津這座市井城市相匹配。天津方言與古典小說的白描手法結合在一起，極具有故事性和傳奇性，讀起來讓人拍案叫絕。

　　馮驥才寫《俗世奇人》，為我們留下了一幅幅近代天津衛的「浮世繪」，既是對天津人集體性格的記錄，也是對天津城近代歷史的記錄。我想，這也許就是他寫作《俗世奇人》的旨意所在。

　　（2017 年）

時代變化中的荒誕與眞實
——評范小青長篇小說《滅籍記》

　　范小青的每一部作品，總能給她的讀者帶來意想不到的驚喜。她的創作敢於求新求變，《赤腳醫生萬泉和》如是，《香火》《我的名字叫王村》如是，她的長篇小說新作《滅籍記》（北京十月文藝出版社 2018 年 12 月出版）亦復如是。這是一部極具荒誕色彩和先鋒意味的小說，講述了吳正好、葉蘭鄉、鄭永梅等人「尋找」的故事，幾乎全程讓人忍俊不禁。主人公吳正好在準備婚房的時候，無意中發現了一張紙——一份領養契約，產生了尋找父親的親生父母鄭見橋和葉蘭鄉的念頭，從而引出一段特殊的歷史，以及葉蘭鄉、鄭見桃、鄭永梅等一系列人物在這段歷史中的離奇而充滿辛酸苦辣的境遇遭際。

　　小說分爲三個部分，三個講述人，三個敘事視角。第一部分的講述人是「孫子」吳正好。他試圖尋找父親吳永輝的親生父母。經過一番周折，他終於找到了：爺爺鄭見橋已經去世，奶奶葉蘭鄉在養老院。葉蘭鄉是第二個講述人，然而這個葉蘭鄉並不是葉蘭鄉，她其實是爺爺的妹妹鄭見桃。鄭見桃本來是一個沒有身份的人，或者說她一輩子都活在別人的身份裏，「葉蘭鄉」是她最後一個身份。「葉蘭鄉」告訴吳正好，他的爺爺奶奶還有一個兒子，叫鄭永梅。這個人又在哪兒呢？第三部分的講述人就是鄭永梅，然而這是一個並不存在於現實中、只存在於紙上的人物。他是在那個荒誕的歲月裏，葉蘭鄉爲了掩人耳目而虛構出的一個兒子，而這個虛構的兒子像眞的一樣影響著葉蘭鄉和她周圍的生活。荒誕離奇的故事，加上荒誕幽默的敘述語言，使這部小說天然就有了黑色幽默的荒誕色彩。眞眞假假，虛虛實實，夢裏夢外，或人或鬼，讓人莫辨眞僞，作家用一支荒誕之筆爲我們構建了一個荒誕的世界。

　　但顯然，作家並不是要寫一個好玩的小說（雖然它本身就是一部好玩的小說，可以滿足我們普通讀者的閱讀興趣）。關於小說的主題，作家曾經說過：「其實最初『尋找』這一主題，只是小說的引子。但繞了一圈之後，又回到了原先那個『尋找』主題。」這句話包含兩層意思：第一，作家最初只是把「尋找」作爲小說的引子，而非小說的題旨。第二，繞了一圈之後，小說最終還是回到了「尋找」這個主題。這裡道出了文學作品的一個普遍性規律：作品傳播後產生的客觀效果，往往並不等同於甚至完全游離於作家寫作時的主觀意圖。但是實際上范小青在寫作時是有著高度自覺的。她寫作這部小說

就是為了「尋找」，而且她始終陪著小說的主人公在「尋找」。

「尋找」什麼？尋找「籍」。《滅籍記》這個名字有點費解。其實滅籍並不是消除籍，而是尋找被毀滅的籍。籍是什麼？它是房契，戶口本，身份證，結婚證，出生證，工作證，介紹信，等等。它是一張紙，可是它能證明你的身份。沒有了這張紙，你就什麼也不是，你就沒有了身份。一個沒有身份的人，在這個世界上一天都不能存在。《滅籍記》中，一個活生生的人（鄭見桃）因為檔案的意外丟失，失去「身份」，不得不盜用各種別人的「身份」，才能艱難地生存下來；而一個並不存在的人（鄭永梅），卻一直依靠身份「活」在世間。所以，尋找「籍」實質上就是尋找「身份」。

范小青向我們提出了一個現實的問題：隨著時代的變化，我們越來越不相信人本身，而是越來越依賴於「那張紙」來證明或確立自己。離開這張紙，我們的生命、生活馬上變得虛幻起來，變得「不真實」起來。於是，每個人都要努力取得各種「籍」，以此來證明自己的存在。這看似荒謬，但它正是現實的存在。你願意相信一個活生生站在你面前的人，還是相信代表著「身份」的一張紙？答案是明顯的，如果沒有那張紙，你是不會輕易相信一個陌生人的。這是現代人類社會的普遍性荒誕。

「我是誰？我從哪裏來？我要到哪裏去？」這是困擾世界的三大哲學難題，在《滅籍記》中，范小青對人的「身份問題」發出了類似的思考和提問，這讓小說具有了濃厚的哲學意味。「最早的時候是這樣的，你遇見一個陌生人，他跟你說，我是誰，我從哪裏來，我要到哪裏去，你就相信了。後來，你又遇見一個陌生人，他跟你說，我是誰，我從哪裏來，我要到哪裏去，你就不相信了。因為這時候人類已經學會了瞎說，而且人人都會瞎說，所以，人不能證明他自己了，你必須看到他的那張紙，身份證，房產證，或者類似的一張紙，他給你看了那張紙，你就相信了，因為一張紙比一個人更值得相信。再後來，你又遇見一個陌生人，他跟你說，我是誰，我從哪裏來，我要到哪裏去，你不相信，他拿出了他的紙，你仍然不相信，由於人們對紙的迷信，就出現了許多的假紙，你無法知道他的紙是真是假，你也無法知道他這個人是真是假。」

《滅籍記》無疑是荒誕的，然而它又是真實的，因為它是從生活中來的，是「建立在『實』的基礎之上」的。現實遠比小說荒誕許多，如何證明「我媽是我媽」就是一個明證。范小青認為，現代生活中的身份問題就是時代變

化中產生的荒誕。在時代「新」與「舊」交替的時候，舊規則沒有被完全打破，新規則也沒有完全確立，這時就會產生「縫隙」，這個縫隙裏面就是荒誕的種子，荒誕的種子就是文學的種子。《滅籍記》通過一個荒誕的故事，寫出了幾代人的生存現狀與隱秘心事，展現了作家對歷史與現實的深刻反思。小說歷史與現實交融，世俗與靈魂糾纏，在看似輕鬆的幽默荒誕之間，完成了對於「身份」與「命運」的一次嚴肅而深刻的探尋。

（2019 年）

陰霾年代的美好人性
——評蔣韻中篇小說《朗霞的西街》

讀完蔣韻的中篇小說《朗霞的西街》（原載《北京文學》2013 年第 8 期，《小說選刊》2013 年第 9 期轉載），我的心象被一顆突然飛來的子彈擊穿了一樣，眼淚不由自主地流了下來。

開始的閱讀，是輕鬆而享受的。這似乎是一個婉約而溫情的故事。不，連故事都說不上，就是一段舒緩的敘說。在一個叫做「谷城」的小城的西街，住著小女孩朗霞一家。雖然她生下來就沒了父親，但是她家的日子過得溫飽而溫馨。朗霞的媽媽——馬蘭花，帶著朗霞和一個老女傭孔嬸，過著精打細算勉強溫飽的生活。作者用女性特有的細膩的筆觸，不厭其煩地描述著朗霞一家捉襟見肘但又從容坦然的生活。母親靠站櫃臺，用不多的薪水維持著一家三口的生計；她家的四合院裏，種了一棵石榴一棵丁香和各種花草。向陽的窗臺上，常常有養在清水裏的白菜心和蒜苗；鳳仙開花的時節，孔嬸會給小朗霞染紅指甲；榆錢長出來之後，孔嬸又會捋下榆錢給她們蒸「布爛子」吃。雖然寫的都是生活瑣事，但是一點都不覺瑣碎；相反，給人一種詩意的享受。我愜意地享受著這閱讀的快感，全然不去理會作者一次次的暗示與提醒。

一切在女中學生吳錦梅和老師周香濤的地下戀情暴露之後發生了逆轉。為了自保，吳錦梅揭發了一個驚天動地的大秘密：陳寶印，馬蘭花的丈夫，朗霞的父親，國民黨軍的營長，其實並沒有死，他就藏在馬家後院的地窖裏！原來，當年陳寶印因思念妻女心切，放棄了去臺灣的機會，偷偷跑回了谷城，

被馬蘭花和孔孀藏在地窖裏。為了不被發現，馬蘭花和孔孀一直不讓朗霞去後院。這一藏，就是 8 年。是朗霞的執意逞能，使這個秘密終於暴露出來。小小的谷城震驚了，誰能想到，就在他們的眼皮子底下，竟然隱藏了這樣一個天大的秘密，天大的罪行！閱讀至此，一顆悠閒放鬆的心猛然被提起來，緊張得連氣都喘不過來。

很快，陳寶印被槍斃，馬蘭花被判處五年徒刑，後來病死獄中。一個和睦溫馨的家庭，從此被撕裂，朗霞被孔孀帶回了山區老家。活潑開朗的朗霞，從此變得沉默孤僻。她恨谷城，恨她的母親，恨一切。是趙大夫，那個重情重義的好男人，用他的善良感化了這顆被仇恨吞噬了的心，使她在想做壞事想做惡事想做狠毒的事想墮落的時候，給了她一個不作惡的理由。幾十年以後，當她帶著女兒來到趙大夫的墓前，她的一番深情敘說，讓讀者的眼淚跟著她一起滾落下來。雖然有過出賣，有過傷害，但是最終，還是美好的人性照亮了那個陰霾的年代，照亮了朗霞那顆充滿仇恨的心。

作者用蘸滿濃濃愛意的筆墨，精心描寫了一群美好女性的形象。她們性格各異，命運不同，但都有一個共同的特點，就是簡單、純潔、善良，嚮往美好生活。無論是天真可愛、無憂無慮的小朗霞，忠誠厚道、善於持家的孔孀，還是家境貧寒、但活潑好動的引娣，都給讀者留下了深刻的印象。就連為了自保而告密的吳錦梅，她面對不倫愛情的痛苦糾結，也讓讀者深深同情，而在某種程度上原諒了她的過錯。

作為小說的主人公，馬蘭花無疑是作者最為偏愛、著墨最多、個性也最為鮮明的女性。小說沒有一字對她外貌的描述（其他人物亦如是），但她的形象卻躍然紙上。自從 18 歲那年嫁給了國軍連長（後升為營長）陳寶印，這個女人的命運就交給了這個長她 10 歲的男人。只為一句「蘭花，這一輩子，我要讓你不管什麼時候想起來，都不後悔嫁給了我」，馬蘭花，心甘情願為這個男人，去赴湯蹈火。她拒絕了最適合再婚的趙彼得醫生，而以超人的智慧在那個動盪不安的年代生存下去。她主動捐出半個院子和東西廂房，為自己贏得了雖然狹小但相對安全的空間。她和忠誠的老保姆相依為命，省吃儉用，共同營造了一個雖不富足但非常溫馨的家。她心地善良，雖然自己家的日子過得也很緊巴，卻經常留對門的引娣在家吃飯，送給吳錦梅一件精心裁製的襯衫。她的身上，散發著母愛的芬芳。

最令人動容的，是她對愛情的堅貞和執著。她的這一生，為愛而活，也

爲愛而死。從陳寶印深夜潛回家中開始，她就守住了那個黑暗的大秘密，被它折磨、被它傷害。也許，她曾經有機會救贖自己，也救贖丈夫，可她錯過了，她沒有登上救贖的列車，而她，做了一箇舊時代的守墓人。8 年的時間實在太久，地下的秘密終於曝光，馬蘭花，也終於爲愛付出了生命的代價。一曲愛情的悲歌，令人盪氣迴腸！

作爲小說中不多的男性之一，趙彼得醫生雖然著墨不多，但他所起的作用卻無可替代。趙彼得是從前醫院裏的舊人，這個小城的第一把刀，儒雅，清秀，內向，念舊。因爲一個闌尾炎手術，他與馬蘭花相識，並產生好感。雖然遭到婉拒，但他卻對馬蘭花越加敬重，並產生了超越男女之情的另一種情義。他對馬蘭花許下這樣的諾言：「以後，遇到難處、難事，儘管來找我！」說完，起身離去。從此，這個人物在小說中再未出現，直到小說的第六部分，他才意外地出現在長途汽車站，來爲奶奶和朗霞送行。在此後的十幾年裏，他一直在悄悄地資助著朗霞。這一不求回報的善舉，不僅幫助朗霞度過了那個困難的年代，更重要的是，滋潤、溫暖了她那一顆冰冷決絕的心，使她最終沒有對這個世界絕望，而保留了一顆向善的心。可以說，趙大夫是作者精心安排的一個角色，是至眞至善至義的化身，是感化心靈、救贖靈魂的使者。

同樣值得稱道的，是小說的語言。小說的語言乾乾淨淨，從容不迫而充滿詩意。作者細緻地寫陳寶印爲小新娘梳頭，寫馬蘭花和孔嬸浸酸菜，寫馬蘭花和趙大夫共進晚餐，寫馬蘭花一家和吳錦梅姐妹圍著炕桌吃酒棗，寫朗霞和引娣玩抓羊拐，寫吳錦梅和老師周香濤暗滋戀情……這一切都寫得詩意盎然，情趣盎然。在當代小說裏，很難讀到這麼乾淨的語言。即使以職業編輯挑剔的眼光來看，小說的語言也很難找出瑕疵，可見作者運用語言的功力之深。

（2013 年）

人生就是一杯酒
——讀蔣韻散文《青梅》

長篇散文《青梅》，可以視作作家蔣韻的私人敘事，也是作家飽含深情的泣血之作。通篇並沒有千回百轉的曲折故事，可是讀完卻令人唏噓不已。

蔣韻的文字一向很節制很乾淨，但是在這篇散文中卻有些鋪陳，看得出她想講的太多太多。記得蔣韻曾經說過，她的奶奶、媽媽都喜歡「講古」。現在輪到她「講古」了。她在文章最後，明確寫道，此文就是寫給她的外孫女的。「等她長大了，我一定不在了。或許她還沒長大，我的記憶已經如同我母親一樣死亡了。我想讓她知道一點從前的事情，讓她知道一點我們這個小小家族的過往，讓她知道，她來自何方。謹此而已。」這是作家鄭重留給後人的一段家族史。

回憶圍繞兩個女人展開——「我姥姥」和「我媽媽」。每人一個部分，大體平分秋色，「我姥姥」的比重更重一些，姥姥的故事也更曲折一些。作為一個上過女子簡易師範的知識女性，姥姥嫁給了有過婚史的姥爺，卻遭遇丈夫婚外戀、納妾、離婚以及幼女夭折。一連串的打擊，姥姥淡然以對。我們無從感知姥姥的內心，作者給我們留下了很大的空白。她是堅強？還是柔弱？是勇敢面對？還是逆來順受？不知道。不服輸的姥姥也曾努力過，她試圖學會滑冰，可終告失敗。「我三十幾歲的姥姥，一雙畸形的解放腳，塞在一雙鮮紅欲滴的兒童冰鞋裏，笨拙地，在如此局促的一塊小小冰面上，試圖與強大的命運抗爭。那是多麼無奈的努力，那是多麼絕望的勇敢！」「她的心想飛，可是，她的身體不允許。她的生活、她的命運不允許。」

儘管如此，「我姥姥」似乎沒有恨過任何人。當姥爺因為「歷史問題」而坐牢之後，「姥姥來了，姥姥拉著舅舅的小手，默默地，把他領回自己家裏。」「舅舅」就是姥爺和他的妾生的兒子。「一直到我姥姥去世，舅舅和姥姥，始終，情同母子。」在姥姥身上，母愛的力量超過了情感的糾葛。「在精神上，我姥姥，仍然，至死，都屬於上個時代的『遺民』。」

如果說，作品的第一部分寫「我姥姥」，是實寫，寫的主要是「記憶」的話；第二部分寫「我媽媽」，則是虛寫，寫的更多是「遺忘」。罹患失智症的媽媽在遺忘，「我」也在刻意遺忘。「有些記憶，我到現在，還沒有勇氣寫出來。也許，小說可以，但用散文的方式，我仍然，不能觸碰……」與敘述「我姥姥」的濃墨重彩相比，關於「我媽媽」的敘述則更像書法中的「飛白」。作者在這裡留下了更大的、更多的空白，留下了更大的想像空間。一實一虛，形成鮮明的對比。小說家的筆法用在散文中，給人提供了別樣的閱讀體驗。

如果要給這篇作品一個主題詞的話，我想應該是「悲傷」。「我姥姥」是悲傷的，在強大的命運面前，她的所有努力都是徒勞無功；「我媽媽」是悲傷

的，爲姥姥的悲傷而悲傷，爲她的丈夫擔驚受怕、爲他「右派」和各種的黑色身份備受牽累；甚至，著墨不多的「我姥爺」「我父親」也是悲傷的。姥爺去世後，舅舅來山西探親，帶來姥爺的一部書稿。「我」終於想起了，姥爺，曾經是黃侃先生的弟子。這短短的一段耐人尋味。

而「我」，也是悲傷的，「我」的悲傷緣於親人們的悲傷，爲了他們的不幸遭遇，爲了母親晚年的病痛。作者多次寫到自己的哭。在天津，在姥姥舊居外，「我淚流不止」；聽媽媽唱歌，「我淚流滿面」；母親住入重症監護室，「我轉身，走出去，淚如泉湧。」親人的際遇讓「我」心疼。「我從沒有像那刻那樣，心疼過我的姥姥，心疼過一個渴望掙脫禁錮的女性的靈魂。冰刀銳利地劃著冰面，就像壓抑的、悲痛和不屈的嘶叫。」

作者深知，人生是悲傷的，也是無奈的。「我歎氣。隱約感知了，生活中，有許多悲傷的、無解的、沒有答案的秘密。也隱約感知了，母親借著酒力，借著這歌聲訴說的內心難以言喻的傷痛。」「人間有些苦痛，是沒有聲音可以表達的。」所以，「那一天，我沒有勸阻我悲傷的母親，我知道她悲傷，她的悲傷是那麼混沌而強大。」

寫到這裡，不能不說到酒了。酒，是這篇散文的主題，在作品中貫穿始終，是它給了「我姥姥」、「我媽媽」精神的慰藉。「我姥姥」人生失意，陪伴她、慰藉她的，是一杯竹葉青。許多個傍晚，她置酒邀飲，對她的年輕守寡的婆婆說：「晚來天欲雪，能飲一杯無？」「我姥姥愛竹葉青，愛了一輩子。這愛，影響了我媽。」「我媽媽」也愛喝竹葉青，同樣是借酒澆愁。作品中給人印象最深的有兩場酒，一是辦完離婚手續，即將勞燕分飛的姥姥、姥爺一起去喝了一場酒。這情形，頗似現在年輕人的「分手酒」，似乎有那麼一份瀟灑。可是，「還能說什麼呢？一切，都在酒裏了。千言萬語，都在這一杯酒裏了。」二是母親八十壽宴上的那場酒，戒酒多年的母親喝得酩酊大醉。酒，既是「我姥姥」、「我媽媽」在遭遇困頓時的精神慰藉，也是人生況味的某種隱喻。人生如酒，醇厚綿長，需要慢慢品味，細細琢磨。酒，既可澆心中塊壘，也會「舉杯澆愁愁更愁」。在它的面前，我們往往無可奈何。「那一天，在母親八十壽誕的慶生宴上，我沒有勸阻母親悲傷的狂飲，是因爲，我放棄了。絕望了。我絕望地放棄了爭奪，我沒有了力氣，我打不過那個強大的對手。」

（2018 年）

當代文學批評的新信號
——評《夏天的審美觸角》

《夏天的審美觸角》這本小書給我們的最初的衝擊自然是形式上的。讀膩了那種高頭大章、高深莫測的評論文章之後，讀到這樣輕鬆愉快、活潑多姿的批評文字，不能不令人耳目一新。文學批評如同文學創作一樣，也是要講究創新的。這裡的創新，包括兩個方面：一是形式上有所突破，二是觀念上有所拓展。那種人云亦云、形式古板的批評文章是沒有多少生命力的。這本書在形式上是有所創新的。它所採取的對話這種形式，使本書搖曳生姿、親切可讀。七嘴八舌，百家爭鳴，這為各種觀點、各種見解的發表提供了條件。不必長篇大論，不必全面公允，三言兩語，點到為止。一縷思緒，一種觀點，偏頗也好，錯誤也好，都讓你發表出來；而反對者可以立即組織「反攻」，展開激烈爭論。在這裡，你絕對找不到四平八穩有氣無力的八股文章。

形式上的衝擊源於觀念上的更新，或者說，這是一種新的文學批評觀對舊的文學批評觀的衝擊。當代文學批評在掙脫了僵死的教條束縛之後，曾經有過自己的輝煌歲月。可是近幾年來，文學批評中又出現了新的公式化、概念化、模式化，其中最令人憂慮的是貴族化的傾向。文學批評漸漸變成了一門高深的學問，不再是讀者理解作品、品味作品的媒介了；成了少數「圈子」裏的人孤芳自賞的專利品，不再是溝通讀者與作者的橋樑了。在某些新進的批評家看來，像茅盾這樣的文學大師的批評文章，大概也只能歸於「讀後感」一類吧？

《夏天的審美觸角》在當代文學批評的大潮中，頂多只是一朵小小的浪花，當然無法與之抗衡，但至少是對這種不良傾向的一個小小的抗議。這些年輕的大學生作者，用自己的批評實踐表明：文學批評絕對沒有某種固定的模式，它應該因人而異，因作品而異，多姿多彩，各具特色；文學批評也不應是少數人的專利品，它應該成為作品通向讀者的橋樑。因之，作者們都採取了坦率的批評態度，對具體的作家作品作了切中肯綮的批評，提出了一些獨到的見解。在新時期作家中，莫言是爭議較大的一位。作者們沒有糾纏於他應該寫些什麼、不該寫些什麼等細枝末節，而是一針見血地指出：莫言沉溺於自己的感覺世界，其實正是作家人性孱弱的表現。在壯闊崇高的背後，「隱伏著現實的心靈創傷的陣痛，表現出一種夢遊狀態的惘然和焦渴」（第 177 頁）。而王蒙新作中的寬容、幽默，「是一種帶有傳統意味的中國知識分子心

理模式的復歸」（第 9 頁），作家是背著沉重的包袱進行創作的。這些批評也許不無偏頗之處，但他們畢竟向讀者敞開了自己的胸懷，用自己的心去擁抱當代文學。這裡沒有虛偽的客套，也沒有故作姿態的深沉；這裡只有學術，沒有情面。這是一種很好的批評風氣。

撇開文學批評本身不談，這本書也許還有值得稱道之處，那就是它在教學改革方面的探索。本書的主編陳思和，是近年來頗有成就的評論家，同時也是一位大學教師。當他開設「新時期文學研究」的選修課時，作了一點嘗試，一些改革，於是有了這本小書的問世（詳見《夏天的審美觸角‧編後記》）。事實證明，這種嘗試是成功的。而這本小書，既是「意外的收穫」，也是這朵教改之花必然結出的果實。對教育改革而言，這也是一個小小的衝擊吧？

《夏天的審美觸角》是一本小小的書，它對當代文學創作和文學批評的衝擊也不見得會很大，不過我們不能不承認，《夏天的審美觸角》畢竟給當代文學批評發出了一個新的信號。

（1988 年）

藝術散文：心靈的曝光
——讀《當代藝術散文精選》

記得讀大學時，老師經常告誡我們：一定要通讀作家的全集，切不可以選本代全集，這是做學問的基礎。也許天生就不是做學問的料，我卻總愛讀精粹的選本而不愛讀大部頭的全集——況且，幾乎沒有哪個作家的全集經得起「通讀」。好的選本，不僅僅是優秀作品的彙集，往往還融進編選者獨特的個性，體現出編選者的水平和「眼識」，傳達出一些新的見解和觀念。讀這種選本，不僅可以得到美的享受，還可受到種種啓迪。劉錫慶教授主編的《當代藝術散文精選》（北京十月文藝出版社 1989 年版，以下簡稱《藝術散文》）就屬於這一類選本。

近幾年來，現代、當代散文選本出了許多，其中不乏優秀選本，但像劉錫慶教授這樣借助選本表達某種文學主張的，尚屬少見。這是《藝術散文》的主要特色，也是它備受讀者歡迎和散文界重視的重要原因。「藝術散文」這

一概念的提出，在當代散文界確是一件大事。

對於散文的涵義，從五四到當代一直有不同的看法。文無定法，對「文」的確切概念也難有定論，這本是正常現象。但是長期以來，我們對於散文的理解總是過於狹隘，不是將它當作「輕騎兵」、「突擊隊」，要求它描寫「重大事件」、「時代風雲」，就是將它看成「小點綴」、「小擺設」，只配寫些「風花雪月」、「兒女情長」。這些觀點在一定時期一定範圍也許有其合理之處，但經過歲月的檢驗，證明它們的不合理之處居多，那些所謂的「散文」作品（其中有些一度被看作名作），也多被時代淘汰，被讀者忘卻。這種現象促使人們重新思考、探索散文的真諦。近年來，許多散文理論家、評論家試圖對散文下一個確切定義，對它的內涵外延作出合理解釋。劉錫慶教授的「藝術散文」說，比較引人注目，在散文界、評論界引起不小反響（詳見《文藝報》1989 年第 2 期）。在《當代藝術散文精選・序》中，他對這個定義作出了詳細的闡述。

在劉錫慶心目中，真正的散文應該是：「用第一人稱的手法，以真實、自由的筆墨，主要用來表現個性、抒發感情、描繪心態的藝術短文。」這就是他大力提倡的「藝術散文」。「藝術散文」這個名稱妥當與否，尚可商榷，但劉錫慶的觀點確有新意。他抓住了散文的本質特徵──自我與個性，力圖將散文回到散文本身。與小說、戲劇等文學樣式不同，散文是一種寫「我」（即作者）的文學，是「表現自我」的文學。這就決定了它應具有這樣的特徵：篇篇有「我」，個性鮮明。抒情、言志，「我」是中心，既是「敘述」主體，也是「表現」主體；狀物、寫景，以「我」觀物，顯「我」襟抱，一切理應著「我」之色；記事、寫人，「我」是目擊者、參與者，無論人、事都經過「我」眼睛的折光、心靈的過濾、頭腦的評斷，是「我」心目中的「人」、「我」感受著的「事」。總之，散文不能「忘我」、「無我」。散文的美，是個性的美；散文的魅力，是人格的魅力。在這一點上，散文和詩歌頗相近。它們都是最宜於主觀抒發的文體。因此，劉錫慶教授指出，散文是「用來表現個性、抒發感情、描繪心態的藝術短文」。

散文既是「自我」的文學，個性的美醜、人格的高下，在散文中必然有最直接的反映。這就要求散文必須真實、自然，表現作者的真人格、真個性。真實是散文的生命。唯有真人真事、真情實感，才能打動人心。優秀的散文，必然是真、善、美的和諧統一。近年來，有人主張散文可以虛構，這種觀點頗可懷疑。如果散文也能虛構，那與說謊又有何異？正是在這一點上，臺灣

著名作家余光中先生才將散文譽爲「文學的『測謊器』」（參見《中國現代文學大系‧總序》）。所以，劉錫慶教授強調，散文必須「用第一人稱的手法，以眞實、自由的筆墨」來寫。

正是基於上述觀點，劉錫慶教授才有不同於其他編者的「眼識」。《當代藝術散文精選》絕不是一個優秀作品的「大拼盤」，而是一個眞正意義上的「選本」，是按照編者的觀點，依據編者的「眼識」選出來的，所要表達的是編者的散文觀、文學觀。翻開《藝術散文》，我們感到少了許多所謂「名家」的熟識的面孔，許多長期被奉爲「名作」的文章也無緣登此大雅之堂。而一些青年作者的佳作卻受到了編選者的青睞。看得出編者是在倡導一種新的文風。他們固然尊重歷史，但更著眼於未來。本書可以說是他們爲藝術散文的振興和繁榮提供的一個坯本。

唯有眞情才能動人。讀一篇好的散文，恰似漫漫長夜，與二三好友圍爐而坐，清茶一杯，傾心長談。小狗包弟的悲慘遭遇催人淚下（巴金《小狗包弟》），而頗通人性的小狗「小趨」的種種趣事卻讓人欲笑無聲、欲哭無淚（楊絳《「小趨」記情》）。在那個荒唐的歲月，只有狗還能給人一點友誼和安慰，而它的主人卻不能保護它免遭與自己同樣的厄運，作家能不深深地感激而且羞愧！「不能保護一條小狗，我感到羞恥」，「我不能原諒我自己！」（巴金語）——這種內省的「懺悔意識」是多麼眞摯、強烈！作家寫的是一條小狗，實際上是在對自己的靈魂作無情的解剖，這需要多麼大的勇氣！這才是用生命寫成的至情至文。

以我的管見，《藝術散文》在目前各種散文選本中屬於比較權威的一種（吳泰昌先生主編的《十年散文選》可與之媲美，但編選範圍僅限於新時期十年）。不過讀完全書，我卻總有點不滿足。敢於像巴金先生那樣大膽暴露自己靈魂的畢竟太少。記得讀臺灣作家的散文時，我曾經感慨人家是多麼無拘無束，灑脫自如。而我們的作家就「羞澀」多了。我覺得這固然與環境和氛圍的影響有關，但更多的還是取決於作家本身的素質與人格的優劣。虛僞的心，當然寫不出眞誠的文。「文如其人」，這話未必十分準確，但一篇文章中總有作者人格的投影。個性不美，人格不美，哪能寫出美的散文？散文作家只有提高素質、提高個人修養，藝術散文的繁榮才有希望。這是劉錫慶教授編選《當代藝術散文精選》的目的，也是我們廣大讀者的願望。

《當代藝術散文精選》出版的消息見報後，很多讀者紛紛給出版社去信

去電求購此書，而因本書訂數有限，市場上已供不應求。這種現象令人深思。這幾年散文作品出版難，有人指責出版社只顧經濟效益不顧社會效益，有人歸咎於讀者閱讀趣味的低下，其實歸根結底，還是散文自身的原因。一大批「偽散文」敗壞了讀者的胃口，也敗壞了散文的聲譽，幾乎窒息了散文的生命。而廣大讀者對本書的歡迎適成鮮明的對比。這說明讀者並非不喜歡散文，而是不喜歡那種虛偽、做作、無病呻吟的散文。真正的文學作品是大有市場的。讀者需要作家心靈的曝光。散文要振興、要發展，當然有賴於散文作家更大膽地裸露靈魂，更鮮明地展現個性，用純潔的心血譜寫真誠的心史。

（1990 年）

詩的人生和人生的詩
——讀藍棣之《正統的與異端的》

浙江文藝出版社出版的「新人文論」叢書中，有我的老師藍棣之先生的一種：《正統的與異端的》（浙江文藝出版社 1988 年版）。這是一本新詩評論集，我從中讀到的卻是藍棣之本人——作為詩人的藍棣之的心史。我常常覺得藍棣之身上有某種令我心動的東西，那是一種我能感覺到卻捕捉不住、我能體味到卻表達不出的東西。那種感覺，正如讀好的、略帶感傷氣息的詩一樣。讀《正統的與異端的》，使我有機會再一次細細品讀藍棣之，品讀他身上那些動人的東西。那種感覺，並不輕鬆，卻很愉悅。

我之稱藍棣之為詩人，並不因為他所從事的是與詩歌相關的職業——詩歌評論，也不僅僅因為他的論文有著詩歌的優美與凝煉：這些都只是外在的現象。我是說，在本質上，藍棣之是一個詩人，儘管他的外表樸素得近乎寒酸，蒼白得近乎憔悴，可這樸素而蒼白的外表總也掩蓋不住他作為詩人的魅力。這種魅力轉移到他的筆下，則讓我們從他的論文中獲得了詩歌的享受與陶冶。其實，在藍棣之看來，詩歌評論從來就不是一種職業，而是人生的一種內在要求，是一種實現人生的方式。借助於這種方式，作者盡情地宣洩出人生的體驗與感受，展示出他作為詩人的魅力，同時以詩歌為觀照，進一步體驗人生、豐富人生、詩化人生。「詩人是長不大的孩子，是酒神、是瘋子，

研究詩的也是些浪漫的、不切實際的、不懂世事的人。」（第 389 頁）不必去瞭解藍棣之的身世、經歷、性格，僅此一句，足以顯示全部的藍棣之。他的性格，決定了他的選擇。污濁的塵世沒有他的立足之地，他只能生活在這些永遠「長不大的孩子」中間。

任何批評文字都必定打上批評者個性的烙印，但像藍棣之這樣傾注了強烈的感情、情緒的，卻不多見。他似乎將全部的人生體驗，都投入到評論中去了。獨特的性格，使他對詩人們有一種天然的親近；個人生活的波折，又使他極易與詩人們產生共鳴。他那顆過分敏感的心靈，在現實生活中極易受傷，但一進入詩歌世界，卻如魚得水，優游自如。在這裡，他的心得到了慰藉，同時也逼近了詩人的心靈，抓住了詩歌的精髓。他的那些成功的論文，既是對詩人心靈的剖析，也是他自己獨特人生的注腳。或者說，他所鍾愛的那些詩歌作品，就是他人生的最好的注腳。

「所謂人生，說到底，我理解是一種感情牽掛。」藍棣之如是說。這一思想正是作者打開詩人心扉的鑰匙。緣於這一眼光，作者對那些曾被某些批評家用冷漠的理論粉刷過的詩歌作了新的剖析，讓我們得以窺視詩人的本來面目。早在 1979 年，作者就撰文對長期以來被全盤否定的胡適進行重新評價，通過具體分析指出：「《嘗試集》的思想內容……它的主要傾向，在當時的歷史條件下，還是進步的、嚴肅的，應當加以肯定。」這裡固然體現著批評家的勇氣，我們更多感覺到的是兩代詩人心靈的自然的貼近與共鳴。只有藍棣之這樣敏感的心靈，才能真正理解胡適的複雜思想與感情。而關於穆旦詩歌的評論，則幾乎令人淚下。我覺得這是融注藍棣之生活體驗尤其是愛情生活體驗最多的一篇。也許是穆旦的詩勾起了作者壓在心底的回憶，使他竟然忘記了這是在做學術論文，而帶著濃厚的情緒，盡情地宣洩著自己的痛苦與希冀。與其說作者在分析詩人作品，不如說他是用一把鋒利的刀子，淋漓盡致地解剖著自己多傷的心靈。就是在這裡，他第一次提出：人生，是種種感情的牽掛。這就是他的「解剖刀」。

正是因為融注了個人的感情、情緒和人生體驗，藍棣之的評論才顯得有個性，有人情，容易打動人。但我並不認為這裡有什麼特別高明之處，只不過很少有人願意這麼做罷了。有些批評家總是小心翼翼地掩蓋住自己的個性，戴上一副道貌岸然的假面具，以審判官的身份來判定作家作品的性質和命運，因此他們的論文也大多像判決書一樣冷酷而乏味。據說理論是灰色的，

但我想理論恰恰應該是綠色的，因爲任何理論都是從活生生的實踐而來，應該充滿生命活力。一旦成爲灰色，那它必定脫離了實踐，失去了生命來源，是僵死的。理論如此，與生命體驗密切相關的文學評論和研究更是這樣。那麼，爲什麼我們不應該期待讀到更多有個性、有活力、有溫度、有筋骨、清新喜人的論文呢？

讀《正統的與異端的》，我發現現代詩人、藍棣之和我，三代人，在這樣一個交叉點上產生了共鳴，那就是：詩與人生。

（1989 年）

大草原癡情的歌者
——艾平散文集《聆聽草原》讀箚

艾平是呼倫貝爾大草原熱情的、深情的、癡情的歌者。作爲呼倫貝爾大草原的女兒，她對這片土地愛得熱烈也愛得深沉，愛得執著也愛得心痛。浩瀚無垠的大草原，草原上的人、物、事，爲她的創作提供了源源不竭的素材和靈感。因此，她的幾乎所有作品，都在書寫這片草原。寫她的歷史，寫她的現實；寫她的饋贈，寫她的貧乏；寫她的幸福，寫她的苦難。爲她歌唱、爲她呼號，爲她歡笑、爲她流淚。她的《呼倫貝爾之殤》、《風景的高度》等，向我們呈現了呼倫貝爾大草原的昨天、今天和明天，歷史、現實和未來，以深沉的感情打動了無數讀者的心。

《聆聽草原》，是艾平獻給草原母親的又一本散文集。在這本散文集裏，她一如繼往地，懷著一顆虔誠的心，聆聽來自草原深處的聲音，那是草原在歌唱，草原的生靈在歌唱，草原的記憶在歌唱。

聆聽草原，作家聽到了什麼？「當我把耳朵俯在套馬杆上的時候，便聽到了一種清晰響亮的聲音，那聲音難以描述，好像一會兒把我推到了城市的街道上，一會兒把我帶到了大海的波濤裏，無序，錯雜，時斷時續，有時細膩，有時渾然，隨著這種聲音來臨，貌似凝固的原野頃刻間變得栩栩如生——百草窸窣，群鳥鳴唱，許多莫名的動物在齧噬，在求偶，在狂歡，馬群像石頭從山上紛紛滾落，雲朵推動大地的草浪，甚至，還有朝陽拂去露水時的

私語，鴻雁的翅膀驅趕浪花的回聲……」(《〈聆聽草原〉後記》)我們常人眼裏平靜單調的草原，在作家眼裏卻是如此地色彩豐富，眾聲悅耳，層次繁複，她是立體的、鮮活的、靈動的。艾平說：「我是一個草原上的撿拾者，小心翼翼地把自己發現的美麗珍珠一個個揩亮，然後獻給草原的未來。」在《額布格的秋天》裏，作家借助「我的老祖父」——額布格的視角，深情講述了布里亞特蒙古族牧民的播遷史。在 1918 年到 1924 年期間，七百餘布里亞特蒙古族牧民從貝加爾湖向東遷徙，來到呼倫貝爾錫尼河草原，至今已繁衍至八千餘人。是富饒的大草原養育了他們。所以，作家對草原總是懷著一顆感恩的心，虔誠地歌唱著草原母親。這種生於斯、長於斯、終老於斯的感恩之情是那些「到此一遊」的外來者所無法理解的。作者在《風景的深度》中感慨道：「他們說他們是來草原拍風景的，他們不懂，呼倫貝爾草原的美是一個天人合一的境界，那遠古而來的文明是其中最深有深度的風景。」

　　浩瀚無垠的呼倫貝爾大草原，給了草原兒女寬廣的胸懷。他們敬畏天地，熱愛萬物，善良待人。作家毫不吝嗇自己的筆墨，熱烈地歌頌這些善良、淳樸的普通牧民。《我的兩個阿媽》中，「我的小額吉」一連為 8 個家庭生了孩子，被尊稱為「替佛爺給我們送孩子的媳婦」。因為頻繁懷孕、生育，小額吉的身體像被牛羊啃過的草場一樣累垮了，過早地離開了人世。儘管草原以外的人對這一做法不能完全理解，但是小額吉的善舉依然讓我們感動。《鋸羊角的額吉》裏，額吉在草地上一跌驚起一隻百靈鳥，她的第一反應是趕忙牽著羊躲開，讓百靈鳥靜靜地孵卵。《額嬤格》中，「我阿爸」是遠近聞名的好牧人。分牧場的時候，他最後一個抓鬮，沒想到抓到了水草豐美的好牧場。為了讓別人家的牲畜好到河邊飲水，他特地在自家牧場留了一個通道，自家的草被鄰家牲畜啃食也在所不惜。在《呼倫貝爾之殤》中，面對一頭被獵殺即將死亡的大犴，「一個老獵人（我姥爺）的眼淚和一個獵物的眼淚一起落在雪地上，漸漸結冰。姥爺試圖用手撫上這將死動物的眼皮……姥爺像是在撫慰自己的孩子，溫存地撫摸高高的犴骨和犴的前額，慢慢地扳動犴的頭顱……把一壺六十度的老白乾，徐徐灌進了大犴的耳朵。只見那犴靜靜地承受著冰冷又炙熱的液體，漸漸地迷醉睡去……」這一段文字看得我驚心動魄，幾欲落淚，一個曾經的老獵人對動物的愛心讓我感動不已。草原人愛草原，愛草原上的萬物。即使是屠宰牲畜，他們也要盡力減輕牲畜的痛苦。

　　艾平深深地愛著腳下的這塊草原，愛之深，責之切，所以她對草原遭

到的破壞痛心疾首。這種痛心不是「為賦新詞強說愁」，不是為了吸引眼球而故作痛苦，她是發自肺腑地心痛。平常聊天時，只要談起昔日的草原她就眉飛色舞，談起草原的萎縮她總是唉聲歎氣，她會為外來的朋友沒能看到草原的美景而惴惴不安，喜愛與惋惜溢於言表。她在作品中，對於那些熱愛草原、敬畏草原的牧民們由衷地欣賞，而對破壞草原的行為則表現出憎惡和批判。在《風景的深度》中，她用諷刺的筆調描寫那些「身背長槍短炮的攝影家」：他們「開著帶行李架的越野車，就像剛出巢的百靈鳥一樣，在曠野中盤旋。他們來自水泥成林，尾氣如霧的都市，面對草原的風景，手中快門唪唪作響，已經大量『出片』，並借助網絡媒體，弄得遍地流傳。他們因此名揚四海，樂此不疲，認為自己走進了自然，捍衛了生態」。「呼倫貝爾的風景就這樣缺失了深度。」

艾平的散文，視野開闊，氣度揮闊，格局很大，是真正意義上的「大散文」。她的作品，文氣沛然，感情濃烈，同時又有著很強的故事性，讀之讓人不忍釋手。她的文字，極富張力，就像成熟的莊稼——玉米、稻穀、麥子，顆粒圓潤，漿汁飽滿，有勁道，耐咀嚼。她對蒙古族人民歷史、現狀、生活、情感瞭解之深讓人驚歎。其實，這都是她常年深入牧區、進到蒙古包採訪的結果。有很多次，我跟她聯繫的時候，她都在牧區採訪。艾平是地道的草原人，她與牧民們是真心朋友，與他們融為一體。所以，她的作品，不是由外向內掘進的，而是由內向外自然噴發出來的，散發著大草原的迷人氣味。

（2018 年）

深切的愛戀和溫柔的批判
——讀黃蓓佳長篇小說《童眸》

讀黃蓓佳的最新長篇小說《童眸》，感覺非常親切。這親切首先緣自地緣關係。很榮幸，我和黃蓓佳是同鄉，都是江蘇如皋人。地緣關係真是一種很神奇的關係，它能將素不相識的兩個人一下子拉得很近很近。而《童眸》，很明顯地是以作家在小城如皋的童年生活為背景和原型。正如作者在《後記》中所說：「這些可愛的，有時候又覺得可恨的小孩子們，曾經都是我童年的玩

伴。所以我的這本新書，說它是小說可以，說它是記事散文，是回憶錄，也都可以。」以虛構為主的小說和以寫實為主的散文特別是回憶錄本來是涇渭分明的，可是作者本人在這個界限上卻表現得很「糊塗」，可見童年記憶已經深深地烙刻在作家心裏，以至於下筆時，有幾分寫實，有幾分虛構，她也說不清楚。小說中所描寫的生活，有很多我都很熟悉，其中有不少是我當年親身經歷過的。在小說人物的身上，或多或少總能找到我童年玩伴的影子。

《童眸》這部小說最初吸引我的正是它的名字。「童眸」，兒童的眼睛。提起兒童的眼睛，大家自然地會想起一連串形容詞：清澈，純淨，透明，一塵不染，天真無邪……黃蓓佳筆下的朵兒的眼睛確實當得起這樣的評價，她有一雙「乾淨又明亮的眼睛」，她是一個善良、純潔、富於愛心的小女孩。然而透過朵兒的眼睛所看到的世界卻遠非我們所想像的那樣詩意和單純。作品由《灰兔》、《大丫和二丫》、《芝麻糖》、《高門樓兒》四個部分組成，講述了四個相對獨立又互相勾連的故事，描寫了上個世紀七十年代，蘇中小鎮仁字巷裏一群孩子成長的故事。作品中的朵兒、白毛、馬小五、彎彎、衛南、衛北、大丫頭、二丫頭等，在那積澱久遠的「仁字巷」裏過著清寒的童年生活，然而他們的心智和心靈，卻和父母一樣，經歷了遼闊的社會生活的洗禮。他們漸次長大，「仁字巷」裏難忘的童年永遠印刻在「童眸」中。

提到童年，很多人會想到的是無憂無慮、歡樂無比。可是在現實生活中，很多人的童年並不是那麼美好，而是充滿著貧窮、飢餓、無助和痛苦。尤其是作品所描寫的上個世紀七十年代，絕大多數中國人都生活在普遍貧困之中。透過《童眸》我們看到了一個更為真實的平凡世界。在這裡，有溫暖人心的善良、質樸與純真，也有今天的孩子們所不曾見到的貧窮、疾病以及被貧窮與疾病扭曲了的靈魂。這些交織在一起，便是我們生活的真實面目。

長期以來，兒童文學界的主流觀點是，兒童文學應該宣揚真的、善的、美的，應該給孩子們美好的、積極向上的東西。這當然是對的。但是在宣揚真善美這一主題的前提下，兒童文學的題材也應該多樣化，疆域也應該更加廣闊。兒童的世界和成人的世界一樣複雜多樣、豐富多彩，千萬不要把兒童文學扁平化、模式化、詩意化。

作者在寫作《童眸》時，對此顯然有著高度的自覺。黃蓓佳說：「《童眸》裏的這些孩子們，……他們都曾經是我的鄰居，是我朝夕相處的夥伴，所有成年人的善良、勇敢、勤勞、厚道、熱心熱腸，他們身上都有。而那些成年

人該有的自私、懦弱、冷血、刁鑽刻薄、蠻不講理、猥瑣退縮，他們身上也有。在這本書中，我無意把我筆下的孩子寫得過於純潔，他們就是這個社會上活生生的人，出門就能見到的，或者就站在你的身邊，跟你一起伸著脖子閱讀這本書的人。人性的複雜，構成了我們這個世界的千姿百態，正因為如此，我們的人物才有溫度，我們的文字也才值得反覆咀摸和咀嚼。」

在《童眸》中，孩童「複雜的人性」被凸顯了出來。白毛因為自身身體缺陷，膽小，自卑，孤僻，受人冷落。而一旦知道自己得了絕症即將死去，他此前被壓抑的生命力一下子爆發出來，盡展人性中惡的一面；混世魔王馬小五蠻橫霸道，仗勢欺人，可也有行俠仗義的一面；二丫對給她帶來恥辱的傻姐姐切齒惱恨，甚至想把大丫推下河去淹死她，但當她真的這麼做了，她又後悔了，跟著跳下去，並喊人救起……在黃蓓佳的筆下，這些孩子的個性都不是簡單的、平面的，而是複雜的、立體的。

作者沒有停留於展示「複雜的人性」，而是對此進行了深刻的反思和「溫柔的批判」。黃蓓佳說：「我這部小說不僅僅是為孩子寫的，也是為孩子的父母寫的，我只是用了孩子的視角來表達我對這個世界的愛戀、悲傷、銘心刻骨的追思和溫柔的批判。」《童眸》最讓人感動的是作者對白毛、大丫頭、聞慶來這些身體有缺陷的弱勢兒童的關注。作品寫出了這些弱勢兒童痛苦的生活現狀，尤其是把身體上的殘疾帶來的心靈上的折磨描寫得淋漓盡致，表現了作者對殘疾兒童生活境遇深切的同情。在《灰兔》中，白毛的自閉以及周圍人對他的冷落讀來都讓人心酸不已。尤其是白毛那一聲絕望而又尖銳的吶喊：「我恨你們！我就是恨！恨全世界的人！」這一聲吶喊，讓人驚心動魄，讓人不寒而慄，也令人深深反思。白毛恨從何來？難道僅僅是因為身體的殘疾嗎？難道不是眾人的歧視造成的嗎？白毛、大丫頭們身體的殘疾固然令人同情，而他們所受到的不公正對待更令人扼腕長歎。《童眸》勾起我心靈深處塵封已久的記憶，讓我想起童年、少年時代所見過的殘疾人以及他們的遭遇，那些畫面曾經在我幼小的心靈留下深深的恐懼和長久的陰影。朵兒的眼睛像一面鏡子，照出了人性中惡和醜陋的一面。

但是作者在描摹「複雜的人性」的同時，始終把握著作品的底色是明亮的，溫暖的。「仁字巷」不是淨土，人間不平之事這裡也有，但小巷裡的基調是淳樸、善良、溫暖的，人與人之間的關係還沒遭到污染。作品字裡行間蘊含著作家對那個年代、對那個小巷的追憶和留戀。作品寫的是上個

世紀七十年代，但是作者有意淡化了或者說模糊了時代背景。「仁字巷」不是世外桃源，但在作者的筆下又彷彿世外桃源。在作品裏，你看不到時代的大背景，看不到時代大背景對小巷眾生的影響，不知「今夕是何年」，「不知有漢，無論魏晉」。上一點年紀的人都知道，上個世紀七十年代是一個不平凡的年代，是一個發生了驚天動地大事件的年代，是一個對中國歷史進程產生了巨大影響的年代；而且，七十年代上半葉和下半葉完全是兩種型態。可是這一切我們在《童眸》中一點都看不出來。作者精心呵護著「仁字巷」這方小天地，刻意營造了一個封閉的小環境，不讓它受到外來風雨的侵襲。看得出來，作者的心理是矛盾的。從理智上說，她深知世界是豐富多彩的，人性是複雜多樣的，所以「無意把我筆下的孩子寫得過於純潔」；否則，「這樣教出來的孩子，將來等他們走上社會，面對紛紜人生，會顯得迷茫而膽怯，會無所適從，舉步維艱。」可是，從感情上說，她又希望這個世界純淨一些，希望人性善良一些，少一些紛爭，多一些包容，少一些傷害，多一些愛護；希望所有的孩子都能得到更多的關愛，成長為身心健康的人。所以她又為筆下的孩子們精心營造了「仁字巷」這麼一個淳樸、安靜、相對溫馨的小社會。這種矛盾的心態，也許正反映了作者的某種無奈？小說的最後，作者寫道：「可是有誰知道，朵兒小小的腦子裏，藏著多少對於往昔的懷念，和對於未來的恐懼。」讀到這裡，我的心一下子揪緊了，彷彿明白了作者的深情和無奈。

不知為什麼，讀《童眸》的時候，我一邊讀卻一邊想起《小船，小船》，黃蓓佳早年間的一篇短篇小說，也是她的成名作。我的思緒像一根拋物線一樣，一下子越過了三十五年的山山水水，把黃蓓佳的一篇早期作品和一部最新作品聯繫在一起，這是連我自己也覺得奇怪的。

其實並不奇怪。從《小船，小船》到《童眸》，儘管風格發生了很大變化，寫作技巧上更加成熟，但是貫穿始終的主題沒有變，那就是：「愛。」《小船，小船》情節簡單，主題單一，所寫的是兩位劉老師對殘疾少年蘆蘆的關愛，它打動我的，是「愛」。而《童眸》所蘊含的，仍然是作者對這個世界、對生活深切的愛戀。只不過，這份愛已經增加了反思和批判的鋒芒，增加了對人性的拷問，因而更加深刻而雋永。對世界的愛，對生活的愛，對孩子的愛，可以說是黃蓓佳兒童文學創作永恆的主題。

（2017 年）

直抵人心的眞情寫作
——漫議吳克敬散文風格

　　吳克敬在長期的散文創作實踐中，已經形成了自己鮮明的個性、風格和特色，辨識度很高。他的散文，融思想性、藝術性、知識性、思辨性於一體，同時又帶著溫潤的感情，有著很強的穿透力，能夠直抵人心，感人至深，引發共鳴。

一、情眞意切愛憎分明

　　我一向認為，眞情實感是散文的靈魂。眞情實感是散文寫作的基石，一個作者決定從事散文寫作的時候，一定要做到「把心交給讀者」（巴金語），帶著眞情實感寫作，與讀者進行心靈的對話。一篇散文，如果沒有作者的眞情實感，那就「好像是出了氣的燒酒，一點味道都沒有」（周作人語）了。

　　吳克敬的寫作態度是眞誠的，他的散文蘊含著深切的、眞摯的感情。即使不認識他這個人，光是從他的散文就能看出，吳克敬是性情中人，他以無比坦誠的態度在寫作。他不善於隱瞞自己的感情，甚至不屑於克制自己的感情。有時候他任由眞情流露，讓人不敢相信這是一個七尺男兒，一條陝西漢子。

　　親情在吳克敬的散文中佔有重要位置。親情是不少散文作者偏愛的題材，但是我們在很多作者的作品中讀不出別樣的感受。如果一味地歌頌父愛母愛（包括爺爺奶奶外公外婆的慈愛）的偉大，那麼凡是會寫字的人都可以寫，那麼我們就要淹沒在父愛母愛的汪洋大海中。

　　吳克敬寫親情，當然少不了寫親人之間的普通感情，但他更注重挖掘一種別樣的東西。比如《祖上傳說》，他著力描寫了家族中流傳的一種信仰，即「忠信」為本。因為一枚麻錢的過失，吳家世代恪守著「誠信為本」的諾言。為了確保家傳的治病秘方不致誤傳，祖上竟以蒸熟的蠶種來考驗兒媳的誠實。在《乳名》中，作者寫道：「我追問自己，四十年來對母親有許多不恭不敬、不孝不順的往事，但從母親的容顏和神情中看得出，她並沒有怪罪。她是欣賞我，為我驕傲嗎？……我想：我不能讓母親失望！」在《父親打我三煙鍋》中，父親留給後人的，是誠實、坦蕩和眞摯。文末作者這樣寫道：「俗人克敬保留下了父親的煙鍋，如今已成為一個獨特的珍藏。俗人克敬想念父親的時候，會把煙鍋取出來，淚眼婆娑地看上一陣，覺得那玉的嘴子，黃銅

的煙鍋頭，配上楠竹的煙嘴竿，實在是一件指教人的利器。俗人克敬手拿父親的煙鍋，既感到遭打後的疼痛，又感到遭打後的溫暖，是那種父愛如山的疼痛和溫暖。」吳克敬筆下的親情中，融入了深厚、良好的家風，成爲家族流傳的寶貴財富。

愛情是人世間最美好的感情，在吳克敬的散文中同樣感人至深。吳克敬筆下的愛情故事都是「鄉村愛情」，《梅娘的手影》《麥黃杏》《失聲的秦腔》《蘆篾戒指》等都是以愛情爲主題的作品。主人公們也許不懂「愛情」爲何物，也不會談情說愛，但是他們對愛情的堅貞同樣令人感動！《蘆篾戒指》是一篇催人淚下的愛情悲劇。西芒姑婆嫁給席篾匠後，兩個人過著甜蜜的生活：丈夫是遠近聞名的席篾匠，做得一手好活；妻子漂亮手巧，很快就成了一把編織的好手，尤其是能織出各式各樣、活靈活現的小動物和小玩意。但是，好景不長，有一天丈夫出去售貨的時候被國軍抓了壯丁，從此音信全無。鄰村同被抓去的一個男人逃回來，帶來席篾匠的信物蘆葦戒指，也帶來讓他照顧妻子的囑託。在很多年的無望等待中，在照顧公婆和孩子的艱辛中，在這個男人無微不至的呵護下，被感動的西芒姑婆最終與他結成夫妻。萬萬沒想到的是，有一天，席篾匠突然從臺灣回來省親，並帶回了自己的全部積蓄。面對眼前的景象，西芒姑婆躲進屋裏失聲慟哭；席篾匠留下積蓄，二話不說就返回了臺灣。文末作者寫道：「大兒子一到臺灣，就遇到父親病歿的日子，匆匆地火化了，裝在一隻木頭匣子裏，背回祖國大陸來，安放在家中的客廳裏。明光鋥亮的骨灰盒，西芒姑婆每天都不忘擦拭兩遍，有兩枚顏色發烏的蘆葦篾兒的戒指，也並排著敬放在骨灰匣上。」民族的悲劇，造就了無數個家庭的悲劇，然而卻擋不住愛情的忠貞和偉大。主人公的愛情悲劇令人唏噓不已，而他們對愛情的堅貞更令人感動敬佩！

除了親情、愛情，吳克敬筆下的友情、師生情同樣感人至深。在《半個蘋果》中，小學老師李樹風對學生不僅學習上要求嚴格，生活上也非常關心。在「文革」期間，他被打成「歷史反革命」，卻還不忘塞給已輟學的「我」一張汗濕的紙條，上面寫著：「學無止境，學必有用。」這句話讓作者記了一輩子。他在文末寫道：「李老師，知道你已讀不到我這篇小文了，可我還要寫出來，一來是對您的紀念，二來想要告訴我的子女，父母親情之上，還有更高尚、更純粹的師生之情。」這裡體現的，不僅是老師對學生的愛護之情，更有學生對老師的愛戴之情、感激之情、懷念之情，這同樣是值得學習、令人感動的。知道感

激、懂得感恩,是一種美德。這在吳克敬的散文中表現得很充分。

當然,吳克敬筆下的情,不只是親情、愛情、友情、師生情,還有對祖國、對人類、對民族、對大自然的「大愛之情」。這種感情不是空洞的,更不是虛幻的,而是實實在在的,體現在一件件具體事情上。在《祖上傳說》中,祖上的女當家把她治療女人血崩的秘方,忠實地一代一代傳下來,傳到一九四九年中華人民共和國成立後,在家庭族人等的共同協議下,非常高興地捐獻給了國家,使更多患者獲得救治。作者寫道:「俗人克敬便想,我們後人應該感到光彩的。」在《藏羚羊碑:可可西里不死的精魂》、《榆樹幹大》、《土司的女兒》、《蘿蔔花》等篇章中,作者表現出對動植物、對大自然強烈的愛。在《土司的女兒》一文中,作者這樣寫道:「我被腳下的一朵小花所吸引,彎腰欲採時,卻被冰花堅決地制止了。」「她的制止是對的,草原上的花和草不是好採的,採去一朵,要再生出來,怕是非常非常的難呢。我為自己的舉動紅了一下臉。」從他對動植物的愛護,我們可以體會到作家內心的純淨、善良。

宗白華說:「深於情者,不僅對於宇宙人生體會到至深的無名的哀感,擴而充之,可以成為耶穌、釋迦的悲天憫人;就是快樂的體驗也是深入肺腑,驚心動魄;淺俗薄情的人,不僅不能深哀,且不知所謂真樂。」(宗白華:《論〈世說新語〉和晉人的美》,《藝境》,北京大學出版社 1998 年版)吳克敬的散文,表現出對「深情」的熱愛與眷戀,從而閃爍著迷人的光焰。

二、思想深邃力透紙背

深刻的思想性是吳克敬散文的又一特色。

好的散文,不但要有真情實感,還要有深刻的思想。如果說真情實感是散文的靈魂,那麼深邃的思想就是散文的筋骨。一個健全的人不但要有高尚的靈魂,還要有強勁的筋骨,這樣才能挺立在天地間。好的散文也同樣如此。如果沒有深刻的思想做支撐,一篇好散文就立不起來。好的散文家,總是追求思想深刻。他不會滿足於庸俗的抒情,平庸的敘事,而是要挖掘思想內涵。這種思想的深刻,不是空泛的大道理。古人說:「文以載道。」道,內涵很豐富,不同的時代、不同的社會、不同的人有不同的理解。我的理解,這個「道」,就是思想,當然是正確的、積極的、健康的思想。文學作品乃至所有文章,都應該傳播正確的有益的思想,引導人們向上向善向美。散文作為文學的一個重要品類,當然更應當承擔這一個使命。

　　吳克敬作爲一個有強烈的社會責任感和歷史使命感的作家，他的散文具有深刻的思想性，有一股浩然正氣。這在他以古碑爲題材的一組散文中表現得尤爲突出（見《俗人散文·閱碑謹識》）。在這一組散文中，吳克敬寫出了他對於社會、世道、人心等等的思考和主張。在《棉花碑》中，他向「胸中有百姓，心裏想人民」的清朝直隸總督方承觀表達由衷的敬意：「就是這位封建王朝的直隸總督，……在他不很熟悉的領域，用他不甚擅長的手法，細緻深入地總結群眾的經驗，盡心盡意地手繪圖譜，刻石推廣，如此厚德，不正是我們的人民公僕應該學習和發揚的嗎？」在《令箴碑》中，作者引用了宋太宗爲地方官員書寫的十六字爲官箴言：「爾俸爾祿，民膏民脂；下民易虐，上天難欺。」作者認爲，即使在今天也不失其積極意義。特別難能可貴的是，對於一些歷史事件和歷史人物，吳克敬並不人云亦云，輕易接受現成結論，而是敢於獨立思考，提出自己的見解。在《去思碑》中，作者回顧了一件歷史舊事：1860 年，英法聯軍進逼京城，通州爲戰禍要衝，眼看著黎民百姓將要遭受戰亂禍害，在萬般無奈之下，通州知府蕭履中置自己的名節於不顧，出城與洋人達成了一個協議，即洋人的軍隊不准入通州城，而洋人所需的一應生活物品，由通州供應，按物計價。「從此相安無事，幾至一年，通州城鄉數十萬生靈無一傷亡者。」通州百姓感念他的仁愛事功，在他離任時爲他樹立了一通去思碑；可是後來的史書中卻斥之爲「賣國之舉」。對此，吳克敬寫道：「通州百姓自發爲蕭履中樹立去思碑，思念的正是他不避罵名，敢爲地方平安負責的精神。」「我們五千年文明的中華民族，是太需要這樣的理性了，理性地思考一切問題，理性地對待一切問題，這將是我們民族不斷走向成熟的必然選擇。」其他如《處方碑》勸人行善，《嘉禾碑》痛斥封建社會各級官員欺上瞞下弄虛作假，《照人碑》提出：人要照鏡子，但絕不能照昏鏡……這些散文，涉及爲官、爲人的方方面面，可以說是當代的《醒世恒言》。如今，有人反對「文以載道」，主張「娛樂至死」，這是令人遺憾也令人悲哀的。以此觀之，吳克敬的堅守尤其難能可貴，尤其令人感動。

三、技藝精湛爐火純青

　　好的散文，要有真情實感，要有深邃思想。但是如果光有這些，那還不是一篇好的散文，甚至連一篇合格的散文都談不上。無論是真情實感也好，還是深邃思想也好，都要通過文學的方法表達出來。否則，很難產生打動人心的藝術力量。

　　吳克敬的散文在藝術手法上相當成熟。他的散文屬於「本色散文」，屬於傳統散文一類，規規矩矩，本本分分，不要花招，不玩概念，不搞雲山霧罩，不搞裝神弄鬼。這個評價絲毫沒有貶低之意，相反，我佩服他的不易。散文創作固然需要創新，不過在創新之前不能忘了傳統，不能丟了傳統。

　　他的語言具有鮮明而獨特的風格：樸實無華，明白曉暢，幽默詼諧，雋永蘊藉。他的語言是質樸的，不掉書袋，沒有華麗辭藻，也沒有詰屈聱牙，但都很熨貼，莊中寓諧，亦莊亦諧，加上適當融入西府（陝西西部寶雞諸縣）方言，增加了語言的魅力和感染力。我喜歡他的語言。這樣的語言看上去平淡無奇，實則需要很高的文字造詣。看吳克敬的散文，我就想起吳克敬其人。人們常說「文如其人」，這話不一定完全準確，但是用在吳克敬身上非常貼切。他的散文語言與他的口頭語言確有相似之處。熟悉吳克敬的人都知道，他平時說話不緊不慢，不溫不火，但是妙趣橫生，往往讓人樂不可支。也許，他真的有語言天賦？

　　在感情表達上，吳克敬屬於奔放型，不加節制，直抒胸臆，這與我的美學主張是有區別的。有感於一個時期「偽抒情」的氾濫，我一向主張，散文的抒情要內斂，節制，引而不發，「酒至微醺，花開半朵」。在這方面，我極為推崇董橋，他的所有散文幾乎都是冷冷的，淡淡的，似乎不帶感情。可是你如果讀進去，便會發現其實其中蘊含著極深的感情。「我們在人生的荒村僻鄉裡偶然相見，彷彿野寺古廟中避雨邂逅，關懷前路崎嶇，閒話油鹽家常，攸忽雨停雞鳴，一聲珍重，分手分道，不知道什麼時候又會在蒼老的古槐下相逢話舊。可是，流年似水，滄桑如夢，靜夜燈下追憶往事，他們戛然的足音永遠近在咫尺，幾乎輕輕喊一聲，那人就會提著一壺龍井，推開半扇竹門，閒步進來細數別後的風塵。」（董橋：《寥寂》）這樣的文字，是抒情嗎？似乎不是，可是當你回想人生的件件往事，難道不會有所觸動嗎？當年，當我客居香港的時候，在深夜裡讀著這樣的句子，是感極涕下的。可是吳克敬的散文在某種程度上動搖了或者說修正了我的觀點，我發現暢快淋漓的抒情也並非都是令人反感的。我甚至覺得，在吳克敬筆下，感情就應該這樣表達。如果他也羞羞答答，欲說還休，那就不是吳克敬了。也許，這正是南方人與北方人的區別吧？

　　吳克敬兼寫小說、散文，他的散文中融入小說筆法。他善於講述故事，能夠把一件事寫得一波三折，形象生動，引人入勝。他善於塑造人物，他筆

下的人物無不形神兼備，性格鮮明，栩栩如生。在人物刻畫中，作者尤其擅長寫女性。他對女性有著獨到的理解和體悟，所以總能寫得靈光閃現。在《麥黃杏》中，當德福媽的丈夫被土匪打死以後，她毅然挑起家裏的生活重擔，表現出男子也不易有的堅強與豪情。她自己的生活雖然充滿不幸、坎坷，但卻不斷地惠及於人，從不計較個人得失，反映了作家內心有光一樣的溫暖。他善於描寫景物，常用白描手法，往往寥寥幾筆，迷人的景致就躍然紙上。他這樣描寫苜蓿花：「風吹來了，接天連地的苜蓿地，就像一片紫色的花海，在白雲飄動的藍天下湧動著，蕩起一波一波的花浪，就有濃鬱的苜蓿的花香，衝著人的鼻子撞來，叫人大有醉入花海的情景。」（《苜蓿花》）讀著這樣的文字，不但有一片紫色的花海在你眼前湧動，更有那濃鬱的花香撞入你的鼻中，令人沉醉。

（2018 年）

應似飛鴻踏雪泥
——淺談劉仁前《香河》三部曲人物形象

讀完作家劉仁前的長篇小說《香河》三部曲（《香河》、《浮城》、《殘月》），我的眼前始終晃動著一群男男女女的形象，久久揮之不去——他們是香河的兒女。他們有的終老香河，有的走出香河，但無論他們走到哪裏，他們的命運都跟香河緊緊地聯繫在一起。似乎是一種宿命，香河之水滋養了他們，也為他們今後的命運預設了伏筆。

劉仁前是一個寫人的高手。從《香河》到《浮城》再到《殘月》，劉仁前寫了五代人：以柳安然、三奶奶、王先生等為代表的第一代；以香元、譚駝子、祥大少、香玉等為代表的第二代；以柳春雨、水妹子、琴丫頭、楊雪花等為代表的第三代；以柳成蔭、陸小英、譚賽虎等為代表的第四代；以柳永、秦曉月、田月月、吳夢月等為代表的第五代。《香河》三部曲人物眾多，據不完全統計，三部小說裏一共出現了 107 個人物。作者似乎並沒有刻意濃墨重彩地刻畫其中任何一個，也沒有一個貫穿始終的主要人物，幾乎每個人物都是素描式的，看似漫不經心的淡淡幾筆，但是一個個個性

鮮明、血肉飽滿的人物形象卻躍然紙上，他們的故事令人難忘，他們的命運令人興歎。

劉仁前在描寫這些人物時，總是懷著悲憫情懷，帶著深深的感情。在劉仁前的筆下，沒有絕對的好人，也沒有絕對的壞人。好人身上也有缺點，壞人身上也有閃光點。柳春雨，是作者著重描寫的一個正面人物，可他在琴丫頭和楊雪花之間的舉棋不定，暴露了人性的弱點。他與琴丫頭的愛情悲劇固然有著客觀因素，但也不排除見異思遷、始亂終棄的嫌疑。香元，獨斷專橫，玩弄異性，基本上是一個反面人物形象，可是在涉及社員生命財產安全的大事上卻不徇私心，不畏權貴，寧可丟官也不退縮，體現出他的擔當意識。柳成蔭，是劉仁前在《浮城》中著力描寫的主要人物。他為人正直，有魄力，有能力，想在仕途上有所作為，想為百姓幹一番事業，總體上看是我們所習慣的正面人物。可在他身上也有缺點，有私心，有時也有違反原則的行為，甚至對其他年輕異性還有「非分之想」。《香河》裏的人物，都有著模糊而又清晰的臉。說模糊，是因為他筆下的人物都很中庸，不是非黑則白、非忠則奸、非正則邪、非好則壞那樣；說清晰，是因為他筆下的人物都有著善良的底色，就算壞也壞不到哪兒去，沒有十惡不赦的壞人。這些人物不同於我們過去在文學作品中所習見的人物形象，帶給我們全新的閱讀體驗。對於這種體驗，估計有些讀者開始會不習慣甚至排斥；但是我相信，只要你認真讀下去、讀進去，你也會喜歡上這些人物的。實際上，他們就在我們身邊，就是我們平時習見的大多數。

劉仁前筆下的女人都很美，不說是沉魚落雁、閉花羞月，也都是唇紅齒白、杏臉桃腮，個個走出來都是水靈靈的，嫩滴滴的，讓人眼前一亮。香河水滋潤了這群女人，她們也都如水一樣，如水一樣柔，如水一樣清，如水一樣美。她們還有一個共同點是善良。就算她們有這樣那樣的缺點，這樣那樣的毛病，但是本質上是善良的。就連吳夢月這樣工於心計的女人，雖然可恨，但也可憐，有時候也可愛，而且最終良心發現，改邪歸正，還是善良的一面佔了上風。

可是就是這群美麗、善良的女人，幾乎無一例外都難逃悲劇的命運，誰也沒有一個完美的結局。有的受到自己心愛的男人的背叛與傷害，有的被父母阻撓而不能如願，有的因外界因素而被迫放棄，有的雖然與自己的愛人走到了一起，卻意外地受到別人的傷害，心中留下了永遠的隱痛。這些女人的

命運令人唏噓，令人心痛，有時也讓人心裏添堵。我經常在想，爲什麼要讓所有的女人都遭遇這樣的磨難？難道女人眞的是弱者？

在《香河》三部曲裏，男人是處於主宰地位的，他們似乎有著支配世界的權力和力量。那麼他們就幸福嗎？就成功嗎？也未必。在命運面前，他們也無一例外地是失敗者。香元作爲村支書，手上握有絕對的權力。在香河村，他呼風喚雨，權傾一時，「嬪妃」無數，「性福」無限，似乎沒有他做不到的事情。可當他試圖抵制上峰的命令時、當他一時口誤把「默哀三分鐘」說成「難過三分鐘」時，他也難逃被免職的下場。柳成蔭，是香河村走出的第一個「大幹部」，年輕的縣委書記，躊躇滿志，勤政務實，希望有一番大作爲，可卻被幾封所謂的「人民來信」搞得狼狽不堪，幾度沉浮；在感情上，他更是一個徹底的失敗者，不僅不能跟自己的所愛走到一起，而且還得承受失去愛人的痛苦。《香河》系列中的男人，多多少少都有這樣那樣的缺點。看得出來，作者對男性似乎帶有一些批判的態度。

從《香河》到《浮城》再到《殘月》，小說的名字就暗示了人物的命運。在香河村，人們活得實在，細緻，有規有矩，有滋有味，就像那緩緩流淌的河水，舒緩，靜謐，清澈見底，那是人生最美好的階段；然後是在風雨中飄浮不定的小城，歲月不再靜好，現世不再安穩，讓人感覺到在社會格局大變動下無法把握的命運；最後是浩瀚夜空中的一輪殘月，雖然美麗，卻殘缺而淒涼。人生就這麼美麗而殘缺，也許是因殘缺而美麗？誰知道呢？

（2015 年）

故鄉風物最關情
——劉仁前散文集《楚水風物》讀箚

故鄉的風物總是能勾起遊子的情思。也許是因爲出生於長江流域的緣故，那些關於江南水鄉的文字更是引起我特別的興趣。讀起來，彷彿帶著家鄉特有的氤氳水汽。所以，在現代作家們回憶故鄉的文字中，我特別喜歡周作人和汪曾祺的。周作人與汪曾祺，都是極重鄉情的作家，他們都寫了大量懷鄉散文，在同類題材作品中別具一格。周作人的《故鄉的野菜》，借野菜抒

思鄉之情，融知識性與趣味性於一爐，民俗童趣在平淡中娓娓道來，語言平和沖淡，文風飄逸瀟灑，是鄉情散文中的經典之作。汪曾祺寫故鄉的作品就更多了，他的很多作品中都有故鄉的影子。近年陸建華先生編了一本《夢故鄉》，將汪曾祺以故鄉爲題材的小說散文匯在一起，厚厚兩巨冊，竟有七十萬字之多，其中有多篇都寫的是故鄉的風物。不知是有心還是無意，汪曾祺也寫了一篇《故鄉的野菜》，是以此向周作人致敬？還是欲一決高下？汪曾祺在創作上受廢名、沈從文影響極大，其實與周作人、俞平伯在文化趣味上也極相近，雖然在他的文章中從未正面提及。

汪曾祺是里下河文學的旗幟性人物，對這一地域作家的影響很大。劉仁前的創作，自覺以汪曾祺爲師。在眾多學汪者中，可以說是爲數不多的得汪真傳者之一。這從他的長篇小說《香河》中可以看出，在這本散文集《楚水風物》（江蘇鳳凰文藝出版社 2017 年 11 月版）中更有集中的表現。汪曾祺爲江蘇高郵人，劉仁前爲江蘇興化人，兩地相鄰，都處於里下河地區，風土人情高度相似。這對作家創作風格的形成所產生的影響是顯而易見的。

「楚水」，指的是作者家鄉興化。此地古稱昭陽，又名楚水。從地名就可以看出，這裡屬於水鄉。凡是水鄉，無論江南江北，都是水網密佈，物產豐阜，人傑地靈。所以，《楚水風物》首先向我們展示的，是水中的產物。第一輯「風中的搖曳」，寫了菱、藕、荸薺、茨菇等水中植物；第二輯「水底的優游」，寫的是水中的動物，河蚌、螺螄、蜆子、泥鰍、長魚、蝦、螃蟹，等等。這些植物和動物，都是我們熟悉的、可愛的、又美味的，甚至可以說是我們童年和少年時代的「玩伴」。劉仁前用他細膩的筆觸，喚醒了我們童年的回憶。童年的生活無疑是清苦的，但是經過歲月的淘洗，留下的記憶卻是無限美好的。劉仁前的散文記錄的就是這份美好。「嫩菱角，不煮，剝出米子來，生吃，脆甜，透鮮，叫人口角生津。」（《菱》）除此之外，還有「曠野的精靈」、「農家的菜地」、「時令的味道」、「民間的情感」四輯，分別記寫了水中、地上、人們口中的 63 樣物事，也都是從前當地習見的。過去的尋常之物，現在回想起來，都帶著時光的溫度和味道。

當然，寫物，離不了寫人；寫人，其實寫的是情。「最是那持藕的手臂，嫩，且白，與洗淨的藕節一樣，雪白，雪白。」（《河藕》）這哪裏是寫藕，分明是寫人呢。「『歪』荸薺，『歪』茨菇，青年男女在一處，有些時日了，於是，就有些事情了。有小夥子盯著黝黑的田泥上大姑娘留下的腳印子，

發呆，心熱。便悄悄去印了那腳丫子，軟軟的，癢絲絲的。」（《荸薺・茨菇》）劉仁前寫男女之情，寫得淡淡的，含蓄，內斂，美好，引而不發，純而不淫，頗有汪曾祺的味道。讓我想起《大淖記事》寫巧雲和十一子在沙洲上幽會，只用了一句話：「他們在沙洲的茅草叢裏一直呆到月到中天。」隨後是一句感歎：「月亮真好啊！」這裡什麼都沒寫，又什麼都寫了，而且是那樣美好蘊藉，給人留下無窮想像。與汪曾祺一樣，劉仁前也善寫男女之情。《楚水風物》雖然主要是寫物，但是偶而筆觸一轉，三言兩語，盡得風流。

的確，劉仁前看似在寫物，其實也是在寫情──對故鄉故土的思念之情。故鄉的風物中，蘊含著遊子濃濃的思鄉之情。他筆下的那些物事，都勾連著他的童年、少年乃至青年時代的回憶。現在人們最愛說的一個詞就是「鄉愁」。鄉愁是什麼？其實就是記憶中的那些物、那些人、那些事。《楚水風物》專寫「物」，幾乎每一件「物」的後面都有一段回憶。作者並沒有刻意渲染這種思鄉之情，但是從他對故鄉風物的細細回憶、細細描寫中，可以感受到強烈的思鄉之情。《世說新語》寫張翰：「見秋風起，因思吳中菰菜、蓴羹、鱸魚膾。」讀《楚水風物》，也勾起我的「蓴鱸之思」。

我還想說說劉仁前的語言。劉仁前在寫作中對語言的運用極為講究。《楚水風物》的語言，清新疏朗，沖淡有味。他善用短句，長短句巧妙結合，形成一種獨特的音韻美、節奏美和畫面美。「菱蓬長得旺時，擠擠簇簇的，開著四瓣小白花。遠遠望去，綠綠的，一大片，一大片，隨微波一漾一漾的，起伏不定。白白的菱花落了之後，便有嫩嫩的毛爪菱長出。」（《菱》）這一段，像不像一幅水墨小品？再如：「那蠶豆花，形似蝴蝶，瓣兒多呈粉色，外翹得挺厲害，似蝶翅；內蕊兩側，則呈黑色，似蝶眼。偶有路人經過，猛一看，似有眾多蝴蝶兒翩躚其間。」（《蠶豆・豌豆》）這樣的語言，具有強烈的「詩化」特徵，與汪氏的語言風格是一脈相承的。這也正是劉仁前刻意追求的效果。他在《楚水風物》的後記中就坦承：「我寫的這一組楚水風物，與汪曾祺先生著名的散文《故鄉的食物》中所寫的物產十分相近，且我的用筆風格是一直追隨他老人家的。」儘管汪曾祺並不贊成別人學他，我們也不願意處處把他們二人的創作聯繫在一起加以考察。但是，如果一位優秀前輩作家的創作風格得以承續，那不是一件令人欣慰的事嗎？

（2017 年）

夜讀箚記・《故園的女人與花朵》

2016 年 7 月 9 日夜讀《故園的女人與花朵》（作者王彬，《人民文學》2016 年第 7 期），7 月 10 日晨起補記。

從標題看，以爲寫的是作者自己的故園往事。其實不然。這裡的「故園」指的是魯迅的故園，而且特指的是魯迅在北京的故園——把一個人在故鄉之外的居住地也稱爲「故園」，這個說法比較少見，姑且不論吧。

文中比較有意思、或者說比較引起我的興趣的是以下幾點，其中有的過去看到過但沒有留意，有的是第一次看到：

A. 在北京，魯迅曾經居住過四個地方，其中一處是南半截胡同七號的紹興會館。在紹興會館，魯迅住了七年半。先是住在會館西北的藤花西館，因爲鄰人吵鬧而遷移到會館東南的補樹書屋。關於鄰人吵鬧，魯迅在日記中這樣記載：「半夜後鄰客以閩語高談，狺狺如犬相齧，不得安睡。」但是搬到南部的小院以後，雖然逃避了「狺狺犬齧」，卻又平添了貓的騷擾。對於貓的騷擾，他採取了什麼辦法呢？周作人寫道：「我搬了小茶几，到後簷下放好，他便上去用竹竿痛打，把它們打散。」這裡的「他」指的就是魯迅。這段文字頗能見魯迅性情。

B. 一九二六年十月二十八日，魯迅從廈門大學寫給身在廣州的許廣平的信中說道：「這裡頗多小蛇，常見被打死的，頸部多不膨大，大抵是沒什麼毒的，但到天暗，我便不到草地上走，連夜間小解也不下樓去了，就用瓷的唾壺裝著，看夜半無人時，即從窗口潑下去。這雖然近乎無賴，但學校的設備如此不完全，我也只得如此。」對這一段文字，作者的評價是：「魯迅給許廣平的信，不僅心跡袒露，而且多頑皮之態。」「我不知別人見到這樣的文字有什麼感想，我是不由得產生了一種微微的莫名的興奮。」無語。

C. 文中所述魯迅生命中兩位重要女人的故事，頗堪一讀。

C1. 許羨蘇。

許羨蘇是紹興人，是魯迅三弟周建人在紹興女子師範教書時的學生。一九二〇年，許羨蘇從紹興來到北京，報考北京大學，住在八道灣，魯老太太很喜歡她。後來，許羨蘇考上了北京女子高師，住到學校去了，魯老太太捨不得，流了好幾次眼淚。作者寫道：「在魯迅的人生中，許羨蘇是一位難以迴避的女性。許羨蘇面容姣好，性格活潑，歷史如果給魯老太太再一次選擇兒

媳的機會，有研究者認為，她一定會選擇許羨蘇。」「如果給魯老太太再一次選擇兒媳的機會」！好高明的文字！

那麼，魯迅與許羨蘇究竟是怎樣的關係呢？且容我摘引文中相關內容（限於篇幅，恕不直接引用）。

1. 許羨蘇當時剪了短髮，與高師當局的要求相牴觸。高師當局下令這些剪短髮的學生必須把頭髮養長，而許羨蘇等四名學生拒不從命。高師當局於是找到學生的保證人、監護人或家長，要求他們督促執行。許羨蘇的保證人是周作人，他退掉聘書以示抗議；而魯迅，則寫了一個短篇《頭髮的故事》，表達他的激憤與支持。

2. 一九二六年八月二十六日，魯迅與許廣平南下，由此，魯迅與許羨蘇的通信也頻繁起來。以八月二十七日至十月二日為例，在三十七天的時間裏，他們通信十三封，其中魯迅八封，許羨蘇五封。後來有人根據《魯迅日記》統計，魯迅與許羨蘇的往來信函大概有二百五十餘封，其中魯迅包括郵寄書籍。總體上看，魯迅的信多於許羨蘇的。

3. 一九二七年一月十一日，魯迅在即將離開廈門大學的時候，給許廣平寫了一封長信，信中告知這樣一件事情：「我託令弟買了幾株柳，種在後園，拔去了幾株玉蜀黍，母親很可惜，有些不高興，而宴太即大放謠諑，說我縱容著學生虐待她。」宴太即周作人的妻子羽太信子，令弟即許羨蘇。這封信收進《兩地書》時，羽太信子與許羨蘇的真實姓名都被芟夷而改為代稱。作者寫道：「前者是可以理解的，是為了迴避麻煩，用魯迅的話是『力求清寧』；後者呢，迴避什麼？……『柳』的背後蘊有什麼深藏的故事嗎？」到底蘊有什麼深藏的故事呢？作者並沒有追尋下去，而是轉移了話題，有意思。

4. 二許與魯迅的糾葛，時人就有過議論。魯迅的友人曹聚仁在一本關於魯迅的評傳中，更是直接把許羨蘇稱為「魯迅的戀人」。魯迅的學生孫伏園，私下裏將許羨蘇、許廣平與魯迅之間的關係稱為「二許之爭」。這樣的閒話，很快就傳到魯迅的耳朵裏。一九二六年九月三十日，魯迅致信許廣平說：「他所宣傳的，大略是說：他家不但常有男學生，也常有女學生，但他是愛高的那一個的，因為她最有才氣云云。」「高的那一個」，是指許廣平。

5. 魯迅為其他女性的事給許廣平寫信解釋，恐怕不止這一次。在另一封信中，魯迅表明他對女學生的態度，類似保證：「我決定目不斜視，而且

將來永遠如此，直到離開了廈門。」對魯迅這樣的剖白，許廣平在回信中認爲「邪視」有什麼要緊，「許是冷不防的一瞪罷！」對戀人的戲謔，魯迅回答：「邪視尚不敢，而況『瞪』乎？」瞪，是正視——正面看。作者寫道：「這時的魯迅，對講臺之下的女生，既不可以邪視，又不可以正視，在這樣的情形下，有什麼辦法呢？要麼，閉目不看；要麼，像高老夫子那樣仰著看天花板，藉以表達對戀人的忠貞吧。」魯迅對講臺之下的女生到底是閉目呢還是仰頭呢？真的很好奇。

竊以爲，對於魯迅與許羨蘇的關係的敘述，是全文最精彩也最高明的部分；如此高明的文字，讓我想得腦袋疼，久久不能入睡。

C2. 朱安。

對於朱安，魯迅的合法妻子，大家都很熟悉了。《故園》一文中提供了一些我過去不甚瞭解的事蹟。

1. 魯迅去世後，他在北京的家裏也設了靈堂，朱安一身素服，祭奠這位名義上的丈夫。南京《新民報》的報導中寫道，她「臉色很清臒，眼睛裏永是流露著極感傷的神態」。「關於後事，她這裡還沒什麼打算，完全由他三弟周建人在上海就近辦理，她不預備到上海去，因爲她母親（魯老太太）在這裡，今年已八十歲，處處需要人照顧，不能離開，同時去上海也沒有多大的用處。」

2. 魯迅去世以後，朱安給周建人發的電報中有這樣兩句：「一生辛苦如是作終，緬懷舊事痛不欲生。」前句是對魯迅的蓋棺之論，後句是朱安自己內心的表達。

3. 魯迅去世以後，朱安還給周建人寫過一封信，希望許廣平「擇期整裝，早日歸來」。若果「動身有日」，請「先行告知」，「嫂當掃徑相迓，決不能使稍受委屈」。連許廣平「歸來」後住的地方，朱安都考慮得十分周詳。「或住嫂之房，余再騰他處」，「一切什物自必代備」，「許妹與余同一宗旨同一境遇，同甘共苦扶持堂上，教養遺孤，以慰在天之靈」。對於朱安這些出於「肝膈」的話，許廣平並未予以響應。

十年前，聽聞魯迅與許廣平在上海同居以後，朱安與比她小三十歲的俞芳有過一段對話。俞芳問朱安今後打算怎麼辦，朱安痛苦地說：「大先生和我不好。」「我想好好地服侍他，一切順著他，將來總會好的。」但是現在朱安絕望了。「我好比是一隻蝸牛，從牆底一點一點往上爬，爬得雖慢，

總一天會爬到牆頂的。可是現在我沒有辦法了,我沒有力氣爬了,我待他再好,也是無用。」

4. 一九四七年六月二十八日,南京《新民報》記者採訪朱安,其時距朱安辭世僅僅一天。朱安對記者說,她身體不好,全身浮腫,關節發炎,由於經濟匱乏,又不願意變賣「先生的遺物」,「只好隔幾天打一針」。她說:「周先生對我並不算壞,彼此之間並沒有爭吵,各有各的人生,我應該原諒他。」關於她與魯迅的關係,朱安曾說,老太太抱怨我沒有孩子,大先生從來不和我說話,怎麼會有孩子呢!說到許廣平,朱安的態度也很友善,她說:「許先生待我極好,她懂得我的想法,她維持我,不斷寄錢來,物價飛漲,自然是不夠的,我只有更苦一點自己,她的確是個好人。」

一年以後,北平版的《新民報》刊登了一篇介紹朱安生平的文章和一幀照片。文章的題目是《魯迅夫人》,對朱安的生平進行了簡短回顧:「夫人朱氏,紹興世家子,生於勝清光緒五年七月。父諱某,精刑名之學,頗有聲名於郡國間。夫人生而穎慧,工女紅,守禮法,父母愛之不啻若掌上珠,因而擇婿頗苛,年二十八始歸同郡周君豫才(即魯迅)。」文中描述朱安是「柔色淑聲,晨昏定省」,「事其太夫人魯氏數十年如一日」。抗戰勝利以後,生存日艱,「蒙蔣主席賜予法幣十萬金,始延殘喘」。文末感慨:「嗚呼!夫人生依無價之文人,而文人且不能依。」

據說,臨終之際,朱安囑託兩件事,第一件就是葬在「大先生」的墳壟一側。這自然是做不到的,友人提議把她的靈柩也安葬到板井村,從而陪伴魯老太太,但不知為何沒有實現,而是埋葬到了保福寺。而這一地區,就是今天中關村的核心區域,早已鶴歸遼海人事皆非。

D. 對另一位女人,羽太信子,周作人的夫人,文章著墨不多,只是寫了她的三件事,可以說意味深長:其一,魯迅的母親有腎炎,需要吃西瓜,為了讓她在冬天也能吃到西瓜,羽太信子想出了煎熬西瓜膏的辦法;其二,羽太信子每餐必先在牌位(魯老太太、周作人的女兒若子、周建人兒子豐三)前面供上飯食,然後全家人才開始吃飯;其三,羽太信子彌留之際說的胡話,居然是紹興話而不是日語,這使周作人大為感動。

嗚呼!

(2016 年)

一腔高喚天地驚

——讀馬平中篇小說《高腔》

　　當前，我國扶貧開發工作進入攻堅階段。我國政府鄭重承諾，要確保貧困人口 2020 年如期脫貧，全面建成小康社會。與之相呼應，文學界也在以自己的方式爲扶貧工作吶喊助威，湧現了一批以精準扶貧爲主題的作品。四川作家馬平的中篇小說《高腔》就是在這樣的歷史大背景下完成的。小說講述的是四川省在脫貧攻堅偉大實踐中發生的曲折而生動的故事，以花田溝村在兩年內摘掉貧困帽子爲背景，以兩個貧困戶在化解宿怨的過程中尋覓產業發展之路爲主線，描繪了一幅幅感人至深的鄉村生活畫卷，文學化地展現了一幅「新農村建設」的理想圖景。馬平曾以《草房山》、《香車》、《山谷芬芳》等小說爲人所知，這次他將筆觸直接瞄準當下社會重大問題，近距離與現實展開對話，不啻於一次自我挑戰。令人欣喜的是，他懷著高度的社會責任感，憑藉自己對現實生活的高度敏感和深入思考，以富有個性的書寫爲當代中國正在進行的這項重大戰略工程提供了新的文學表現。這部作品甫一發表即受到高度關注，《小說選刊》用最快的速度重點轉載，根據小說改編的同名話劇也將搬上舞臺，充分說明了文學界和廣大讀者對作家努力探索與思考的認可。

　　在《高腔》中，馬平以飽含深情的筆墨，成功地塑造了一批扶貧幹部和普通農民形象，像第一書記丁從傑，農村新型女性米香蘭，市文化館館長滕娜，村支書牛春棗，村主任米萬山，以及柴雲寬、牛金鎖、米長久等人物形象，他們個個鮮活生動、令人難忘。其中，丁從傑和米香蘭無疑是作者著力最深的兩個人物。丁從傑是省上某廳的一名青年幹部，被派到貧困村花田溝村掛職擔任第一書記，並聯繫貧困戶牛金鎖家。他大學念的是數學，研究生念的是財經。有熱情，有干勁，有責任感，腦子又好使，幹活又認真細緻，經過分析思考，從一塊老柴疙瘩上發現了花田溝村獨特的自然資源，引來一家農業科技有限公司投資建設「月季博覽園」，爲花田溝村找到了脫貧之道。沉睡的資源被喚醒，外出務工人員紛紛回鄉建設，花田溝村舊貌換新顏。花田溝村的成功實踐告訴我們，精準扶貧的關鍵在於精準。要從當地實際出發，挖掘當地資源，因地制宜，找好著力點，依靠自身的力量脫貧，形成脫貧致富的長效機制。如果單純依賴外力脫貧，萬一哪天外力消失了，難免又重回貧困。

　　米香蘭是負載了作者深厚感情的一個農村新型女性形象。這位川妹子貌美

聲甜，讀過高中，唱過川劇，性格爽快，敢想敢幹，幹起農活樣樣在行，人稱
「火把女子」。可是因為父親癱瘓、丈夫懶散，她孤掌難鳴，家庭陷入貧困而不
得解脫。她不安於現狀，渴望走出貧困，卻找不到脫貧致富的路子。在丁從傑
和滕娜的幫助和啟發下，她不但自己找到了致富的路子，而且同意擔任村委會
主任，帶領大家共同致富。米香蘭自尊自強，孝敬父親，理解丈夫，熱心助人，
熱愛川劇，深受村民的尊重和喜愛，是一個近乎完美的形象，可以看出作者對
她的偏愛。此外，米香蘭的丈夫柴雲寬也給我留下深刻印象。他既會唱戲又會
寫詩，當年曾是一個英俊小生。可是他不愛勞動，無所事事，被人看作「糊不
上牆的稀泥」，老丈人米長久更是看不上他，經常對他冷嘲熱諷。在很長時間內
他不被人理解，心情苦悶，乾脆破罐子破摔。丁從傑等人發現了他的特長，避
其所短，用其所長，讓他有了用武之地，不但自己有了收入，還為搶救和保護
薅草鑼鼓出了力。柴雲寬這個人物的設計很見匠心，他不是一般意義上的轉變，
而是因人制宜、用其所長的一個典型案例，具有啟發意義。

　　丁從傑、滕娜他們在帶領村民脫貧致富的同時，還花費很大精力做了兩
件事情：一是搶救、保護國家非物質文化遺產薅草鑼鼓歌，二是幫助米長久
與柴雲寬二人、米長久與牛金鎖兩家化解歷史上的恩怨。可以說，小說中這
三條線索是並行的，而且作者在後兩方面花費的筆力並不亞於第一方面。作
家沒有狹隘地理解精準扶貧，沒有就扶貧寫扶貧，而是把扶貧作為一個綜合
工程來寫。這是《高腔》這部小說有別於其他扶貧主題小說的獨特之處。

　　小說《高腔》充滿獨具四川特色的文化元素。小說以川劇唱腔中的「高
腔」為題，本身就具有特別的象徵意義。小說中，川劇和薅草鑼鼓歌貫穿始
終，讓我們領略了四川地方戲曲的特有魅力。作者穿插安排這些歌詞唱段，
不僅僅是為了增加小說的「文化味兒」，也是出於推進小說情節的需要，使作
品的表達更加鮮活、生動、趣味橫生。「正月裏來正月正，叫聲我兒聽分明。
老爹今天來教你，教你好好去活人。」這是米長久借川劇歌詞表達對上門女
婿柴雲寬的不滿。而「一腔高喚天地驚」唱出的則是走出貧困的花田溝村人
由衷的喜悅之情。更為重要的是，作者通過對薅草鑼鼓歌的展示，讓讀者對
這一民族文化瑰寶及其處境有了瞭解，呼籲更多的人來關注它的命運。米長
久一家都是戲迷，米長久年輕時就是有名的薅草鑼鼓唱歌郎，他的女兒女婿
都當過川劇演員，他們身上都有藝術細胞。滕娜作為一名文化工作者，她深
知薅草鑼鼓的藝術價值，也善於發揮這家人的特長。她安排柴雲寬幫米長久

記錄整理薅草鑼鼓歌歌詞，一方面是爲了幫他增加收入，更重要的則是爲了搶救這門民間藝術。丁從傑等人沒有滿足於物質上扶貧，而且重視保護貧困地區的民間藝術，顯示出他們對黨的扶貧政策的正確理解。這讓我想起了哥倫比亞作家戴維·桑切斯·胡利奧的代表作《老子仍是王》。這部小說的一大特點就是對於墨西哥民歌的巧妙運用。全篇不到 20 萬字，而穿插其間的民歌就有 60 多首，作家用這些民間歌謠作爲貫穿全書的主線，創造氛圍，揭示人物內心世界。作者在《致中國讀者》中說，他寫作這部小說的一個重要目的，就是「試圖在文學中搶救墨西哥民歌」，「試圖恢復我們在這個曾被歷史無情地捉弄過的地區有感而發的音樂的本來面目」。我不知道馬平有沒有看過這部小說或者說有沒有受到過這部小說的影響，但是兩位作家的意圖顯然是不謀而合的，兩部作品也有異曲同工之妙。作者寫滕娜等人對薅草鑼鼓的重視和搶救，表現出他對精準扶貧工作的深刻理解和深遠的文化眼光、人文情懷。

小說在敘述現實的同時，還穿插敘述了米長久與女婿柴雲寬之間、米長久與牛金鎖兩家之間的宿怨，講述了在丁從傑等扶貧幹部的努力下他們和解的過程。這一安排初看有點奇怪。精準扶貧是政府交給丁從傑、滕娜等人的任務，必須全力以赴、不折不扣完成。而家庭內部、兩家之間的恩怨純屬個人私事，不屬於他們的工作範圍，而且自古就有「清官難斷家務事」之說，丁從傑爲何要耗費那麼多精力去處理？作家爲何又要耗費那麼多筆墨去寫呢？其實認眞想想，這條線索並非與主題無關。精準扶貧，不但要在物質上扶貧，而且要在精神上扶貧。以我的理解，精神上脫貧，不但指精神上要有自立自強、奮發進取的意識，而且要有和諧團結的家庭關係和鄰里關係。試想一下，如果一個家庭、一個村子在物質上脫貧了，但是彼此不和，甚至勾心鬥角，不但日子過不好，恐怕還會重新返貧。和，是中國傳統文化的一個重要內容。人們常說：「家和萬事興。」一個家庭如此，一個村子、一個地區也是如此。所以，幫助貧困地區建立良好的鄉風鄉俗，也是扶貧幹部的一項重要任務。

精準扶貧是一項綜合工程，精神扶貧、文化扶貧，與物質扶貧同等重要，是精準扶貧的題中應有之義。作家以敏銳的眼光、深刻的思考、深厚的感情，書寫了以丁從傑爲代表的扶貧幹部在這項綜合工程中的生動實踐，使《高腔》在同類作品中別具一格，獨樹一幟。

（2017 年）

用愛溫暖每一顆孤獨的童心
——評刷刷兒童小說《向日葵中隊》

大概在五六年前，我當時所在的報社駐福建記者寫來一組關於自閉症兒童的系列報導，我看後大為震撼。那是我第一次聽說「自閉症」這個名稱，第一次知道自閉症給本人及其家庭帶來的巨大痛苦。此後我又有機會接觸過自閉兒家庭，對他們的痛苦和無奈有了真切而直觀的感受。我曾經打聽過，有無辦法治癒或緩解自閉症，得到的答覆是否定的。所以，當我拿到刷刷的兒童小說《向日葵中隊》時，我是帶著某種期盼一口氣看完的。

《向日葵中隊》正是一部關於自閉症兒童的成長小說。班裏新來的莫離是一個洋娃娃一樣的漂亮女生，可是她的內心卻是封閉的，她完全沉浸在自己的世界裏，頑強地把外面的世界拒之門外，甚至常常與外面的世界發生衝突。她的怪異行為，帶來的是不解與嫌棄。同學們討厭她，家長們強烈要求學校讓她退學。這些描寫，與我所瞭解到的現實中自閉兒的生存狀況高度吻合。他們身處現實當中，卻不能融入這個社會，往往是孤立無援的，遭受冷漠、排斥、歧視甚至傷害，被稱為「星星的孩子」。莫離面臨的，似乎是一個無助又無解的局面。小說把莫離與同學們的矛盾衝突寫到了不可調和的程度，令人擔心後面如何繼續下去。

所幸莫離遇到了一個充滿愛心的班主任——米蘭老師，遇見了一群願意平等地接納她、擁抱她、幫助她的老師和同學。在米蘭老師的感召和帶領下，同學們開始慢慢地接受並愛護著莫離，他們給予了莫離全方位的溫暖和愛，讓她慢慢融入這個集體中。「每一天，嫌棄的目光都在減少，而關切的眼神在不斷增多。」他們從每一件小事做起，一點一點地鼓勵莫離融入這個集體，其實也就是融入社會，融入世界。他們鼓勵她參加集體比賽，用行動實踐「我們是團結、陽光、積極向上的向日葵中隊」。為了爭取讓莫離的畫作成為一本書的封面，「我」、吳萌萌、馬一飛等不辭辛苦、想方設法地去說服主編和作家，並且積極參與義賣來幫助自閉症孩子，向更多的人傳播愛心。《向日葵中隊》寫的是一群孩子的心靈成長，能激發兒童讀者的共鳴。

作為成人形象代表的米蘭老師，是一位可親可敬的人民教師。面對莫離這樣的特殊兒童，她沒有歧視，沒有偏見，她平等地接納了莫離這個特殊孩子，給予她充滿包容的照顧和關懷。這是一種需要勇氣的擔當，她要面對班

裏學生和家長們的不解乃至怨恨，但她依然堅持每天跟莫離有一個甜蜜約會——「給她一個擁抱」。身體的親密擁抱給不安的莫離帶來了溫馨和安心，在「給孤獨一個愛的擁抱」的主題班會上，米蘭老師讓同學們認識到，對於弱小無助的莫離不僅要給予同情，更要給予尊嚴，因為每個生命都是需要敬畏的。她用自己的行動感召和帶領著孩子們。這個形象的塑造是意味深長的，作家力圖通過這個形象，向全社會發出呼喚：希望多一些米蘭老師這樣的老師，這樣的成人。

刷刷是一個富有愛心和親和力的兒童文學作家，她經常深入學校採訪。《向日葵中隊》就是在一個自閉症孩子真實的校園生活經歷的基礎上寫就的。她採訪了許多有自閉症孩子的家庭，積累了大量素材，精心醞釀，歷時 3 年完成了這部小說。由這部小說的寫作，她持續關注自閉症孩子和特殊孩子，經常投身於各種幫助特殊孩子的公益活動，呼籲全社會的關注。她以自身積極熱情的「向日葵」方式，播撒和傳遞著世界不可或缺的愛之光亮。據統計，中國有 1800 萬自閉症孩子。如果加上其他特殊孩子，那將是一個非常巨大的數字。這麼一個龐大的群體，需要全社會關注和關愛。從事兒童文學創作的作家們，更是應該高度關注這些孩子。

到目前為止，從醫學上說，自閉症尚無辦法治癒；但是，《向日葵中隊》為我們提供了一方良藥，那就是：用愛溫暖每一顆孤獨的童心。

（2017 年）

開啟通往幸福的列車
——評刷刷兒童小說《幸福列車》

青年作家刷刷一向關注未成年人成長問題，特別是特殊兒童成長問題。繼以自閉症兒童為題材的長篇小說《向日葵中隊》之後，近期她又推出兒童小說《幸福列車》。在這部小說裏，她將關注的目光投向了另一個特殊兒童群體——農村留守兒童。

留守兒童問題是近年來出現的一個突出的社會問題。隨著中國經濟的快速發展，大量青壯年農民離開土地進入城市，隨之產生了一個特殊的未成年

人群體——農村留守兒童。他們的父母進城打工了，留下他們在農村老家，由爺爺奶奶或其他親戚看管撫養。這些孩子，缺少了父母的關愛和教育，極易產生認識、價值上的偏離和個性、心理發展的異常，很大一部分表現出內心封閉、情感冷漠、自卑懦弱、行為孤僻、缺乏愛心等狀況，一些人甚至走上犯罪道路。有一部分孩子跟隨父母來到城市生活，但是他們又面臨新的問題：城鄉文化和生活方式的差異，流動人口子女教育問題，給他們的成長帶來新的挑戰。留守兒童問題，是全社會都高度關注的社會問題。刷刷將創作的筆觸對準這一群體，正顯示了一個作家的社會責任感。

《幸福列車》的主人公小姑娘杜鵑就是一名留守兒童＋流動兒童。她的父母進城打工去了，她在農村與奶奶相依為命，嘗盡相思之苦。後來，她進到城裏與打工的父母團聚，卻又嘗到了進城務工農民家庭生活的艱難；在學校，她和城裏的孩子格格不入，受到歧視和嘲笑。這讓她很苦惱。但是，杜鵑沒有自卑和氣餒。她開朗樂觀，積極與同學溝通，努力融入集體。班主任歐陽老師也因勢利導，引導大家接納這個來自鄉下的同學。以方書寧為代表的城裏孩子雖然有著這樣那樣的毛病，但是他們本質上是善良的。在老師的教育下，他們逐漸改正了缺點，與杜鵑和睦相處。

作品的可貴之處在於，作家沒有刻意渲染留守兒童的不幸，而是著重書寫新時代背景下鄉村孩子對童年幸福的追尋，書寫社會、學校、老師和同學們對於留守兒童、流動兒童的包容、接納和關愛。留守兒童問題是一個客觀存在的社會問題，但《幸福列車》並不是一部社會問題小說，作家也無力提供解決這一問題的良方。但是作家可以提供一種催人奮發向上的力量，這是文學的獨特價值。書中的孩子們既有新時代孩子眼界寬廣、知識豐富、見解獨立的特點，又帶有愛家人、愛集體、愛家鄉的傳統文化基因。班主任歐陽老師說：「我希望我們能成為這座城市裏有溫度的人。在寒冷的多天，與其尋找溫暖，不如讓自己成為火焰。」作品中的小主人公杜鵑，正是用真誠、友善、頑強、堅韌使自己成為了「火焰」，點亮自己也照亮別人。身為留守兒童，她並沒有怨天尤人，也沒有自怨自艾，而是努力適應環境，融入集體。在她的身上，體現了一種真誠的人生態度，一種走出困境的人生勇氣，一種感受愛和付出愛的人生境界。正如作者在「後記」中所說：「這些孩子（指留守兒童）大多成績優異，自理能力很強，他們似乎比同齡孩子更懂事，也更成熟。他們像極了油菜花，儘管稚嫩，卻能在田野、小路，甚至石頭縫、牆腳紮根、

成長和開花。他們質樸的小臉洋溢著對未來生活的期許。」這呼應了兒童文學愛的母題和自然的母題，使得這部作品沒有局限在留守兒童這一概念，而擁有了更寬闊的人文視野。優秀的兒童文學應該有時代感，貼近兒童、富有童趣，體現社會責任感。

（2017 年）

書寫警察的鐵血與柔情
——讀呂錚紀實文學集《獵狐行動》

　　呂錚寫《獵狐行動》，是警察作家寫警察的故事，所以「不隔」（王國維語）。警察作家寫警察、軍人作家寫軍人的故事很多，但那些往往是披著警察、軍人外衣的作家，他的身份是警察、軍人，但骨子裏是作家。所以他寫警察、寫軍人，還要去採訪，去深入生活、體驗生活，這種採訪來的生活，總歸不是自己親自參與、親身感受的（就算參與了，也更多地是以一名旁觀者而不是當事人的身份），轉述過來，難免有些隔。而呂錚不同，他本身就是一名警察，他本人就參與了這次跨國緝捕行動，對行動的全過程瞭如指掌；同時又密集採訪了所有的隊員，掌握了大量的第一手資料，所以他寫起來輕車熟路，我們讀起來也輕鬆，沒有隔膜感。

　　《獵狐行動》寫了這次跨國緝捕行動中的 19 個故事，這 19 個故事，都是緝捕隊員赴境外緝拿或勸返外逃經濟犯罪嫌疑人的故事，表面上看起來都大同小異；但是細讀之下，你會發現每個故事都有每個故事的特點，每個故事都有自己獨特的閃光點。《五天四萬公里的環球追捕》中，文小華和他的隊友們，歷時五個晝夜，航程四萬公里，經過六個航站樓，經過一次次時差混亂、晝夜顛倒、生物鐘被重置，終於把外逃哥倫比亞的犯罪嫌疑人抓捕回國。《驚心動魄的五個小時》中，整個行動前後只有五個小時，但險象環生，驚險刺激，確實如標題所描述的「驚心動魄」，讓人緊張得喘不過氣來。《激情尼日利亞》中，狡猾的犯罪嫌疑人「大老張」攜款潛逃，藏匿在尼日利亞國內，八年多未能歸案。緝捕隊員們經過耐心細緻的信息分析，尋找到他藏身之處的蛛絲馬蹟，設計引蛇出洞，終於一舉捉拿歸案，靠的是智慧和勇氣。

而《「曼　小漁」落網記》中，面對為了盡快脫離貧困而誤入歧途的九零後女孩龐小燕（化名），行動組組長石玫心中更多的是痛心和憐憫。她像大姐姐一樣耐心勸說龐小燕回國自首，以爭取寬大處理，重新開始人生，表現出人民警察柔情的一面。古人云：「文似看山不喜平。」一篇文章如此，一組文章更是如此。作為一組相同題材紀實作品的合集，如果各篇沒有自己的閃光點，很容易使人產生「審美疲勞」，沒有讀下去的衝動。

中國警察赴境外執行緝捕任務，不僅要承受身心的勞累和巨大的壓力，還要面對各種難以想像的困難和危險，有時甚至是生命危險。在這些困難和危險面前，緝捕隊員們義無反顧，勇敢面對。2014 年 8 月，正是致命病毒「埃博拉」疫情在非洲大陸肆虐的時候，緝捕隊幾次奔赴疫情最嚴重的尼日利亞、剛果（金）等國家執行任務。除了正常情況下所要面對的困難，他們還多了一項任務：預防「埃博拉」，保證隊員和自身安全。我們經歷過 2013 年北京「非典」那段艱難時期，可以想像他們承受著多麼巨大的心理壓力。面對病毒威脅，隊友們一方面高度警惕，做好防範措施；另一方面保持著樂觀心態，從容應對。全書沒有一句豪言壯語，但是處處閃爍著中國警察不怕犧牲、無私奉獻精神的光芒。

更讓我揪心的是那些犯罪嫌疑人的墮落歷程。在這些外逃的犯罪嫌疑人中，固然有貪婪兇殘、十惡不赦的壞人，但更多的是在貪念面前沒有把握住自己，一失足成千古恨的普通人。《救贖之路》中的廖菲（化名）就是這樣一個典型。廖菲本來是一個令人同情的受害者，為了逃離並報復糾纏不休的前男友，她私刻公章，將前男友公司的二百萬元資金轉移到自己的賬戶後，遠走越南，從而也走上了犯罪的道路。她的經歷令人唏噓。書中的很多追逃對象，都是這樣一念之間做出了錯誤的選擇，走上了犯罪道路。「貪如水，不遏則滔天；欲如火，不遏則燎原。」作者不厭其煩地展示一個個真實的案例，讓我們看到了貪念是怎樣毀了人生的，實際上也是在用他們的教訓警示世人，避免重蹈覆轍。我們不妨設想一下：如果在他們貪念初起的時候，有人提醒一下，當頭棒喝，也許不至於落得今天這樣的結局。我認為，警察的職責絕不僅僅是懲治犯罪，更要預防犯罪、減少犯罪、阻止犯罪。從這個意義上說，《獵狐行動》更是一部警世之作。在大力反腐的今天，這種警示尤其重要。

（2015 年）

丁眞的絕望與希望

認識丁眞，是 2015 年 7 月，在新疆。那是新疆生產建設兵團一師（阿拉爾市）邀請作家采風，北京的，浙江的，新疆的，十幾人的一支小隊伍，每天浩浩蕩蕩地早出晚歸，奔波在南疆大地上。一週的時間，走了多少路？我不知道，反正每天都在路上。新疆地廣人稀，從甲地到乙地路途遙遠，每天都在大巴上顛簸，下車就頂著烈日採訪，回到賓館都是半夜十二點左右。但大家都很開心，一路上歡聲笑語不斷。開心的原因，既有西域風光帶給我們的視覺享受，又有文學話題帶給我們的心靈愉悅。

采風團裏有幾位美女作家，給我們這個以男作家爲主的隊伍增添了一道明媚的亮色。丁眞就是其中之一。這些女作家，有的端莊高貴，有的活潑俏皮；丁眞正處在這兩端中間，既天眞活潑，又恬淡文靜，典型的江南女孩，典型的鄰家小妹。看她稚氣未脫，像一名初中女生似的。

這次南疆之行很辛苦，連我們男人都覺得吃不消，何況幾位來自江南水鄉的嬌弱美女？果不其然，小妹丁眞很快就水土不服，以至需要臥床休息。那時我就想，讓這些嬌生慣養的南方娃子到這粗獷的大西北來眞是遭罪了。但她很堅強，稍一緩過勁來就跟上大部隊外出採訪，柔弱外表下掩藏的要強勁兒讓人刮目相看。

七天的時間很短，我們很快就互道珍重，各奔南北了。此後就是在微信上，隔三差五地問候一聲。其實到那時爲止，我還沒讀過她的作品。以我的揣測，像她這樣沒有生活閱歷的單純女孩，寫的不外是纏綿抒情的小詩，心靈雞湯的美文；就算寫小說，肯定走的也是小清新路線。所以當我看到她的小說時，我是大吃一驚。我沒想到，她的小說給我的印象和她的人反差如此之大，如此之強烈。

在丁眞的作品中，痛苦是永恆的主題，而造成痛苦的原因，是敏感。她筆下的人物，絕大多數是敏感者，他們哪怕只是過著普通人一樣的生活，哪怕根本就不需要這一份敏感，哪怕木訥愚鈍和沒心沒肺能省去很多煩惱，可他們無一例外，都是敏感角色。無論生活過得如意與否，他們的靈魂，始終在灰色消極的地帶周邊游離，一有風吹草動便草木皆兵，直至最後毀掉他們的生活。

這些角色的塑造，以及小說中所展示出來的風格語調，與丁眞給人的印象是截然不同的，這讓我不得不重新審視丁眞的世界。

對於一個作家來說，察言觀色是必需的，可當這種必需成了一種習慣，敏感便由此而生。可以說，一個敏感的人，也是一個孤獨的人。無論她是多麼合群多麼善解人意，有一點是可以明確的，也就是，她的傾聽，多於她的訴說。一個敏感的人，處於現實鬧市中，就像一個密閉的盒子，被拋在無邊無際的大海上沉沉浮浮，到處都是出口，可就是看不到陸地。

但我們要感謝這份敏感。因為敏感，她的筆觸，探究到更多女性靈魂的深處（在丁真的小說中，絕大部分的形象是女性，當然，偶有幾篇小說，她嘗試去塑造一些不同的男性形象，但作為代表來說，那些可能就微不足道了），她毫不避諱地對她們矛盾、分歧的內心展開細膩的敘述，把光鮮外表下的醜陋身軀撕裂成鮮血淋淋的一片一片，這樣的作品，她才得以滿意。

坦白地說，這種「燈光全部熄滅，沒有希望也不留光明」的寫法，並不是我喜歡的那種風格。我喜歡帶有溫度的寫作，給人暖色，給人希望。生活已經如此艱難，為何還要拆穿它呢（不是說「人艱不拆」嗎）？為何還要剝奪最後一絲希望？為何不能給人一點溫暖的慰藉，哪怕是虛幻的慰藉？但我欣賞丁真的深刻，這份與她的年齡、她的閱歷甚至她的外表毫不相稱的深刻。她敢於把嚴酷的生活切開來給人看，讓你看到生活深處的黑、惡和苦。就像冷靜的外科大夫一樣，面對鮮豔的癰疽，他不會像無聊的詩人一樣去寫什麼美妙的詩句，而是毫不留情地一刀下去，把污穢的膿液展示給你看，你會覺得噁心、想吐，你不敢直視，你想逃避，你會責怪醫生殘忍地破壞了美好的感覺，但是恰恰是這殘忍的一刀救了病人的命。如果永遠讓鮮豔的外表掩蓋朽爛的內核，那麼病人只有死路一條。所以她給人的絕望其實正是希望所在。我經常想，她的這份深刻來自哪裏呢？我多次跟她交流過，我沒發現她的生活中有可以帶來這種深刻的因子。惟一的解釋，也許是吳越古風的薰陶。魯迅說過：「會稽往往出奇士。」丁真久居浙江，也許受到魯迅的影響亦未可知。她的那種偏激的深刻，片面的深刻，倒真的與魯迅有幾分相似。

丁真小說的另外一個鮮明的特徵是跳躍。在她筆下，敘事的結構可以被打亂，語法語氣語調可以不同步，觀察的角度和描述的方式會令人驚奇，但這一切都不影響她對生活靈動和徹底的描摹，不放過任何一個感官細節，又不會讓行文進程卡頓晦澀。思維的跳躍性體現在小說中，尤其是近期創作的作品，《平行線》、《烈焰城池》、《靈魂皈依左岸》中更多地體現了這種手法。這種手法的背後隱隱讓人感覺到，多少藏著她隱秘的得意——一種對自己能

將整個小說分寸拿捏得恰恰好的能力的自信感。這種跳躍感在一定程度上對讀者提出了更高的要求，除了以更加高的專注度而非泛泛地去讀丁真的小說外，另外一點，就是要融入到 80 後那一代的思維中去，真正地與他們一起哭一起笑，一起歡樂，一起煩惱。當然，我也就一些作品的情節處理跟丁真交換過意見，她也能欣然接受。畢竟，一部作品出來是要面對所有讀者的，作者不能不考慮到多數讀者的接受能力。

在閱讀了丁真的作品以後，我陷入了長久的沉思，一時不知哪個是丁真哪個非丁真。或者說，我更喜歡的是小妹丁真還是作家丁真？是喜歡她的單純還是喜歡她的深刻？也許我只能說，通過作品，我們能更好地瞭解丁真，她在創作中顯示出來的這種對小說的駕馭能力，足以證明她是一個成熟的作者，一個理性的作家。這幾年來，她幾年一個臺階，從省作協會員，到中國作協會員，在穩中不斷求進，這些，都是非常可喜的。我相信只要她一直堅持創作，在她身上，就會不斷地發現更多的亮點。換言之，其實希望一直都在。

（2016 年）

中國精神的文學書寫
——士爾教授《兩界書》讀箚

這是一部厚重的大書，士爾教授用幾十萬字的篇幅、用寓言的方式闡述了人類文明發展史，堪稱舉重若輕。這部著作應該用充裕的時間坐下來細細品讀，可是由於時間的關係，我拿到書之後已經無法逐字逐句地細讀，只能談一點初讀之後的粗淺感受。

《兩界書》認爲中國精神的核心內涵，可以概括爲以下六個方面：敬天帝（即敬天地），孝父母，善他人，守自己，淡得失，行道義。全書從創世、造人、生死、分族、立教、爭戰、承續、盟約、工事、教化、命數、問道等十二卷，分別從信仰、倫理、社會、個人、功利、實踐層面，建構了一個完整的思想與價值體系，含括了世界觀、價值觀和人生觀的全部範疇。我以爲這一主題的設立是非常恰當的，完全符合中國精神、中國文化的要義。儒家思想的核心就是「仁、義、禮、智、信」，被稱爲五常之道，《兩界書》所述

六要義即是「五常」之道另一種表述。「五常」是做人的起碼道德準則，此為倫理原則，用以處理與諧和作為個體存在的人與人之間的關係，組建社會。依五常之倫理原則處之，則能直接溝通；通則去其間隔，相互感應和和洽。所以五常之道實是一切社會成員間理性的溝通原則、感通原則、諧和原則。

「敬天帝」，這裡作者所說的「天帝」，與「天地」同義，也就是「敬天地」。中國古代以天為至上神，主宰一切，以地配天，化育萬物，敬天地有順服天意，感謝造化之意。人們是天地所生所養，天姓父地姓母，天無日月，就無晝夜、四季的交替，沒有陰陽的交替，大地上的萬物又怎能生長呢？敬畏天地也就是敬畏自然，這與現代人的觀念也是完全一致的。

至於「孝父母」、「善他人」，同樣是中國傳統文化的精華。「五常」之首就是「仁」，仁者，人人心德也。心德就是良心，良心即是天理，乃推己及人意也。所以仁字，從二人相處，因為人不能離群而獨存，別人之觀念立，人之人格顯，方能雍容和諧，以立己立人，發揮老吾老幼吾幼之懷抱，以及己所不欲，勿施於人，事物為人，而不為己，發為惻隱之心，寬裕溫柔。「孝父母」、「善他人」即為「仁」。「孝」是最具中國傳統文化特點的一種核心理念。《論語・學而》：「孝悌也者，其為仁之本也。」《兩界書・立教》以族規族戒的方式，倡導孝道在族統延續中的重要作用：「雅人後代須孝敬父母。亦要孝敬父母之父母，孝敬父母之兄弟姐妹。」「善他人」。中國文化格外重視人與人的關係。《論語・里仁》曰：「德不孤，必有鄰。」《孟子・離婁下》：「仁者愛人。」

《兩界書》中強調的「守自己」、「淡得失」、「行道義」，則涵蓋了儒家五常中的「義」「禮」「智」「信」諸方面的要求。義者，宜也，則因時制宜，因地制宜，因人制宜之意也。所當做就做，不該做就不做。見得思義，不因果濫取不義之財物。子曰：「君子喻於義，小人喻於利，不義而富且貴，於我如浮雲。」所以人發為羞惡之心，發為剛義之氣，義也。中國傳統文化特別重視個人的修身守正，強調克己自省。《論語・學而》曰：「吾日三省吾身。」《禮記・大學》提倡「修身、齊家、治國、平天下」。修身是治國平天下的基礎。諸葛亮所說「非淡泊無以明志，非寧靜無以致遠」，強調的就是要看淡得失。「行道義」則體現了中國文化中知行合一的價值取向。

總之，本書以文明演進為主線，超越歷史、神話、宗教、哲學、文學等傳統範式界限，用寓言的方式，用文學修辭，以文白相合式漢語表述，講述了人類文明的流變演進、人類向善的修為歷程，解讀世界人生，探尋靈魂居

所，確為一部難得的好書大書。這讓我想起了當年風靡一時的荷裔美國作家房龍的名著《寬容》。《寬容》用極其輕巧的文字撰寫通俗歷史著作，細述人類思想發展的歷史，倡言思想的自由，主張對異見的寬容。今天，當我讀到士爾教授的《兩界書》時，欣喜之情一點不亞於當年讀《寬容》的時候。

（2017 年）

自有清氣在人間
——評王興舟散文集《夢裏，有幾朵花兒在開》

散文最寶貴的品質是什麼？

是真。

散文之真，在於內容真實。內容真實，就是不編造，不虛構，基本事實要真實。當然這不是要求散文必須亦步亦趨地復述生活，那是新聞報導而不是文學創作。

散文之真，在於態度真誠。為人要真誠，為文同樣如此。要敬畏文字，敬畏讀者，用心寫作，用真誠的態度寫作，用真誠的態度對待讀者。就像巴金先生說的，要「把心交給讀者」。

散文之真，在於感情真摯。要帶著真情寫作，要表達自己的真情實感，而不是虛情假意。散文創作是一種側重於表達內心體驗和抒發內心情感的文學樣式，它主要是以從內心深處迸發出來的真情實感打動讀者。當然，這種真情實感要以文學的方式表達出來。要內斂、節制、引而不發。

總之，真實是散文的生命，感情是散文的靈魂。

近年來，關於散文的說法很多，關於散文的探索也很多。這是好事。但是，不管這說法那說法，不管怎麼探索，散文的真實性原則不容動搖。散文的寫法有很多種，但是無論怎麼寫都不能丟掉真實性這個原則。散文必須以真面目面對讀者，容不得一絲一毫的虛偽。在真實的前提下，才談得到散文的創新。

捧讀王興舟的散文集《夢裏，有幾朵花兒在開》，給我的突出感受，就是一個「真」字。內容真實，態度真誠，感情真摯。在這一點上，王興舟的頭腦是很清楚、態度是很明確的：「這些寫作的文字都是忠實於內心，皆為真情

表白，實事記錄，原始收藏。」(《〈太行風土小記〉後記》)

　　讀王興舟的散文，一股清新之氣撲面而來。

　　這是古村的氣息。離開故鄉三十多年了，然而故鄉的小山村卻常在作者夢裏浮現。關於故鄉的種種情形已陌生了許多，但有一個地方卻是作者特別懷念的，那就是村廟。作者曾經在這裡度過五年的小學時光，在這裡爬過樹，演過戲，吃過野草莓，留下了許多回憶。(《村廟》)藏在山坳裏的佛堂村，酷似福建南靖土樓，危岩深澗，奇花異草，風光獨特，極盡雄偉和壯麗，蘊涵著美妙與禪意，古風古韻，古色古香，連門上掛的都是明清時代的鐵製老鎖，彷彿是被世人遺忘的角落。(《佛堂》)故鄉是一個人的精神棲息地，無論離開多久，無論離開多遠，它總在你心靈最深處，終生難忘。興舟滿懷深情回望故鄉，書寫故鄉，他的文字勾起我們對故鄉的回憶，儘管我們的故鄉不同，但相同的是濃得化不開的鄉愁。

　　這是大山的氣味。王興舟熱愛家鄉，熱愛家鄉的山山水水。他用真誠而詩意的筆觸，描摹著家鄉的山山水水，記錄下自己的點滴感受。寺上是夾在太行山縫裏的一個千年古村，「我們」在山裏漫遊，偶然才發現這座小得不能再小的古村。村莊小而寧靜，有幾分古樸，幾分典雅，又頗有幾分神秘色彩，彷彿現實版的世外桃源，而《寺上古事》則彷彿現代版《桃花源記》。作者喜歡大山，一有時間就在山裏轉悠，隨時記下所見所聞所思，讓我們有幸欣賞到深山裏的景致。書中這樣的篇什太多了，印象最深的是《林慮山記》。這篇散文從山勢、山路、山居、山炊、山茶、山雨、喊山、山色等各個角度，把一座大山立體地呈現在我們面前，讓我們全方位地領略了這座大山的無窮魅力。

　　當然，僅僅有真實的內容、真誠的態度、真摯的情感，還不足以成就一篇好散文。好的散文，需有足夠的才華、精巧的構思、優美的語言；如果以更高的標準，還要有深邃的思想、高蹈的見識，達到「深遠如哲學之天地，高華如藝術之境界」(董橋語)。王興舟的散文，大多篇幅精短，語言凝練，沖淡平和，令人回味，有明清小品的味道。他的散文，多為千字文，短的只有寥寥數百言，小巧精緻，就像山水小品一樣。這在長文氾濫、以長為美的今天，不失為一個有力有益的修正。看得出，他的散文受中國古典散文影響很大。尤其是其語言，典雅精緻，美而不俗，顯示出較深的文言功底。他喜用短句，間以長句，長短錯落有致，讀來有一種獨特的韻律美。「村之四周盡山，山聳如牆，村鑲山隙，雲影繞屋，縹緲若仙，天山竟成一色，山水共其綠色。有溪忽自巔來，潺潺而有其聲，叮咚成韻，汩汩如歌，遇岩即成瀑，

逢坑便是潭，水流四處，任意東西。」（《小碾村》）「恍恍然，時光不居，回城早有些時日，飄飄然，久思成夢，忽覺我已久居山裏，居草房，履草鞋，踏石路，捋雲霧，儼然山人扮相，披蓑戴笠，荷鋤牽牛，正踏著斜陽歸來呢！」（《刁公岩記》）「村小如龕，鑲在崖間，溪過崖下，人居崖上，四周山高如牆，爭高直指，峰巒疊嶂。民房隨山勢而建，錯落有致，層次成景，牆高數丈，屋懸欲傾。滿山是石，石皆為景，石砌的路肩、地圍、街巷、階梯、石磨、石碾，就別說石凳、石桌、石房、石樓了，透迤相連，儼然古堡。」（《石大溝記》）這樣的文字，在王興舟的散文中比比皆是，讓人品之再三，齒頰留香。正像他形容太行山山民說話那樣，「語有節奏，話多和韻，低沉平緩，音輕調長，如詩如歌，宛若山謠小調。」（《太行尋巔記》）

王興舟的散文，有正氣、有才氣、有靈氣、接地氣，給人以美好的享受和靈魂的薰陶。如同山間的野花一樣，不要人誇顏色好，自有清氣在人間。

（2019 年）

陝商精神的生動摹寫
——讀樟葉長篇小說《錢商》

端午小長假，我和家人一起赴西安旅遊，隨身攜帶著樟葉的長篇小說《錢商》。樟葉是陝西作家，《錢商》寫的是陝西的事。到陝西旅遊，讀陝西小說，用現實所見印證書中所寫，似乎是再合適不過的事。我沒想到，書裏書外的世界相距那麼遙遠。白天，我們登古城牆，觀兵馬俑，遊華清池，品陝西小吃，盡情領略自然風光，欣賞人文歷史；晚上，我展卷閱讀《錢商》，則進入了另一個世界，一個我完全陌生的世界。

讀《錢商》，我的感覺很新鮮，又略微有點吃力。新鮮和吃力，都是緣於同一個原因：我讀到的，不是柳青、路遙、陳忠實、賈平凹們筆下習見的陝西農村與城市，而是一個完全陌生的商業世界；我看到的不是柳青他們多次描寫過的憨厚樸實的陝西農民和市民，而是一群積極進取、頭腦靈活的陝西商人；我感受到的不是陝西博大厚重的歷史文化，而是誠實守信、開拓進取的陝商精神。可以說，這部小說徹底顛覆了我對陝西、對陝西人的固有印象，讓我從此對他們刮目相看。

19 世紀中後期，以渭南商人組成的陝商錢莊發展成為和晉商票號、灤冀幫錢業齊名的金融鉅子。《錢商》描述的是 1902 年至 1905 年，長安興盛號錢莊在其第三代掌門人暢方正的率領及其高參汪立玄的協助下，其子暢以訓、兒媳羅玉梅夫婦以及蘭州分號掌櫃楊茂堂等人苦心經營創業發展的故事，其中穿插陝西、蘭州、自貢三地業務拓展、人物活動，以及與地下錢莊不法之徒的周旋鬥爭，呈現出一幅幅百年前陝商銳意進取的歷史畫面。

這部小說給我印象最深的有兩點：

一是全面展現了一百年前陝西商人誠實創業、銳意進取的奮鬥歷史。

提起近代中國商業發展史，我們所熟知的是徽商、粵商、滬商、晉商，而對西部商業、商人則所知不多。讀了《錢商》我才知道，在近代中國商業發展史上，陝西商人佔有重要的份量。他們緊跟時代潮流，立足實業發展，腳踏實地艱苦創業，敢於拼搏，敢於擔當，與時俱進，探索創新，表現了積極進取、誠實創業的陝商精神。

樟葉將故事的發生選定在 1902 年到 1905 年這個時間段，其時正是「庚子事變，兩宮西狩」後清廷變法詔書推行新政之際。上面改弦更張，局面稍開，興盛號就乘勢而上、興業圖強，演繹出一連串生動艱辛而又盪氣迴腸的故事來。儘管作者截取的只是五年不到的時段，但是卻深入就裏地鋪墊勾勒出錢商紮實經營多年的厚重足跡，描繪了他們因勢而應、知困勉行的創業風采，給人留下了深刻的印象。

二是生動塑造了一批個性各異、栩栩如生的人物形象。

《錢商》以百年前活躍在中國西部的陝西錢莊商人為原型，以清末中國社會生態為時間節點，以陝西商人馳騁商海的奮鬥史為故事脈絡，在挖掘和尊重歷史事實的前提下，生靈活現地塑造了以暢方正父子為代表的陝西商人歷史形象。

樟葉擅長對人物形象的細部描寫。暢方正無疑是《錢商》的主要人物。他善良正派，運籌帷幄；既堅守商業運營應有的制度規矩，又善於根據市時局的變化不斷調整經營方略。比如，四川的捲煙、甘肅的水煙本來是暢方正錢莊貸款的主要對象，但是他發現進口香煙已經在沿海地區的年輕人中大受歡迎，暢方正敏銳地認識到：人心趨勢最不牢靠，口味終究會變，必須未雨綢繆，及時幫助內地的煙草企業作出調整。再比如，暢家起家是從無須擔保的小額貸款開始的，主要做本地的棉花小麥等農產品。但是現代工業浪潮西風勁吹，如果還停留在農產品手工作坊加工的原始階段，如何能重振陝商的雄風？暢方正選擇

了從恢復本省茶葉名牌開始，摸索現代工商業項目的建設經驗。

其他人物形象也各有特色。《錢商》中有名有姓的人物有幾十個，每個人物都有自己鮮明的特點。比如「高參」汪玄立的足智多謀與沉穩幹練；暢家二公子暢以訓的朝氣蓬勃與勇於探索；二兒媳羅玉梅的秀美賢慧；蘭州順福號掌櫃楊茂堂的敬業與風流；桓侯宮宮察呼延松的狡惡陰毒……特別值得一提的是丁喜坤這個神秘人物的安排。丁喜坤的身份很卑微，只是一個役牛槽口飼喂工匠，也就是喂牛的飼養員。他在小說中並不是一個主要人物，而且他始終半遮半掩，若隱若現，很少有對他的正面描述。直到最後小說才爆出，實際上他是一位富家公子，他長期隱姓埋名、忍辱負重，只為揭開一椿驚天大案。作者借用了清末長安發生的一件震驚全國的錢莊詐票大案為故事原型，書中丁喜坤受命追查原凶，並不見黑風雪夜的刀光劍影，更多的是丁喜坤笑傲江湖，仙路尋蹤，讓人在感受神秘中彷彿看到了一個百姓社會嫉惡如仇、身懷絕技、忠於職守的大俠，讀來使人不忍釋手。

此外，小說對於百年前陝西的人情世故、習俗俚語、社會百態、家居衣著乃至各色建築、日用對象、特產小吃、飲食風味精到細膩的描繪，為我們形象地再現了那段已經遠去而又可親可近的「陝風」「秦味」，令人品味無窮。

當然，這部小說也還有可以改進之處。比如，小說中出場的人物眾多，作者在每個人物身上用力稍顯平均，故而使主要人物的形象不夠鮮明、豐滿；再如，小說涉及事件很多，脈絡不夠分明，給閱讀造成一定障礙。這些給作者進一步完善作品提供了空間，相信作者在這一題材的發掘上會有更大收穫。

（2016 年）

「無名氏」的悲傷與無奈
——讀闞亞萍的兩篇散文

闞亞萍的兩篇散文《魔術師》與《梳子》，寫了兩個很普通的人物，他們有一個共同特點——都沒有名字。所以我姑且稱之為「無名氏」。

當然不是他們本身沒有名字，而是作者「懶得」寫出他們的名字。一個人連名字都沒有，可見有多普通多平凡。

「魔術師」是一個來歷不明的人，他的拙劣表演換來的是觀眾們的噓聲，只好落荒而逃，到碼頭上去賣苦力。可是他卻贏得了兩個忠實粉絲。一個是「我」，一個年齡不詳的小女生，莫名其妙陷入了單相思。「魔術師深潭般靜謐的雙眸俘虜了我。」「每晚，我在他的隔壁，彷彿處於世界的最後一隅。默不作聲而又無限溫柔地陪著他喝酒，吃飯。」一個是五歲的小女孩敏敏，她希望魔術師能幫她把爸爸變回來。顯然，魔術師無法滿足她們任何一人的願望，而他自己卻有著隱秘的憂傷：「在他的手上，有一張泛黃的老照片，照片上依稀可見一個五六歲的酷似魔術師的小女孩。」「悲傷的魔術師，對現實無所作為的魔術師，一退再退，化為一枚堅果，退回到往事裏。」一把陳舊的象牙梳子，見證了外祖母一生的苦難與悲傷。在那歷史巨變的前夜，她的前夫倉皇出逃，留下了她和肚子裏的孩子，從此飽受磨難，直到默默凋零。

兩篇作品寫的都是小人物的悲傷與無奈，這樣的故事我們已經讀得太多，很容易落入俗套。這兩篇散文的共同特點是：故事性很強，作者運用了小說的手法（還有先鋒小說的味道），把很老套的故事講得一波三折，搖曳生姿。再加上作品中彌漫的神秘色彩，夢裏與夢外交織，歷史與現實糾纏，似夢似真，恍恍惚惚，令人欲罷不能。

留白與意象的運用使作品意味深長，給讀者留下了很大的想像空間。《魔術師》中的「蛇」，外祖母的象牙梳子，是作品中的重要意象，帶有隱喻意義。在中外文學作品中，蛇作為一種隱喻符號，向來有正負兩方面的象徵意義。從正面看，它體現了人性善良、美好的一面；從負面看，它象徵著誘惑、邪惡、陰險毒辣。關亞萍筆下的蛇，給我們傳達的是「誘惑」，一種神秘的、美麗的誘惑。梳子對於女人的意義是不言而喻的，它象徵著美麗、美好、愛情、恩愛、幸福。「梳子是他送給她的定情之物。他喜歡她那一頭柔順瑩亮的秀髮，他經常幫她梳頭，他的動作溫柔，細膩，……他舉著梳子的手舉在半空，看著鏡中的她時，眼睛彷彿是深潭裏的藍月亮，蕩漾著無限柔情與蜜意。」然而，「此情可待成追憶，只是當時已惘然。」曾經的恩愛，成為外祖母一輩子的痛，就像那把陳舊缺齒的象牙梳子，永遠不可能回覆當初的完整光亮。

作品的敘事張馳有度，如果在虛與實、空與滿的把握上拿捏得更好一些，也許會更有感染力。

（2019 年）

深情的歌唱
——讀戰吉長篇敘事詩《柴生芳之歌》

在中國當代文學史上，曾經出現過一批以謳歌英雄模範人物為主題的長篇敘事詩。作為一種詩歌體裁，敘事詩用詩的形式刻畫人物，通過寫人敘事來抒發情感，對表現時代英雄模範人物和重大事件頗有優勢。歷史上有很多敘事詩的名篇佳作，如表現歷史題材的《格薩爾王》、《孔雀東南飛》、《木蘭詩》等。中國現當代詩人馮至、郭小川、李季、田間等創作的《蠶馬》、《將軍三部曲》、《王貴與李香香》、《戎冠秀》等敘事詩作品，都已經成為中華民族文學和精神的寶貴財富，充分彰顯了敘事詩在歷史長河中的作用。

但是，從文學創作的實踐看，用敘事詩的形式來表現英雄模範人物的先進事蹟並非易事。尤其是在過去的一段時間內，一些敘事詩被過多地貼上了政治標籤，說教味太重，讓人生厭，遭到不少讀者的排斥。所以，當我讀到戰吉的長篇敘事詩《柴生芳之歌》時，眼前為之一亮，心中為之欣喜。

柴生芳是一位優秀的歸國博士，他主動要求赴甘肅貧困地區工作，任甘肅臨洮縣縣長。他紮實勤懇，一心為民，受到百姓稱許。2014 年 8 月 15 日凌晨，因勞累過度，誘發心源性猝死，年僅 45 歲，被授予多種榮譽稱號。經過新聞媒體的重點宣傳，他的事蹟已廣為人知。在這種情況下，要以敘事詩這一方式表現柴生芳事蹟無疑難度很大。可喜的是，《柴生芳之歌》不僅寫得生動感人，而且思想深刻，並在藝術上有所創新。

作品的感人之處在於，沒有把主人公塑造成高不可攀的英雄，而是讓眼光和思維在文學承載的過程中，以非常的穿透力去洞察和發現主人公最難能可貴的也最光彩照人的空間。作品從柴生芳的逝世及其引起的巨大反響寫起，提出這樣的問題：「為什麼　為什麼／一個陌生的名字／一夜間／會傳遍天涯海角。」從第二節起，詩人從「未名湖畔的　朗朗書聲」開始，追尋英雄的足跡，描摹英雄的人生軌跡。詩歌用一個個動人的故事，把柴生芳心繫人民、不畏艱難、無私奉獻的感人事蹟刻畫得淋漓盡致，同時又展示了他有血有肉、重情重義、看重親情友情愛情的一面，一個平凡而又極不平凡的活生生的人物展現在我們面前，讓我們彷彿能夠聽見他的音容笑貌，可以與他近距離交流，或感同身受，或發人深思，或催人淚下。讀著讀著，我們結識

並且心甘情願地折服了一位生動、具體、真實的榜樣。

　　作品的深刻之處在於，它不是孤立地描寫柴生芳，而是把他放在現實社會的大背景下；它不是單純正面宣傳柴生芳的先進事蹟，而是時時把他與當下的官場生態、與官場中的某些現象、某些官員進行對比。作者痛心地指出：「我們　已經不再思索　人生的真諦／我們　已經不再追求　靈魂的鍛造。」「你和我們一樣——／也在想／為什麼　為什麼／會有老虎　蒼蠅／玷污　那面鮮豔的旗幟／蛀蝕　共和國的牆腳。」柴生芳並不是生活在真空裏，不是生活在淨土上，他就生活在這樣的現實之中。可貴的是他沒有動搖自己的信仰，沒有忘記自己的使命，沒有與腐敗現象同流合污。「看啊　看啊／柴生芳來了／舉著　信仰的盾牌／看啊　看啊／柴生芳來了／吹響　追求的號角／向著貪欲決鬥／瞄準腐敗橫掃／哪管它　千里冰封／哪管它　萬里雪飄／一步步／你走上　人格解放的　長征／一天天／你成為／共產黨員的旗幟／基層幹部的榜樣／我們時代的／傑出代表。」這樣的對比，使作品主題更加深刻，更加發人深省。

　　作品的創新之處在於，把獨特的敘事角度和靈活的敘事手段結合在一起，使人物的心靈世界得到了充分展示。我們以往讀得比較多的敘事詩，大多是按照人物成長、事件發展的時間順序為脈絡的，《柴生芳之歌》沒有沿襲這一傳統格局，而是採用不斷轉換敘事角度的方法，從多個方面、多個角度展示柴生芳生前事蹟，不僅使人物的心靈世界得到了充分展示，而且不再單調重複原本已經為許多人通過新聞報導瞭解的事蹟。作品中還融入了民歌元素和古典詩詞元素，富於節奏感、音韻感而顯得鮮活新穎。詩人何其芳在談到敘事詩創作時曾經說過，敘事詩「不是在講說一個故事，而要來歌唱一個故事」。這個「歌唱」比喻得十分貼切也十分重要，在敘事詩的創作中，一定要注意敘事和抒情的結合。沒有抒情的敘事詩一定會少了些活力，少了對受眾的強烈感染力和衝擊力。況且，敘事詩中的敘事非平鋪直敘，也無須面面俱到，而應該做到抒情有敘，敘事有情，將抒情與敘事融會在一起。在《柴生芳之歌》中，我們能夠感到作者在這方面的自覺，由於對敘事與抒情的張弛有度，遊刃有餘，在很大程度上增強了作品主題的表現力，也使詩作的思想性和藝術性上了一個高度。

　　當然，詩歌的語言還可以更精緻、更凝練一些，有的提法尚需斟酌。

　　（2015 年）

感人至深的英雄禮讚
——讀余豔長篇報告文學《守望初心》

《守望初心》是作家余豔繼《板倉絕唱》等作品之後，又一部報告文學力作，是一部感人至深的英雄禮讚。

湖南是中國革命的聖地，毛澤東、劉少奇、彭德懷、賀龍等都誕生在這裡，中國現代史上的許多重大事件都發生在這裡。這裡有無數可歌可泣的故事，為作家創作提供了豐厚的素材。

余豔似乎特別偏愛女性題材，這可能跟她本人是女性、對女性的命運特別關注有關。《板倉絕唱》《楊開慧》《後院夫人》的主角都是女性，這部《守望初心》寫的則是以殷成福為代表的一群普通女性——女紅軍、女紅屬的感人故事。另一方面，她不追求宏大敘事，而注重微觀解構。她書寫的不是中國革命重大事件，而是一個個具體而微的普通人的故事。她的筆下也有賀龍妹妹、賀龍夫人、任弼時夫人、蕭剋夫人等著名人物，但她更關注殷成福、佘芝姑、戴桂香、陳小妹等普通女人的命運。從大的方面講，她的創作填補了歷史空白；從小的方面講，這體現了她的平民視角、平民情懷。領袖人物、重要人物的貢獻無疑是巨大的，但是所有的成功都絕不僅僅是少數領導人的功勞，而是千千萬萬人民群眾共同奮鬥、犧牲的結果。從這個意義上講，這部作品使中國革命史立體起來、豐滿起來。

《守望初心》寫的是女紅軍、女紅屬們的傳奇。作品以湖南桑植紅嫂群體為主人公，她們送走了男人，又送走了兒女。「守望的紅嫂，會用怎樣的堅韌熬過幾十年漫長歲月？英勇的紅軍，會蹚過多少坎坷持一顆初心走向勝利？」這裡有兩個關鍵詞，一個是「守望」，一個是「初心」。「守望」，堅守，盼望。桑植的湘妹子們用一生在等候，用一生在堅守，用一生在盼望。土家族農婦殷成福，帶著一家八口全部參加紅軍，長征路上四死兩散，卻永不言悔。佘芝姑，躲進深山十五年開荒種「軍糧」，儲存三萬多斤包穀、兩千多斤臘肉；戴桂香二十六歲守寡，從此守候一生，紅色基因永遠不改。陳小妹的丈夫英勇犧牲，被碎屍拋入荒野，身懷六甲的她穿過艱難險阻兜回碎屍丈夫。她們用自己的堅守，盼望著親人們的歸來，盼望著革命的早日成功。這個堅守，不是消極的等待，而是積極的奮鬥；不是平靜的生活，而是流汗、流淚、流血甚至犧牲生命。她們雖然沒有在戰場上衝鋒殺敵，但她們同樣也是了不起的英雄。

「初心」，最初的初衷，最初的原因。桑植的女紅軍和紅嫂們，「死了的革命到底了，活著的繼續革命。」她們終其一生，不管身處何方，不管處境如何，都沒有忘記自己的初心，沒有忘記自己的信仰。她們為什麼能夠保持初心、守望初心？因為她們與紅軍是同氣相求、同枝相連的，她們的親人就是紅軍，紅軍就是她們的親人。只有紅軍勝利了，革命成功了，才能有她們的幸福生活。因此，在任何情況下，不管形勢如何嚴峻，不管日子如何艱難，她們都堅定不移地跟著紅軍走，支持紅軍，支持革命。中國革命之所以能夠成功，是因為它得到了千千萬萬人民群眾的擁護和支持。作品通過描寫這一群守望初心的紅色女性，為我們深刻地揭示了革命成功的原動力、驅動力，深刻地揭示了什麼是人民、什麼是人心向背。

作為一部以一個特定群體為書寫對象的長篇報告文學，如果處理不好，很容易寫得雜亂無章，沒有頭緒，各個人物、各個故事、各個章節之間沒有關聯，各自為戰。余豔的《守望初心》雖然寫了很多人物，但是各個章節之間是有著內在邏輯關係的。作品以侯家兩代堅持不懈尋找失散的第三代、老紅軍侯德明（藏名羅爾伍）並終於把他接回家為引子，帶出了一群桑植紅嫂的動人故事。第一章「覺醒」，在紅軍的宣傳啟發下，45歲的土家族農婦殷成福帶著全家參軍，從此下定決心跟著共產黨走。從「覺醒」，到「抗爭」、「蒙難」、「英雄」、「遠征」，可以看到桑植村的湘妹子們在共產黨和紅軍的教育下成長的過程。作者用「守望」「初心」這兩個精神主題作為紅線，把這群湘妹子們的故事串在一起，形成了一部厚重的作品。

余豔是一個有使命感的作家。身為湖南這片紅色土地上成長起來的青年作家，她始終不忘初心，牢記使命。她對寫作有著高度的自覺。她在「代後記」中說：「我常常問自己——我為什麼出發？」「一個不記得來路的民族，是沒有出路的民族。萬水千山不忘來時路，樹高千尺滋養在沃土。作為一個作家，一次次感動，喚醒了初心；一次次跋涉，豐富了作品。作家不就是用作品告訴大家：『你，為什麼出發？』」「以文學的初心去追尋英雄的初心，也許就劃出了這本書的創作軌跡。」帶著這樣的初心，她一次次出發，通過深入採訪、深入挖掘，打撈出湮沒於歷史深處的一群普通人的故事。對報告文學創作來說，採訪是非常重要的前提。就像打井一樣，挖得越深出水越多。余豔說，她只有一個想法：超越《板倉絕唱》。她把自己幾次逼到了絕境，光修改就花了整整一年，改到第五輪第六輪時改到流淚想吐，甚至寫完這部都

不想再寫了。我能夠理解她的這種心情，從作品中就可以看出她在詩外所下的工夫。在採訪寫作過程中，她被採訪對象深深感動，多次感極涕下。她毫不掩飾自己的感情，把這份感動融入作品中，使作品具有極強的藝術感染力，從而又感動了她的讀者們。《守望初心》是一部融思想性、藝術性於一體，具有強烈震撼力、感染力的優秀報告文學作品。

（2018 年）

同根同源　血脈相連
——讀報告文學集《兩岸家園——二十二個臺灣人》

2009 年，我受邀帶領一個港澳媒體採訪團到蘇南地區採訪，發現那裡臺資企業特別多。當我們詢問臺灣商人為什麼會選擇到江蘇投資時，所得到的回答竟然驚人地一致：這裡環境好。他們所指的環境，當然不只是物質意義和自然意義上的。

時隔 8 年，當我讀到由 22 位江蘇作家共同完成的報告文學集《兩岸家園——二十二個臺灣人》，我立刻想起那些企業家，想起他們這番真誠的回答。我不知道書中所寫的 22 個臺灣人中有沒有當年所見的臺灣商人，可以肯定的是，他們都有著相似的經歷和同樣的心路歷程。從兩岸三通以來，臺灣企業家陸續到大陸來投資興業，他們在大陸改革開放大環境中獲益良多，同時也為兩岸經濟發展做出很大貢獻。然而，我們對這個特殊群體的生存狀況所知不多。《兩岸家園》正好為我們打開了一扇窗戶，讓我們瞭解到一批在大陸的臺商的喜怒哀樂。

本書由江蘇省臺辦和江蘇省作協共同策劃，22 位大陸作家以紀實方式，呈現 22 位跨越海峽到江蘇創業臺商的開拓故事。22 位臺商涵蓋了文創、農業、教育、化工等行業。他們當中，有上世紀 90 年代初就到江蘇的先行者，也有近幾年隨著兩岸交流日益緊密、西進大陸尋求市場的臺商。

誠品書店，新光天地，華新麗華，南京新地標銀杏湖……這些臺商在大陸創業的故事，是跨越海峽兩岸的深情握手。他們的故事，更是個體、家族與家國故事的悲喜交織。

《兩岸家園——二十二個臺灣人》展現了臺商創業創新的風采。兩岸結

束對峙狀態後，一批批有膽有識的臺灣商人陸續來到祖國大陸投資興業，他們篳路藍縷，艱苦創業。書中的 22 位臺商，有的出身寒微，有的少年失怙，有的曾一貧如洗，有的屢遭劫難，鮮有生而富貴、一帆風順的。他們之所以能夠成功，關鍵在於善於抓住機遇、敢於開拓。林銘田是《兩岸家園》中第一個故事的主人公，也是南京銀杏湖農業休閒觀光有限公司的董事長。當他提出要在南京江寧的西山區興建一個包含高爾夫球場的風景區時，幾乎所有人都不相信他的話，所有人都認為不可能，所有人都反對他。不光因為這裡是一片「破田低山丘，十年九不收」的荒山禿嶺，更重要的是政策的高壓線不能觸碰。但是林銘田認準的事就一定要做。從 2000 年到 2015 年，他用 15 年時間，動用全家積蓄，終於將一片荒山野嶺打造成南京文化新地標——美麗的銀杏湖景區。江蘇長盈機械公司董事長賴天富，一家六代蕉農，他從小就在山上種蕉砍蕉。他硬是憑著自己的勤奮好學，從一名學徒成長為一名成功的企業家。大年初一，他們父子倆在東臺對著圖紙啃著麵包，喝著開水，謀劃企業的未來。《兩岸家園》中的 22 位臺商，每一個人都有著同樣精彩曲折的故事，敢為人先，勇於創新，吃苦耐勞，可以說是他們共同的品質。

《兩岸家園——二十二個臺灣人》是近幾十年來兩岸經貿交流合作的一個印跡和縮影。自兩岸三通以來，大批臺灣企業到祖國大陸投資興業。其中，蘇臺兩地經貿合作更是水乳交融、和諧共生。據有關資料統計，截至 2016 年底，江蘇累計批准臺商直接投資和經第三地轉投資項目超過 2.6 萬個，實際到賬臺資超過 710 億美元，實際吸引利用臺資占大陸總量的 1／3，江蘇臺資企業在大陸上市（掛牌）的已有 26 家。2016 年，蘇臺貿易額近 376 億美元，占兩岸貿易總額的 1／5。江蘇不僅存量臺資數量大，增量臺資也相當可觀。2016 年，全省新批臺資項目超過 500 個，同比增長超過 7.8%，協議利用臺資近 50 億美元，同比增長超過 40%，新增總投資千萬美元以上臺資大項目超過 100 個。在江蘇長期工作生活的臺灣同胞超過 30 萬人，大批臺商在江蘇紮根、成長，取得了驕人成績。本書通過對 22 位臺商的深入採訪和生動記述，展示了這樣一個充滿生活激情、創業活力和社會責任的群體，窺一斑而知全豹，從中我們可以看到幾十年來兩岸經貿交流合作的巨大成就。

《兩岸家園——二十二個臺灣人》既是個體事業奮鬥史，又是一部二十世紀八十年代以來的中國社會發展史。在時代大潮中，在現代社會裡，任何個體的人都不是孤立的，他的一切必然打上時代和社會的烙印。就像人不能

拾著自己的頭髮離開地球一樣，任何人的行為都不可能脫離他所處的時代和社會。《兩岸家園》一書通過對 22 個臺灣商人創業故事的書寫，折射出中國大陸改革開放以來的發展歷程和巨大成就，折射出兩岸關係由對峙到三通到融合的發展變化。22 個臺灣商人的成功，與這個大背景是密不可分的。1949年以來，由於歷史的原因，中國大陸與臺灣地區長期處於隔絕與對峙狀態。臺灣寶島孤懸海外，兩岸同胞骨肉分離。如果沒有改革開放政策，沒有「九二共識」，怎麼會有這麼精彩動人的故事發生？22 個臺灣商人既是時代的幸運者，也是時代的弄潮兒；既是時代的受益者，也是時代的推動者。

《兩岸家園——二十二個臺灣人》展示了兩岸人民同根同源的濃濃的同胞情和高度的文化認同。書中的故事和人物，是兩岸關係和平發展的生動反映。他們來往於海峽兩岸，起到了連接兩岸的作用。這部作品寫到臺灣企業家在江蘇投資創業，視江蘇人民為親人，視江蘇大地為家園，以成為「江蘇人」為榮耀。在徐州創辦教育的任聿甸是《兩岸家園》中最年輕的一位，他對臺灣的朋友說，有機會要到大陸看看。而提及自己在大陸的發展，任聿甸說：「我不是把自己定義為『臺商』，我是一個回家創業的臺灣青年。」《手繪銀杏湖》中的林銘田先生「到了南京，有種歸家的感覺」。《工匠賴天富的「愚公填海」》中的賴天富先生由東臺海邊鹹腥腥的海風聞到了臺灣南投老家的「味道」。賴天富常說到「我的祖國」，自然而親切。這絕非在商言商的客氣話，而是完全道出了他們的心聲。海峽兩岸是我們共同的家園，「家」的味道，所體現出來的當然是民族文化的同根性和血緣性，所謂「打斷骨頭連著筋」。這是感情的基礎，文化的基礎，也是採訪的基礎、寫作的基礎。正如汪政先生在該書「後記」中所言：「兩岸有著共同的文化認同。文化認同是根本的認同，也是最大的認同」。

《兩岸家園——二十二個臺灣人》是用文學講好中國故事的成功之作。用接地氣、有溫度、有深度、老百姓喜聞樂見的精品力作，講好中國故事，這是每一位當代作家義不容辭的責任。《兩岸家園》為當下文學講好「中國故事」提供了一個新的視角和新的境界。參與本書寫作的 22 位作者，大多是全國知名作家，包括小說家、報告文學作家、詩人、散文家、評論家。報告文學並不是他們當中所有人都擅長的文學樣式。為了這次寫作，他們撲下身子，走進現場，緊貼人物，深入採訪，付出了相當的心血。他們用自己的實際行動踐行著「深入生活，紮根人民」的創作導向。

（2017 年）

碎片中的歷史
——讀王雄康《歷史的碎片：小站大人物》

在中國近現代史上，天津小站是一個具有重要意義的地方。它的重要之處至少在於兩個方面：一是在這裡誕生了中國第一支現代意義上的軍隊；二是袁世凱通過小站練兵嶄露頭角，逐步走上政治舞臺，成爲影響中國近代史的一位重要人物。

王雄康的《歷史的碎片：小站大人物》（團結出版社 2015 年 5 月出版），以微歷史的形式，客觀地還原了小站練兵核心人物的演進史，塡補了長期以來學界對小站練兵及其影響研究方面的諸多空白，同時也給我們提供了有益的啓示。

首先是歷史人物的評價問題。很多歷史人物在我們的認知中已經形成了固化的形象，比如「民族英雄」、「反動軍閥」、「忠臣」、「姦臣」，等等，簡單地說就是「正面人物」或者「反面人物」，更簡單一點就是「好人」、「壞人」。可是眞的這麼簡單嗎？《歷史的碎片》一書，一共寫了 21 位發軔於小站練兵、日後成爲軍政界有影響的大人物，除了最後一位漢納根是德國人外，其他 20 位都是我們熟悉或比較熟悉的名字。這些人物有一個共同的標籤：北洋軍閥。在過去相當長的時期內，我們對歷史人物的評價是「非正即反」、「非好即壞」、「非忠即奸」，非常簡單的標籤法。這些人物中，除了馮玉祥尙有正面評價外，其他差不多都是「反動軍閥」，在國人心目中已經定位爲反派人物形象。《碎片》一書做的不是簡單的平反工作，而是耐心地撥開歷史迷霧，還原歷史眞實，還歷史人物眞實面貌。比如，令人恨之入骨的「竊國大盜」、「賣國賊」袁世凱，書中用大量翔實史料介紹了他鍛造新軍、主張變法、維護主權的事蹟，這讓我們至少對「賣國賊」這頂帽子產生了懷疑。再如「反動軍閥」段祺瑞，因執政府衛隊射殺學生而背負罵名。但後人不知道的是：「三一八」慘案發生後，段祺瑞就趕到現場，向死者長跪不起，之後又指示嚴厲處罰兇手，並終身食素以示懺悔。這在一定程度上改變了我們對段祺瑞的看法。從這些史料我們可以看出，歷史人物都是複雜的、多側面的，不是簡單的一個「正面人物」或「反面人物」可以概括。我們應該全面地、立體地看待歷史人物，而不是簡單地貼上一個標籤了事。書中類似例子很多，有助於我們進一步瞭解歷史眞相，瞭解歷史人物的眞實面目。

其次是寫作素材的選擇問題。歷史著作、包括歷史人物傳記的選材，當然應該以大事爲主，以重大歷史事件、重要歷史節點串起作品的主線。中間

肯定免不了有小事，但小事充其量只能是補充，是點綴。這是我們慣常的做法。可是《碎片》一書偏偏顛覆了這一傳統。正如書名所示，它選擇的都是「歷史的碎片」，都是傳主點點滴滴的小事、軼事。正是用這些小事連綴起來，展現了傳主們不爲人知的多個側面，從而勾畫出一幅幅豐富的、複雜的、全面的人物畫像。所以說，它是以小顯大，寓大於小。

第三是歷史著作的寫作方法問題。歷史著作、人物傳記應該怎麼寫？文無定法，恐怕沒有一定之規，但是總還有一個基本路數，大家比較公認的寫法。有人說這是微博體，其實這種文體由來已久，並非新創。早在 1910 年代，被稱爲「補白大王」、「掌故大王」的鄭逸梅先生就開始在報刊發表以文壇軼聞爲主的文史掌故。但是像這樣以掌故形式寫人物傳記的，還比較罕見。單獨看，每則軼事都很輕：份量輕，讀起來也輕鬆。但是把它們串起來，份量就不輕了。在輕鬆愉快的閱讀中，對傳主有了一個比較全面的瞭解，可以說是舉重若輕吧。這也給我們寫作（不限於人物傳記）提供了一種可供借鑒的思路。

需要說明的是：作者雖然寫的都是傳主的小事、軼事，但是他並沒有因此而忽視史料的眞實性問題，而是採取了嚴肅、嚴謹的學術態度。我統計了一下，本書參考書目有 56 部之多，另外還參考了兩本文史雜誌的有關內容。作者在「凡例」中說：「本書記述的人物軼事，均輯錄自近代史料、筆記、館藏檔案、口述回憶、歷史傳記等文本，文藝類作品一律不選。」這樣的做法，最大限度地保證了作品內容的眞實性，避免道聽途說，以訛傳訛。

（2015 年）

雷默很會講故事

第一、雷默很會講故事。雷默講的故事，情節並沒有多麼曲折，也沒有多麼激烈的矛盾衝突，但是都很好看、很耐讀。有些小說，看了開頭大致就能猜到結尾，看了前面大致就能猜到後面如何發展；即使作者故意設計出人意料的結局，那種出人意料也是人們能夠想到的意外。而雷默小說不，他的故事推進都是很自然的，很少出乎意外的大逆轉，可是你就是猜不到結局會是這樣。有的小說我看完後，會回過頭來再縷一遍，我發現它的結局就應該

是這樣的，一點也不奇怪，但是在閱讀的過程中我無論如何也沒想到。比如《告密者》，小說的最後國光的父親把上門去勸說國光回校上學的邱老師殺了，看到這兒的時候我是有點吃驚的，因為從前面的敘述中我們知道，國光的父親是一個膽小怕事的人，他揚言要殺人只是虛張聲勢。可是當我回過頭來再讀，我發現他殺人又是必然的。因為隨著眾人一再地做工作、勸阻他，國光父親原本只是想嚇嚇人的想法已經一點一點地被推到了必須有所行動的地步，恰巧蒙在鼓裏的邱老師送上門去了，他不殺人都不行了。

　　第二、雷默是個好的小說家。這和第一點是有關聯的，好的小說家應該善於講故事，但是善於講故事未必就是一個好的小說家，好的小說家也不一定非要善於講故事。汪曾祺的小說就不以講故事見長，但這一點不影響他成為一個好的小說家。至於什麼樣的作家是好的小說家？我想，讓讀者愛讀的小說家就是好的小說家。雷默的小說我並沒有全部看過，但是僅以我看過的十多篇小說來看，可以說篇篇喜歡，篇篇愛讀。

　　雷默講故事時很冷靜，很平靜，不動聲色。沒有故意製造懸念，也沒有大的波折起伏。雷默的不少小說都以第一人稱來敘述，在這些小說中，有的「我」只是一個敘述者，有的「我」則是一個參與者，還有的「我」在小說中還是重要角色。這種方法拉近了小說與現實、與讀者的關係，使之更容易被接受，使讀者更容易走進小說中去。

　　我沒有跟雷默交流過，不知道他喜歡哪些作家，受過誰的影響。但是從他的小說中可以看出，應該是東西方的影響都有，而不局限於某幾位作家或者某一風格。有人說他是魔幻現實主義，也有人說他是現代派，這點我不太認同。如同有人說莫言是魔幻現實主義、而莫言本人也不認可一樣。我覺得，雷默的風格總體上還是現實主義的手法。但我不贊同過早地給他貼上某一標籤，雷默還很年輕，應該廣泛吸取各家所長為己所用，而不必過早地囿於某一風格，而禁錮了自己的發展。

　　第三，雷默關注的是小人物的命運。雷默小說所寫的，幾乎全部是小人物，很平常很普通的小人物。他寫出了這些小人物身上卑微而偉大的人性的光輝。《奔跑》中的馬良和浩明，是兩個殘疾人，他們本來是好得跟親兄弟一樣的好朋友。因為對一些問題的觀念不同，兩人曾經反目成仇。但是當馬良摔斷腿、斷了生計之後，浩明義不容辭地回到了他身邊，幫他重新樹立起生活的勇氣，兩人也和好如初。

《光芒》中，張樂的爹被火車撞死了，屍體下葬之後他才發現，父親的眼鏡忘了一同下葬了。孝順的張樂擔心父親沒了眼鏡在那邊生活不方便，爲了把眼鏡送過去他想了很多辦法，幾乎走火入魔。儘管他受到眾人的嘲笑和冷落，但是他身上體現的正是中國傳統中「百善孝爲先」的美德。同時雷默也寫出了小人物渺小、無奈，還有他們身上的那個「小」。《深藍》和《安息日》應該是姊妹篇，寫漁民的生活與生死。王武爲了救我而死。小說的最後寫道：「該和王武說再見了，我才體會到了那種令人絕望的依依惜別，想到這裡，我不禁鼻子一酸。不遠處的燈火下，傳來船長興奮的叫喊聲：『晚上鯊魚宴！』那感覺，好虛無。」這是小說中「我」的感受，也是小說外「我」的感受。

（2017 年）

施亞康是個多面手

施亞康先生我之前沒有接觸過，未見其人先讀其書。令人吃驚的是，三本書三種文體。一本是長篇小說（《曾從我青春裏走過》），一本是散文集（《不說再見》），還有一本是評論隨筆集（《大事微觀》，實際上是政論集，而非文學評論集）。細讀之下，小說有情，散文有眞，評論有識。

小說《曾從我青春裏走過》初讀之下，感覺不過是一個陳舊的愛情故事。寫的是大學生林益智（林一枝）與女軍官康欣欣、才女江雨虹、清純小妹高雁之間的愛情糾葛。而且開始還讓人感覺有那麼一點「俗」。這個「俗」包括兩個方面：一是這個林益智怎麼這麼「搶手」？幾乎是人見人愛，花見花開，哪個姑娘見了他都一見傾心。二是這個林益智怎麼那麼「花心」？雖然談不上見一個愛一個，但他的感情也委實豐富了一點，幾乎同時周旋在三個姑娘之間。前面康欣欣還在苦苦等他，這邊他已經愛上了江雨虹。

但是，隨著情節的推進，我的心情越發沉重。在那個特定的時代之下，作爲個體的人是渺小而無力的，他不但不能把握自己的前途命運，同樣無力把握自己的愛情與婚姻。愛情絕不僅僅是兩個人的事情，它必然要打上時代的烙印，政治的烙印。林益智與康欣欣、江雨虹、高雁的情感故事就是如此。林與康眞誠相愛，我特別希望他們二人能夠修成正果。但是，康欣欣的父親

康明亮爲了自保，拒絕爲林益智的父親出具證明。兩難之中，康欣欣傾向父親也是人之常情。這件事導致兩個年輕人的感情受挫。林益智與江雨虹的愛情可謂是天作之合，但在姨父自殺、姨媽失蹤、自己遭受脅迫的情況下，江雨虹偷渡去國外，音訊全無，生死不明。最後是林益智和高雁的愛情，因爲高雁的父親是一位軍工廠的工人，這段愛情倒沒受到什麼波折，終於波瀾不驚地流向婚姻。小說不只是在敘述愛情故事，實際上寫的是大時代背景之下人物的命運，人的命運永遠與時代息息相關，令人長歎。

施亞康的散文，貴在一個「眞」字。正如陸建華先生在序中所說：貴在文中有眞我與眞情。我一向認爲，散文作爲一種最能體現自我的文體，最寶貴的品質就是眞，要有眞情實感。眞實是散文的生命，感情是散文的靈魂。一篇散文如果沒有眞情實感，那就如周作人所說，「好像是出了氣的燒酒，一點味道都沒有」了。我同意陸建華在序中對施亞康散文的評價：「亞康寫散文是爲了記錄自己經歷過的時代、歷史，他關注人的心靈和生存現實，努力用散文來表達自己對於世界和人生的理解，這其中包括：對世態人情的描繪、對純樸民俗的熱愛，和對一些人生的疼痛和複雜人性的思考。」這段評價可以代表我對施亞康散文的觀感，所以借用過來。

施亞康的評論，貴在一個「識」字。識，見識、學識、膽識。施亞康的評論，實際上就是政論文章。政論文章不好寫，容易流於空、套、俗。究其原因，就是因爲很多作者沒有自己的思想，沒有學識、見識、膽識，只能鸚鵡學舌，只能老生常談。而施亞康的政論文章可以說具備了這三「識」，形成了他自己的風格，平實而雋永，既有文學色彩，又有思辨色彩，具有思想之美。正如他自己的一篇文章所說：「著書貴在立說。」著書不難，難在「立說」。爲文同樣如此。

（2018 年）

溫暖的鬼故事

2015 年 8 月，因爲參加浙江新生代兒童文學作家群研討會，我有機會閱讀了青年作家湯湯的一些作品，她筆下的那些鬼和他們的故事給我留下了深刻而美好的印象。

　　中國有著悠久的鬼文化傳統，無論是在民間故事中還是在志怪小說中，都有很多很精彩的鬼故事。過去的鬼故事多為恐怖故事，它們是以推理、穿越、血腥、架空、恐怖、刺激等風格模式構成的虛幻故事，是一種與靈異事件有關的故事。

　　中國人對鬼的態度很矛盾：一方面害怕，在很多故事中鬼被描繪成兇神惡煞，謀害人命；另一方面好奇，怕它，又要招惹它。因為誰都沒見過鬼，所以對它充滿好奇。雖然也有把鬼寫得美麗、可愛、多情、善良的，比如蒲松齡的《聊齋誌異》；但在絕大多數作品中，鬼是面目猙獰、青面獠牙，恐怖的，嚇人的。在過去那些老奶奶、老外婆用來嚇唬小孫子、小外孫的故事中，鬼大多是這麼一種類型。

　　湯湯在自己的童話寫作中，獨闢蹊徑，不去寫小貓、小狗、小兔等可愛的動物形象，而是大膽地把鬼引入自己的筆下。這可以說是她童話創作的最大特色。她筆下的鬼，完全顛覆了傳統的恐怖、噁心面目，相反變得溫暖、善良、單純，甚至可愛，渴望與人溝通，與人和睦相處。正如作者所說，它們是善良的、憂傷的、詩意的、可愛的、調皮的、浪漫的鬼。

　　《到你心裏躲一躲》中的「傻路路」，就是這麼一個傻得可愛的鬼。他任憑一個叫作木零的小孩，從他心裏謀取一顆很值錢的珠子，一連取了五年。最後傻路路失去記憶了，而且感到越來越冷。他來到木零面前，要求「到你心裏躲一躲」，木零答應了。傻路路在木零心裏找回了所有的記憶，木零的心也找回了溫暖的感覺──一種大愛就此被煥發出來，猶如冬日煦暖的日出。

　　湯湯的作品文字溫暖，充滿愛意。她的作品，基調都是溫暖的。我最喜歡的是她的《煙‧囪》，我認為這是湯湯鬼系列童話中最好的、最美的一篇。故事講的是一個叫煙的小女孩，七歲時在自家煙囪上遇到了一個鬼──阿睡。阿睡為了治療自己的失眠症，必須住在煙囪裏，而且要住滿八十八年。為了幫助阿睡，煙答應把她家的煙囪借給阿睡倒掛八十八年。這一約定成了煙以及後來成為她的丈夫的囪的一生的約定。當煙在三十五歲去世之後，囪依然為她信守著這一諾言。終於，八十八年後的一天，阿睡的失眠症治好了，阿睡又讓煙、囪生活在了一起。這篇作品文字美麗、乾淨、溫暖、流暢，全篇蘊藉著滿滿的詩意、愛意。讀這篇作品的時候，我的腦子裏不斷地想起安徒生的《海的女兒》。兩篇作品有一個共同點：都是美的故事、善的故事、愛的故事，像詩一樣美，讀完心裏暖乎乎的、濕潤潤的。

　　（2016）

書寫普通人的中國夢
——讀報告文學《腳上有路——一個修腳工的中國夢》

　　最近有一個可喜的現象，就是不少作家都開始關注草根階層，書寫他們的奮鬥史，書寫他們的酸甜苦辣，書寫他們自強不息、回報社會的精神。陝西作家曾德強的報告文學《腳上有路——一個修腳工的中國夢》（《中國作家．紀實版》2015 年第 2 期），就是一部為普通人樹碑立傳的作品。作品描寫的是紫陽縣外出務工農村青年鄭遠元由修腳工成長為全國修腳行業領軍人的現代傳奇，生動地揭示了作品主人公鄭遠元的成功秘訣，以及生存之道、創業之道、經商之道、生財之道、處世之道，塑造了不向命運屈服、在現實中勇於抗爭、自強不息的生活強者的形象，把苦難轉化為一種奮發向上的精神動力。傳主的經歷和精神感人至深，充滿了向上向善的正能量。

　　主人公鄭遠元出生在陝西省紫陽縣一個貧困的山村貧困的家庭。為了「讓家人過上好日子」，他 14 歲便輟學去外面闖蕩世界。經過 16 年的艱苦打拼，從一個普通的打工仔成長為帶領 5000 多紫陽人在外闖蕩的企業家。此篇報告文學就是以鄭遠元的真實人生經歷寫的，講述了鄭遠元打工、創業、失敗、成功的人生過程，表現了鄭遠元對於生活的堅守，對於命運的挑戰，對於信念的執著追求。鄭遠元是一個成功的企業家，同時又是一個普通的年輕人，他用他的人生經歷激勵著更多的年輕人，用他的成功回饋家鄉，回報社會。

　　主人公並沒有驚天動地的事蹟，也沒有大起大落的悲歡離合，要把這樣的故事講好、講得讓人愛看愛聽，著實不容易。作者也許注意到了這個問題，所以特別注意細節的挖掘和描寫，通過細節來打動人心。作者以文學的筆觸，通過對鄭遠元人生歷練的生動描繪，以小見大，通過一件件瑣碎小事來反映主人公不平凡的奮鬥史。

　　更為重要的是，作者不止是把它作為一個成功故事來寫的，而是注重挖掘主人知恩圖報的大愛情懷，著力宣傳他感恩社會、報答社會的善行義舉。從「讓家人過上好日子」到讓大家過上好日子，是他精神境界的一次昇華。這是一個有著社會責任感的年輕人對社會的回報。主人公也許並沒有一定要回報社會這樣的豪言壯語，但是他骨子裏有這樣樸素的思想。作

者敏銳地把握了這一點，使作品不同於普通的勵志故事，從而給人更多的啓迪和鼓勵。

（2015 年）

《蜀鹽說》生動呈現千古傳奇

《蜀鹽說》是一部很有特色也很好看的小說。單看這個書名，確實不知道它要講的是什麼。「蜀鹽」好像是一個詞，也像是兩個詞。作爲一個詞，那就是專有名詞，說的是一種名叫「蜀鹽」的鹽。如果是兩個獨立的詞，那麼說的就是四川與鹽的關係或者事情。蘇軾的作品，無論是詩詞還是散文，都讀過很多，但是這篇《蜀鹽說》卻沒有讀過，爲此我專門找來讀了一下。文中寫道：「蜀去海遠，取鹽於井，陵州井最古，清州富順鹽亦久矣。惟邛州蒲江縣井，乃祥符中民王鸞所開，利入至厚。自慶曆、皇祐以來，蜀始創筒井，用圓刃鑿山如碗大，深者至數十丈，以巨竹去節，牝牡相銜爲井，以隔橫入淡水，則鹹泉自上。又以竹之差小者，出入井中爲桶，無底而竅，其上懸熟皮數寸，出入水中，氣自呼吸而啓閉之，一桶致水數斗。凡筒井皆用機械，利之所在，人無不知。《後漢書》有水鞲，此法惟蜀中鐵冶用之，其略似鹽井取水筒。太子賢不識，妄以意解，非也。」文章雖短，但是詳盡地記載了卓筒井的出現年代、開鑿方式和工作原理，是一篇重要的歷史文獻。

由此知道，小說講的是一段傳奇，一個重大發明。因此可以說，首先，小說《蜀鹽說》填補了歷史小說的一個空白。被學術界認爲是「中國古代第五大發明」、「世界近代石油鑽探之父」、「開機械鑽井的先河」的卓筒井，由此開創的鑽井技術比西方早 800 多年，之前我竟一無所知。不止是我，我相信很多人都是如此。這樣一個偉大的發明，在很長的時間內竟然無人書寫，以至於湮沒無聞，實在是一大遺憾。所以我說，這部小說填補了歷史小說的一大空白。我以爲這是這部小說最大的價值。用文學的方式宣傳、介紹中國的非物質文化遺產，這是小說《蜀鹽說》的一大貢獻。不止於此，小說還給我們普及了有關卓筒井的來由及相關知識。

　　第二、小說豐富了歷史小說的創作手段。小說寫的是四川省一個偏遠山區的農民們，爲了生存鋌而走險，探索、發明了卓筒小口深井提取地下鹽鹵的技術的故事。但是作品並沒有把視野局限在一個小縣、一個小村範圍之內，而是放在整個大宋王朝的視野中，放在慶曆年間朝政革新的背景下，這就使它從江湖之遠轉入廟堂之上，超越了瑣碎的細節，而關注的是當時的國計民生和官民關係，具有了高遠的家國情懷。

　　第三、小說塑造了一批個性鮮明、栩栩如生的人物形象。小說人物眾多，當然有主次之分，但每個人物給讀者留下的印象都很深刻。卓童作爲小說中的男一號，自然是作者濃墨重彩描寫的對象。他代表了中國古代勞動人民的所有優良品質。青梅作爲小說中的女一號，她對愛情的堅貞也令人感動。除了這兩個主要人物之外，其他一般人物也各有特色，給人留下深刻印象。比如秦漢、卓山、雅虎、阮基團、蘆笛、付珠等，老族長卓巨德、郎中卓之懷，反面人物中的任錢萬、徐長久、田橫才等，清正愛民的縣令蕭齋，爲民請命的蘇軾等。我想特別說一說蘇軾。蘇軾在歷史上鼎鼎大名，可是在這部小說中卻只是一個配角，戲份很少。全書共三十章，蘇軾遲至第十六章才出場，打個比方，如果說《蜀鹽說》是一齣戲的話，那麼他在下半場才出現，可以說是一個很小的配角。儘管如此，蘇軾作爲一個具有悲憫情懷的愛民好官的形象卻躍然紙上。他一出場就吟了一首詩：「長虹臥波度眾生，忍辱負重車馬行。吾輩甘爲橋一座，此邊彼岸兩相鄰。」表達了他憂國憂民的情懷。當他瞭解到蜀地鹽荒、百姓生活痛苦的現實後，他不顧個人安危，冒著巨大的風險多次上書，終於使得仁宗放開了鹽業生產和流通體制，放寬了對民間打井的限制，進行了三司改革，實施了鹽務新政，蜀地鹽荒問題得以根本解決。蘇軾的《蜀鹽說》是歷史文獻中對「卓筒井」的唯一記錄。作家直接借用過來作爲自己小說的標題，又把蘇軾寫進小說裏，顯然是以此向這位偉人表達敬意。

　　當然，小說也還存在一些不足。在人物形象的刻畫上稍顯扁平，有的還有臉譜化的痕跡。小說線索也稍顯單一。書中文字錯誤較多，有一些屬於常識性錯誤，比如皇上宋仁宗與皇后的一段對話，皇上稱皇后爲「母后」，皇后也自稱「哀家」，那麼此處的皇后應爲皇太后之誤。

　　（2017 年）

《馬可·波羅》：演繹人間大愛

2010 年底，在國家大劇院三週歲生日之際，大劇院推出了首部原創舞劇《馬可·波羅》；時隔 4 年之後，大劇院與總政歌舞團對這部舞劇進行了重新創作改編，以嶄新的面貌在今年舞蹈節檔期作爲開幕大戲再度亮相，立即贏得廣大觀眾的廣泛好評。

馬可·波羅歷來被看作是東西方文明的紐帶式人物。700 多年前，他踏上遠行的征程來到中國，其遊記後來成爲世界各地的人們暢想這個神秘東方古國的最初藍本。而舞劇《馬可·波羅》並非當年「遊記」的復述，而是以中國人的方式，通過一個現代青年化身「馬可·波羅」夢回古代中國的形式，探尋、觸摸絢爛多姿的中國文化與民族風貌，最終表達了「大愛無疆」的主題，契合了中華民族自古以來對於和平境界的永恆憧憬與不懈追求。

舞劇開始，一個現代的意大利青年，《馬可·波羅遊記》的癡迷者，來到馬可·波羅當年的故居。在幻覺裏，他的心靈似乎已被馬可·波羅越過千年而來的魂魄所攝。他感覺自己已經幻化成了馬可·波羅本人。一次穿越時空的神奇旅程由此開始。

在這次旅程中，由「現實」與「古代」雙重身份交織而成的馬可·波羅經歷了艱辛而又漫長的旅途。他感受著戰爭的殘酷，也見到了東方古國元大都的壯麗與輝煌。他體驗了人類社會從蒙昧殘暴向文明和諧的進步，體會到善良的人性終究會戰勝貪婪的欲望，更領悟到了人類的歷史終將走向和諧世界的眞諦。在這裡，他遇上了美麗而善良的中國公主，經歷了一次似眞似幻、悲喜交集的浪漫愛情。最後，中國公主爲了終止大元與西域的戰爭而放棄自己的愛情，毅然捨身和親。他們放棄了個人的小愛，而成就了人類的大愛，令人盪氣迴腸，感極涕下！

作爲國內兩個頂級藝術院團聯袂精心打造的藝術精品，全劇可圈可點處很多。

首先要說的當然是它的舞蹈。本劇的舞者都是當下最優秀的舞蹈演員，全劇囊括了芭蕾舞、現代舞、民族舞、古典舞等多個舞種，從粗獷豪放的駿馬舞、蒙古頂碗舞，到柔美多情的江南水袖長綢舞，既有蒙古大汗金戈鐵馬的英雄豪氣，亦有水韻江南兒女情長的纏綿，展示了東方古國文化的多樣與輝煌。最值得稱道的是馬可·波羅與中國公主的男女雙人舞。從開始的略顯

羞澀，到後來的水乳交融，三段愛情雙人舞優美抒情，描繪了兩人間感情交流的逐漸升溫，融合了西方的熱情與東方的含蓄，而動作的創新設計與超高難度更是不斷將舞蹈氣氛推向高潮。尤其是公主爲了平息戰爭毅然決然遠嫁他鄉，臨行前與馬可‧波羅依依惜別。這時的一段雙人舞，壓抑中糅合了強烈的情感爆發，兩位舞者的每一個動作都傳達著相愛而不能相守的無盡悲傷，令人潸然淚下。

在音樂方面，全劇融合了歐洲西洋音樂、元代宮廷音樂、蒙古民族音樂、江南民間音樂四種音樂風格，並通過運用多媒體的舞臺創意，打造了一個唯美、浪漫的東方古國。在一部舞劇中，將四種風格的音樂合而爲一，這是一件相當困難的事情。作曲家張千一很好地把各種音樂元素歸集在統一的框架下，成爲一個協調有機的整體，共同演繹出大愛的主題。

而在舞臺呈現方面，本劇在精簡與磅礡的平衡上把握得很好。在保持舞美視覺風格不變的前提下，「升級版」大量運用多媒體投影，在原來恢弘與寫實的風格中注入大量詩意、唯美的元素。大漠孤煙的駝鈴滄桑、元代宮廷的輝煌壯麗、西湖煙雨的空靈唯美、畫舫笙歌的絢爛俊秀……如同一幅幅璀璨多姿的視覺長卷，在舞臺上緩緩展開。本劇別出心裁地在前端用屏幕把整個舞臺罩住，並與後端的另一塊屏幕交映，不僅節省了大量布置實景的成本，而且達到了實景所難達到的時空變幻奇效。

在立意上，舞劇沒有滿足於展示東方古國的輝煌文明，更沒有止於展現一對青年男女的愛情悲劇，而是力圖傳達出中華民族自古所秉承的和平與和諧的美好主題。其中關於「戰」與「和」的抉擇成爲全劇戲劇衝突的焦點，而成就大愛捨棄小愛的傳奇故事也凸顯出其可貴的人文精神。當然，在公主親自和親這一情節的處理上稍顯突兀，讓人難以接受。

（2015 年）

夏洛，特煩！惱！

《夏洛特煩惱》是最近上演的一部電影的名字。看到這名字，我和絕大多數人一樣，想當然地讀成「夏洛特—煩惱」。當然，從萬能的朋友圈裏我知道，

是「夏洛—特煩惱」。編導玩了一個無聊的文字遊戲。就像我現在寫出「張三好可愛」這五個字，10個人中至少有9.999999……個人會讀成「張三—好可愛」；可我告訴你，我說的是「張三好—可愛」。很無聊是不是？再有，據說這是一部喜劇片。我一向不愛看喜劇，覺得油滑，淺薄，無聊。魯迅說過：「悲劇是將人生的有價值的東西毀滅給人看，喜劇是將那無價值的撕破給人看。」——這還是最近剛剛去世的童慶炳先生（願先生在天之靈安息，阿門）當年教我們的，先生可是用了整整一堂課來闡述這兩句話的深刻內涵，儘管我至今都不知道這句話深刻在哪兒（當年我們可是把魯老夫子的每句話都當聖經一樣），可我由此討厭了喜劇卻是事實。所以，我起初壓根兒就沒想過會看這部電影。

世事難料，你不想要什麼偏偏來什麼。好久沒看電影了，前一段看到有朋友在圈裏推薦最近熱播的幾部電影（其中就有「特煩惱」），遂動了凡心，可惜一直沒有時間。昨晚（10月11日）正好路過小西天中國電影資料館，時間還早，走過路過不能錯過是不是？於是一頭扎了進去，時間合適的正好是這部「特煩惱」。儘管有一千個一萬個不情願，奈何凡心已動，情竇大開；這時不管是妍是媸，只要是個異性，好歹就是他／她／牠了，要不怎麼說愛情是盲目的呢？於是排出幾十文大洋，購票一張，神閒氣定地坐了下來，靜靜欣賞。

影片講述的是：在昔日校花秋雅的婚禮上，當年單戀她的夏洛酒後失態，借酒撒瘋大鬧現場，被趕來的老婆馬冬梅一頓痛斥痛打，顏面盡失。大醉的夏洛逃到衛生間，卻趴在馬桶上睡著了。在夢中，他成為紅透半邊天的大明星，並如願以償抱得美人歸。一個偶然的機會，他得知自己一直看不上的女同學馬冬梅，為了保護他，受到了黑社會老大的侮辱。夏洛這才驚覺，原來身邊的人都在利用他，只有馬冬梅是真心地愛他！痛悟的夏洛找到馬冬梅，卻發現她已經嫁給了班上的頭號大傻大春……影片從頭到尾笑點不斷，可以說三步一小笑，五步一大笑。我旁邊的一位年輕女子（儘管在黑暗中我根本不知道她長什麼樣子，但是她的聲音暴露了自己的年齡）很不淑女地一次次哈哈大笑，當然我知道自己笑得也很不紳士。

不知怎麼回事，看《夏洛》，我的腦中不斷浮現的是張愛玲的《紅玫瑰與白玫瑰》——關於這一點，好像萬能的朋友圈裏也有人說過——可惡的朋友圈啊，凡你能想到的，肯定有人早於你先說出來了，這還讓不讓人說話啊？這樣還能當朋友嗎？反正我不管，你說你的，我說我的；如有巧合，純屬雷同。

張愛玲女士常有驚人妙語，她對男人的評價可謂一針見血：「也許每一個

男子全都有過這樣的兩個女人，至少兩個。娶了紅玫瑰，久而久之，紅的變了牆上的一抹蚊子血，白的還是『床前明月光』；娶了白玫瑰，白的便是衣服上黏的一粒飯黏子，紅的卻是心口上的一顆朱砂痣。」夏洛可不就是這樣的一個男人？娶了馬冬梅，可他對秋雅念念不忘，竟至在夢中意淫了一把；可是眞的讓他跟秋雅在一起了，他又覺得還是冬梅好。大夢醒來的夏洛大徹大悟，從此死心塌地跟定馬冬梅，像塊狗皮膏藥似的黏著她，甩也甩不掉。編導似乎是想弘揚正能量，可我看著一點也正不起來。夏洛那德行，你讓他改邪歸正，難！打個不恰當的比方，就像一個歪脖子的人，你不是想法從根子上治療，而是強行給他扳正了，你這不是治病，你是要命！看《夏洛特煩惱》，感覺就是這樣。不倫不類，不正不邪，忽喜忽悲，精神分裂。

既然你是喜劇片，你就將搞笑進行到底好了吧。可惡的是，他偏不。他在大玩搞笑的同時，還要玩點小深情小懷舊小感動，時不時地戳中淚點；他一路都在走庸俗路線，可最後卻安上了一個純情的尾巴，讓你哭笑不得。往往是，你正開懷大笑著呢，他突然一翻臉，讓你的眼淚莫名其妙地就出來了；你正感動流淚呢，他又變臉了，讓你的淚水還來不及收回去就沒心沒肺地笑起來了。看到最後，我非但沒有一點點開心，心情反而宕到極點，毫無來由地沉甸甸的。估計面部表情很不好看，就像誰欠我八斗米沒還似的。你說這編導變態不？

不管別人怎麼樣，反正我看了這部電影，特煩！惱！

（2015 年）

香港文學：在喧囂市聲中靜靜開放

提起香港，有人往往喜歡用「文化沙漠」一詞來形容它。似乎香港人都沒文化，不重視文化，也不會享受文化。事實果眞如此嗎？

2008 年至 2013 年，我在香港工作期間，由於工作關係和個人興趣，與香港文藝界接觸頗多。通過近距離觀察和親身體驗，我認為，與這座高度發達的國際大都市相適應，香港文化呈現出一種獨特的生態。它似乎沒有轟轟烈烈，但是始終默默地陪伴在香港人的身邊，悄悄地融入香港人的心靈。香港文化人對文化的堅守，特區政府對文化事業的重視，香港文化活動的豐富，

香港人對文學藝術的熱愛，都給我留下了深刻的印象。

僅就文學創作而言。在香港，有一大批執著的作家、詩人和文學愛好者一直在默默地堅持創作。雖然近些年來沒有出現轟動性的作品，但是創作質量比較平穩，沒有大起大落，無論是小說、散文、詩歌，都保持著比較整齊的水平。打一個不恰當的比方，香港文學就像繁華街道路邊的景觀花一樣，雖然沒有花團錦簇、濃香襲人，但是一路綿延不絕，散發著淡淡的幽香，為這座水泥森林增添了生機，為勞碌眾生提供著心靈的慰藉。

商業社會裏的默默堅守

一般追溯香港文學的源頭，大多從上世紀二十年代內地文人來港後從事文學創作開始。包括許地山、歐陽山在內的大批知識分子來到香港，他們一邊創作，一邊培養文學青年，組織文學活動，有力地促進了香港文學的發展。1949 年之前，有過三次大的內地作家來港潮，分別是 1927 年至 1937 年、抗日戰爭全面爆發後和 1946 年第三次國內戰爭爆發後。這三次內地作家來港潮，都極大地推動了香港文學的發展，使香港文學空前活躍和繁榮。一時之間，香港與延安、重慶、桂林等地一樣，成為中國的文化中心之一。在南來作家的帶動和培養下，香港作家也迅速成長起來。

對於香港作家，內地讀者瞭解不多。一般讀者多知道金庸、古龍、梁羽生等武俠小說家，其他就不甚了了。其實，香港有一支龐大的作家隊伍。有人認為，香港的作家隊伍呈現兩個「四代同堂」的景象，即本港作家四代同堂、南來作家四代同堂。無論是本港作家也好、南來作家也好，他們都是香港文學的主力軍，為發展和繁榮香港文學作出了不懈努力。這四代作家中，第一代已經漸漸退出歷史舞臺。但是健在的作家如劉以鬯等，仍然關心文學事業，熱心文學活動，在香港文學界起著旗幟作用。現在活躍在香港文學界的是其餘三代作家。昆南、陶然、董橋、小思、西西等老一輩作家仍然保持著旺盛的創造力，筆耕不輟；也斯、董啓章、陳娟、王璞、蔡益懷、王良和、羅貴祥、韓麗珠、萍兒等中青年作家，以更為開放的觀念、更為新穎的形式進行探索，體現著香港文學的未來趨勢。諸多作家辛勤耕耘，他們的業績為香港文壇帶來了光明。

香港沒有專業作家，作家都是業餘的。他們首先要有一個賴以謀生的職業，然後才能從事創作。雖然身處商業社會，但是不少嚴肅的作家不受物質

利益誘惑，甘於清貧，淡泊名利，堅守文學理想，堅持文學創作。我認識很多香港作家，他們對文學的熱愛和虔誠令人敬佩，令人感動。每次參加文學界聚會，總有不少作家帶著自費印製的作品分發給與會者。文學，既沒讓他們揚名，也沒讓他們獲利，但是他們還是一往情深地愛著她，為她「衣帶漸寬終不悔」。正是有這麼一代代作家默默堅守、薪火相承，香港的文學事業才能長盛不衰，香港的文脈才能綿延不絕。

特殊環境下的文學生態

儘管研究者對是否有「香港文學」這一概念持有不同看法，不可否認的是，由於香港特殊的政治、經濟地位和文化環境，它的文學創作具有明顯區別於其他地域文學的特徵。一方面，由於長期與祖國分離，處於相對獨立的狀態，它具有濃鬱的地域性，形成了獨特「港派風味」的現代都市文學品格；另一方面，它又深受西方文化和文學思潮影響，具有高度的開放性，兼容並蓄，流派紛紜。同時，身處高度發達的資本主義社會，香港文學還有商品化和快餐文化的特徵。

香港文學的地域特色、「港派風味」是逐步形成的。20世紀50年代以前，由於南來作家的創作在香港文學中佔據重要位置，香港文學的地域特徵並不明顯。到50年代末葉以後，隨著當地作家隊伍的成長，年輕一代的香港作者作為新生力量開始嶄露頭角。他們大多在40年代接受了「五四」新文學的薰陶，又對香港現實生活，尤其是中下層社會的人物語言、民情風俗有深切的感受和瞭解。因此，他們的創作就以生動的生活氣息和濃烈的地方色彩而明顯區別於南來作家。他們著力描繪香港社會生活圖景，而南來作家也轉為面向香港現實，使香港文學日益確立自己的特色。隨後出現的反映下層社會人情風貌的「鄉土小說」，揭示商業城市種種矛盾的「都市小說」和表現現代資本主義制度下變態形態的現代派作品，進一步使香港文學的地方色彩更加豐富而獨特。

作為一個受英國殖民一百多年的國際化大都市，香港的文學創作在繼承傳統的同時，也受到了西方文化和文學思潮的深刻影響。

香港作為東西方文化融通的都市，一方面受到傳統文化的影響，另一方面又吸收來自世界各地的外來文化。在相互碰撞、衝突、接受、融合的進程中，香港成為中西文化的交匯地。香港文學正是在這一土壤中成長起來的。可以說，香港文學是中國傳統文化和西方文化相互吸收、相互融合的產物。

　　西方文學思潮進入中國內地，香港是最前沿的接受者。早在上世紀五十年代，現代主義文學就在香港興起。一批作家將現代主義與香港現實相結合，寫出了大量成功的作品。如劉以鬯的現代小說，內容廣泛，形式多樣，幾乎運用了西方現代小說的一切形式，但他的內容卻是香港的、中國的。他最著名的長篇小說《酒徒》，是中國最早採用意識流手法的長篇之一。它以現代香港為背景，描寫了一個因處於苦悶的時代而心智不十分平衡的知識分子怎樣用自我虐待的方式去求取繼續生存，有很強的現實感和社會性。

　　香港是一個高度發展的資本主義商品城市，一些文人自覺或不自覺地成為職業的「寫作機器」。他們為了謀生，不得不迎合市場需求，大量製造那些具有市場競爭能力的通俗文學作品。這是消極的一面。另一方面，市場競爭、優勝劣汰的規律也對香港文學的發展起了積極的促進作用。它促使作家更加嚴格地要求自己，更加認真地對待創作，用精品佳作來吸引讀者。

　　與香港快節奏的生活相適應，專欄文章在香港非常盛行。香港副刊文化向來發達，而「專欄文章」更是一種相當鼎盛的文類。過去幾十年來，不少文人作家都曾受惠於報紙的文學副刊。現在，作家們還是喜歡在報刊上開闢專欄，相當一部分作品是通過報紙副刊、專欄與廣大讀者見面的。在內地，有人瞧不起副刊和專欄文章，很多作家不屑於給副刊寫文章。可是在香港文學生態中，專欄寫作是不可忽視的一支力量。很多專欄作家都是有名的作家，他們的文章水平都是很高的。內地讀者所熟悉的董橋就是一位優秀的專欄作家，他的絕大多數作品都是在報紙副刊或專欄上首發的。董橋的文筆雄深雅健，兼有英國散文之淵博雋永與明清小品之情趣靈動，在當代作家中獨樹一幟。自上世紀七十年代末出版《雙城雜筆》至今，董橋已推出幾十部作品。雖然已年逾七旬，但是董橋仍然筆耕不輟。他在報紙上設有固定的專欄，堅持每週一篇。據董橋自述，他的專欄文章，每一篇都是反覆修改、字斟句酌的，真正做到「語不驚人死不休」，絕沒有敷衍之作。作家陶然、潘耀明、劉紹銘、林行止等，也都長期在報上開設專欄。可以說，報紙副刊和專欄在香港文學發展中發揮了重要作用。

政府與民間的共同推動

　　文學是少數人的事業，但是文學的發展則離不開全社會的關注與參與。作家創作、文學發展需要適當的物質基礎。作家可以甘於清貧，但是文學事

業的發展光靠作家甘於清貧還是不行的，需要政府和全社會合力支持。

香港特區政府在推動文學事業發展方面可謂功不可沒。香港回歸後，特區政府在推動文學發展方面做了大量工作。首先是加大了對文學事業的資助力度。特別是在香港經濟受亞洲金融風暴衝擊而陷入低谷的情況下，香港藝術發展局對文學事業的資助不減反增。香港藝術發展局文委會規定，資助作家出書，凡中篇以上作品，均需經文評員評審考核後方可交文委會定奪，這使資助出版更加規範，保證了資助出版物的質量。文委會對資助報紙辦好文學副刊尤為重視。例如，1998 年 6 月，文委會通過「資助報刊文學版」一案，撥款 60 多萬元，資助一批報刊擴充文學版。香港的一批純文學刊物，如《城市文藝》《文學研究》《讀書人》《當代文藝》《香江文壇》等，也是由政府資助出版的。從年度撥款來看，回歸之後比回歸之前有大幅度增加。

其次，積極舉辦文學活動。每兩年一次的「香港文學節」，已經成為香港文化活動中的品牌，每次活動都有十分豐富的內容，包括專題展覽、研討會、文學講座、作者與讀者對話、中學生「文學作品演講比賽」等等。每年的圖書博覽會，是香港人的文化盛宴。很多作家的新作都會在這裡首發，不少熱門作家會應邀舉行講座和作品簽售活動。另外，幾乎每年都有多種類型和主題的國際性文學研討會議召開，新的文學類雜誌紛紛創刊，設立並評選國際性文學大獎。

除了政府方面重視外，許多熱心公益和文學事業的人士也為香港文學的發展提供了很大支持。他們資助出版文學書刊，資助文學社團，資助文學活動。像香港作聯這樣的文學社團，其經費主要來源就是熱心人士的捐助。很多資助者都不願出名，甘當無名英雄。

文學社團在香港文學發展中發揮著重要的推動作用。香港有不少文學社團，它們為純民間機構。最有影響的是香港作家聯會（簡稱香港作聯）和香港作家協會（簡稱香港作協）。香港作聯成立於 1988 年，創會會長是曾經擔任過香港文匯報副總編輯的著名作家曾敏之，現任會長為潘耀明。香港作聯擁有豐厚的文學資源，旗下集合了眾多作家、詩人，如劉以鬯、曾敏之、陶然、黃維樑、吳羊璧、黃慶雲等。香港作協成立於 1987 年，首任會長是著名作家倪匡。這些文學社團踴躍舉辦各類文學活動，如文學講座、研討會、筆會、詩朗誦會、徵文比賽、文學獎評選、文學成就展覽等。香港回歸後，這類文學活動更為頻繁，並積極與內地文學界溝通，邀請內地作家來港交流。

各大專院校青年學生組織的文學社團也時常舉辦形式多樣的文學活動。這類豐富多彩的文學活動，不僅爲作家之間交流、學習提供了方便，還起到了鼓勵青年學生從事文學寫作、在各階層市民中擴大文學影響力的作用。

香港各所大學的華文文學推廣和創作活動也十分興盛。香港浸會大學於2006年設立了「紅樓夢文學獎」，獎金爲30萬港幣，是迄今爲止華文文學中獎金最高的獎項。開設「國際作家工作坊」，建立駐校作家制，邀請海內外作家們到香港進行創作和講學交流，對香港文學的發展起了推動作用；香港城市大學設立「中國文化中心」，邀請海內外作家開辦講座，弘揚中華文學；香港中文大學設立「世界大專院校文學徵文獎」，以鼓勵和促進青年的華文創作。

總之，香港並不是只有武俠小說、言情小說，更不是什麼文化沙漠，香港文學始終保持著旺盛的活力和鮮明的特色。香港作家對文學事業的熱愛和忠誠，令人欽佩，值得學習；香港特區政府和民間人士在支持文學事業發展方面的一些做法，更是值得我們借鑒和參考。

（2014 年）

掌故的價值與味道
——評澳門作家李成俊《待旦集》

看到《待旦集》（李成俊著，作家出版社2014年8月第1版）這個書名，我首先想到的是「枕戈待旦」的戰士形象。隨即腦海中又浮現出另一幅畫面：夜深人靜之時，報館編輯部裏卻燈火通明，一派繁忙景象。老總、編輯、記者，以及校對、排版、印刷人員，各司其職，緊張有序地忙碌著。在一片繁忙中，身爲老總的作者，一邊審閱、簽發稿件、大樣，一邊奮筆疾書，爲明天出版的報紙撰寫社論或專欄文章。當黎明到來，他的文章將隨著帶有墨香的報紙送到千千萬萬讀者手中。

書中沒有說明，我無從瞭解作者以「待旦」作書名的確切緣由，但我相信我的想像不會過分離譜。因爲本書作者李成俊年輕時曾經參加過抗日游擊隊，確曾有過「枕戈待旦」的歲月；後來又與友人一起創辦報紙，在半個多世紀的新聞生涯中，他有一多半的時間是在夜班崗位上度過，可以說是另一

種「枕戈待旦」。幾十年來，他筆耕不輟，歌頌美好，針砭時弊。他的文章，既有戰士的戰鬥精神，又有記者的責任感和正義感，以及異於常人的敏銳的洞察力。應該說，這兩個特點在本書中都有鮮明的體現。

　　本書共分四個部分：第一部分《藝海鉤沉》，主要談論的是文壇掌故、文人軼事；第二部分《歷史風雲》，回憶了一些重要的歷史事件和歷史人物，特別是在迎接澳門回歸的日子裏作者親歷的事件，頗具史料價值；第三部分《書畫天地》，介紹了澳門文藝界一些名家的作品及其特點，讓我們對澳門文藝界的狀況有了大概的瞭解；第四部分《萍蹤掠影》，是作者在國內外採訪的部分通訊報導。

　　我最喜歡的是第一部分《藝海鉤沉》。這一部分凡 59 篇，篇幅占全書一半還強，顯然是本書的重點所在。

　　文壇掌故、文人軼事，向來爲讀者所喜歡。當年鄭逸梅以寫文壇掌故而成「家」，被稱爲「掌故家」「報刊補白大王」。他的著述多以清末民初文苑軼聞爲內容，廣摭博採，蔚爲大觀，成爲瞭解近現代文藝界情形的寶貴資料。有意思的是，鄭逸梅也曾經當過報紙編輯。文壇掌故屬舊聞，顯然不是以採寫新聞爲己任的記者的主業。但舊聞雖舊，卻可以常寫常新、常讀常新，在某種程度上它的價值並不亞於新聞。

　　李成俊先生寫作文壇掌故，是否受鄭逸梅影響不得而知，但字裏行間頗有鄭氏風範。他憶人記事，下筆有情。以魯迅爲例。魯迅先生顯然是作者最尊重、最景仰的對象。書中光是標題中出現「魯迅」名字的文章，就有 7 篇之多。展讀文章，能夠感受到作者對魯迅先生濃濃的崇敬之情。作者滿懷深情地回憶魯迅先生的葬禮，熱情歌頌魯迅不斷革命的精神，期待魯迅研究不斷取得新進展。他憶念師友，也總是懷著真摯的感情，有時至於涕下。

　　舊聞的價值在於史料的獨特性。或者將自己的所見所聞所知記錄下來，以免湮沒無聞；或者博覽群書，從浩如煙海的典籍中披沙揀金，擷取那些不爲人注意的珍聞趣事，串綴成文，便於後人稽索和參考。《藝海鉤沉》記載了大量近現代文壇的掌故，有的是作者親歷，有的是作者親聞，有的則是作者讀書所得。也許是我孤陋寡聞，這些掌故、軼事於我頗覺新鮮。作者寫民國「七君子」中的李公樸與聞一多，彼此友誼深厚，但有時也爲工作發生爭吵。有一次，聞一多爲一件事誤會李公樸，當眾指責他，兩人發生爭吵。不久，

真相大白，聞一多即赴李府負荊請罪，而李公樸也不計前嫌，握手言和。當李公樸遇害後，聞一多挺身而出，主持李的追悼會，並發誓要為李報仇，終於也被敵人暗殺。文章寫的是兩個人的爭吵，反而更加襯托出他們建立在愛國民主事業基礎上的友誼的偉大。

寫文史小品，實際上是一個炒冷飯的活兒。怎樣把冷飯炒得有味，炒出新意，讓人愛吃，這是一門工夫。李成俊的小品，大多寫得別出心裁，搖曳生姿，不落窠臼，融知識性與趣味性於一體，有較強的可讀性。每則小品雖短，可大多埋有「包袱」，讓讀者忍俊不禁。比如作者寫茅盾與澳門，中間就插了這樣一則趣事：茅盾自小說《子夜》問世後，聲名甚隆。在他居留澳門期間，正好有一間教會學校來了一位國文教師，第一堂課就神氣十足地問同學說：「你們看過茅盾的《子夜》嗎？」在得到肯定的回答後又問：「那你們見過茅盾沒有？」回答自然是沒有。教師乃大笑著說：「你們有福了，我就是《子夜》的作者茅盾！」底下一片驚歎之聲。當然事情終歸拆穿。看到此處，不禁啞然失笑。書中這樣的笑料很多，讓人讀起來輕鬆愉快。

本書也有一些小小的遺憾，我覺得主要有兩點：一是所有文章皆不注明寫作或發表的時間，文中也沒有注明或提示，使讀者對文中所述事情發生的時間沒有確切的瞭解。例如開篇《香港・澳門・中國現代文學》，是作者在「澳門文學座談會」上的講話。這個座談會是哪年開的？不知道。只能從文章第一句：「從 1919 年『五四』運動開始的我國現代文學，到現在已經六十多年了。」推測當在上世紀八十年代的某一年。再如多篇文章寫到某事發生（如某作家藝術家去世），都只有「某月某日」或「某日」，讀者無法知道確切年份，影響了對文章背景的進一步瞭解。

二是某些文章的政治色彩較濃，觀點似顯陳舊。如《魯迅的著作和魯迅的家》中寫道：「後來周作人思想腐化墮落，常常依仗著自己的妻子是日本人，動輒在家門口懸掛日本旗，以此威脅魯迅的愛國活動。魯迅對他進行過耐心的幫助和教育，都沒有效果，終於同他決裂。」周氏二兄弟反目的真正原因，至今沒有定論，但是肯定不是作者所說的這樣。這樣的論述和結論，很難讓人信服。

類似這樣的瑕疵，如能稍作修訂，當然更好；不過考慮到作者已是八十高齡的耄耋老人，也許不該苛求於他了。

（2014 年）

澳門變遷史的生動寫照
——評澳門作家李鵬翥《澳門古今與藝文人物》

我歷來認爲，對一個國家、一個民族、一個地區的歷史敘述，既要有宏大敘事式的大書寫，也要有鉤隱抉微式的小書寫。小書寫，就是鑽進歷史的縫隙中去，爬梳剔抉、披沙揀金，串綴成文，成爲正史的補充。這一類作品往往很受歡迎。李鵬翥先生的《澳門古今與藝文人物》（作家出版社 2014 年 8 月第 1 版），無疑屬於後者。

當然，這本書並不是一本史學著作，而是一本隨筆集。但我從一篇篇短小精悍的隨筆中，卻讀到了澳門「開埠」以來四百多年的歷史。我想，這也正是作者寫作此書的初衷吧。

如同書名所展示的一樣，本書分爲兩個部分：第一部分是《澳門古今》，篇幅佔了全書的三分之二，可以說是全書的主體；第二部分爲《藝文人物》，介紹了一些內地文藝界名家與澳門交往的情形，以及澳門文藝界名家的藝術成就。

《澳門古今》凡 197 則，每則短者三四百字，長者不過五六百字。每則隨筆之間看似互不相聯，實則有內在聯繫。讀罷這二百篇隨筆，一幅澳門古今的圖景躍然眼前。作者像一個知識淵博、閱歷豐富的導遊一樣，帶你走遍澳門的大街小巷、名勝古蹟，如數家珍向你講述這個城市的歷史掌故、滄桑變化。

在很多人眼裏，澳門不過是一個彈丸之地，一座賭城。論面積，連離島加起來不到 33 平方公里，跟北京市區的一個區差不多大；論人口，60 多萬，也就是一個中等縣的規模。很多人去澳門，就是「一日遊」「兩日遊」，到賭場試試手氣，到大三巴、媽祖閣留個影，如此而已。讀完這本書，你會驚歎：在這片彈丸之地，竟蘊藏著如此豐富的歷史文化信息！

本書給我三個突出的印象：

一是史料翔實，信息量大。《澳門古今》對澳門歷史上的幾乎所有重要事件都有所敘述。從 1553 年（明嘉慶三十二年），葡萄牙人怎樣以曝曬被水浸濕的貢物爲名，借機登上澳門陸地借居；到澳葡當局怎樣一步一步擴大它所佔領的範圍，直至佔領整個澳門地區，脈絡分明，敘述清晰。另外對林則徐、孫中山、康有爲等人在澳門的活動，書中也進行了生動的介紹，爲後人留下了十分珍貴的資料。

二是描寫生動，引人入勝。對於澳門的名勝古蹟，書中都作了詳盡的敘

述，有的還提供了不為多數人所知的資料。比如大三巴牌坊，幾乎所有來澳門的人都會到此一遊，拍照留念。但是對於它的歷史，一般人就知之甚少了。這座牌坊，三百多年前建造時造價就已近三萬兩白銀；教堂建成後三次遭受火災，至 1835 年就僅存燼餘的前壁；至於它右前方的石圍杆夾，則是因為當年耶穌會的神父及聖保祿修院的畢業生，不少受到明清皇帝的冊封，所以也享有這種炫耀勳祿的特權；這座教堂的底下還有秘密隧道，可以上通大炮臺，下達關前後街的李家圍；隧道既是當年教士藏寶之所，也是遇有意外的逃難道路。凡此種種，就不是很多人所知道的了。這些引人入勝的敘述，使大三巴增添了幾許神秘的色彩，吸引人們一探究竟。

三是張馳有度，扣人心弦。李鵬翥先生是擁有三十多年辦報經驗的老報人，對讀者的心理十分瞭解。《澳門古今》中的二百則隨筆，都是數百字的超短文，不疾不緩，張馳有度，絕不拖泥帶水；即使一個話題沒有說完，也會及時打住，留待「下回分解」。雖然書中沒有說明，但我猜測它們可能是作者在報紙上開闢專欄文字的結集。每天一小塊，讀者看得意猶未盡，眼巴巴地等著明天的報紙。如果這一猜測沒有錯的話，則李先生對閱讀心理學的運用可以說是爐火純青了。

本書的第二部分《藝文人物》，介紹了啓功、秦牧、陳殘雲等內地文藝界大家與澳門的因緣，以及臺、港、澳藝術界人士的情況，從文化交流這個角度展現了祖國內地與澳門（以及香港、臺灣）的血肉聯繫，對澳門的藝術成就也有了一個大概的展示。書中《啓功先生與澳門》尤其引起我的興趣。上個世紀八十年代下半葉，我在北京師範大學中文系讀書的時候，曾經親聆過啓功先生的教誨；先生人生的最後十三年中，我更是有幸隨侍先生左右，不但深受先生高尚人格的感染，更與先生結下了深厚的感情，我套用先生形容陳垣先師與他「情逾父子」的說法，自謂「情逾祖孫」。先生去世後，我還出版了《三讀啓功》一書，並立志把研究啓功作為此生的一項事業。《啓功先生與澳門》一文，不但介紹了啓功先生病重住院後的一些細節，而且描述了先生兩次訪澳的盛況，其間啓功先生與澳門文藝界長老梁披雲先生詩詞唱和的場景尤其生動感人，實為研究啓功先生的寶貴資料。可以說，這是我讀本書的一個意外收穫。

（2014 年）

第二輯　散文散談

呼喚散文的古典美

中國現代散文發展至今，似乎陷入了一個尷尬的境地：一方面寫作隊伍空前龐大，另一方面卻沒有出現偉大的作家和偉大的作品。魯迅所說的「散文小品的成功，幾乎在小說戲曲和詩歌之上」的繁榮景象已一去不復返〔註1〕，魯迅、周作人、朱自清、梁實秋這樣的散文大家成批湧現的景象也不復出現。不少人似乎患上了「散文焦慮症」，連「散文家」這個稱謂都連帶受到歧視。

其實，當下散文創作並非如此不堪，一些優秀作品已經大大超過前人。當然，總體狀況不能令人滿意，我們還是要認眞思考散文振興之道。關於這個問題，七嘴八舌，各有高見。我的主張是：當代散文要回望傳統，從傳統中汲取營養，重現中華散文的古典美。

近年來，我在多個場合反覆強調這個觀點。2016年，我在一個以「散文的源脈與未來」爲主題的學術論壇上發言之後，會議主持人半開玩笑地說我是「文化保守主義」。在此之前，我並沒有這樣的自覺。經此提醒，我意識到，這恰恰是需要強調的。周作人說過：「我相信新散文的發達成功有兩重因素，一是外援，二是內應，外援即是西洋的科學哲學與文學上的新思想的影響，內應即是歷史上的言志派文藝運動的復興。假如沒有歷史的基礎成功不會這樣容易，但假如沒有外來思想的加入，即使成功了也沒有新生命，不會站得住。」〔註2〕由此可見，中國現代散文的成功，既得益於中國深遠悠久的歷史，也得力於外國文學的輸入，這兩條腿是缺一不可的。然而，當下的不少散文恰恰少了一條腿。所以，它站不起來。

散文在我國源遠流長，有著悠久的歷史、深厚的根基和優秀的傳統，湧現了許多傑出的散文家和優秀的散文作品。古人對散文的理解一直比較寬泛，通常是與韻文相對而言，泛指除詩、詞、曲以外的一切不押韻的文章。直到「五四」新文化運動，一批文學革命的先鋒們吸收、借鑒國外的散文樣

〔註1〕 魯迅：《南腔北調集·小品文的危機》，《魯迅全集》第4卷，人民文學出版社，1981年，第576頁。

〔註2〕 周作人：《〈中國新文學大系·散文一集〉導言》，《中國新文學大系·散文一集》（影印本），上海文藝出版社，1981年，第10頁。

式，對中國傳統的散文文體進行了大膽的改造，一改往日舊散文概念的寬泛、龐雜，而趨於後來的狹義、單純，使散文文學性的面目日漸清晰。1921 年，周作人發表了《美文》，首次提出「美文」的概念。他在文章中指出：「外國文學裏有一種所謂論文，其中大約可以分爲兩類。一批評的，是學術性的。二記述的，是藝術性的，又稱作美文，這裡邊又可以分出敘事與抒情，但也很多兩者夾雜的。」〔註3〕在這裡，周作人將敘事、抒情、議論性文章並列爲散文的品種，與我們現行的散文分類幾乎完全一致。「五四」以後，散文創作進入了新的歷史時期，出現了一個光色斑斕的新高峰。

與其他文體相比，現代散文是最早成熟的。由於有中國古代輝煌燦爛的散文傳統，以及作家們深厚的傳統文化修養，並與外國散文創作方式與理念相糅合，使散文的生命力格外旺盛並不斷傳承下去，這是其他文學體裁所不具備的。

在我國古代，散文是一種高貴的文體，古人以寫出好文章爲榮，詩詞、歌賦、戲曲、小說都不能與它相提並論。時至今日，散文已經脫去貴族氣，回歸人間，成爲大眾寫作的最平常的文體。但是我們不能數典忘祖，不能丟了前人創造的這筆寶貴財富。中國古代散文從上古延續到晚清，是一座內涵豐富、數量龐大的文化寶庫。在浩瀚的歷史長河中，散文承擔著其他文體難以取代的巨大的社會作用。如果我們能夠沉潛下來，靜下心來，深入挖掘中國傳統散文的古典美並發揚光大，那麼我們今日之散文是否可以達到一個更新的境界？

那麼，我國古典散文中有哪些傳統值得我們繼承弘揚呢？什麼樣的散文才有古典美？我想到了香港作家董橋的一句話：「散文須學、須識、須情，合之乃得 Alfred North Whitehead（阿爾佛雷德・諾斯・懷特海德，英國數學家、哲學家）所謂『深遠如哲學之天地，高華如藝術之境界』。」〔註4〕我認爲這三點就是古典美的內核，至少是重要內容。不過，我把順序顛倒一下，散文須情、須識、須學。我認爲，「情」是第一位的。

第一、散文須有「情」。

一個「情」字，令古今多少文人魂牽夢繞、失魂落魄。「問世間情爲何物，直教人生死相許？」不光詩詞中是這麼寫的，古往今來的很多優秀散文都是至情之文。

〔註3〕周作人：《美文》，《談虎集》（影印本），上海書店，1987 年，第 41 頁。
〔註4〕董橋：《這一代的事・自序》，牛津大學出版社，2010 年，第 Vii 頁。

散文須有情，唯有眞情能動人。眞情，是散文的靈魂，奠定了中國散文古典美的基礎。白居易說：「感人心者，莫先乎情。」劉勰說：「登山則情滿於山，觀海則意溢於海。」古代很多散文名篇，之所以能流傳千載，首要在於爲文者秉有眞情實感，以氣爲主，爲情而設文，而決非爲文而造情，無病呻吟。韓愈的《祭十二郎文》，歸有光的《項脊軒志》，冒辟疆的《影梅庵憶語》，沈復的《浮生六記》，無不是以情動人的散文精品。就連司馬遷寫《史記》，都帶著豐沛的感情，多次感極涕下。「余讀《離騷》、《天問》、《招魂》、《哀郢》，悲其志。適長沙，觀屈原所自沉淵，未嘗不垂涕，想見其爲人。」「余讀孔氏書，想見其爲人。適魯，觀仲尼廟堂車服禮器，諸生以時習禮其家，余祗回留之，不能去云。」

散文須有情，這一點爲絕大多數作家所認同。散文理論家林非把「眞情實感」定位爲散文創作的基石，甚至提升到本體論的地位。1980 年前後，巴金連續發表了《說眞話》、《再論說眞話》、《寫眞話》等文章，倡導散文要說眞話，抒眞情，要「當作我的遺囑寫」，要「把心交給讀者」。〔註 5〕賈平凹更是直言不諱：「散文寫作有無限的可能性，但眞情是最基本的，也是最重要的，沒有眞正觸動你的東西，沒有你體會的東西，就不要寫散文。」〔註 6〕一篇散文如果沒有眞情實感，那就「好像是出了氣的燒酒，一點味道都沒有」了。

抒情性本是中華散文的一個重要傳統。然而，現在很多散文沒有感情。一些作家願意炫技，但是就是羞於談「情」說「愛」。他們不願意、不屑於抒情，把抒發感情視作一件丟人的事情。當然也有很多人是根本無情可抒，因爲他們心中本就沒有感情。還有一些散文，虛情假意，矯揉造作，無病呻吟，令人生厭。有的人反對散文有眞情實感，這一點我堅決反對。我始終認爲，強調散文創作的眞情實感，這是一點錯誤都沒有的。散文相對於其他文學門類，距離作者的本心最近，是人生境界的展示，是作者眞情實感的流露與審美情趣的呈坦，理應得到我們的尊重與潛心追求。

散文要有眞情實感，但是有了眞情實感，不一定能寫出好的散文。首先這種感情應該是健康的，積極向上的，同時還應該是獨有的，有其與眾不同

〔註 5〕巴金：《把心交給讀者》，《隨想錄》（1～5 集），人民文學出版社，2000 年，第 44 頁。
〔註 6〕賈平凹：《散文要發乎眞情，但不要矯情》，《解放日報》，2016 年 6 月 23 日。

之處。其次，感情的表達，一定要內斂、節制、含蘊、引而不發，切忌煽情、濫情、矯情，要達到「此時無聲勝有聲」的效果。這也是東方人的審美特徵。當前散文在情感表達上的最大問題，在我看來是許多散文作者不善於將日常情感轉化為審美情感。很多讀者讀了我的《父啊，我的父啊》、《告別》等散文，都深為感動，甚至把前者稱為當代版《背影》，那是因為我是情之所至不得不發，而非刻意為之。

說到真情實感，必然涉及散文的真實性問題。散文作為一種表現自我、表達自我情感的文體，真實性是它的生命。這不是說散文必須亦步亦趨地描摹生活原貌，而是說作品中的基本事實和情感褒貶必須是真實的，不能虛構；至於對一些細節、局部事實和心理活動進行合理想像、發揮（或者稱之為有限虛構）則是完全允許的。近年來，在散文創作中虛構已經成為一種風氣或者說是時尚，對此我始終持保留態度。

第二、散文須有「識」。

《說文》曰：「識，知也。」《詩·大雅·瞻卬》：「君子是識。」唐代劉晏總結孔子等人的教育思想，明確提出「士先器識，而後文藝」的文藝觀，強調「士」要先培養自己的胸懷、器識，培養自己對社會、對人生的基本信仰和價值觀，然後才能學藝。

散文須有識，就是有擔當、有見識、有胸懷、有格調。

散文要有責任擔當，關注社會發展，關注時代進步，關注人類共同命運。中國散文素有「文以載道」的傳統。「文以載道」乃散文之本，這是中華散文的「初心」。

可以說，中國散文形成之初，就不是為作文而作文，而是自覺承擔了較重大的社會責任，表現了當時人們最關切的問題。春秋戰國時期，《左傳》、《戰國策》中的那些文章，討論的都是關係國計民生的大事，帶有明顯的時代印記。數百年後，曹丕在他的《典論·論文》開宗明義地概括道：「文章乃經國之大業，不朽之盛事。」白居易認為：「文章合為時而著，歌詩合為事而作。」縱觀古代散文傳統，佔據絕對優勢和統治地位的無疑是「文以載道」的創作主張。毋庸諱言，這裡的「道」是有其歷史局限的。明清之後，一些文人出於對「文以載道」思想的反動，倡導性靈小品。這一傳統也為現代散文所繼承。然而，必須看到的是，此「道」中如「仁政」、「民本」、「忠信」等觀念

也有積極、合理的一面。而且，所謂的「道」，並不是一成不變的。我們對「道」要以發展的、與時俱進的眼光去看待，不能一提到「道」就是保守、正統、僵化。「道」的內涵是非常豐富的，不是簡單的政治說教或道德教化。「道」在不同的歷史語境、不同的政治環境有不同的內涵，因而文以載道根本的內涵是時代與文學的密切關聯。另一方面，「載道」與「言志」也不是必然矛盾的。一般而言，「言志」類散文以「自我」爲中心，把散文作爲個人化的文體，突出個人經驗對於散文寫作的意義。他們倡導散文要平和沖淡，主張散文要絮語化、閒適化。但是，他們的散文也是服務於一種時代的要求的。一些散文家正是從這裡出發，眞誠地表達著自己在獻身社會理想過程中所收穫的情思與感悟，其筆下的精神言說由「載」他人之「道」很自然地轉化爲「言」自己之「志」，體現了高尚的人格操守和永恆的生命境界，從而使作品走向生動鮮活與恢弘勁健。

散文要有開闊的胸懷，高遠的境界，卓越的見識。借用中國古典美學的一個概念，就是要有「氣韻」。這裡所說的氣韻，主要是指散文的思想和哲學理念。作家對社會、對人類、對世界、對一切事物要有自己的認識和判斷。如果一個作家沒有明晰的、積極的價值觀，他的作品不會有思想的力量，而沒有思想的散文一定是速朽的。優秀的作家，必須能夠「仰觀宇宙之大，俯察品類之盛」，做到「攬天地於形內，挫萬物於筆端」。宋人羅大經在《鶴林玉露》中說，李白、杜甫之所以爲「詩人之冠冕者，胸襟闊大故也。」又說：「韓退之識見高邁。」說的就是他們視野開闊、境界高遠、見識卓越。當代散文家應當追求胸襟開闊，意旨高遠，思想深邃，讓筆下作品燭照社會，提挈人心。我寫《司馬遷的選擇》、《啓功先生的文化品格》等散文，都是帶著這種文化自覺的。

第三、散文須有「學」。

散文有學，我的理解，一是有文化底蘊，二是有文學素養。

先說後者。

散文被稱作「美文」，應該是美的，這種美首先體現在語言上，只有優美的語言才能營造出優美的意境，才能傳達出美好的思想。語言是散文的重要組成部分，語言美是散文美的重要標誌。散文的語言應該講究，必須講究。

古代文人特別重視語言，古典詩詞也好、散文也好，都有鍊字鍊句的傳

統，所謂「吟安一個字，撚斷數莖鬚」。有人反對雕琢文字，我認為不能一概而論。過度的雕章琢句甚至以詞害意、雕琢傷氣，當然是要反對的。但是作為語言的藝術，文學創作必須重視語言。汪曾祺說：「寫小說就是寫語言。」又說：世界上沒有沒有語言的思想，也沒有沒有思想的語言。這話有點繞，但是一語中的。你不寫好語言，哪來好的小說、好的詩歌、好的散文？思想又何處安放？我始終認為，散文的語言應該是美的。這種美不是堆砌華麗的詞藻，而是通過語言的有效運用營造出美的意境。同時散文的語言又要明白曉暢。韓愈說過：「文從字順各識職。」文章要表達清楚，行文自然妥帖，不矯揉造作。散文的語言，既要典雅精緻，又要明白曉暢。這是一種好的文風，是對祖國語言的尊重，也是對讀者的尊重。現在不少散文的語言，要不蒼白無味，要不雍容華麗，要不粗鄙不堪，要不佶屈聲牙。我們提倡有難度的散文寫作，這種「難度」體現為生活深度、思想高度和精神力度，但絕不要製造「有難度的閱讀」。能把文章寫得讓人看得懂而又喜歡看，這是本事；把文章寫得雲山霧罩不知所云，那叫無能。

再說前者。散文有學，要有文化底蘊、有學識修養。

散文寫作，光有漂亮的外衣還不行，還要有內在的品質。古人說：「腹有詩書氣自華。」這是說讀書與人的氣質的關係。一個人讀的書多了，他的談吐自然而然地就會卓爾不群、與眾不同，散發出獨特的魅力。一篇散文，如果沒有文化底蘊、學識修養，就算寫得再好，也是蒼白的、浮泛的、空洞的。

當今散文一個很大的不足，就是沒有文化底蘊和學識修養。很多作品，技巧上不可謂不嫻熟，表達上不可謂不細膩，可是缺少思想底氣、學養底蘊、人格力量，所以缺少了散文最重要的東西。學者柳鳴九曾經引用詩人卞之琳的一句話：「他很善於表達，可惜沒什麼可表達的。」真是太經典了！有鑑於此，他大聲呼喚「學者散文」，這不失為一條可取之路。我們需要一批有學者底蘊的作家，來改變目前散文創作中「善於表達卻無可表達」的窘境。散文作家們更需要有意識地提高自身的哲學思辨的邏輯思維能力，強化歷史文化知識的積累，努力使自己成為學者型作家。

有「情」、有「識」、有「學」，佐之以「才」，庶幾能夠撐起一篇優秀散文了吧？如果因此而達到「深遠如哲學之天地，高華如藝術之境界」，那麼應該為我們的散文額手稱慶了。

（2018 年）

從傳統中汲取營養
——美神遠遊：散文的源脈與未來

這次論壇的主題是「美神遠遊：散文的源脈與未來」，這個主題很好。我們確實應該好好思考一下中國散文的未來了。在思考未來之前，首先我們不能忘了傳統，不能忘了我們從哪裏來，爲什麼而來，而後才能知道我們要到哪裏去，怎麼去？這就叫作「不忘初心，繼續前進」。

大家都知道，散文在我國源遠流長，有著悠久的歷史、深厚的根基和優秀的傳統，湧現了許多傑出的散文家和優秀的散文作品。比如，二千多年前春秋戰國時期，《左傳》《國語》《禮記》《戰國策》等著作中的很多文章，都是很優秀的散文作品。其中不少篇章，如《曹劌論戰》《鄒忌諷齊王納諫》《觸龍說趙太后》等，具有很高的文學價值，至今仍被人們傳頌。西漢武帝時期司馬遷的《史記》集當時史學、文學財富之大成。全書一百三十篇均堪稱爲敘事文學的典範，魯迅曾譽之爲「史家之絕唱，無韻之離騷」。中國自《史記》出現，文章又升到一個新的高度。其內容與先秦散文一脈相承的是：記敘和描寫的都是「大事」。敘事、抒情、狀物、評論，凡散文應有者，所在俱備。漢魏六朝以至唐初，辭賦與駢體文盛行，其中當然有不少是內容浮豔奢靡的形式主義之作，但也間有含義深邃，文辭優美，音韻鏗鏘，動人心統的名篇佳品，如膾炙人口的陶潛的《歸去來辭》，王勃的《滕王閣序》，賈誼《過秦論》，諸葛亮《出師表》，李密《陳情表》，駱賓王《爲徐敬業討武曌檄》等，就是其中的佼佼者。中唐至北宋，是我國散文發展史上又一黃金時期，而且達到了前所未有的高峰，標誌著我國散文創作的高度成熟。前有中唐韓愈、柳宗元開散文勃興之先河，後有北宋散文鉅子歐陽修、曾鞏、王安石和三蘇。尤其值得稱道的是蘇軾（東坡），他才氣橫溢，兼容並蓄，詩詞書文，無所不精。還有劉禹錫的《陋室銘》，范仲淹的《岳陽樓記》，終爲千古絕唱。明清兩季，數百年間，散文創作綿延不絕，尤其是明文，名家絕非一二。明初有宋濂、劉基、方孝孺等，明代中葉有所謂前後「七子」。另外，此時崛起者還有歸有光和稍後的「公安派」首領袁宏道等。歸有光當「七子」風靡之時，不隨波趨時，文風沖淡、親切、自然，筆調接近歐、蘇；並在文中善於捕捉生動的典型細節，又得力於《史記》。袁宏道反對前後「七子」所鼓吹的擬古之風，主張「倡以清眞」，旨在表現個人的性靈，抒發獨特的具體感受，他的

散文以清新婉麗見長，是晚明散文中的傑出代表。清代散文繼承了明代散文特別是袁宏道的風韻，也湧現了像明末清初的張岱，清朝中葉的袁枚、鄭燮等散文名家。其中尤為傑出者為張岱，他的散文集《陶庵夢憶》、《西湖尋夢》等向為人所推崇。這些散文，大都做到了繪聲繪影，抒泄了真摯的情感，而又闡發了深邃的哲理，讀來耐人尋味。

辛亥革命後，特別是「五四」以來，白話文興起，散文創作進入了新的歷史時期。魯迅、李大釗、周作人、劉半農、冰心等，以他們不同的資質和筆墨，開拓了散文創作的疆域。隨後，茅盾、朱自清、梁遇春、豐子愷、盧隱、徐志摩等作家的出現及其建樹，使我國散文又出現一個光色斑斕的新高峰。

我簡要地回顧這些，就是想說明一點：我國散文是有著很好的傳統的，不能數典忘祖，不能丟了前人創造的這筆寶貴財富。

時至今日，散文創作似乎進入了一個尷尬的階段。一方面，寫散文的人越來越多，散文幾乎成為人人會寫的一種文體，也不乏優秀之作；另一方面，又很難出現古代那樣的散文大家和巔峰之作。很多人都在追問，在思考：散文到底要向哪裏去？散文的未來在哪裏？

我覺得，要回答這個問題，我們還得回頭看，要從傳統中汲取營養。

第一，「文以載道」乃散文之本。

我知道，講這一點是很危險的，很可能會遭到一些人的恥笑或反感，但我還是願意把它放在第一點來強調。中國散文素有「文以載道」的傳統。可以說，中國散文形成之初，就承擔了較重大的社會責任，表現了當時人們最關切的問題。春秋戰國時期，《左傳》《戰國策》中的那些文章，討論的都是關係國計民生的大事，帶有明顯的時代印記。數百年後，曹丕在他的《典倫·論文》開宗明義地概括道：「文章乃經國之大業，不朽之盛事。」白居易認為：「文章合為時而著，歌詩合為事而作。」宋代大儒張載說：「為天地立心，為生民立命，為往聖繼絕學，為萬世開太平。」縱觀古代散文傳統，佔據絕對優勢和統治地位的無疑是「文以載道」的創作主張。

毋庸諱言，這裡的「道」是有其歷史局限的。然而，必須看到的是，此「道」中如「仁政」、「民本」、「忠信」等觀念也有積極、合理的一面。一些散文家正是從這裡出發，真誠地表達著自己在獻身社會理想過程中所收穫的情思與感悟，其筆下的精神言說由「載」他人之「道」很自然地轉化為「言」

自己之「志」，體現了高尚的人格操守和永恆的生命境界，從而使作品走向生動鮮活與恢弘勁健。司馬遷的《報任安書》、諸葛亮的《出師表》、范仲淹的《岳陽樓記》、歐陽修的《伶官傳序》等，所呈現的關注蒼生、匡扶社稷的高遠立意與深刻主題，不僅有效地提升著作品的藝術境界，而且最終成就了古代散文講入世、重教化、尚氣節的審美特徵。當代散文家應當像古代散文家那樣，追求胸襟開闊，意旨高遠，讓筆下作品燭照社會，提挈人心。現在的不少散文，滿足於寫一己悲歡，風花雪月，花鳥魚蟲，這些當然也是可以的，也需要有這樣的閒適散文。但是如果大家都寫這些，一窩蜂地寫這些，完全無視散文的社會功能，沒有責任擔當，這也是很可悲很危險的傾向。

第二，「真情實感」乃散文之魂。

這也是一些人不愛聽的，偏偏我到哪兒都強調這一點。古今中外的作家都非常重視文學作品的真實感情問題。真情實感是中華散文最優秀的品質。白居易說：「感人心者，莫先乎情。」冰心也說過：「你的感情只要有一點兒不真實，讀者一下子就會念得出來。所以要對自己真實，要把自己的真情實感寫出來。」有的研究者把真情實感視為散文創作的基石，甚至提升到本體論的地位，是不無道理的。真實是散文的生命，感情是散文的靈魂。一篇散文如果沒有真情實感，那就如周作人所說，「好像是出了氣的燒酒，一點味道都沒有」了。我們看古代以至現代的散文名篇，之所以能流傳千載，首要在於為文者秉有真情實感，以氣為主，而決非為文而造情，無病呻吟。所以在寫作中，我最重視的就是作品的感情。

著名散文家、散文理論家林非先生在多篇文章中反覆強調散文的「真情實感」這一理念，並將其定位為散文創作的基石，甚至提升到本體論的地位。儘管後來有論者對林非先生的這一論斷表示懷疑甚至反對，但我始終認為，強調散文創作的真情實感，這是一點錯誤都沒有的。如果連散文這種最直接表現自我的文學樣式都不能表現真情實感，那麼，其他文學樣式怎麼可能表現真實感情呢？

散文要有真情實感，但是有了真情實感，不一定能寫出好的散文。首先這種感情應該是獨有的，不是所有的感情都值得寫出來。其次，感情的表達，一定要內斂、節制、含蘊，切忌煽情、濫情、矯情，要達到「此時無聲勝有聲」的效果。前些時候，作家賈平凹在接受記者採訪時談到，散文應該有真

情實感，但是不要矯情。他還說，如果沒有感觸，沒有真情實感，那就不要寫作。他的這一觀點與我不謀而合。我也曾經當著他的面談過我的這一看法。比如關於親情散文。親情是很多散文作者愛寫的題材之一，有關親情的散文簡直汗牛充棟，但是能給我們留下印象的鳳毛麟角。我們在絕大多數親情散文中，讀不出他們的感情和別人的有什麼區別，無非都是歌頌父愛母愛的偉大，沒有什麼獨特之處。這樣的散文讀得多了，難免給人審美疲勞之感。當前散文在情感表達上的最大問題，在我看來是許多散文作者不善於將日常情感轉化為審美情感。一些散文之所以品味不高，讀之令人生厭，最根本的原因，不盡是他們的取材過於細小瑣碎，而在於他們不懂得或不屑於將日常情感審美化或藝術化。這樣，他們的散文自然便只有生活，沒有情致；只有文字，沒有韻味；只有表面的、淺層次的感覺的記錄，而沒有深層次的情感挖掘，更談不上有審美人格和精神上的昇華。

說到真情實感，必然涉及散文的真實與虛構問題。這是一個永遠也扯不清的話題，這裡我也簡單談談我的觀點。我認為，散文作為一種表現自我、表達自我情感的文體，真實性是它的生命。但是我們強調散文必須真實，不是說散文必須亦步亦趨地描摹生活原貌，而是說作品中的基本事實和情感褒貶必須是真實的，不能虛構；至於對一些細節、局部事實和心理活動進行合理想像、發揮（或者稱之為有限虛構）則是完全允許的。近年來，在散文創作中虛構已經成為一種風氣或者說是時尚，對此我始終持保留態度。前些日子微信上在傳一篇散文《山果》。開始有不少人看了還很感動，後來有人揭穿這篇散文的內容是胡編亂造的，大家立馬有了上當受騙的感覺。還有之前的「返鄉日記」也是一個典型的例子。這說明讀者是認同散文的真實性原則的，他們反對在散文中編造事實；一旦得知某篇散文是編造的，這篇作品立即成了過街老鼠人人喊打。

第三，明白曉暢乃散文之風。

散文的語言，要典雅精緻，又要明白曉暢。這是一種好的文風。可是現在不少散文的語言，要不蒼白無味，要不雍容華麗，要不粗鄙不堪，要不佶屈聱牙。我們的前輩都是非常講究錬詞造句的。我們就不說那些詩詞了，只說散文。你看前人的那些作品，文字多麼優美，又是多麼明白曉暢。「風煙俱淨，天山共色，從流飄蕩，任意東西。自富陽至桐廬，一百許里，奇山異水，天下獨絕。水皆縹碧，千丈見底；遊魚細石，直視無礙。急湍甚箭，猛浪若奔。夾岸高山，

皆生寒樹。負勢競上，互相軒邈，爭高直指，千百成峰。泉水激石，泠泠作響。好鳥相鳴，嚶嚶成韻。蟬則千轉不窮，猿則百叫無絕。鳶飛戾天者，望峰息心；經綸世務者，窺谷忘返。橫柯上蔽，在畫猶昏；疏條交映，有時見日。」這是南朝梁文學家吳均的《與宋元思書》，相信很多人都讀過。全文才 144 字。你說這是文言文還是白話文？全文沒有一個華麗的詞藻，可是那麼典雅精緻，而且又明白如話，幾乎不用翻譯都能讀懂。吳均還有一篇《與顧章書》，更短，才84 個字：「僕去月謝病，還覓薜蘿。梅溪之西，有石門山者，森壁爭霞，孤峰限日；幽岫含雲，深溪蓄翠；蟬吟鶴唳，水響猿啼；英英相雜，綿綿成韻。既素重幽居，遂葺宇其上。幸富菊花，偏繞竹實。山谷所資，於斯已辦。仁智所樂，豈徒語哉！」這篇比前一篇聽起來費勁一些，但是你一看都能明白，沒有什麼生僻的字句。雖然它們是書信的一部分，但完全可以獨立成章。當然，幾千年來，中國散文發展的過程中也曾經走過彎路，但後人能夠把它糾正過來。現代作家也是非常講究語言的。我們里下河流派的旗幟性作家汪曾祺先生，就特別重視語言。他對語言是有過研究的。他的語言看似平淡無奇，實則匠心獨運，呈現出中國古典文學特有的音樂美、繪畫美、意境美，令人回味無窮。我們要向前輩作家學習，在寫作散文時要講究語言。

第四，「變革圖新」乃散文之道。

我提倡現代散文要向古代散文學習，並非因循守舊，固守傳統，而是希望我們的散文家能夠學習古代散文家變革圖新的精神。我國歷代散文家是有改革創新的傳統的。一代有一代之文學。文無定法，中國散文並非從來如此、一成不變的，一代代散文家總是在順應時代要求，進行變革創新。最典型的是唐代的「古文運動」。唐宋八大家之所以成為我國散文一個朝代發展高度的標誌，與韓愈等首倡者的理論呼籲和創新實踐是分不開的。韓愈、柳宗元等鑒於當時風行的浮華空洞的駢驪文體之弊，起而倡導「古文運動」，這是在復古的旗號下推行的一場革新運動。韓愈主張「文貴獨創」、「辭必己出」、「因事陳辭」、「辭事相稱」，這無疑是開一代文風的進步主張。韓柳等人不僅是理論上的倡導者，也是革新文風的實踐家。很明顯，自他們始，我國的散文創作無論在反映生活面、思想深度和表現手法上都有新的開拓與掘進。

近年來，不少散文家為了振興散文，進行了不少探索和嘗試。這些探索和嘗試不盡成功，但都不失為有益的試驗，對當代散文的健康發展提供了正

反兩方面的經驗。如果說老一輩散文作家有對「大」的、時代的自覺，青年作者們更多表達了對「小」的、意義的自覺，他們自覺地於日常生活的潛流和漩渦間停駐，力圖挖掘其永恆。在這一批作者的散文寫作中，個性化越來越突出。即便在相同的題材中，其個性亦是千差萬別的。這是我們這個時代的精神氣質，也是當代文學的需求所在。

一些年輕作家在散文創作上的努力和嘗試，已經大大超出了傳統對散文的定義和理解，有的創新也不盡成功，對此，我們不能求全責備，一味地指責他們，而是要以最大的包容，允許他們嘗試，也允許他們失敗。當然，從另一方面講，一些作家也不能唯我獨尊，老子天下第一，完全聽不得不同意見，排斥其他作家的努力，這同樣不利於散文的健康發展。

香港著名作家董橋有一個觀點，他認為好的散文應該是學、識、情兼備。散文首先要是有感而發的，不能為寫而寫，真情實感是散文寫作的第一要義，好的散文一定是從心中流淌出來的，能最直接地表達一個人的情感，散發出一個人的氣息；散文又是多元和自由的，它可以最貼近日常生活，也可以辨宇宙之思，可以當下，也可以歷史，可以微觀，也可以宏觀。它關注我們生存的現實和體驗，關注人的靈魂和思想，關注我們從何處來、到何處去等等。因此寫作散文不僅需要豐厚的學識和修養，也需要充盈的才氣和性情。好的散文是有血肉的，帶著生命的疼痛和歡喜，給人最樸素真切的感動；好的散文是自由的，從內容到形式都能掙脫束縛自由飛翔；好的散文是有個性的，能在文字背後看見一個獨特的「人」；好的散文還是智性的，閃爍著思想的光芒，體現出作者的智慧。總之，好的散文是厚積而薄發的，需要作者各方面的積累和功力。

（本文係在魯迅文學院「美神遠遊：散文的源脈與未來」學術論壇上的發言，收入本書時有刪節。）（2016年）

大眾寫作條件下散文振興的可能性

關於「全民寫作」或「大眾寫作」

全民寫作是近年來興起的一個口號，是跟全民閱讀相伴而生的。全民閱讀是中央提出的口號，是為了建設學習型社會，提高全民族素質，提倡和鼓

勵民眾多讀書，讀好書。這是非常必要的，我們的民眾整體素質還是不高，確實應該多讀書，讀好書。十年前，我隨中國報業代表團去俄羅斯，我們在地鐵裏，看到俄羅斯人手上都拿著一本書，靜靜地在看，當時我就非常感慨。號召大家多讀書，有能力的，多讀點，讀深點；能力欠缺的，少讀點，讀少點。只要是好書，無論讀多讀少、讀深讀淺，總是有益的。讀書的門檻很低，只要你識字就能讀書，無非是讀得多與少、深與淺而已；就算你不識字，你還可以聽，也能獲得一定的知識。

可是對於「全民寫作」這個口號，我總是心存疑慮。首先是不可能，第二是不必要。寫作是有門檻的，是極少數人的事，怎麼可能全民寫作？怎麼能號召全民都投入寫作？有的地方還制定了全民寫作計劃，實施全民寫作工程，這讓我想起了當年的「詩歌大躍進」。人人拿起筆，人人是詩人，結果如何？現在也有所謂「詩歌村」，除了當噱頭，吸引眼球、帶動旅遊外，其他還留下什麼？有誰讀過詩歌村裏村民詩人的作品？我們國人喜歡絕對化，喜歡把話說滿。比如，我們很多人都有過這樣的經歷：爲了讓別人相信自己說的是眞話，我們喜歡說：我這人從來不說假話。這句話本身就是一句假話，誰能做到一輩子一句假話也不說？神也不可能啊。

我覺得，不妨稍爲退後一步，把「全民寫作」改爲「大眾寫作」，這樣可能比較靠譜些。說我們進入了一個大眾寫作的階段，這是有依據的。第一，新媒體技術的發展爲大眾寫作提供了便利條件。隨著網絡、手機等新媒體的發展，從博客到微博、微信，爲普羅大眾參與寫作提供了極爲便利的條件。現在，只要你想寫，隨時就可以寫；只要你想發表，隨時就可以發表。第二，隨著新媒體的發展，公眾參與寫作的熱情空前高漲。過去視寫作爲畏途、把寫作看得很神聖很高尚的人，也拿起手機參與寫作了。不要說別的，每天打開微信朋友圈，就有看不完的新作問世。可以說，一個大眾寫作的時代確實到來了。

大眾寫作時代的到來，對文學生態將會產生極大的影響。可以說，寫作的門檻被大大地降低了。過去作家還是一個高大上的稱呼，現在只要敢劃拉幾筆的都敢自稱作家。這種影響暫時還不明顯，一段時間之後就會顯現出來的。

大眾寫作對散文創作的影響尤其突出。在文學的各個品種中，散文被視爲門檻最低的一個。你隨便寫上一段什麼，都可以稱爲散文。當然這裡有對散文的誤解，也有對散文的概念、散文的邊界怎麼理解的問題。這裡先不討

論了。我們繼續討論大眾寫作對散文創作的影響，以及振興散文的可能性。我這裡的散文採取的是比較寬泛的概念，即除了小說、詩歌、戲劇之外所有的文章，包括文學性的散文，以及書信、日記、隨筆等。

散文進入「大眾寫作」階段

隨著大眾寫作時代的到來，散文寫作出現了空前的「繁榮」。這裡的「繁榮」我是加上引號的。我們每天打開互聯網，進入朋友圈，看到的散文何止成千上萬。網絡寫作給文學的觀念、形式、內容等各個方面都帶來了深刻的變化。它使原本更多由少數精英掌握話語權的文學成為一種普及的、大眾的、草根的，人人都能參與各抒己見表達自我的文學。大批文學愛好者通過互聯網有了嘗試寫作的機會和施展才華的舞臺，其傳播的迅捷和廣泛也使它有了比傳統媒體更大的影響力。我有個表哥，是學工科的，東南大學畢業，很木訥的一個人，原來跟文學沒有一點關係。最近看他開了一個微信公眾號，經常發一些隨感，還很有味道的，我才知道他還有文學細胞。他甚至還給我的散文集寫了一篇讀後感式的評論，雖然不能跟專業評論家的評論相比，但是確有自己的獨到之處。如果沒有新媒體，我估計他不會去寫，寫了也不敢往傳統文學報刊投稿。新媒體鼓勵了他的勇氣，給他提供了施展自己潛在才華的機會。網絡的實時更新和交互性，同時充分調動了創作者和閱讀者的熱情與積極性，形成「大眾寫作」和「全民閱讀」共生共榮的現象。

對於作為文學四大主要樣式之一的散文而言，原本它的文體界定就比較寬泛，在我國悠久的散文傳統裏，廣義上的散文幾乎容納了韻文之外的所有文學作品，這一特徵使得它在這個大眾寫作的時代中如魚得水，有著天然的適應性。從互聯網發展伊始的社區 bbs，到網站的論壇、版塊，博客、博客圈，到微博、微信等新載體的不斷湧現，將散文的記錄生活、行旅見聞、抒發心情、表達想法、沉潛思考等功能張揚到極致。散文的疆域變得無限廣闊，真正成為無所不包的「散」文。

與小說的特點和優勢在於其客觀性和再現性明顯不同，散文是一種突出和強調主觀性與感受性的文體。一個優秀的散文作家，無論其視野如何開闊、內涵怎樣充盈，在通常情況下，都只能敞開「這一個」的主體世界，都只能傳遞與這一世界相適應的有限度的生活投影與生命鏡象。而社會發展、人類

進步和歷史前行所賦予散文的整體使命與根本任務，卻是透過無數生命個體心靈與人格的折光，以實現對民族或時代精神的全方位探照與能動性把握，即構建全息性的民族心靈史與時代回音壁。這便決定了一個民族或一個時代的散文創作，要真正抵達理想圓滿的境地，單靠少數優秀作家的努力是不夠的；而必須具備宏觀的創作主體的開放性、廣泛性與多樣性。也就是說，要倡導和引領多多益善的普通人拿起筆來，加入散文寫作的行列，支持和鼓勵他們從不同的社會層面、生活視角和經驗天地出發，以自由不羈而又迥然不同的心態和筆調，去完成題材不一，話題各異，藝術上可軒可輊，風格上有雅有俗的精神訴說與生活表達，從而使散文創作化為歷史天幕上千姿紛呈、萬象輻輳的生命與心靈的風景線。

沿著這樣的軌跡與思路，我們來看今天已是蔚為大觀的散文大眾寫作，即可發現，它的積極意義委實不可小覷：一方面，成千上萬職業、經歷、思想、性情、趣味迥然不同的寫作者，帶著鮮明的個人印記進入散文世界，其五花八門、無拘無束的言說，不僅徹底改變了散文為知識者身份證明和「雅文化」一統天下的舊有格局，使散文第一次擁有了更為豐富和愈發斑駁的精神與文化承載，以及由此衍生的更為重要的社會和人類價值；同時，整個社會的文藝民主空前活躍，文化生產力有效釋放，五四以降幾代有識之士千呼萬喚、孜孜以求的文學「大眾化」，成為可以直觀和驗證的現實。另一方面，層出不窮，難以計數的散文寫作的參與者，立足於不同的生活根基與生命趣味，隨心所欲地表達著人生感知、社會見聞、時代欲求、現實評價，以及母愛親情、童稚記憶、旅途奇觀、藝文暢想，乃至下崗境遇、求職過程、討債情形、被騙經歷、合租體驗等等，其質樸、真切、幽微、細膩的講述，不僅將散文刻錄個體性靈的功能優勢張揚到極致，而且於無形中釀成了一個時代不加過濾與粉飾的眾聲喧嘩。這時，每一位散文作者都變成了社會情境與心靈躁動的書記員，所有的散文作品彙集在一起，則足以化為一個民族的精神圖譜與生活長卷。至於這當中所包含的社會進步、經濟繁榮、教育普及、文化提升等積極因素，更是顯而易見，不言自明。

從全景看，散文創作的確呈蓬勃生長之勢，迎來了新的高峰和熱潮。然而一方面是創作的繁榮，一方面是創作的大家和精品並不能與之匹配。正因為網絡發表的低門檻、任意性等特點，作為一枚硬幣的兩面，導致了好作品亦淹沒在浩瀚無際魚龍混雜的文字海洋中的現實圖景。一種有目共睹的事實是，大眾寫作在推

動散文創作繁榮發展的同時，也給它帶來了一些負面影響，進而催生了一些不容忽視的問題，其中最突出的一點便是：由於參與者水準不一、態度有異，加之發表通道多依託「零門檻」的自媒體，所以其作品整體質量難免魚龍混雜，良莠不齊，一些作品甚至藝術格調不高，價值取向混亂。大眾寫作使散文創作魚龍混雜，泥沙俱下，拉低了散文的顏值。在海量的網絡文字中，能夠稱得上散文的少之又少，夠得上優秀散文的更是鳳毛鱗角。但是我們不能因此責備大眾寫作。散文的顏值低了，那是因為它的分母數大了。打個比方，過去只有 10 個人在寫作，其中有兩個是優秀的，其他都是一般的，那優秀率是 20%；現在有 100 個人在寫作，其中有 10 個優秀的，優秀率只有 10%。看樣子平均值是降低了，但是它的絕對值卻是大大提高了。大眾寫作給優秀散文寫作者的脫穎而出提供了更多的機會。所以，總的來說，大眾寫作的興起，對於散文的繁榮和發展是有利的。當然，各文學網站也要加強引導，自覺起到導向和助推的作用。運用推薦、置頂、合集等方式讓好作品脫穎而出；進一步培養編輯的力量，加強其與作者的交流，對有潛力的新人多一些引導和扶助，逐步建立起好作品的發現與生產機制。更為重要的是，無論在網上還是網下，都要重新確立與時代相契合的好作品的標準。目前散文創作的環境給許多人造成的錯覺是散文成了一種沒有難度的寫作，而將對散文的評價降低至那些隨意化、浮泛化、泡沫化、濫情化文字的水平。

當然，散文的評價標準也要跳出傳統的窠臼，與時俱進、不斷創新；同時仍要堅持那些普適、永恆的價值標準。樹立了好的標準之後，再通過媒體、讀者、作者和理論評論家們共同以閱讀、寫作、交流建設起良好的創作環境，使我們這個時代的散文得到健康的發展。

當代散文的出路何在

中國散文發展至今，陷入了一個尷尬的境地：一方面寫作隊伍空前地龐大，轟轟烈烈，熱熱鬧鬧，似乎非常繁榮；另一方面卻沒有出現偉大的作家和偉大的作品。一些有識之士在思考：問題出在哪裏？中國的散文要向何處去？中國的散文未來在哪裏？

前不久，魯迅文學院舉辦了一個以「美神遠遊：散文的源脈與未來」為主題的學術論壇。二十多位目前活躍在散文創作一線的優秀散文作家出席論壇，各抒己見。我在會上作了一個發言，題目是：《不忘初心，繼續前進》。我還有一個題目，就是《從傳統中汲取營養》。從這個題目就可以看出，我這

個比較老派，比較傳統。我的意思是：我們在思考散文的未來之前，首先我們不能忘了傳統，不能忘了我們從哪裏來，爲什麼而來，而後才能知道我們要到哪裏去，怎麼去？這就叫作「不忘初心，繼續前進」。我講完後，會議主持人半開玩笑地說我是「文化保守主義」。我不怕大家說我保守，我願意重申也堅持我的這一主張。

　　大家都知道，散文在我國源遠流長，有著悠久的歷史、深厚的根基和優秀的傳統，湧現了許多傑出的散文家和優秀的散文作品。比如，二千多年前春秋戰國時期，《左傳》、《國語》、《禮記》、《戰國策》等著作中的很多文章，都是很優秀的散文作品。其中不少篇章，如《曹劌論戰》、《鄒忌諷齊王納諫》、《觸龍說趙太后》等，具有很高的文學價值，至今仍被人們傳頌。西漢武帝時期司馬遷的《史記》集當時史學、文學財富之大成。全書一百三十篇均堪稱爲敘事文學的典範，魯迅曾譽之爲「史家之絕唱，無韻之離騷」。中國自《史記》出現，文章又升到一個新的高度。其內容與先秦散文一脈相承的是：記敘和描寫的都是「大事」。敘事、抒情、狀物、評論，凡散文應有者，所在俱備。漢魏六朝以至唐初，辭賦與駢體文盛行，其中當然有不少是內容浮豔奢靡的形式主義之作，但也間有含義深邃，文辭優美，音韻鏗鏘，動人心統的名篇佳品，如膾炙人口的陶潛的《歸去來辭》，王勃的《滕王閣序》，賈誼《過秦論》，諸葛亮《出師表》，李密《陳情表》，駱賓王《爲徐敬業討武曌檄》等，就是其中的佼佼者。中唐至北宋，是我國散文發展史上又一黃金時期，而且達到了前所未有的高峰，標誌著我國散文創作的高度成熟。前有中唐韓愈、柳宗元開散文勃興之先河，後有北宋散文鉅子歐陽修、曾鞏、王安石和三蘇。尤其值得稱道的是蘇東坡，他才氣橫溢，兼容並蓄，詩詞書文，無所不精。還有劉禹錫的《陋室銘》，范仲淹的《岳陽樓記》，終爲千古絕唱。明清兩季，數百年間，散文創作綿延不絕，尤其是明文，名家絕非一二。明初有宋濂、劉基、方孝孺等，明代中葉有所謂前後「七子」。另外，此時崛起者還有歸有光和稍後的「公安派」首領袁宏道等。歸有光當「七子」風靡之時，不隨波趨時，文風沖淡、親切、自然，筆調接近歐、蘇；並在文中善於捕捉生動的典型細節，又得力於《史記》。袁宏道反對前後「七子」所鼓吹的擬古之風，主張「倡以清眞」，旨在表現個人的性靈，抒發獨特的具體感受，他的散文以清新婉麗見長，是晚明散文中的傑出代表。清代散文繼承了明代散文特別是袁宏道的風韻，也湧現了像明末清初的張岱，清朝中葉的袁枚、鄭燮等散文名家。其中尤爲傑出者爲張岱，他的散文集《陶庵夢憶》、《西

湖尋夢》等向為人所推崇。這些散文,大都做到了繪聲繪影,抒寫了真摯的情感,而又闡發了深邃的哲理,讀來耐人尋味。

辛亥革命後,特別是「五四」以來,白話文興起,散文創作進入了新的歷史時期。魯迅、李大釗、周作人、劉半農、冰心等,以他們不同的資質和筆墨,開拓了散文創作的疆域。隨後,茅盾、朱自清、梁遇春、豐子愷、廬隱、徐志摩等作家的出現及其建樹,使我國散文又出現一個光色斑斕的新高峰。

我簡要地回顧這些,就是想說明一點:我國散文是有著很好的傳統的,不能數典忘祖,不能丟了前人創造的這筆寶貴財富。

回到前面的問題:散文到底要向哪裏去?散文的未來在哪裏?我覺得,要回答這個問題,我們還得回頭看,要從傳統中汲取營養。

第一,「文以載道」乃散文之本

中國散文素有「文以載道」的傳統。可以說,中國散文形成之初,就承擔了較重大的社會責任,表現了當時人們最關切的問題。春秋戰國時期,《左傳》《戰國策》中的那些文章,討論的都是關係國計民生的大事,帶有明顯的時代印記。縱觀古代散文傳統,佔據絕對優勢和統治地位的無疑是「文以載道」的創作主張。毋庸諱言,這裡的「道」是有其歷史局限的。然而,必須看到的是,此「道」中如「仁政」、「民本」、「忠信」等觀念也有積極、合理的一面。一些散文家正是從這裡出發,真誠地表達著自己在獻身社會理想過程中所收穫的情思與感悟,其筆下的精神言說由「載」他人之「道」很自然地轉化為「言」自己之「志」,體現了高尚的人格操守和永恆的生命境界,從而使作品走向生動鮮活與恢弘勁健。司馬遷的《報任安書》、諸葛亮的《出師表》、范仲淹的《岳陽樓記》、歐陽修的《伶官傳序》等,所呈現的關注蒼生、匡扶社稷的高遠立意與深刻主題,不僅有效地提升著作品的藝術境界,而且最終成就了古代散文講入世、重教化、尚氣節的審美特徵。當代散文家應當像古代散文家那樣,追求胸襟開闊,意旨高遠,讓筆下作品燭照社會,提挈人心。

第二,「真情實感」乃散文之魂

古今中外的作家都非常重視文學作品的真實感情問題。白居易說:「感人心者,莫先乎情。」劉勰說:「登山則情滿於山,觀海則意溢於海。」我們看古代以至現代的散文名篇,之所以能流傳千載,首要在於為文者秉有真情實感,以氣為主,而決非為文而造情,無病呻吟。

　　著名散文家、散文理論家林非先生在多篇文章中反覆強調散文的「眞情實感」這一理念，並將其定位爲散文創作的基石，甚至提升到本體論的地位。儘管後來有論者對林非先生的這一論斷表示懷疑甚至反對，但我始終認爲，強調散文創作的眞情實感，這是一點錯誤都沒有的。如果連散文這種最直接表現自我的文學樣式都不能表現眞情實感，那麼，其他文學樣式怎麼可能表現眞實感情呢？

　　前些時候，作家賈平凹在接受記者採訪時談到，散文應該有眞情實感，但是不要矯情。他還說，如果沒有感觸，沒有眞情實感，那就不要寫作。他的這一觀點與我不謀而合。去年，賈老師倡導並主持的中國報人散文獎給了我一個獎，我去西安領獎時，我的獲獎感言講的就是這一點。當時賈老師在臺上主持頒獎儀式，他顯然是聽進我的發言了。當然，我不能說賈老師是受我的影響，但是至少可以說明我們在這一點上的看法是高度一致的。我們看現在的一些散文，虛情假意，矯揉造作，無病呻吟，它們的魂沒了。

　　當前散文在情感表達上的最大問題，在我看來是許多散文作者不善於將日常情感轉化爲審美情感。一些散文之所以品味不高，讀之令人生厭，最根本的原因，並不是這些作者過於自戀，也不盡是他們的取材過於細小瑣碎（這當然是也是原因之一），而在於他們不懂得或不屑於將日常情感審美化或藝術化。這樣，他們的散文自然便只有生活，沒有情致；只有文字，沒有韻味；只有表面的、淺層次的感覺的記錄，而沒有深層次的情感挖掘，更談不上有審美人格和精神上的昇華。正是有感於當代散文創作在情感表達上的這一致命缺陷，我認爲當前的散文應從兩方面來提升散文感情的質量。一是重情感而輕情緒；二是以體驗取代傳達。爲什麼要重情感而輕情緒？因情緒主要源於人的生理性需求，而情感則建立於人的社會性需求之上；情緒是原始的、早發的，如出生不久的嬰兒即會哭和笑，有痛苦和快樂的情緒表現，而情感是在人與人的交往、人與世界的關係中逐步形成的。此外，情緒來得快但易逝，表現極不穩定，而情感則既有情境又有穩定性，它是情緒的本質內涵，而情緒只是情感的外部特徵。因此，散文在抒發情感時，務必立足於表現既有內在性、情緒性又有穩定性的情感；而不應迷戀於表現外在的、稍縱即逝的情緒，或只停留於表現一己的喜怒哀樂。

第三，明白曉暢乃散文之風

　　散文的語言，要典雅精緻，又要明白曉暢。這是一種好的文風。可是現

在不少散文的語言，要不蒼白無味，要不雍容華麗，要不粗鄙不堪，要不佶屈聱牙。有感於這種狀況，前年我在《人民日報》發了一篇文章《呼典雅精緻的文學語言》，發表後反響還挺大，不少報刊和網站、微信公眾號都轉載了。我們的前輩都是非常講究錬詞造句的。我們就不說那些詩詞了，只說散文。你看前人的那些作品，文字多麼優美，又是多麼明白曉暢。南朝梁文學家吳均的《與宋元思書》，相信很多人都讀過。全文才 144 字。你說這是文言文還是白話文？全文沒有一個華麗的詞藻，可是那麼典雅精緻，而且又明白如話，幾乎不用翻譯都能讀懂。吳均還有一篇《與顧章書》，更短，才 84 個字，建議大家讀一讀。這篇比前一篇聽起來費勁一些，但是你一看都能明白，沒有什麼生僻的字句。雖然它們是書信的一部分，但完全可以獨立成章。當然，幾千年來，中國散文發展的過程中也曾經走過彎路，但後人能夠把它糾正過來。現代作家也是非常講究語言的。我們里下河流派的旗幟性作家汪曾祺先生，就特別重視語言。他對語言是有過研究的。他的語言看似平淡無奇，實則匠心獨運，呈現出中國古典文學特有的音樂美、繪畫美、意境美，令人回味無窮。我們要向前輩作家學習，在寫作散文時要講究語言。

第四，「變革圖新」乃散文之道

我提倡現代散文要向古代散文學習，並非因循守舊，固守傳統，而是希望我們的散文家能夠學習古代散文家變革圖新的精神。我國歷代散文家是有改革創新的傳統的。一代有一代之文學。文無定法，中國散文並非從來如此、一成不變的，一代代散文家總是在順應時代要求，進行變革創新。最典型的是唐代的「古文運動」。唐宋八大家之所以成為我國散文一個朝代發展高度的標誌，與韓愈等首倡者的理論呼籲和創新實踐是分不開的。韓愈、柳宗元等鑒於當時風行的浮華空洞的駢驪文體之弊，起而倡導「古文運動」，這是在復古的旗號下推行的一場革新運動。韓愈主張「文貴獨創」、「辭必己出」、「因事陳辭」、「辭事相稱」，這無疑是開一代文風的進步主張。韓柳等人不僅是理論上的倡導者，也是革新文風的實踐家。很明顯，自他們始，我國的散文創作無論在反映生活面、思想深度和表現手法上都有新的開拓與掘進。

近年來，不少散文家為了振興散文，進行了不少探索和嘗試。這些探索和嘗試不盡成功，但都不失為有益的試驗，對當代散文的健康發展提供了正反兩方面的經驗。「大眾寫作」令各行各業的人都加入到散文創作者的隊伍中，使散文所反映的生活、情感、思想等內容更為廣闊和多樣，更接地氣，更有個性，

其藝術表現也更為搖曳多姿。一些散文作者還在形式上做了種種挑戰與嘗試，進一步模糊了散文的文體意識，形成超文體和超文本。作為我們這個時代的文學，只要有基本的文化程度和對生活的真摯感受和表達願望，就可以「我手書我口，我口述我心，我心抒真情」。這些年有一批較為年輕的作家，他們或關注歷史人文，或書寫都市情感，或著眼當下生活，或回望鄉村記憶，記錄所看所聽所想，表達對人生、社會、歷史、現實等的感悟和思考，憑藉充盈的生活，充沛的情感，個性化的思考以及鮮明的風格吸引了廣大讀者。

如果說老一輩散文作家有對「大」的、時代的自覺，青年作者們更多表達了對「小」的、意義的自覺，他們自覺地於日常生活的潛流和漩渦間停駐，力圖挖掘其永恆。在這一批作者的散文寫作中，個性化越來越突出。即便在相同的題材中，其個性亦是千差萬別的。這是我們這個時代的精神氣質，也是當代文學的需求所在。

一些年輕作家在散文創作上的努力和嘗試，已經大大超出了傳統對散文的定義和理解，有的創新也不盡成功，對此，我們不能求全責備，一味地指責他們，而是要以最大的包容，允許他們嘗試，也允許他們失敗。當然，從另一方面講，一些作家也不能唯我獨尊，老子天下第一，完全聽不得不同意見，排斥其他作家的努力，這同樣不利於散文的健康發展。

香港著名作家董橋有一個觀點，他認為好的散文應該是學、識、情兼備。散文首先要是有感而發的，不能為寫而寫，真情實感是散文寫作的第一要義，好的散文一定是從心中流淌出來的，能最直接地表達一個人的情感，散發出一個人的氣息；散文又是多元和自由的，它可以最貼近日常生活，也可以辨宇宙之思，可以當下，也可以歷史，可以微觀，也可以宏觀。它關注我們生存的現實和體驗，關注人的靈魂和思想，關注我們從何處來、到何處去等等。因此寫作散文不僅需要豐厚的學識和修養，也需要充盈的才氣和性情。好的散文是有血肉的，帶著生命的疼痛和歡喜，給人最樸素真切的感動；好的散文是自由的，從內容到形式都能掙脫束縛自由飛翔；好的散文是有個性的，能在文字背後看見一個獨特的「人」；好的散文還是智性的，閃爍著思想的光芒，體現出作者的智慧。總之，好的散文是厚積而薄發的，需要作者各方面的積累和功力。

當下不少散文作者所缺的不是才，而是「情」和「學」。他們很有才氣，但是沒有真情實感，又沒有學問和見識，所以只好虛張聲勢，故弄玄虛，雲

山霧罩，不知所云。他們不瞭解傳統，也不尊重傳統，唯我獨尊。說起楊朔、劉白羽等前輩作家，他們嗤之以鼻，不屑一顧。我主張大家要多讀經典，多讀古代的優秀散文作品。我自己就深有體會。過去我讀古代的作品，偏重於詩詞，主要是唐詩宋詞；散文也零零星星讀過一些，但不夠系統，不夠深入。最近，我開始有意識地、系統地讀古典散文，從先秦開始，然後兩漢，唐宋，明清。當然，時間有限，古代散文如汗牛充棟，幾輩子也讀不完。我只能選取那些有代表性的作家，讀他們的代表作。即使這樣，也要好幾年才能完成這一任務。但這一課必須補上。只有認真地閱讀了古人的優秀作品，才能從中汲取營養，充實自己，提高散文寫作水平。我希望從古人那裡，尋找到振興散文之道。古典散文值得我們學習的地方很多，它的抒情、敘事、議論等等，都有獨到之處。人家說我是文化保守主義，我非常樂於接受，我還要給我的主張起一個名字，就是「新古典主義」。這個新古典主義至少有三個要素，即「文以載道」的品質，「眞情實感」的靈魂，「明白曉暢」的文風。我認為，這三點是一篇優秀散文所必備的，也恰恰是現在很多新散文所缺乏的。

以上所說幾點看似老生常談，其實是針對散文創作的現狀有感而發。這幾點都是當前散文創作中存在的比較嚴重的問題。如果不能得到很好的糾正，散文繁榮無從談起。關於散文創作，可以講的問題很多，比如散文的邊界問題，眞實與虛構的關係、大與小的關係，關於文化散文，等等等等。這些問題，都需要我們認真思考。

（本文係在江蘇省泰州市文藝骨幹培訓班上的演講，收入本書時有刪節。）（2017 年）

眞情實感是散文的生命

一、眞情實感是文學作品的生命

古今中外的作家都非常重視文學作品的眞實感情問題。白居易：「感人心者，莫先乎情。」劉勰：「登山則情滿於山，觀海則意溢於海。」冰心：「你的感情只要有一點兒不眞實，讀者一下子就會念得出來。所以要對自己眞實，要把自己的眞情實感寫出來。」眞實是文學作品的生命，感情是文學作品的

血肉。今天我就散文的眞情實感問題談一點個人的粗淺看法。

「眞情實感」是著名的散文家、散文研究者林非先生於上世紀八十年代提出的散文範疇。在《散文創作的昨日和明日》中，他認爲：「散文創作是一種側重於表達內心體驗和抒發內心情感的文學樣式，它對於客觀的社會生活或自然圖像的再現，也往往反射或融合於對主觀感情的表現中間，它主要是以從內心深處迸發來的眞情實感打動讀者」。以後，林非又在《關於當前散文研究的理論建設問題》《散文研究的特點》《散文的使命》等文中，反覆強調散文的「眞情實感」這一理念，並將其定位爲散文創作的基石，甚至提升到本體論的地位。儘管後來有論者對林非先生的這一論斷表示懷疑甚至反對，但我始終認爲，強調散文創作的眞情實感，這是一點錯誤都沒有的。如果連散文這種最直接表現自我的文學樣式都不能表現眞情實感，那麼，其他文學樣式（推而廣之，包括藝術樣式）怎麼可能表現眞實感情呢？

二、眞情實感是豐富多樣的

人的感情不是單一的，而是豐富多樣的，是多層次的。文學作品所表現的感情也是如此。從小裏說，有親情、友情、愛情、鄉情；往大里說，有對祖國之情、對民族之情、對人類之情、對社會之情，還有對大地之情、對天空之情、對動物之情、對大自然之情……如此等等，不一而足。總而言之，有大感情，也有小感情。我們歡迎大感情，但也不排斥小感情。大感情忌空，小感情忌碎。

三、眞情實感從何而來

文學作品中的眞情實感從何而來？一言以蔽之，從心中來。無論是你對親人、家人、友人、家鄉的親情、愛情、友情、鄉情也好，還是你對國家、對民族、對人類、對大自然的感情也好，都要是發自內心的，是眞實的感情。文學作品最忌諱的，是假大空，是虛情假意。你如果沒有感情，就不要去無病呻吟，不要矯揉造作，不要爲賦新詞強作愁。當下的散文創作中一個突出的問題就是假大空盛行。一些所謂大散文，動輒上萬字、甚至十幾萬幾十萬字；所寫的是所謂的大題材，其實是抄資料，炒冷飯，拉大旗，作虎皮。這股風氣正在嚴重敗壞散文的聲譽，並有可能毀害散文，我們每一個有志於散文寫作者都不可不警惕。

四、眞情實感需要恰當的文學表達

我們有了眞情實感之後，如何表達又是一個問題。比如我們愛上一位姑娘，最簡單、最直白的表達當然是：「親愛的，我愛你！」我們表達對祖國的感情，可以說：「祖國啊，我愛你！」這也是沒錯的，但是這不是文學的語言，不是文學的表達方式。

從散文情感的特殊性出發，我們在創作散文時應如何提高感情的質量，表現出創作主體的「眞情實感」呢？這裡的答案也許有很多。我認爲，散文「情貴眞」、「情貴實」、「情貴深」。散文要善於「借事傳情」，要「以景結情」、「託物寄情」。

要提高當代散文感情的質量，必須處理好日常情感與審美情感的關係。從文學創作的角度看，審美情感也就是藝術情感，它是對日常情感的審美提煉昇華，是一種自我的感情，又是一種「有意味形式」的人類共有的感情。審美情感不同於日常情感。一個嬰兒的啼哭，一對夫婦當街的叫罵，一個婦女菜市場上與菜販激烈的討價還價，這些雖然都是生活的「原生態」，都流露出強烈的情感色彩，但它們並不是藝術，因爲它們缺乏審美感情的提煉與昇華。所以，美國哲學家蘇珊‧朗格說：「發洩情感的規律是自身的規律而不是藝術的規律。」她進一步質問：「嚎啕大哭的兒童恐怕比一個音樂家表現出更多的個人情感，可誰又會爲了聽這樣的哭聲而去參加音樂會呢？」可見，感情作爲一種生理性、並且往往與個人得失或利益聯繫在一起的心理表徵，它不僅是人人都具有，並且常常是突發的、零碎和蕪雜的，因此並非所有的感情流露都能成爲文學表現的對象。情感只有上升到美感的層面，即在作家主體的參與下，一方面保留那些雜亂無章但又充滿生機的生活「原生態」；另方面通過嚴格的選擇和精細的藝術過濾，將零碎蕪雜的生活表象凝聚起來並賦予思想、情調和色彩，這樣「眞情實感」才能得到提高和深化。

當代散文在情感表達上的最大問題，在我看來是許多散文作者不善於將日常情感轉化爲審美情感。比如我們讀到大量的遊記散文、談茶論酒、種花養草、懷土戀鄉，以及寫我的貓狗、我的口紅、我的廚房、我的衛生間等等，這一類散文之所以品味不高，讀之令人生厭，最根本的原因，並不是這些作者過於自戀，也不盡是他們的取材過於細小瑣碎（這當然是也是原因之一），而在於他們不懂得或不屑於將日常情感審美化或藝術化。這樣，他們的散文自然便只有生活，沒有情致；只有文字，沒有韻味；只有表面的、淺層次的

感覺的記錄，而沒有深層次的情感挖掘，更談不上有審美人格和精神上的昇華。正是有感於當代散文創作在情感表達上的這一致命缺陷，我認爲當前的散文應從兩方面來提升散文感情的質量。一是重情感而輕情緒；二是以體驗取代傳達。爲什麼要重情感而輕情緒？因情緒主要源於人的生理性需求，而情感則建立於人的社會性需求之上；情緒是原始的、早發的，如出生不久的嬰兒即會哭和笑，有痛苦和快樂的情緒表現，而情感是在人與人的交往、人與世界的關係中逐步形成的。此外，情緒來得快但易逝，表現極不穩定，而情感則既有情境又有穩定性，它是情緒的本質內涵，而情緒只是情感的外部特徵。因此，散文在抒發情感時，務必立足於表現既有內在性、情緒性又有穩定性的情感；而不應迷戀於表現外在的、稍縱即逝的情緒，或只停留於表現一己的喜怒哀樂。

（2015 年）

散文是眞誠的藝術

　　散文能否虛構？這個問題在散文界和評論界一直爭論不休。既然爭論不休，說明爭論雙方各有各的理，誰也說服不了誰。那麼，不妨先放下這個問題，我們從散文的本質談起。

　　按照傳統的定義，散文是作者寫自己經歷見聞中的眞情實感的靈活精幹的一種文學體裁。在還沒有人能夠提出爲大家所接受的新的定義之前，這個定義仍然是我們遵循的原則。我們當然不能固守傳統，但是大的原則還是要尊重。在文學的幾種樣式中，散文是以自我爲中心的創作活動，是最直接表達自我的文學樣式。在表達形式上，散文作者可以直接進入文本，面對讀者，而小說作者只能通過敘述者進入文本。因此散文不是敘述，而是自述。不管如何創新，散文的這一本質特性無法改變。散文中既然有「我」，讀者當然對「我」深信不疑，他們相信「我」說的每一句話都是眞的。如果「我」在散文中撒了謊，讀者會對「我」失望。小說可以宣稱「內容純屬虛構，請勿對號入座」，而散文不能。這就對散文創作提出了「眞實性」要求，作者的身份眞實、經歷眞實、情感眞實，相關的事件眞實。因此，說眞實是散文的生命，並不爲過。

　　散文是一門眞誠的藝術，必須說眞話，抒眞情。沒有哪一種文體像散文這樣直面讀者，不管你寫什麼內容，採用什麼寫作手法，一定要把自己的心扉向讀者敞開。就像巴金先生所說的，「把心交給讀者。」閻綱先生說：散文就是同親人談心拉家常、同朋友交心說知己話。跟親人談心、跟朋友交心，重要的都是一個「眞」字。散文相對於其他文學門類，距離作者的本心最近，是人生境界的展示，是作者眞情實感的流露與審美情趣的呈坦，理應得到我們的尊重與潛心追求。

　　散文拒絕虛僞。散文必須以眞面目對待讀者，容不得一絲一毫的虛僞。即使是最堅定的虛構論支持者，也從不敢公開宣稱自己的作品是編造的，感情是虛假的。眞實性原則與虛構等寫作技法，並非一對不可調和的矛盾，我們完全沒有必要把兩者對立起來。即使是堅持虛構的作家，我相信他們的感情、思想也是眞實的。一些作者爲了強調虛構的合理性，不惜否認散文的眞實性原則，我認爲是一種不明智的舉動。

　　眞實是散文的生命，但是又不能用眞實性原則束縛住散文的發展。所謂眞實，包括事實眞實和感情眞實。這不是說散文必須亦步亦趨地描摹生活原貌，而是說作品中的基本事實和情感褒貶必須是眞實的，不能編造；至於對一些細節、局部事實和心理活動進行合理想像、發揮（或者稱之爲有限虛構）則是完全允許的。此外，散文所寫的事實，包括直接經驗和間接經驗的事實。如果僅限於作者自己親歷過的眞實，那散文的題材就非常匱乏了。

　　有人說，散文不能虛構，那散文作家就沒有想像力了。這是把虛構簡單地等同於想像。虛構不等於想像，會虛構不等於會想像。散文作家同樣需要想像力。散文需要想像也鼓勵想像，沒有想像的散文是乾枯的，沒有靈氣、沒有生命的。小說、戲劇中的很多元素應該爲散文所借鑒吸收，改變目前不少散文想像力、創造力不足的弊端。

　　主張散文虛構論的朋友，喜歡以陶淵明的《桃花源記》、范仲淹的《岳陽樓記》爲例，將它們目爲虛構散文的代表作，其實這是一種誤讀。前者是天馬行空的想像而非普通意義上的虛構，因爲作者筆下的「桃花源」本就是想像的產物，現實中並不存在。這樣的想像在古今中外散文作品中比比皆是，沒有人把它們當眞。而後者同樣不是虛構的產物，雖然作者並未去過岳陽樓，然而他筆下所寫是有所本的，作者說得很清楚：「此則岳陽樓之大觀也，前人之述備矣。」作者根據「前人之述」以及其他可能的途徑瞭解了洞庭湖的「勝狀」，怎麼是虛

構呢？無論是「桃花源」也好還是「岳陽樓」也罷，作家借助它們寄託的是一種美好的理想和眞誠的感情，以此爲散文虛構論張目豈不牽強可笑？

　　只要我們能夠接受散文的「眞實性」原則，只要我們敢於眞誠面對讀者，那麼，一切文學樣式的創作手段都可用於散文創作。包括適度、有限、合情合理的虛構。這不僅不是對散文的冒犯，而且是對散文創作方法的開拓和有益補充。

（2018 年）

取法自然　眞誠愷切
——略談《三更有夢書當枕（之二）》與我的散文觀

　　在文學的諸般樣式中，散文是我最喜歡的一種。在我看來，散文是一種最直接表現自我、離心靈最近的文學品種，她最適合表達眞情實感，她最打動人的也是其中蘊含的眞摯感情。好的散文，是從作者的心裏流淌出來的，直抵人心。

　　眞情實感是散文最優秀的品質。白居易說：「感人心者，莫先乎情。」冰心也說過：「你的感情只要有一點兒不眞實，讀者一下子就會念得出來。所以要對自己眞實，要把自己的眞情實感寫出來。」有的研究者把眞情實感視爲散文創作的基石，甚至提升到本體論的地位，是不無道理的。眞實是散文的生命，感情是散文的靈魂。一篇散文如果沒有眞情實感，那就如周作人所說，「好像是出了氣的燒酒，一點味道都沒有」了。如果一個作家在散文中弄虛作假，欺騙讀者的感情，一經發現，必將爲讀者所唾棄。當然，強調眞實，不是說散文必須亦步亦趨地描摹生活原貌，而是說作品中的事實和感情必須是眞實的，不能虛構；至於對一些細節和心理活動進行合理想像則是完全允許的。

　　所以在寫作中，我最重視的就是作品的感情。我的每篇散文都是用心寫出來的。所謂「用心」，第一當然是指態度認眞，不馬虎，不將就；第二更是指感情眞摯，發自內心。

　　《三更有夢書當枕（之二）》（作家出版社 2016 年版）就是我交給讀者朋友的一本心血之作。書中所收是我過去若干年中所寫散文的一部分，分爲「秉燭談」、「懷人篇」、「寸心集」三輯。無論是讀書隨筆，還是憶人散文，或是隨想隨感，我都是有感而發，絕不無病呻吟，「爲賦新詞強說愁」。

　　讀書隨筆幾占全書一半篇幅，是全書的重頭部分。從小到大，我都算一個愛書之人，至今雖然受到互聯網和手機微信的衝擊，但我依然每天手不釋卷，枕書而眠。「書卷多情似故人，晨昏憂樂每相親。」「三更有夢書當枕，千里懷人月在峰。」書籍帶給我無窮的樂趣。

　　有所讀必有所思、所感、所悟。我上大學的時候，受到周作人、曹聚仁、唐弢的影響，喜歡上了書評、書話，我最推崇的是那種「言在書中，意在書外」的讀書隨筆，多年來斷斷續續寫過不少。我的第一本散文集《三更有夢書當枕》即是三十歲之前所寫這類文字的合集。即便後來寫評論文章，我也喜歡用隨筆的筆法來寫，儘量寫得輕鬆一點、優美一點、柔和一點、活潑一點，讀起來不致令人生厭。

　　憶人散文是本書第二個重點，是我用情最深的部分，也是最為評論家所推重的部分。我寫人，決不為寫而寫，而是確實有所感受、有所觸動，他（她）的形象已經在我腦海中完整呈現，呼之欲出，我才動筆記錄下來。比如，關於文化名人。文化名人往往是一些作者愛寫的題材。由於工作關係，我曾經接觸過不少文化名人，但是我所寫不多，因為多數只是泛泛之交，沒有觸動我的神經。只有啓功先生是個例外，因為我對他懷有極深的感情，不但寫了大量文章，還寫了中篇紀實文學《啓功：文衡史鑒總菁華》，還出過一本《三讀啓功》。這本書中所收散文《站在啓功先生墓前》已經廣為人知。在我心目中，啓功先生已經不是一個萬人景仰的文化名人，而是一位品格高潔的忠厚長者，是我的親人，他的高尚品德已經融入我的血液，成為我精神力量的一部分。

　　散文要有真情實感，但是有了真情實感，不一定能寫出好的散文。首先這種感情應該是獨有的，不是所有的感情都值得寫出來。其次，感情的表達，一定要內斂、節制、含蘊，切忌煽情、濫情、矯情，要達到「此時無聲勝有聲」的效果。比如關於親情。親情也是很多散文作者愛寫的題材之一，有關親情的散文簡直汗牛充棟，但是能給我們留下印象的鳳毛鱗角。我們在絕大多數親情散文中，讀不出他們的感情和別人的有什麼區別，無非都是歌頌父愛母愛的偉大，沒有什麼獨特之處。這樣的散文讀得多了，難免給人審美疲勞之感。而我筆下的父親，是一個有著缺陷、有著不足、我從小並不親近的父親，我寫的時候並沒有為尊者諱，把他寫得十全十美，而是如實地把他的這些缺點、不足都寫了出來。這是一個真實的父親形象，他的缺點一點也不

影響他對兒女的親情，所以他的形象具有一種感人的力量，被不少讀者譽為「當代的《背影》」。

再如關於友情。不少讀者（包括作品主人公「邢爺」的夫人）都說，我的散文《好漢邢爺》寫得很生動，塑造了一個鮮活有趣、充滿激情、可親可敬的「邢爺」形象，他們邊看邊笑邊流淚。我寫這篇散文時，邢爺已經進入彌留狀態，不久即去世了。按照常規，我應該寫得很正式，很莊重，很嚴肅，甚至很沉痛。但是我想，這跟邢爺的個性完全不符，他本就是一個樂觀開朗的「活寶」，就算他進了天堂，他也不希望讀到一篇悽悽慘慘戚戚的文字，不希望看到一個一本正經沒有生氣的邢爺。所以我在下筆時，完全不按常規，而是用帶著調侃的筆調回憶他的舊事，達觀開朗的邢爺形象躍然紙上。我相信這是惟一的邢爺，而不會與別人雷同。

其次，我對散文的語言非常講究。汪曾祺說：「寫小說就是寫語言。」散文更是如此。好的散文，既要典雅精緻，又要明白如話。我喜歡沖淡平和、含蓄雋永、言淺清深的文字，在不動聲色中蘊含著極深的感情。很多人都喜歡汪曾祺的作品，說他的語言精緻，有音樂美、繪畫美、建築美，值得回味。其實汪曾祺很少用華麗的辭藻，他的語言都很平實，卻能營造出無窮的韻味，這完全是鍊詞造句的工夫。再往前看，唐宋明清的很多散文經典，雖是文言，但是我們幾百年以後的今人讀起來卻一點困難都沒有，而且回味綿長。我喜歡這樣的文字，也在努力追求這樣的境界。我在寫作中，特別注重語言的錘鍊。我的每一篇文章，哪怕是幾百字、千把字的短文，都要仔細推敲，字斟句酌，反覆修改。很多作品我還要讀一遍，通過閱讀體會每一個字眼是否熨帖。著名作家賈平凹說：「徐可的文字，取法自然，明淨無塵，真誠愷切，是至高的書寫，也是人生的法度。」也有評論家說我「語感好」。這都是對我的肯定和鼓勵。語言典雅精緻又明白如話，這是對祖國語言的尊重，也是對讀者的尊重。我們提倡有難度的寫作，但絕不要製造「有難度的閱讀」。作家應該想方設法把作品寫得讓人能讀愛讀，而不是雲山霧罩，故弄玄虛，不知所云。

中國是散文大國，有著輝煌的歷史和優秀的傳統，我們當學習繼承，從中汲取營養，進而開拓創新。我熱愛中國傳統散文，從中受益非淺。在五四以來的前輩散文作家中，周作人、孫犁、董橋、汪曾祺等人的作品對我的散文寫作影響很大。董橋說：「散文須學、須識、須情，合之乃得 Alfred North Whitehead（阿爾佛雷德・諾斯・懷特海德）所謂『深遠如哲學之天地，高華

如藝術之境界』。」學、識、情是優秀散文的三大要素，以此標準衡量，合格的散文不多，我們需要努力的空間很大。

（2017 年）

自媒體時代散文的突破與重生

自媒體時代的來臨，對寫作者提出了新的挑戰。一方面，自媒體的興盛，讓寫作和發表（傳播）變得極為便利，人人都是寫作者，人人都是傳播者，作家的作品更容易找到／抵達讀者（受眾）；另一方面，自媒體帶來的碎片化淺閱讀，也讓不少讀者失去了辨別／判斷作品優劣的能力。這種狀況極易瓦解作家的鬥志，使他們放鬆對自己的要求。因此，同質化寫作傾向越來越嚴重，老老實實、中規中矩的作品越來越多。不少作者在重複（模仿）別人也在重複自己，很多作者在迎合讀者而不是引領讀者。我們很難讀到讓人眼前一亮、心中一驚又一喜的「冒犯之作」。

這種狀況在散文寫作中表現得尤為突出。散文寫作本就被視為一項低門檻的寫作，自媒體的興起讓散文成為最受歡迎的文體，寫作者與閱讀者都遠超其他文學作品；一些寫作者因之把散文寫作當成很輕鬆很容易的事情，散文寫作迎來了空前的氾濫，但並未迎來真正的繁榮。

對此，任何一位有追求的寫作者都應該保持清醒頭腦和高度警惕。既要充分利用和享受自媒體所帶來的便利，同時又不能降低自己寫作的品質。要敢於挑戰前人，也敢於挑戰自己，追求有難度的、高品質的寫作。這種難度體現為生活深度、思想高度和精神力度，無論是在思想的開掘上，文體的拓展上，表達的創新上，語言的提煉上，都要有更高的追求，嘗試更多的可能性。

在思想的開掘上，應該追求深刻，防止淺薄。散文最大的力量在於深刻的、獨特的思想。如果說小說家和詩人更多地是依靠才華，那麼，散文家不但需要才華，還要具備一定的學識和思想。一個優秀的散文家，一定是一個博覽群書、涉獵廣泛的愛書家，他不但要讀優秀的散文作品，還要讀優秀的小說、詩歌、戲劇作品；他不但要讀白話文，還要讀文言文和古典詩詞；他不但要讀文學作品，還要廣泛涉獵歷史、地理、藝術、政治、民俗、宗教……等等各方面的知

識。一個優秀的散文家，一定是一個睿智的思想家。好的散文應該有「識」。有「識」，就是有學識、有見識，言之有物，言之有理。深刻的思想來源於對生活的深入觀察，要善於觀察，還要勤於思考，要見人所未見、言人所未言。心靈雞湯式的、流水帳式的、口水式的散文都不是我們所要的。很多人寫散文很隨意，所寫多是我們習見的生活，共有的經驗，共同的話題，超不出我們的想像。這樣的散文怎麼可能給我們帶來意想不到的驚喜？詩人卞之琳說過一句很有意思的話：「他很善於表達，可惜沒什麼可表達的。」沒有思想內涵的散文，最多只是一件華麗的旗袍，而沒有挺拔豐滿的軀體。

在文體的拓展上，應該打破藩籬，防止固化。散文在我國源遠流長，有著悠久的歷史、深厚的根基和優秀的傳統。「五四」新文化運動中，文學革命的先鋒們吸收、借鑒國外的散文樣式，對中國傳統的散文文體進行了大膽的改造，創造了現代散文。有人說散文是一種尚未成熟的文體，對此我不敢苟同。恰恰相反，現代散文的成就遠超小說、戲劇和詩歌。正因為現代散文已經相當成熟，達到了一個新的巔峰，所以當下散文創作才面臨新的困境，也就是突破自我的困境。傳統的力量格外強大，既為散文的發展提供了豐厚遺產，同時也在一定程度上對散文的變革創新形成了桎梏。所以在長期的散文寫作中，自覺或不自覺地形成了新的「八股文」，一些作者習慣於按照「套路」寫，輕車熟路，四平八穩，既不出錯，也不出彩，平庸無奇，令人厭倦。一些作者錯誤地理解散文「真實性」的要求，把散文的「真實性」等同於照搬生活，人為地束縛了自己的想像力，在寫作中過於老實，不敢越雷池半步。在自媒體時代，散文作家尤其需要在文體的拓展和表達的創新上大膽嘗試、探索。可以將小說、詩歌、戲劇等諸多因素揉入散文寫作中，可以借鑒吸收古典散文和外國散文的精華，豐富散文的表達手段。

在語言的提煉上，應該追求典雅精緻，防止平庸。散文的語言，要有美感，有質感，有張力，有個性，做到「語不驚人死不休」。在詩歌寫作中有「口水詩」，在散文寫作中也同樣有「口水散文」，平鋪直敘，波瀾不驚，一馬平川，一覽無餘。如前所述，一些作者把散文看得過於隨意，沒有經過很好的閱讀訓練和寫作訓練，他們的語言是蒼白的，貧乏的，沒有味道，沒有力度，沒有筋道。但也有一些作者，刻意追求語言的華麗或怪異，故作高深，佶屈聱牙，雲山霧罩，不知所云。散文被稱作「美文」，它的美是通過語言表現出來的，所以它的語言首先應該是美的。同時，散文的語言，

應該是明白曉暢的，能以平易之文字傳達深刻之思想，營造優美之意境。簡言之，好的散文是讓人樂意讀、讀得懂的。如果不愛讀、讀不懂，再深刻的思想、再豐富的內容又有何用？我們提倡追求有難度的寫作，但是絕不能製造「有難度的閱讀」。

有位外國作家說過這樣的話：「寫作要嚴格、嚴格、再嚴格。求快——這意味著不是往上爬，而是從上坡向下滾，到頭來只有死路一條。」在自媒體時代，散文寫作要尋求突破，散文寫作者必須對自己狠一點，要有壯士斷腕、鳳凰涅槃的勇氣，敢於自我革新、浴火重生，使我們的散文有一番新氣象。

（2018 年）

定體則無，大體須有
——散文創作之我見

內容摘要：散文創作不能墨守陳規，但是有一些應該遵守的基本原則、基本規則。要遵循真實性原則，做到內容真實與情感真實；要有一定的思想深度和情感濃度；語言既要典雅精緻，又要明白曉暢，文本要鮮活、靈動；要有文化底蘊和學識素養，做到學、識、情的有機結合；疆域非常寬廣，不要被文體上的固化概念束縛住手腳。

關鍵詞：散文　真實性原則　思想深度　學識素養　典雅精緻

中國散文作為一種最古老的文體，發展至今已有兩千多年的歷史，可是卻連一些最基本的概念、規則都很難達成共識。包括它的文體、邊界、特點，等等，都是眾說紛紜，莫衷一是。有人說，與其說散文是什麼，不如說散文不是什麼。這話有一定道理，因為說「不是什麼」總比說「是什麼」容易，做「排除法」總比做「窮舉法」簡單。但是，那麼多人都在寫散文，又有那麼多人喜愛散文，而我們卻連它是什麼都說不清楚，是不是有點慚愧？

關於文章，金末著名學者、作家王若虛《文辯》中有這麼一段對話最精彩：「或問：『文章有體乎？』曰：『無。』又問：『無體乎？』曰：『有。』『然

則果何如？』曰：『定體則無，大體則須有。」〔註 1〕這段話說得有點玄，卻道出了文章（散文）的一個普遍性規律：定體則無，大體須有。何為「體」？我的理解，就是文章的章法、體例、法則，擴展開來就是文章要遵循的基本原則。散文寫作，並沒有一定之規，沒有一個固定不變的模式、格式、套路，必須如何如何，也就是「定體則無」；所以南朝梁簡文帝蕭綱說：「立身之道，與文章異。立身先須謹重，文章且須放蕩。」〔註 2〕對於最後一句，歷來多有非議，以為過於輕薄。在我看來，所謂「放蕩」，其實就是「放開束縛，跟隨內心」。翻譯成魯迅的話就是：「散文的體裁，其實是大可以隨便的，有破綻也不妨。」〔註 3〕意思就是做文章不用太拘謹，可以放開一點，隨性一點。如果非要用一些清規戒律束縛它，用一個固定的模式、固定的格式、固定的套路限制它，規定散文必須怎麼怎麼寫，散文只能寫什麼什麼，那散文只有死路一條。所以說，文無定法。

　　但是，世間萬物，都有其運行的規矩、規律，只不過有的比較明顯，有的比較隱晦；有的比較明晰，有的比較含糊；有的比較剛性，有的比較彈性。文學創作，大概就屬於比較隱晦、比較含糊、比較彈性的那一類。文無「定體」，但有「大體」；文無「定法」，但有「大法」。這些「大體」「大法」是散文的基本原則、基本規律、基本特徵，其中有的屬於各類文體的共性要求，有的則是散文區別於其他文體的個性特徵。那麼，散文的「大體」何在？本文撮其要者略述如下：

一是內容真實與情感真實。

　　散文要遵循真實性原則，包括內容真實與情感真實，這是散文寫作的底線。

　　近年來，關於散文是否應該真實（主要指內容真實），能否虛構，爭議很大，正方和反方都有自己的一套說辭，公說公有理，婆說婆有理，爭論多年仍無法取得共識。我認真讀了很多不同觀點的文章，也進行了深入的思考，最終還是堅持我的觀點：散文要真實。包括以下幾層含義：

〔註 1〕　〔金〕王若虛著，胡傳志、李定乾校注：《滹南遺老集校注・卷之三十七・文辯》，遼海出版社，2006 年，第 422 頁。

〔註 2〕　〔南朝梁〕蕭綱：《梁簡文集・誡當陽公大心書》，轉引自郭預衡：《中國散文史長編》（上冊），山西教育出版社，2008 年，第 266 頁。

〔註 3〕　魯迅：《三閒集・怎麼寫》，《魯迅全集》第四卷，人民文學出版社，1981 年，第 21 頁。

1. 真實性原則是散文創作的基本原則。

《中國大百科全書・中國文學》卷「散文」條目的表述是：散文「要求寫真人真事，或在寫真人真事的基礎上進行適當的加工。散文中的人物、事件，必須是生活中真實存在的，至少也應有相當根據。」《不列顛百科全書》對散文的解釋是：「不通過虛構故事來表達自己的憧憬，它以意含的率真來表達自己的痛苦和快樂。」按照傳統的定義，散文是作者寫自己經歷見聞中的真情實感的靈活精幹的一種文學體裁。在還沒有人能夠提出為大家所接受的新的定義之前，這個定義仍然是我們遵循的原則。當然，文學創作從來都不是按照哪個定義進行的，但是這些定義是在總結前人創作經驗的基礎上，提煉概括出來的，是大家普遍認可的準則。

在文學的幾種樣式中，散文是以自我為中心的創作活動，是最直接表達自我的文學樣式。在表達形式上，散文作者可以直接進入文本，面對讀者，而小說作者只能通過敘述者進入文本。因此散文不是敘述，而是自述。不管如何創新，散文的這一本質特性無法改變。散文中既然有「我」，讀者當然對「我」深信不疑，他們相信「我」說的每一句話都是真的。如果「我」在散文中撒了謊，讀者會對「我」失望的。小說可以宣稱「內容純屬虛構，請勿對號入座」，而散文不能。這就對散文創作提出了「真實性」要求，作者的身份真實、經歷真實、情感真實，書寫的事件真實。因此，說真實是散文的生命，並不為過。

2. 散文真實不是亦步亦趨地描摹生活，而是藝術地表現生活真實，是事實真實與藝術真實的完美結合。

有人將散文的真實與寫作者的日常生活劃上等號，認為提倡真實就是寫我們的家長里短，婆婆媽媽，油鹽醬醋，吃喝拉撒。這實在是對「散文真實」的一種誤解和偏見。從來沒有人規定過散文真實就是日常生活，即使有的作者多以日常生活為素材，他們也不會認為散文真實就僅限於此。即便是以報導事實真相為目的的新聞，也不會原封不動地照搬生活，而總要有取捨、剪裁、提煉，何況作為文學創作之一種的散文呢？散文不是生硬地再現生活，而是藝術地表現生活。真實性原則唯一的要求就是「真」，至於是直接經驗的「真」還是間接經驗的「真」，是現實的「真」還是歷史的「真」，是在場的「真」還是不在場的「真」，從來沒有哪一條規則予以限制。

3. 散文真實不排斥想像或有限虛構，但拒絕編造。

散文要遵循真實性原則，但是並不排斥藝術想像；相反，散文寫作需要豐富的藝術想像，沒有想像力的作者寫不出好作品。小說需要想像，散文也同樣需要想像。不可想像，一個作者假如沒有想像力，一篇作品假如沒有想像的成分，它怎麼能夠成為一篇完整的文章？任何一個事件、一件事情，總留有相當多的未知的縫隙，需要我們靠想像去填補。比如，我寫屈原、司馬遷、杜甫、鄭和等歷史人物，他們的生平、事蹟、遭遇、著作，有史料記載（史料空缺的除外），我不能胡編亂造；但是，與此相關的場景、語氣、氛圍甚至他的心理活動，等等，這是書上查不到的，我只能去想像。但這個想像不是胡思亂想，而是從真實的事件中去推斷出來。或者為了強化藝術感染力，在事實真實的基礎上進行一定的藝術加工。這種想像（包括藝術加工）是在真實性前提下的想像，並沒有違反真實性原則。不但歷史中的事件如此，就算我們寫的是現實中的事件，寫的是我們自己周圍的日常生活，我們也不可能完全瞭解所有的細節，那些未知的縫隙也要靠我們用合理的想像去填滿。人的記憶也往往是碎片化的，需要我們靠想像去連綴起來。這種合理的想像或稱之為有限的虛構，是完全允許的，也是完全應該的。

我們反對的虛構，是虛構事實。明明沒有的事情，他寫得煞有介事，就像真的一樣，這是編造。小說可以這樣，散文不行。我們可以學習小說的寫作手法，比如敘事、寫人、情節設置等，唯獨不能學它的虛構。主張散文虛構論的朋友，喜歡以《莊子》、陶淵明的《桃花源記》、范仲淹的《岳陽樓記》為例，將它們視為虛構散文的代表作，其實這是一種誤讀。《莊子》是虛幻不是虛構。他是以寓言的方式來表達他的思想，其文汪洋恣肆，想像豐富，氣勢恢宏。打動人心的不是那些虛幻的世界，而是滔滔的氣勢，斐然的文采，深邃的思想。所以劉熙載早就指出：「莊子文，看似胡說亂說，骨子裏卻盡有分數。」「《莊子》寓真於誕，寓實於玄，於此見寓言之妙。」「『意在塵外，怪生筆端』，莊子之文，可以是評之。」〔註4〕《桃花源記》是天馬行空的想像而非普通意義上的虛構，因為作者筆下的「桃花源」本就是想像的產物，現實中並不存在。這樣的想像在古今中外散文作品中比比皆是，沒有人把它們當真。而《岳陽樓記》同樣不是虛構的產物，雖然作者並未去過岳陽樓，然而他筆下所寫是有所本的，作者說得很清楚：「此則岳陽樓之大觀也，前人之述備矣。」作者根據「前人之述」

〔註4〕〔清〕劉熙載：《藝概‧文概》，上海古籍出版社，1978年，第16頁。

以及其他可能的途徑瞭解了洞庭湖的「勝狀」，怎麼是虛構呢？無論是莊子筆下的虛幻世界也好，還是「桃花源」「岳陽樓」也罷，作家借助它們寄託的是一種美好的理想和眞誠的感情，以此爲散文虛構論張目豈不牽強可笑？我們一些散文作品是靠編造出來的故事打動人心。人們信以爲眞，所以感動。一旦得知是作者編造的，那種失望甚至傷害是不言而喻的。但是，一些作家爲了敘述的需要，或者爲了強化文章的感染力，在不違背事實眞實的前提下，虛構出一個講述者，或者一個場景，這其實也是一種有限虛構，是完全可以的。我們強調散文的眞實性原則，不能絕對化，散文的眞實只能是相對的眞實，沒有絕對的眞實。誰都不可能嚴絲合縫、原封不動地複製生活。不能用一些僵化的教條把一些有益的嘗試一棍子打死，這樣不利於散文的創新與發展。

散文的感情必須眞實。感情的眞實是建立在事實眞實的基礎之上的。散文要有眞情實感，這是得到大多數人所共認的。中國傳統文化重「情」，抒情性本是中國古典散文的一個重要傳統。由於受到西方文化影響，中國古典抒情傳統正在被弱化和邊緣化，「抒情」成爲一個令人嘲笑的行爲。有的人反對散文抒寫眞情實感，這一點我堅決反對。我始終認爲，強調散文創作的眞情實感，這是一點錯誤都沒有的。散文相對於其他文學門類，距離作者的本心最近，是人生境界的展示，是作者眞情實感的流露與審美情趣的呈坦，理應得到我們的尊重與潛心追求。

二是思想含量和情感濃度。

思想是文章的靈魂。散文的思想含量，體現了一個作家對自然審美、對社會透視、對人生目的和意義進行探索與闡釋的深度，是衡量散文深度和高度的重要標誌。散文要關注人的命運歷程和生存狀態，更要超越主體的日常經驗和客體的物理狀態，在與讀者話語互動和心靈交感中揭示生活的本質底蘊，生命的本質力量，生存的本源機理，從而在哲理的高度完成審美表達。文章的不朽，其實都是文章中思想的不朽。缺少思想的文章，很難有長久的生命力。

劉勰十分強調情感在文學創作全過程中的作用。他認爲作家觀察外物，只有帶著深摯的情感，並使外物染上強烈的感情色彩，藝術表現上才會有精巧的文采。他主張「情以物興」和「物以情觀」，「情以物遷，辭以情發」，「登山則情滿於山，觀海則意溢於海」，要求文學創作要「志思蓄憤，而吟詠情性」，主張「爲情而造文」，反對「爲文而造情」。認爲創作構思爲「情變所孕」，結

構是「按部整伍，以待情會」，剪裁要求「設情以位體」，甚至作品的體裁、風格，也無不由強烈而眞摯的感情起著重要的作用。這一認識是相當深刻的，符合文學的特點和規律。白居易也說：「感人心者，莫先乎情，莫始乎言，莫切乎聲，莫深乎義。」〔註 5〕古代很多散文名篇，之所以能流傳千載，首要在於爲文者秉有眞情實感，爲情而造文，而決非爲文而造情，無病呻吟。韓愈的《祭十二郎文》，歸有光的《項脊軒志》，冒辟疆的《影梅庵憶語》，沈復的《浮生六記》，無不是以情動人的散文精品。就連司馬遷寫《史記》，都帶著豐沛的感情，多次感極涕下。「余讀孔氏書，想見其爲人。適魯，觀仲尼廟堂車服禮器，諸生以時習禮其家，余祗回留之，不能去云。」〔註 6〕「余讀《離騷》、《天問》、《招魂》、《哀郢》，悲其志。適長沙，觀屈原所自沉淵，未嘗不垂涕，想見其爲人。」〔註 7〕

　　好的散文，對人生、人性、人的靈魂以及人間苦難等，既有關愛、悲憫情懷，又有積極的考量及靈魂拷問，從而把個人生活感受、生命體驗和人生經驗上升爲社會經驗，並鏡象化、細節化構成較強的表現力、感染力，有一定的思想深度、寬度和厚度，情感濃度、溫度和力度。

三是語言典雅與文本鮮活。

　　散文被稱作「美文」，應該是美的，這種美首先體現在語言上，只有優美的語言才能營造出優美的意境，才能傳達出美好的思想。語言是散文的重要組成部分，語言美是散文美的重要標誌。散文的語言應該講究，也必須講究。

　　古代文人特別重視語言，古典詩詞也好、駢文韻文散文也好，都有鍊字鍊句的傳統，所謂「吟安一個字，撚斷數莖鬚」，所謂「語不驚人死不休」。有人反對雕琢文字，我認爲不能一概而論。過度的雕章琢句甚至以詞害意、雕琢傷氣，那當然是要反對的。但是作爲語言的藝術，文學創作必須重視語言。汪曾祺說：「寫小說就是寫語言。」又說：「世界上沒有沒有語言的思想，也沒有沒有思想的語言。」〔註 8〕這話有點繞，但是一語中的。你不寫好語言，

〔註 5〕　〔唐〕白居易著，顧學頡校點：《與元九書》，《白居易集》第四十五卷，中華書局，1999 年，第 960 頁。

〔註 6〕　〔漢〕司馬遷：《孔子世家》，《史記》卷四十七，中華書局，1982 年，第 1947 頁。

〔註 7〕　〔漢〕司馬遷：《屈原賈生列傳》，《史記》卷八十四，中華書局，1982 年，第 2503 頁。

〔註 8〕　汪曾祺：《中國文學的語言問題——在耶魯和哈佛的演講》，《汪曾祺全集》第

哪來好的小說、好的詩歌、好的散文？思想又何處安放？我始終認為，散文的語言應該是美的。這種美不是堆砌華麗的詞藻，而是通過語言的有效運用營造出美的意境。通過文詞的準確、考究與機巧，字詞的節奏，音韻的高低錯落，長短句式的搭配，等等，營造出語言的古典美。同時散文的語言又要明白曉暢。韓愈說過：「文從字順各識職。」〔註9〕文章要表達清楚，行文自然妥帖，不矯揉造作。散文的語言，既要典雅精緻，又要明白曉暢，這是一種好的文風，是對祖國語言的尊重，也是對讀者的尊重。現在不少散文的語言，要不蒼白無味，要不雍容華麗，要不粗鄙不堪，要不佶屈聱牙。我們提倡有難度的散文寫作，這種「難度」體現為生活深度、思想高度和精神力度，但絕不要製造「閱讀的難度」。能把文章寫得讓人看得懂而又喜歡看，這是本事；把文章寫得雲山霧罩不知所云，那叫無能。

散文要具有張力。散文要想立得起來，就要有張力。具體而言，就表現為表象「言」，與它的實質「物」之間的距離大小以及聯繫的緊密程度。好的散文在於它的「言」與「物」不是同時存在於一個層面上，「物」是隱藏在「言」的後面的，不是停留在言的表面的，是需要讀者用心去體會和發現的。語言要做到表象和實質有距離，但又可以順利地由此及彼。要讓文本成為一條表面上風平浪靜、內在卻波濤洶湧的大河。字面上讀來冲淡平和，然而不知不覺之間，卻已被引領到另外一種情緒之中，讓閱讀者進入到一個廣闊深邃的情感空間。也就是說，好的語言，不僅僅是在於字面上所表現的意思，而在於語言暗示出多少東西、傳達了多大的信息。就是要「言外有意」、「弦外有音」，看似平常的文字，卻隱匿著深邃的精神秘密和思想火花。這樣縱深與宏闊，峰迴路轉、曲徑通幽的文本才有魅力。

散文須有生命，應當鮮活、靈動，生氣勃勃。打一個比方，就像剛出水的魚一樣，活蹦亂跳的。現在不少散文是死的，沒有溫度，沒有呼吸，沒有質感，沒有力量。沒有歡樂，也沒有憂愁；沒有喜悅，也沒有悲傷，總之沒有生命。它不是一個活生生的生命體在歌唱，而是一堆材料堆在那裡。這些年人們對歷史題材散文有一些非議，認為這類散文沒有生命力。我認為不能簡單地一棍子打死。我不但不反感歷史散文，相反我很喜歡歷史散文，我自己喜歡寫，也喜歡讀——當然是讀好的歷史散文。我從那些優秀的歷史散文

四卷，北京師範大學出版社，1998年，第217頁。

〔註9〕〔唐〕韓愈：《南陽樊紹述墓誌銘》，周祖譔編選：《隋唐五代文論選》，人民文學出版社，1999年，第213頁。

中收穫很多——不止是瞭解一段歷史，一個歷史人物，更重要的是我看到了高明的作家處理歷史資料的藝術，看到了優秀的作家透過歷史資料傳達出來的氣息。散文是否鮮活靈動，跟題材無關。歷史題材散文的寫作，是對作家的一個挑戰。高手寫散文，死的歷史題材也能寫得很鮮活靈動；換了別人，你給他很鮮活生動的現實題材，他也能寫得死氣沉沉，毫無生氣。

散文要有生命，首先要有「我」。不管寫什麼題材，都有我的思考、我的感情、我的氣息在裏頭。寫歷史散文，特別要注意不要當「史料的搬運工」。散文有生命，還要善於講故事。中國散文的起源是從記事甲骨卜辭開始，敘事性是中國散文的一個重要傳統，我們要學習古人的敘事藝術。我們所熟悉的《鄭伯克段於鄢》，就是其中的代表作。這篇文章主要講述魯隱公元年（公元前 722 年）鄭莊公同其胞弟共叔段之間爲了爭奪國君權位而進行的一場你死我活的鬥爭。鄭莊公設計並故意縱容其弟共叔段與其母武姜，其弟驕縱，於是欲奪國君之位，莊公便以此討伐共叔段。莊公怨其母偏心，將母親遷於潁地，後來自己也後悔了，又有潁考叔規勸，母子又重歸於好。全文不到 700 字，語言生動簡潔，人物形象飽滿，情節豐富曲折，首尾完整，結構嚴密，幾乎無懈可擊。用這樣少的筆墨，寫出如此紛繁的事件、如此多樣的人物；層次又如此分明，語言如此凝練，堪稱中國傳統敘事散文的經典之作。

如果可能，散文最好有趣。生活本來就是豐富多彩的，文學也應該多樣。散文應該有點趣味，即便是重大、嚴肅的主題，筆調也不妨輕鬆、幽默一點。我們與人相交，最怕的是面目可憎，言語無味。與文章相交，也是如此。

四是文化涵養與學識素養。

香港作家董橋說：「散文須學、須識、須情，合之乃得 Alfred North Whitehead（阿爾佛雷德・諾斯・懷特海德，英國數學家、哲學家）所謂『深遠如哲學之天地，高華如藝術之境界』。〔註10〕我對這句話非常欣賞，並將「學、識、情」視爲中華散文古典美的內核〔註11〕。

散文作家，要有一定的文化底蘊、學識素養。這樣，他的作品自會有一種不同流俗的品質。古人說：「腹有詩書氣自華。」這是說讀書與人的氣質的關係。一個人讀的書多了，他的談吐自然而然地就會卓爾不群、與眾不同，

〔註10〕董橋：《這一代的事・自序》，牛津大學出版社，2010 年，第 Vii 頁。
〔註11〕參見拙著《呼喚散文的古典美》，《雨花》2018 年第 3 期。

散發出獨特的魅力。一篇散文，有了文化底蘊，也會散發出迷人的芬芳。周作人、孫犁、黃裳、董橋的散文之所以備受推崇，令人回味無窮，主要就是源於其中散發的古典文化的墨香餘韻。

古代並沒有專門的散文家，今天我們稱之為散文家的古人，他們都是某些方面某些領域的專門家，都有深厚的文化底蘊，並不是為寫文章而寫文章的「空頭散文家」。他們的文章有內涵、有格調、有意境，所以才能傳之後世。像蘇軾，詩詞、書畫、文章俱佳。現代社會，分工越來越細，很難出這樣的通才全才。但是作為散文寫作者，還是要有一點文化底蘊，要有適當的知識儲備。要博覽群書，多讀經典。要多讀「古文」（前人已有定評的經典作品），少讀「時文」。現在散文寫作中有一種不好的風氣，就是「跟風」：跟作家的風——哪個作家紅就學哪個作家；跟題材的風——哪種題材火就寫哪種題材；跟雜誌的風——揣摩雜誌的風格，按照它的喜好寫。很多作品，技巧上不可謂不嫻熟，表達上不可謂不細膩，可是缺少思想底氣、學養底蘊、人格力量，所以缺少了散文最重要的東西。學者柳鳴九曾經引用詩人卞之琳的一句話：「他很善於表達，可惜沒什麼可表達的。」〔註12〕真是太經典了！有鑑於此，他大聲呼喚「學者散文」，這不失為一條可取之路。我們需要一批有學者底蘊的作家，來改變目前散文創作中「善於表達卻無可表達」的窘境。散文作家們更需要有意識地提高自身的哲學思辨的邏輯思維能力，強化歷史文化知識的積累，努力使自己成為學者型作家。

五是疆界明確與疆域寬廣。

散文到底有界還是無界？散文當然有界，真實與虛假的分水嶺就是它的界，這個界線是很明確的。當然還可以有更科學更準確的表述。但散文的疆域是很寬廣的，不要固守所謂的文學散文那點小小的領地。有人說是真實性原則限制了散文的發展，我覺得恰恰是文體上的固化概念束縛了散文的手腳。

自六朝以來，為區別韻文與駢文，古人把凡不押韻、不重排偶的散體文章（包括經傳史書），統稱為「散文」，後又泛指詩歌以外的所有文學體裁。桐城派的代表作家姚鼐對我國古代散文文體加以總結，分為 13 類，包括論辯、序跋、奏議、書說、贈序、詔令、傳狀、碑誌、雜說、箴銘、頌讚、辭賦、哀奠。

隨著時代的發展，散文的概念也發生很大變化，不少文體逐漸萎縮或徹

〔註12〕柳鳴九：《呼喚學者散文》，《文匯報》2016 年 10 月 28 日。

底消失；特別是受到西方文化的影響，散文的概念由廣義向狹義轉變。五四新文化運動中，在吸收外來思潮和接受固有傳統基礎上發展起來的現代散文，形式豐富多樣，不拘一格，舉凡雜文、短評、小品、隨筆、序跋、讀書筆記、速寫、遊記、通訊、書信、日記、演講、回憶錄等等都屬於散文。然而在其發展過程中，散文的疆域越來越小，不少文體都被排除在散文之外，似乎只有純粹的「文學散文」才是正宗的散文。現在看來，這種疆域的收縮，束縛了散文的發展，使得散文的文體越來越固化、僵化。現在我們不妨向古人學習，向現代作家學習，來一次正本清源，重新恢復、拓展散文的疆域。

如此這般，還能列出不少。應該說明的是，這些「大體」，並不完全處於同一層面，有的是散文必須遵循的基本原則，有的則是構成一篇好散文的重要條件。當然我們不可能要求每一篇散文都同時具備這麼多條件。一篇散文，哪怕只要具備其中一項就很好了。

（2019 年）

重塑中華散文的古典美

摘要：今天，散文出現了空前的繁榮，然而在表面繁榮的背後，卻隱藏著令人擔憂的危機，平庸之作大行其道。究其原因，是對傳統文化的漠視和陌生。我國是散文大國，在數千年的散文發展史上，前人創造了很多成功的經驗，使古代散文呈現出敘事之美、抒情之美、語言之美、思辨之美。我們應該在繼承傳統的基礎上，借鑒、吸收一切新思想、新方法，重塑中華散文的古典美。

關鍵詞：中華散文　古典美　中華美學精神　傳統

一

提出這個話題，並非無的放矢。

新時期以來，中國的散文可謂空前繁榮，成為最受歡迎的一種文體。枝繁葉茂，花紅柳綠，姹紫嫣紅，眼花繚亂，無論是作品的數量還是寫作者、閱讀者的數量都遠超其他文體。特別是進入 21 世紀以來，新媒體的發達更是助推了散文寫作和閱讀的熱潮。每天打開微信，各種公眾號推送得最多的是

散文，網友們轉發得最多的是散文，閱讀人數最多的也是散文。這似乎是一個喜人的現象。

然而，在表面繁榮的背後，卻隱藏著令人擔憂的危機。散文本來就被視爲一種低門檻的文體，加之有的寫作者自我要求不高，寫作過於隨意，導致不少平庸之作氾濫成災。一些快餐式的雞湯文，迎合了網絡時代碎片化閱讀的趨勢，在各種網絡媒體大行其道。即使那些比較成熟的作者，也因學識素養不夠，導致其作品表面風光卻缺少內涵，少了一些耐人咀嚼的味道。凡此種種，都在一定程度上破壞了散文的形象，使散文受到一些人的詬病；而且，一些初學寫作者在這種亂象面前迷失了方向，以爲這就是散文的標杆，進一步拉低了散文的平均「顏值」。

何以如此？因爲我們不瞭解傳統，沒有繼承傳統，所以根基不牢。有的作者，匆忙上陣，沒打好傳統文化的基礎；有的作者，忙於創新，不屑於學習傳統。在一片「求新求異」的浮躁心態下，很多人靜不下心來回望傳統，學習傳統。因爲沒有傳統文化的基礎，當一個個「創新」的泡沫破滅之後，徒留下一地雞毛，少見有閃光的珍珠。

因此之故，近年來，在各種場合，我總是不遺餘力地大聲疾呼：散文作家和散文愛好者，要回頭看，向傳統學習，從傳統文化中汲取營養，弘揚中華散文的古典美。我在《呼喚散文的古典美》一文中，借用香港作家董橋的話：「散文須學、須識、須情，合之乃得 Alfred North Whitehead（阿爾佛雷德・諾斯・懷特海德，英國數學家、哲學家）所謂『深遠如哲學之天地，高華如藝術之境界』。」將中華散文古典美的內核，歸結爲有學、有識、有情。〔註13〕我的呼籲引起不少人的關注，有人稱我爲「文化保守主義者」。這並非一個貶義詞。在文化建設上，保守態度也許比激進態度更可取。那麼，怎麼才能做到有學、有識、有情？我們要從傳統散文中學習哪些經驗？經過近一年的讀書、思考，我決定對這個問題重新進行梳理，也可以說是對《呼喚散文的古典美》一文的補充，希望對當下散文創作和研究有所裨益。

二

中國是散文大國。散文在我國源遠流長，有著悠久的歷史、深厚的根基和優秀的傳統，湧現出數不清的傑出散文家和優秀散文作品。在「五四」新

〔註13〕徐可：《呼喚散文的古典美》，《雨花》，2018 年第 3 期。

文化運動之前幾千年的封建時期，「文章」（散文）始終居於正統位置，被視為「高貴」的文體，詩詞、歌賦、戲曲、小說都不能與它相提並論。因此，古人非常重視「作文」，把「作文」視為讀書人的正途，所謂「文章千古事，得失寸心知」。古人所說的文章，涵義非常寬泛，約等於我們今天廣義的散文。

　　一般認為，我國散文的最早源頭，可以追溯到甲骨卜辭。殷人用龜甲、獸骨占卜，占卜後把占卜日期、占卜人、所占之事，有的還包括日後吉凶應驗情況，刻在甲骨上，此即甲骨卜辭。甲骨卜辭所記內容相當豐富，包括祭祀、農業生產、田獵、風雨、戰爭、疾病等許多方面，真實樸素地反映了殷商時期社會生活各方面的狀況。這些卜辭記事比較簡單，不成系統，但未經後人加工，保持了商代記事文字的原貌，可看作是先秦敘事散文的萌芽。同樣未經後人加工的商周銅器銘文，反映了我國早期記事記言文字由簡至繁的發展。商代銘文記事簡單，形式一律。如：「丁巳，王省夔京，王易小臣夔貝，惟王來征夷方，唯王十祀有五，肜日。」〔註14〕周代銘文字數增加了，內容複雜了。不僅有記事文字，還出現了與《尚書》誥命類似的記言文字。

　　成書於公元前五世紀的《尚書》，被認為是中國最早的散文總集，是中國古代散文已經形成的標誌。《尚書》是中國最古老的皇室文集，是中國第一部上古歷史文件和部分追述古代事蹟著作的彙編，它保存了商周特別是西周初期的一些重要史料，相傳由孔子編撰而成，但有些篇目是後來儒家補充進去的。書中文章，結構漸趨完整，有一定層次，有一定文采，帶有某些情態。如《盤庚》3篇，是盤庚動員臣民遷殷的訓詞，語氣堅定、果斷，顯示了盤庚的目光遠大。其中用「若火之燎於原，不可向邇」比喻煽動群眾的「浮言」，用「若乘舟，汝弗濟，臭厥載」比喻群臣坐觀國家的衰敗，都比較形象。有些篇章注重人物聲氣口吻，注重語言的形象化以及語言表達的意趣，注重對場面的具體描寫。秦漢以後，各個朝代的制誥、詔令、章奏之文，都明顯地受它的影響。劉勰《文心雕龍》在論述「詔策」「檄移」「章表」「奏啓」「議對」「書記」等文體時，也都溯源到《尚書》。

　　如果從《尚書》算起，我國的散文發展，便已經歷了兩千多年的漫長歷史。其中流行於絕對多數時間內的，是以文言文寫成的傳統散文。新文化運動後產生的白話現代散文，至今不過百年。如此悠長的歲月，為我們造就了燦若星河的散文大家，他們是中國傳統文化的主力軍。他們眾多的文章或者

〔註14〕羅振玉編：《殷文存》上二六·後，轉引自袁行霈主編：《中國文學史》第一卷，高等教育出版社，1999年版，第88頁。

汪洋恣肆，雄辯謹嚴；或者犀利峭刻，慷慨多氣；或者文采華贍，情深意重……真可謂百花齊放，異彩紛呈。不同派別，不同風格，不同時尚，不同格調，在不同時代各領風騷。比如，莊子的行文飄忽，自在無度，如有鬼神之助；孟子的雄辯滔滔，氣勢無礙，正氣浩然；王勃的優美靈秀；韓愈的厚重莊嚴；蘇軾的空靈高遠；張岱的清新通脫……都高懸在中華民族的文化星空，成為中華散文的巔峰之作。五四新文化運動中，以魯迅、周作人、朱自清等為代表一批作家，吸收西方散文隨筆的優長，對中國傳統散文進行了大膽的改造，形成了現代散文，在中國散文史上形成了又一座高峰。

<h2 style="text-align:center">三</h2>

在兩千多年的漫長過程中，一批又一批作家潛心創作，創作了無數的優秀散文作品，這些作品已經成為一代又一代人傳誦的經典，成為中華文明寶庫中的重要組成部分。這些不同時期的散文作品呈現了中華散文獨特的古典美。在《呼喚散文的古典美》一文中，我把中華散文古典美的內核概括為「學、識、情」。當然，這只是一個高度濃縮的概括，細品我國古典散文，可以發現，它多彩多姿，美不勝收。中國古代散文的美，體現在多個方面：

敘事之美

中國古代散文素有敘事傳統，高超的敘事藝術是中華古典散文成功的重要因素之一。我國散文的源頭是甲骨卜辭，甲骨卜辭的主要功能就是記事，在此基礎上發展起來的記載歷史事件的敘事散文在散文史上首先成立，並成為我國傳統散文的一個主流。以《左傳》《國語》《戰國策》為代表的歷史散文，標誌著敘事散文的成熟，開啓了我國敘事文學的傳統。《左傳》以《春秋》的記事為綱，用大量的歷史事實和傳說，敘述了豐富的歷史事件，描寫了形形色色的歷史人物。《左傳》發展了《春秋》筆法，不再以事件的簡略排比或個別字的褒貶來體現作者的思想傾向，而主要是通過對事件過程和因果關係的生動敘述，人物言行舉止的展開描寫，來體現其道德評價。直敘與倒敘、預敘、插敘、補敘等多種手法的交叉運用，環環相扣，高潮迭起，曲徑通幽，極大地強化了其藝術效果。作為編年史，《左傳》的情節結構主要是按時間順序交代事件發生、發展和結果的全過程；但是在敘事過程中，它會回顧事件的起因，或交代與事件有關的背景等，有時還會預先敘出將要發生的事或事件的結果。人物是敘事中不可缺少的要素，《左傳》

廣泛描寫了各種人物，其中許多人物寫得個性鮮明。有些描寫還展現了人物性格的豐富性和複雜性，表現了人物性格的變化。《左傳》敘事中，人物的行動、對話構成了表現人物的主要手段，而絕少對人物進行外貌、心理等主觀靜態描寫。通過人物在重大歷史事件中的言行，人物性格得以展現，形象得以完成。

我們所熟悉的《鄭伯克段於鄢》，就是其中的代表作。

初，鄭武公娶於申，曰武姜。生莊公及共叔段。莊公寤生，驚姜氏，故名曰「寤生」，遂惡之。愛共叔段，欲立之，亟請於武公，公弗許。及莊公即位，為之請製。公曰：「製，岩邑也，虢叔死焉，佗邑唯命。」請京，使居之，謂之「京城大叔」。

祭仲曰：「都，城過百雉，國之害也。先王之制：大都，不過參國之一；中，五之一；小，九之一。今京不度，非制也，君將不堪。」公曰：「姜氏欲之，焉闢害？」對曰：「姜氏何厭之有？不如早為之所，無使滋蔓。蔓，難圖也。蔓草猶不可除，況君之寵弟乎？」公曰：「多行不義，必自斃，子姑待之。」

既而大叔命西鄙、北鄙貳於己。公子呂曰：「國不堪貳，君將若之何？欲與大叔，臣請事之；若弗與，則請除之，無生民心。」公曰：「無庸，將自及。」大叔又收貳以為己邑，至於廩延。子封曰：「可矣。厚將得眾。」公曰：「不義不暱，厚將崩。」

大叔完聚，繕甲兵，具卒乘，將襲鄭。夫人將啟之。公聞其期，曰：「可矣！」命子封帥車二百乘以伐京。京叛大叔段。段入於鄢。公伐諸鄢。五月辛丑，大叔出奔共。

書曰：「鄭伯克段於鄢。」段不弟，故不言弟；如二君，故曰克；稱鄭伯，譏失教也；謂之鄭志。不言出奔，難之也。

遂置姜氏於城潁，而誓之曰：「不及黃泉，無相見也。」既而悔之。

潁考叔為潁谷封人，聞之，有獻於公。公賜之食。食捨肉。公問之，對曰：「小人有母，皆嘗君之羹。請以遺之。」公曰：「爾有母遺，繄我獨無！」潁考叔曰：「敢問何謂也？」公語之故，且告之悔。對曰：「君何患焉？若闕地及泉，隧而相見，其誰曰不然？」公從之。公入而賦：「大隧之中，其樂也融融！」姜出而賦：「大隧之

外，其樂也洩洩！」遂爲母子如初。

　　君子曰：「潁考叔，純孝也。愛其母，施及莊公。《詩》曰：『孝
子不匱，永錫爾類。』其是之謂乎？」

這雖是全書的一段，卻可獨立成文。全文加標點符號才七百多字，但首尾完整，
結構嚴密，幾乎無懈可擊。用這樣少的筆墨，寫出如此紛繁的事件、如此多樣
的人物；層次又如此分明，語言如此凝練，堪稱中國傳統敘事散文的經典之作。

　　《戰國策》的文學成就也主要體現在人物形象的塑造上。全書對戰國時期
社會各階層形形色色的人物都有鮮明生動的描寫，尤其是一系列「士」的形象，
更是寫得栩栩如生，光彩照人。《戰國策》還以波瀾起伏的情節，個性化的言
行，傳神的形態和細節來描寫人物。作者不滿足於平鋪直敘，有意追求行文的
奇特驚人。先秦敘事散文高超的敘事藝術，對後世史傳文學的創作產生了深遠
的影響。《左傳》的敘事藝術，如對歷史事件因果關係、發展過程的重視，對
歷史事件故事化的描寫，歷史事件的敘述條理井然而又富於變化等特點，在後
代史傳散文中都有充分體現，對我國古代小說的產生發展及其獨特的藝術個性
的形成，也有不可低估的作用。司馬遷、班固、陳壽、范曄等繼承了《左傳》
開創的敘述故事與描寫人物並重的形象生動的寫作傳統。偉大的史傳文學著作
《史記》就吸收了《左傳》《戰國策》的寫作技巧，全書一百三十篇均堪稱敘
事文學的典範，魯迅曾譽之爲「史家之絕唱，無韻之離騷」。中國自《史記》
出現，文章又升到一個新的高度。其內容與先秦散文一脈相承的是：記敘和描
寫的都是「大事」。敘事、抒情、狀物、評論，凡散文應有者，所在俱備。

　　曾經有一段時間，散文的敘事功能普遍衰退，不少以散文寫作爲業的作家，
缺乏講故事的能力，他們把講故事的機會拱手讓給了小說家。近年來，很多散文
作家意識到了這一點，不少散文作家學習借鑒小說、戲劇的敘事藝術，增強了散
文作品的藝術感染力，散文故事性不強的狀況有所改變。同時不少小說家參與到
散文寫作的隊伍中來，他們高超的敘事藝術給散文創作帶來一股強烈的衝擊。

抒情之美

　　「情不知所起，一往而深。」〔註15〕中國文化具有濃厚的「重情」氛圍，
詩歌、散文、詞曲、音樂，都是中國古代以至現代最重要的抒情話語。古人
自覺或不自覺地承擔了文學的「情感教育」功能。

〔註15〕　〔明〕湯顯祖著，徐朔方箋校：《牡丹亭記題詞》，《湯顯祖詩文集》卷三十三，
　　　　　上海古籍出版社，1982年，第1093頁。

劉勰十分強調情感在文學創作全過程中的作用。他說：「故立文之道，其理有三：一曰形文，五色是也；二曰聲文，五音是也；三曰情文，五性是也。五色雜而成黼黻，五音比而成《韶》、《夏》，五性發而爲辭章：神理之數也。」「故情者，文之經；辭者，理之緯。經正而後緯成，理定而後辭暢：此立文之本源也。」他認爲作家觀察外物，只有帶著深摯的情感，並使外物染上強烈的感情色彩，藝術表現上才會有精巧的文采。「登山則情滿於山，觀海則意溢於海。」「情以物遷，辭以情發」，「情以物興，故義必明雅；物以情觀，故詞必巧麗。」要求文學創作要「志思蓄憤，而吟詠情性」，主張「爲情而造文」，反對「爲文而造情」。認爲創作構思爲「情變所孕」，結構是「按部整伍，以待情會」，剪裁要求「設情以位體」，甚至作品的體裁、風格，也無不由強烈而眞摯的感情起著重要的作用。〔註16〕這一認識是相當深刻的，符合文學的特點和規律。白居易說：「感人心者，莫先乎情，莫始乎言，莫切乎聲，莫深乎義。」〔註17〕金朝著名文學評論家、學者王若虛，將文學的「眞情」視爲第一和主要的品格。他主張，爲文「功於內」，「以意爲主」，認爲，「雕琢太甚，則傷其全，經營過深，則失其本。」還說，「散文至宋人始是眞文學，詩則反是矣。」〔註18〕雖有一點偏頗，但有自己的見識。清代張潮則表示：「情之一字，所以維持世界；才之一字，所以粉飾乾坤。」〔註19〕感情是維持這個世界的基礎，而才華不過是給這個世界一些裝飾，孰輕孰重，不言而喻。

古代很多散文名篇，之所以能流傳千載，首要在於爲文者秉有眞情實感，爲情而造文，而決非爲文而造情，無病呻吟。韓愈的《祭十二郎文》，歸有光的《項脊軒志》，冒辟疆的《影梅庵憶語》，沈復的《浮生六記》，無不是以情動人的散文精品。就連司馬遷寫《史記》，都帶著豐沛的感情，多次感極涕下。「余讀孔氏書，想見其爲人。適魯，觀仲尼廟堂車服禮器，諸生以時習禮其家，余祇回留之，不能去云。」「余讀《離騷》、《天問》、《招魂》、《哀郢》，

〔註16〕戚良德著：《文心雕龍校注通譯》，上海古籍出版社，2008 年，第 365、367、323、514、90、368、486 頁。

〔註17〕〔唐〕白居易著，顧學頡校點：《與元九書》，《白居易集》第四十五卷，中華書局，1999 年版，第 960 頁。

〔註18〕〔金〕王若虛著，胡傳志、李定乾校注：《滹南遺老集校注·文辯卷三十七》，第 433 頁，遼海出版社 2006 年版。

〔註19〕〔清〕張潮著，程不識編注：《幽夢影》，《明清清言小品》，湖北辭書出版社，1993 年，第 353 頁。

悲其志。適長沙，觀屈原所自沉淵，未嘗不垂涕，想見其爲人。」〔註20〕

東方人的性格偏於內向，在感情的表達上，則是內斂、節制、含蓄、委婉。所以，中國古典文學作品在表達感情時，也體現了這一特點。引而不發，含而不露，「此時無聲勝有聲」。這也是東方人的審美特徵。王國維說：「一切景語，皆情語也。」借景抒情、託物抒情，是中國古典散文常用的手段。歸有光的《項脊軒志》最後寫到一棵樹：「庭有枇杷樹，吾妻死之年所手植也，今已亭亭如蓋矣。」這是敘述，也是抒情。

抒情性本是中華散文的一個重要傳統。然而，由於一段時期散文寫作中過度抒情，引起不少人的反感，加之受到西方文化影響，中國古典抒情傳統正在被邊緣化。「抒情」成爲一個羞恥的、令人嘲笑的行爲。現在很多散文沒有感情。一些作家願意炫技，但是就是羞於談「情」說「愛」。他們不願意、不屑於抒情，把抒發感情視作一件丟人的事情。當然也有很多人是根本無情可抒，因爲他們心中本就沒有感情。還有一些散文，虛情假意，矯揉造作，無病呻吟，令人生厭。有的人反對散文有真情實感，這一點我堅決反對。我始終認爲，強調散文創作的真情實感，這是一點錯誤都沒有的。散文相對於其他文學門類，距離作者的本心最近，是人生境界的展示，是作者真情實感的流露與審美情趣的呈坦，理應得到我們的尊重與潛心追求。

有了真情實感，怎麼表達，這是考驗一個作家的工夫的事情。有人把汪曾祺稱爲「最後一個中國古典抒情詩人」。是不是「最後一個」姑且不論，汪曾祺確實當得起「古典抒情詩人」這一稱號。汪曾祺的抒情，是不露聲色的。他在《蒲橋集》中有一段話：「此集諸篇，記人事、寫風景、談文化、述掌故，兼及草木蟲魚、瓜果食物，皆有情致。」換句話說，無論寫什麼，都貫穿著一個「情」字，就看你會不會品。他在《大淖記事》中寫巧雲與十一子在沙洲上的幽會，只用了一句話：「他們在沙洲的茅草叢裏一直呆到月到中天。」隨後說了一句：「月亮真好啊！」這是陳述，是感歎，也是抒情，用天上的月亮來比擬、來襯托鄉間青年男女近乎原始般質樸純真的歡愛，卻一點不招人煩。

語言之美

散文被稱作「美文」，應該是美的，這種美首先體現在語言上，只有優美的語言才能營造出優美的意境，才能傳達出美好的思想。語言是散文的重

〔註20〕 〔漢〕司馬遷：《孔子世家》、《屈原賈生列傳》《史記》卷四十七、卷八十四，中華書局，1982年，第1947頁、第2503頁。

要組成部分，語言美是散文美的重要標誌。我們欣賞作品，首先接觸到的是它的語言。語言美不美，直接影響讀者對它的觀感。散文的語言應該講究，也必須講究。

　　漢字作爲象形文字、表意文字，集形象、聲音與詞義於一體，這在世界文字中是獨一無二的，因而具有其他文字所無法比擬的獨特魅力。魯迅先生將之歸納爲三美，即「意美以感心，音美以感耳，形美以感目」。古人對文字的運用可謂爐火純青，漢字的「三美」在古典詩文中表現得淋漓盡致。古代散文使用古代漢語，這種書面語，由於詞以單音節爲主，遣詞造句特別靈巧而富有神韻，語句簡短，多用四字句或四字短語，多對稱，有排比，散中有整，整中有散，參差不齊，錯落有致，節奏明快，音韻諧調，琅琅上口，如此反覆變化，呈現出節奏美、錯綜美、畫面美、韻律美。而虛詞在傳情達意上也有很強的功能，能使文章神氣十足。比如王勃的《滕王閣序》：「時維九月，序屬三秋。潦水盡而寒潭清，煙光凝而暮山紫。」「雲銷雨霽，彩徹區明。落霞與孤鶩齊飛，秋水共長天一色。漁舟唱晚，響徹彭蠡之濱；雁陣驚寒，聲斷衡陽之浦。」再如蘇軾的《前赤壁賦》：「哀吾生之須臾，羨長江之無窮。挾飛仙以傲遊，抱明月而長終。知不可乎驟得，託遺響於悲風。」這一段既是排比句，又是對仗句，而且雙句末字的「窮」、「終」、「風」都押韻，讀起來抑揚頓挫，韻味十足，既有節奏感，又有韻律感。

　　我們今天欣賞古典詩文，首先打動我們的，是那些優美的文辭，以及由這些優美的文辭傳達出來的深邃的思想、高遠的意境。古代文人特別重視語言，無論作詩作文，都有鍊字鍊句的傳統，所謂「吟安一個字，撚斷數莖鬚」。有人反對雕琢文字，我認爲不能一概而論。過度的雕章琢句甚至以詞害意、雕琢傷氣，當然是要反對的。但是作爲語言的藝術，文學創作必須重視語言。沒有好的語言功底，哪來好的小說、好的詩歌、好的散文？思想又何處安放？我始終認爲，散文的語言應該是美的。這種美不是堆砌華麗的詞藻，而是通過語言的有效運用營造出美的意境。同時散文的語言又要明白曉暢，文從字順，表達清楚，自然妥帖，不矯揉造作。既要典雅精緻，又要明白曉暢，這是一種好的文風，是對祖國語言的尊重，也是對讀者的尊重。現在不少散文的語言，要不蒼白無味，要不雍容華麗，要不粗鄙不堪，要不佶屈聱牙。我們提倡有難度的散文寫作，這種「難度」體現爲生活深度、思想高度和精神力度，但絕不要製造「有難度的閱讀」。能把文章寫得讓人看得懂而又喜歡看，

這是本事；把文章寫得雲山霧罩不知所云，那叫無能。

　　古人在長期寫作實踐中，已積累了豐富的富有民族審美特色的語彙和修辭方法。其修辭方法如排比、對偶、設問、比喻、雙聲、疊韻、疊字；引經據典，用寓言說理，借景物抒發情志，借古喻今，微言大義，春秋筆法等等。古人嫻熟地運用各種修辭造句方法，使得文章變化多端，氣象萬千。這些修辭和行文方法，都是利用文言載體。文言是大眾口語的提純與昇華，是中華傳統文化載體的一種規範，它較之口語更美，更凝練，更典雅，更有文化色彩。文言承載了3000多年的中國文化，也承載了中國的散文傳統。它功不可沒，是中華文化引渡之船。它不止過去有功，今天依然還有生命力，我們今天的語言、審美，無處沒有它的身影。因此，作為一個稍有文化自覺意識的人，便應懂得繼承這份文化遺產。作為一個散文作家，無疑需要很好地理解它繼承它，多讀一些古文經典。讀不讀古文，運筆便有高下之分，文野之分，雅俗之分。沒有讀過《古文觀止》的人，很難想像，他會成為一個高層次的中國散文大家。不只是《古文觀止》，先秦諸子百家、《詩經》、楚辭、《史記》、漢賦、唐詩、宋詞、元曲、《紅樓夢》……凡是優秀的傳統文化，都是我們的營養，我們都需要予以吸收並繼承。汪曾祺曾經說過：「語言本身是一個文化現象，任何語言的後面都有深淺不同的文化的積澱。」「有些青年作家不大願讀中國的古典作品，我說句不大恭敬的話，他的作品為什麼語言不好，就是他作品後面文化積澱太少，幾乎就是普通的大白話。作家不讀書是不行的。」〔註21〕這個意見是非常中肯的。

思辨之美

　　中國文章以「重情」見長，但以議論為主的說理散文（政論散文）也是古典散文中的重要一脈。《論語》言近旨遠、詞約義豐的說理，形象雋永的語言，使它成為先秦說理散文的主要形態，進而形成了《孟子》的對話式辯文。《老子》以韻文為主，韻散結合的形式，是先秦說理散文的另一形態。《莊子》豐富的寓言和奇崛的想像，成為先秦說理散文的瑰寶。《鄒忌諷齊王納諫》《燭之武退秦師》等歷史散文，在故事性中蘊含政治倫理的邏輯性。荀子的政論散文文質兼美，思想學說博大精深，內容宏富充實，在論辯上綜合運用了多種藝術技巧，形成排山倒海之勢，暢快淋漓地表達了他的政治願望，有戰國縱橫家之勢。漢代政論散文

〔註21〕汪曾祺：《小說的思想和語言》，《汪曾祺全集》第5卷，北京師範大學出版社，
　　　　1998年，第49、50頁。

繼承先秦散文的傳統，取得了很高的成就。當時封建社會處於上升時期，需要鞏固統一的中央集權。政論文有著強烈的時代感，時有賈誼、晁錯、劉向等研究政治問題，文風縱橫馳騁，指點江山，意氣風發。唐宋的散文家在議論時政方面越演越烈，封建士大夫的奏章也常常成爲政論文的典型。說理散文的作者往往是封建士大夫和知識分子，他們「居廟堂之高則憂其君，處江湖之遠則憂其民」〔註22〕，他們用文學的手法，結合自己在生活經驗中領悟到的有關社會關係和國家政治的具體道理，對社會問題發表看法，指點江山，表達理想。

　　思想的深度決定著散文的高度。散文要有開闊的胸懷，高遠的境界，卓越的見識。借用中國古典美學的一個概念，就是要有「氣韻」。這裡所說的氣韻，主要是指散文的思想和哲學理念。作家對社會、對人類、對世界、對一切事物要有自己的認識和判斷。如果一個作家沒有明晰的、積極的價值觀，他的作品不會有思想的力量，而沒有思想的散文一定是速朽的。優秀的作家，必須能夠「仰觀宇宙之大，俯察品類之盛」，做到「籠天地於形內，挫萬物於筆端」。宋人羅大經在《鶴林玉露》中說，李白、杜甫之所以爲「詩人之冠冕者，胸襟闊大故也」。又說：「韓退之識見高邁。」說的就是他們視野開闊、境界高遠、見識卓越。當代散文家應當追求胸襟開闊，意旨高遠，思想深邃，讓筆下作品燭照社會，提挈人心。

　　此外，中華古典散文還具有意境之美、清雅之美、凝重之美與輕靈之美，等等，不一而足，值得我們學習、借鑒、繼承。

四

　　有一種觀點認爲，傳統的就是落後的、陳舊的，提倡學習傳統意味著保守、守舊。在一些人眼裏，傳統散文已經過時了，不能適應時代的發展、讀者的需要了，亟需進行一場散文革命或曰革新。這種非此即彼式的思維方式使一些激進的寫作者從骨子裏拒絕傳統，急於與傳統劃清界限。其實，傳統與創新並不是一對天敵。我們的前人是勇於創新也善於創新的。在幾千年的散文發展史上，創新求變就是一個重要的傳統，幾千年的散文發展史並不是一成不變的。一代代作家們並沒有因循守舊，而是在不斷尋求突破。首先從散文的定義來看，古人把區別於韻文、駢文，凡不押韻、不重排偶的散體文

〔註22〕　〔宋〕范仲淹著，李勇先、王蓉貴校點：《岳陽樓記》，《范仲淹全集》，四川大學出版社，2002年，第194頁。

章，包括經、傳、史書在內，一律稱之為散文。而現代散文，則是指與詩歌、小說、戲劇並稱的文學樣式。散文的表現形式多種多樣，雜文、短評、小品、隨筆、速寫、特寫、遊記、通訊、書信、日記、回憶錄等都屬於散文。這就是革命性的創新。從散文創作實踐來看，我們的前人也是善於創新的。最典型的就是唐代韓愈等人發起的「古文運動」。蘇東坡稱他「文起八代之衰，道濟天下之溺」，這個評價是相當準確也相當高的。而中國現代散文則是當時的作家如魯迅、周作人、林語堂等人，將中國古典散文傳統與西方散文（隨筆）結合創新的產物，並延續至今。所以，我們提倡學習傳統，並不拒絕創新。相反，學習傳統、繼承傳統正是為了更好地創新。

關於散文與中國傳統，汪曾祺說過一句很俏皮的話。他說：「看來所有的人寫散文，都不得不接受中國的傳統。事情很糟糕，不接受民族傳統，簡直就寫不好一篇散文。不過話說回來，既然我們自己的散文傳統這樣深厚，為什麼一定要拒絕接受呢？我認為二三十年來散文不發達，原因之一，可能是對於傳統重視不夠。」他還自謙地把自己當作了一個「反面典型」：「包括我自己。到我意識到的時候，已經晚了。老年讀書，過目便忘。水過地皮濕，吸入不多，風一吹，就幹了。假我十年以學，我的散文也許〔註 23〕會寫得好一些。」汪曾祺的小說和散文，當然是傳統的，可是沒有人敢說它們是過時的、陳舊的，沒有人能否認它們在中國現代文學史上的地位和價值。

還可以香港作家董橋為例。在文學創作上，有人回歸傳統，標舉士氣逸品；有人剪斷歷史，直奔未來世界。董橋無疑屬於前者。董橋是一位典型的、傳統的老派文人，他對中國傳統文化的領悟可謂出神入化。他的作品中，彌漫著濃鬱的書卷氣，儒雅的文化精神，熱情的中國情懷，呈現出學、識、情完美結合的古典美。同樣，也無人能否認董橋散文的現代性。董橋從不標榜創新，但是他在散文文體上敢於創新，打破小說、散文、詩歌的界限，而將散文與小說、詩歌結合在一起，在散文創作中融入了小說的因素，形成各種不同的散文體式。他說：「散文可以很似小說，小說可以很似散文，現代是mixed 一起的了，是否一定要劃分得清清楚楚呢？我看未必。」〔註 24〕既有頗為深厚的國學基礎，又精通西學，既尊重傳統，又勇於創新，這種「跨文化」

〔註23〕汪曾祺：《〈蒲橋集〉自序》，《汪曾祺全集》第 4 卷，北京師範大學出版社，1998 年，第 273 頁。

〔註24〕黃子程：《不甘心於美麗——訪董橋談散文寫作》，陳子善編：《董橋文錄》，四川文藝出版社，1996 年，第 679 頁。

的視野，使他的散文達到了哲學與藝術、知性與感性融會貫通的崇高境界。

可見，把傳統與現代截然割裂開來、把繼承與創新對立起來，把傳統視爲負擔，視爲創新的障礙，是一種不可取的簡單粗暴的做法。周作人說過：「我相信新散文的發達成功有兩重的因緣，一是外援，一是內應。外援即是西洋的科學哲學與文學上的新思想之影響，內應即是歷史的言志派文藝運動之復興。假如沒有歷史的基礎，這成功不會這樣容易，但假如沒有外來思想的加入，即使成功了也沒有新生命，不會站得住。」〔註25〕在繼承傳統的基礎上，借鑒、吸收一切新思想、新方法，才是振興散文的科學之道。我希望，一切有志於在散文創作上有所作爲、有所成就、有所建樹的作家，都要好好向傳統學習，重塑中華散文的古典美。

（2019 年）

〔註25〕周作人：《〈中國新文學大系・散文一集〉導言》，《中國新文學大系・散文一集》（影印本），上海文藝出版社，1981 年，第 10 頁。

第三輯　秉燭夜話

不恨古人吾不見，恨古人不見吾狂耳！
——漫話古代文人之一

談論中國古代文人的狂，是一個很有意思的題目。翻開中國文學史，可以說群星璀璨，也可以說狂人無數。狂，大抵是跟才聯繫在一起的。中國自古多才子，也多狂人。如果把古代文人中的狂人羅列出來，那會是一個很長很長的名單；如果把古代狂人的事蹟編寫成書，那將是卷帙浩繁的皇皇巨著。

我們今天所說的「狂」，其實在古人那裡是分爲「狂」和「狷」兩類的。何謂狂？何謂狷？孔子曰：「狂者進取，狷者有所不爲也。」《集解》注：「包（咸）曰：狂者進取於善道，狷者守節無爲。」朱熹曰：「狂者，志極高而行不掩；狷者，知未及而守有餘。」可見，狂者性格外向，志向高遠，勇於進取，明知不可爲而爲之；而狷者性格內斂，清高自守，獨善其身，明知可爲而有所不爲。

長久以來，有一個現象令我困惑不解：中國的文化傳統是內向的，提倡「克己復禮」，提倡「非禮勿視，非禮勿聽，非禮勿言，非禮勿動」，提倡「溫良恭儉讓」，提倡「吾日三省吾身」；可是在這種文化傳統中，偏偏出現了那麼多狂狷之士，在中國文學史上留下大名的，也大多是狂狷之士。李白詩云：「古來聖賢皆寂寞，惟有飲者留其名。」如果稍稍改動一下：「古來君子皆寂寞，惟有狂者留其名。」我看也無不可。

雖然孔老夫子提倡「溫良恭儉讓」，可依我看，他眞正喜歡的並非謙謙君子，而是狂狷之士。中國儒家把中庸視爲最高道德標準，不偏叫中，不變叫庸。狂狷明顯不符合中庸之道，但爲什麼受到孔子欣賞？《論語·子路》曰：「不得中行而與之，必也狂狷乎！」孟子曰：「孔子豈不欲中道哉？不可必得，故思其次也。如琴張、曾晳、牧皮者，孔子之所謂狂也。其志嘐嘐然，曰：『古之人！古之人！夷考其行而不掩焉者也。狂者又不可得，欲得不屑不潔之士而與之，是狷也，是又其次也。』」朱熹曰：「蓋聖人本欲得中道之人而教之，然既不得，而徒得謹厚之人，則未必能自振撥而有爲也。故不若得此狂狷之人，猶可因其

志節而激厲裁抑之，以進於道，非與其終於此而已也。」（朱熹《四書章句集注》）孟子、朱子都看得很清楚：孔子難道不想結交中庸之士嗎？中庸之士既不可得，退而思其次，結交狂者；狂者又不可得，要想找到不屑於不潔之行的人士，那就只有狷者了。不管是狂者還是狷者，都是有原則堅守、不肯隨波逐流的人。這一張一弛的儒家風範也成爲歷代文人的追求。以至於到了現代，新文化運動的先驅魯迅，也要把他的第一篇白話小說命名爲《狂人日記》。

二

在歷代狂狷之士中，我心目中排在第一位的是李白。按照儒家的標準，李白應該算是狂者的代表人物。他的狂是外向型的、進取型的，一點也不收斂。李白堪稱古今第一詩人，他的狂妄指數也高得爆表。「昔年有狂客，號爾謫仙人。筆落驚風雨，詩成泣鬼神。」（杜甫《寄李十二白二十韻》）這是他的好友杜甫對他的描述，眞是再生動不過。杜甫給李白寫過好多首詩，在《贈李白》中，他這樣寫道：「秋來相顧尙飄蓬，未就丹砂愧葛洪。痛飲狂歌空度日，飛揚跋扈爲誰雄？」一個「狂」字，可謂全詩的詩眼和精髓。傲骨嶙峋，狂蕩不羈，這就是杜甫對於李白的眞實寫照。

李白的性格特點，如果可以用一個字來概括的話，我看就是「狂」。李白的一生就是狂傲的一生，這個「狂」字從沒離開過他半步。他在得意時狂：「仰天大笑出門去，吾輩豈是蓬蒿人。」（李白《南陵別兒童入京》）「天生我材必有用，千金散盡還復來。」（李白《將進酒》）皇帝的恩寵令他極度膨脹，竟然「天子呼來不上船，自稱臣是酒中仙」（杜甫《飲中八仙歌》），令力士爲他脫靴、貴妃爲他研墨，可謂狂妄至極！他在失意時依然狂，不肯低下那高傲的頭顱：「我本楚狂人，鳳歌笑孔丘。」（李白《廬山謠寄盧侍御虛舟》）可謂出亦狂、入亦狂，順亦狂、逆亦狂，心態好得不得了。

狂成這樣，你在江湖上還怎麼混？於是，「不見李生久，佯狂眞可哀。世人皆欲殺，吾意獨憐才。」（杜甫《不見》）注意：不是人人喊打，而是人人欲殺，只有他的老友杜甫對他不離不棄，這個問題就相當地嚴重了，可見世人討厭他到何等地步！後世的讀書人沒有幾個不喜歡李白的，不過看來他在世時的人緣並不怎麼樣。梁實秋有言：「有人說：『在歷史裏，一個詩人似乎是神聖的，但是一個詩人住在隔壁便是個笑話。』」李大師這個例子眞是再典型不過了，他不但是個笑話，簡直就是個瘋子，能不討人嫌嗎？

　　跟李大師相比，其他文人的狂雖然沒有這麼「高大上」，但是也各有千秋，各領風騷。比如屈原，公然宣稱「舉世皆濁我獨清，眾人皆醉我獨醒」，這是把自己跟整個世界對立起來了！魏晉時期的「竹林七賢」，也是一個比一個狂，一個比一個傲。嵇康僅僅因為朋友勸他當官，就寫了封信與人家絕交：「又縱逸來久，情意傲散，簡與禮相背，懶與慢相成……若趣欲共登王途，期於相致，時為歡益。一旦迫之，必發狂疾。」（《與山巨源絕交書》）這段話翻譯成白話文就是：我這人懶散慣了，受不了官場中的規矩，如果意趣相投，我們還能好好做朋友；如果你非要逼我做官，那對不起，我會發瘋的！而那位阮籍也是「曠達不羈，不拘禮俗，縱酒昏酣，遺落人事」，「嗜酒荒放，露頭散髮，裸袒箕踞」，動不動就拿白眼看人。劉伶呢？則縱酒放達，時常在家中脫衣裸體，自稱：「我以天地為宇，屋室為褌衣，諸君何為入我褌中？」

　　「狂狷」之氣，其實是一種真性情，不虛偽，不矯飾。所以，在中國古代漫長的歷史中，「狂狷」作為一種生活態度和生活方式，一直為廣大文人士大夫所競相追逐。他們紛紛自我標榜為「狂狷之士」，彷彿身上沒有一點狂狷之氣都不好意思在社會上混似的。就連杜甫這樣的老實人，竟也「自笑狂夫老更狂」（杜甫《狂夫》）。蘇軾一生命運多舛，卻偏要「老夫聊發少年狂」（《蘇軾《江城子》）。歷代受人尊崇的文人，多屬狂狷之士，他們或者狂，或者狷，或者二者兼而有之。他們「寧為狂狷，勿為鄉愿」，追求的就是一種真實的生活態度和生活方式。

三

　　民間俗語云：「只見賊吃肉，不見賊挨打。」我們今天遙看古人，一個個狂放不羈，那樣灑脫，那樣逍遙，令人豔羨不已。但是翻開他們狂狷的面子看裏子，其實並非那麼愜意。他們大多懷才不遇，身世坎坷，甚至不得善終。屈原狂傲，最後沉江自盡了；李白狂放，弄得天人共怒，幾無容身之地；嵇康狂狷，最後被司馬昭給殺了；倪瓚狂狷，吃了官司挨了打，最後活活氣死了……歷數歷朝歷代狂文人，幾乎沒有一個好下場的。

　　我還想特別說說我的本家，明代徐渭徐文長。這位本家前輩可能是明代最不幸的文人了，說起來讓人心酸。徐文長是著名的詩人、戲曲家，又是一流的書畫家，在文學史和美術史裏，都有他崇高的地位。他學富五車，才高八斗，可一生坎坷，鬱鬱不得志，便遊走四方，寄情山水。「文長既已不得志於有司，遂乃放浪曲糵，恣情山水，走齊、魯、燕、趙之地，窮覽朔漠。其

所見山奔海立、沙起雲行、雨鳴樹偃、幽谷大都、人物魚鳥，一切可驚可愕之狀，一一皆達之於詩。其胸中又有勃然不可磨滅之氣，英雄失路、託足無門之悲，故其為詩，如嗔如笑，如水鳴峽，如種出土，如寡婦之夜哭、羈人之寒起。」「文長既雅不與時調合，當時所謂騷壇主盟者，文長皆叱而奴之。」

長期的抑鬱，使他的精神受到極大損傷。他疑心夫人出軌而殺之，被判了死刑，賴友人力救才得以出獄。到得晚年，精神幾近失常，「晚年憤益甚，佯狂益甚，顯者至門，或拒不納。時攜錢至酒肆，呼下隸與飲。或自持斧擊破其頭，血流被面，頭骨皆折，揉之有聲。或以利錐錐其兩耳，深入寸餘，竟不得死。」這段文字，是明代著名文人袁宏道（中郎）寫的，是他的名篇《徐文長傳》中的，讀之令人毛骨聳然。袁中郎慨然歎曰：「先生數奇不已，遂為狂疾，狂疾不已，遂為圄圄。古今文人牢騷困苦，未有若先生者也。」（《袁中郎全集》卷四）

「不恨古人吾不見，恨古人不見吾狂耳！」（辛棄疾《賀新郎·甚矣吾衰矣》）這樣的詩句出自南宋詩人辛棄疾之手，是不是有點讓人跌破眼鏡？稼軒詞向來被人們稱為「英雄之詞」，他的詞表現了詞人以恢復中原為己任的壯志豪情，情感激昂悲壯，風格沉鬱雄放。「壯歲旌旗擁萬夫，錦襜突騎渡江初。燕兵夜娖銀胡䩥，漢箭朝飛金僕姑。」（辛棄疾《鷓鴣天·有客慨然談功名因追念少年時事戲作》）這才是稼軒的風格。在人們的印象裏，「狂」字跟他是怎麼都挨不上邊的。其實一點也不奇怪。辛棄疾有壯懷激烈、鐵馬金戈的豪放，也有壯志難酬、報國無路的悲憤和失落。「追往事，歎今吾，春風不染白髭鬚。卻將萬字平戎策，換得東家種樹書。」「把吳鉤看了，欄杆拍遍，無人會，登臨意。」（辛棄疾《水龍吟·登建康賞心亭》）所以他在把欄杆拍爛了都無人理會的時候，在極度寂寞與苦悶的心情之下，也會發出這樣的悲鳴！

车宗三有個觀點，他認為儒家的狂狷之氣，用今天的話來說，就是一種浪漫精神。這一點在他們對待生死的態度上表現得尤為突出。屈原面對故都陷落、理想無法實現的現實，不惜以生命來殉其「美政」理想，將清白的身體和高潔的靈魂埋葬在潔淨的汨羅江中。嵇康受戮前，從容彈奏《廣陵散》，曲罷歎曰：「《廣陵散》於今絕矣！」金聖歎臨刑不忘幽默：「醃菜與黃豆同吃，有胡桃的味道；花生米與豆腐乾同嚼，有火腿滋味。」李卓吾在牢裏趁剃頭匠不注意，奪剃刀自刎；由於割得不夠深，流血兩日不死。獄卒問他：「老和尚，疼不？」李卓吾答曰：「不疼。」獄卒又問：「老和尚為什麼要自殺呢？」李贄答曰：「七十老翁何所求。」說完氣絕而亡。面對生死，能做到如此超然，可謂人生的最高境界了。

四

古代文人們狂，的確有狂的資本。大凡狂狷之士，都是不世之才。他們天分極高，造詣極深，睥睨千古，不可一世，狂得讓人服氣。而且他們大多不甚得意，抱負不得實現，便牢騷滿腹，表現得狂放不羈，狂得讓人同情和理解。也有的久不得志，忽然受到官府召見，便得意忘形，口出狂言，大有挽狂瀾於既倒捨我其誰的氣概，狂得有那麼一點可愛，比如李白先生。社會的容忍度也是他們能夠狂、敢於狂的重要保證。魏晉南北朝是一個個性大解放的時候，以「竹林七賢」為代表的文人雅士，聚嘯山林，袒胸露乳，時人不以為怪，反而視之為美談，鄭重地把他們寫進各種筆記小說，追逐傚仿，說明社會風氣寬鬆，對每個人的個性有充分的容忍和尊重。

過去，我們常說封建禮教束縛人的天性、扼殺人的個性，恐怕並非完全如此。古代文人的狂，不少固然是因懷才不遇、鬱鬱不得志而起；但是當他們用狂狷之態表達心中的不滿時，社會並沒有更多地苛責他們，反而給予了極大的寬容甚至欣賞。假如沒有寬鬆的社會環境，幾千年的封建社會不會出現那麼多狂狷之士；如果唐玄宗龍顏大怒，恐怕李白有幾個腦袋都搬家了，我們後人不但無由欣賞他的詩歌，更無從得知他醉臥長安、力士脫靴、貴妃研墨的「光榮事蹟」。可見從前的社會並非我們過去所想像的那麼陰森恐怖，當然也並非如一些人士所津津樂道的「某某盛世」。設若有心有志，認真研究研究古代的狂狷現象和狂狷文化，倒是一件很有趣也有益的事情。

（2016 年）

莫說相公癡，更有癡似相公者！
——漫話古代文人之二

崇禎五年十二月，余住西湖。大雪三日，湖中人鳥聲俱絕。是日更定矣，余挐（一作拏）一小舟，擁毳衣爐火，獨往湖心亭看雪。霧淞沆碭，天與雲與山與水，上下一白。湖上影子，惟長堤一痕、湖心亭一點、與余舟一芥、舟中人兩三粒而已。

到亭上，有兩人鋪氈對坐，一童子燒酒爐正沸。見余，大喜曰：

「湖中焉得更有此人？」拉余同飲。余強飲三大白而別。問其姓氏，是金陵人，客此。及下船，舟子喃喃曰：「莫説相公癡，更有癡似相公者！」（（明張岱《湖心亭看雪》）

這位舟子說得對。張岱先生可謂一大癡人，大晚上跑到湖心亭去看雪，這樣的癡人不多；可是沒想到還有比他更癡的，大雪之夜竟然在湖心亭對飲，令張先生自愧不如。

我國古代文人中，不乏癡人，留下了很多趣話、佳話。所謂癡，《現代漢語詞典》給出了三種解釋。第一種是「傻；愚笨」，這顯然不是我們所要說的。第二種是「極度迷戀某人或某種事物」，第三種是「極度迷戀某人或某種事物而不能自拔的人」。這才是我們所要討論的古代文人的「癡」和古代文人中的「癡人」。而這些癡人所迷戀的，多半是琴棋書畫、筆墨紙硯、花鳥蟲魚、煙酒茶食、骨董文玩、風花雪月之類，屬於文人雅趣。所以所謂癡人，也就是雅人。因為愛得深了，所以才有異於常人的舉動，為人們所傳頌。

古代文人雅好很多，無法盡述，這裡單揀了幾個「硯癡」的故事，讀來頗有興味。

俗話說，武士愛劍，文人愛硯。石硯，恐怕是古代文人最癡迷的一樣對象了。硯石古又稱「研山」，屬文房石類，用以研墨，是古代讀書人必不可少的一樣東西。古代文人不但把它作為讀書寫字的實用工具，而且搜集古硯、名硯加以收藏，成為雅賞之物，認為「文人之有硯，猶美人之有鏡也，一生之中最相親傍」。蘇東坡就曾親切地稱硯臺為「石君」、「石友」；米芾把心愛的硯臺呼之為「兄」；陶淵明曾說：「筆硯精良，人生一樂。」我國古代有四大名硯，即端硯、歙硯、紅絲硯和澄泥硯，都是文人們喜歡使用和收藏的。

宋代是中國硯文化的華采時期，宋代愛硯的文人也特別多。「宋人愛硯之癡，藏硯之富，知硯之深，空前絕後。」

說起硯癡，著名書法家米芾恐怕是天下第一癡。米芾藏有多方名硯，其中一座是南唐李後主的歙硯，有大小山峰三十六座，層巒疊嶂，明暗相間，硯池中有天然水波紋，硯堂中金光閃閃。米芾得此硯，喜不自禁，拜之為「兄」，抱著它共眠數日，並作長卷《研山銘》：「五色水，浮崑崙，潭在頂，出黑雲，掛龍怪，爍電痕，下震霆，澤厚坤，極變化，闔道門。」然而，不幸的是，這塊硯石在後來米芾四處調任的途中丟失了。痛惜之餘，他還特意作了一首詩，留作念想，詩云：「硯山不可見，我詩徒歎息。唯有玉蟾蜍，向予頻淚滴。」

　　爲了得到寶硯，米芾竟敢公然敲詐皇上。宋人何薳《春渚紀聞》載：「上（徽宗）與蔡京論書艮嶽，復召芾至，令書一大屏，顧左右宣取筆研，而上指御案間端研，使就用之。芾書成，即奉硯跪請曰：『此研經臣芾濡染，不堪復以進御，取進止。』上大笑，因以賜之，芾蹈舞以謝，即抱負趨出，餘墨沾漬袍袖而喜見顏色。」宋徽宗對蔡京評論說：「米癲之名名不虛傳。」徽宗可謂解人，懂得體貼文人的這一點小心思。換成別的皇帝，米芾有一百個腦袋也搬家了。

　　長米芾14歲的蘇軾，一生愛硯、訪硯、藏硯、刻硯、賞硯，終身樂之不疲，自稱「我生無田食破硯」，筆耕硯食，也是文人本色。他多方藏硯，寶有許多硯臺精品；他好作硯銘，平生所作硯銘近三十首，幾占其所作銘文的一半。爲得到一方心儀的佳硯，不惜以傳家寶劍相易。曾讚美洮河硯：「縹緲神仙棲到山，幻出一掬生雲煙。」東坡對硯石頗有研究，他詠端硯：「千夫挽綆，百夫運斤。篝火下縋，以出斯珍。一噓而泫，歲久愈新。誰其似之，我懷斯人。」詠歙硯：「澀不留筆，滑不拒墨。瓜膚而縠理，金聲而玉德。厚而堅，足以閱人於古今。樸而重，不能隨人以南北。」寥寥幾句，道盡端歙兩種硯材的美妙和珍貴。

　　慶曆年間，歐陽修爲范仲淹被貶至滁州當太守。當時琅琊山僧智仙和尙跟一家茶館老闆歐陽徽都是徽州人，平時都喜愛書法，也非常同情歐陽修，他們經常一起飲酒、品茶。智仙和尙在半山腰建了一座亭子，供歐陽修歇腳和飲酒、品茶之用。由歐陽修命名，並作《醉翁亭記》一文傳世。傳說，歐陽修平時寫字用的硯臺是端溪硯，自從結識歐陽徽後，用的都是歙硯。歐陽徽送給他的「雙龍戲珠金星硯」，星光閃閃，柔嫩潤滑，用手托空，輕擊之，發出清脆「鏗、鏗、鏗」之聲。因此，歐陽修愛不釋手，贊道：「寶硯也！寶硯也！」並寫詩一首，詩曰：徽州硯石潤無聲，巧施雕琢鬼神驚。老夫喜得金星硯，雲山萬里未虛行。

　　宋代大學士黃庭堅與硯有著不解之緣，他對洮河硯十分喜愛，曾在《以團茶、洮河綠石硯贈無咎、文潛》中讚歙洮河硯：「張文潛，贈君洮河綠石含風漪，能淬筆鋒利如錐。」「風漪」指的是洮硯石材的天然水紋，紋路變化豐富，造型奇特，成景成畫，給予創作者和使用者無限的遐想空間；又反映出洮硯發墨細膩、下筆如鋒的特點。他曾爲了得到一方龍尾硯，不畏艱險，翻山越嶺，「步步穿雲到龍尾」，親臨山中對硯石進行調查，並寫下了長詩《硯山行》。詩中寫道：「其間有石產羅紋，眉子金星相間起。居民上下百餘家，鮑戴與王相鄰里。鑿

礦礱形為日生，刻骨鏤金尋石髓。選堪去雜用精奇，往往百中三四耳。磨方剪銳熟端相，審樣狀名隨手是。不輕不燥稟天然，重實溫潤如君子。日輝燦燦飛金星，碧雲色奪端州紫。……不知造化有何心，融結之功存妙理。不為金玉資天功，時與文章成里美。自從天祐獻朝貢，至今人求終不止。研工得此瞻朝夕，寒谷欣欣生暗喜。願從此硯鎮相隨，帶入朝廷揚大義。夢開胸臆化為霖，還與空山救枯死。」整首詩寫得明白如話，生動形象，將龍尾山硯坑的方位、地形、交通、地理環境、硯石品種、石質的品位以及硯石開採狀況，寫得一清二楚。

蒲松齡《聊齋誌異》曰：「書癡者文必工，藝癡者技必良。」古代文人不僅收藏賞玩各種天然奇石和石硯，還研究硯石，成為硯石專家。米芾所編著的《硯史》，記述了 26 種硯臺，對端硯、歙硯詳加品評，在闡述歷代硯臺形制的同時，還對石質進行探討，認為發墨性能優劣是石品的關鍵所在，為後人留下了寶貴的經驗，紀曉嵐在《四庫全書提要》中對此書給予很高的評價。歐陽修在《硯譜》中對端硯和龍尾硯的優劣作了比較研究，認為「端溪以北岩為上，龍尾以深溪為上。較其優劣，龍尾遠出端溪上，而端溪以後出見貴爾」，他的評價是非常內行而專業的。

在中華文化的歷史長河中，類似硯癡不可計數。「匪以玩物，維以養德。」古代文人癡硯，並非看中它的物質價值，而是因為這小小一方硯裏蘊涵著極高的文化內涵。古人講硯有八德：一德歷寒不冰，質之強；二德貯水不耗，質之潤；三德研墨無泡，質之柔；四德發墨無聲，質之嫩；五德停墨浮豔，質之細；六德護毫加秀，質之膩；七德起墨不滯，質之嫩；八德經久不泛，質之美。小小的一方硯臺，寄託著古代文人的人文情懷。當代著名書法家啓功先生也喜歡收藏硯石，其中一方古硯上面刻著銘文：「一拳之石取其堅，一勺之水取其淨。」「堅淨」二字可謂是文人們志之所在。

古代的癡人，他們有一個共同的特點，就是喜歡某種事物，達到了癡迷的程度，甚至讓世人覺得迂腐可笑。而他們所可愛之處，也正是這種癡迷精神。古人之所癡，無非是景、是情、是物。無論所癡何在，他們均專注其中，寄予深情。正如湯顯祖在《牡丹亭記題詞》中所說：「情不知所起，一往而深。」無論時世如何混亂，無論環境如何惡劣，他們不亂於心，不困於情，不畏將來，不念過往。他們的心靈是自由的，他們的志趣是高雅的，他們的追求是執著的。而這種癡迷精神，恰恰是當代人所缺乏的。

（2016 年）

閒敲棋子落燈花
——漫話古代文人之三

　　這是江南三月的一天。梅子已經黃了，家家戶戶都籠罩在迷蒙的煙雨中。遠遠近近的池塘里長滿青草，陣陣蛙鳴讓清寂的鄉村更顯幽靜。這樣的天氣，最宜文人雅集，或品茗聊天，或撫琴奏樂，或飲酒歡歌，或吟詩作賦。這一天，詩人已約了好友前來飲酒，品茗，談詩，下棋。他早早溫上好酒，沏上好茶，備好棋具，只待客人上門。然而他幾次三番倚門翹望，卻一次次失望。眼看天已黑了，夜已深了，也沒見到客人的影子。他長歎一聲，搖一搖頭，回到案前，拿起棋子跟自己對弈。聽著棋子敲擊棋枰的聲音，看著燈花一次次落下，詩人詩興勃發，一首題為《約客》的七絕躍然紙上：「黃梅時節家家雨，青草池塘處處蛙。有約不來過夜半，閒敲棋子落燈花。」

　　這是南宋詩人趙師秀為我們描繪的一幅詩意盎然而又閒適恬淡的水墨畫。最後一句「閒敲棋子落燈花」更是為歷代所傳誦，一個「閒」字，如下棋時的「棋眼」一樣，使全詩都靈動起來。

　　「閒」是與「忙」相對的。人來到這個世界上必須奮鬥，才能創造價值。所以我們都很忙，為各種不得不做的事情忙。我們的生活往往為各種瑣事占得滿滿的，難得有空閒、放鬆的時候。可是忙碌的生命必須有休閒作調劑。再勞作的人生，也可以「偷得浮生半日閒」，讓疲憊的身心得到短暫的休息和片刻的歡愉。「為名忙，為利忙，忙裏偷閒，飲杯茶去；勞心苦，勞力苦，苦中作樂，拿壺酒來。」這副對聯說的就是這個道理。

　　現代人為緊張的工作、生活節奏所累，對古人那樣閒適的生活狀態豔羨不已。的確，中國幾千年的農耕社會，一切都那麼靜，那麼慢，靜得像緩緩流淌的小河一樣，慢得像吱吱嘎嘎的水車一樣，時間彷彿凝固了一般。興許是受這種生活節奏的影響，中國古代文人多追求詩意閒適的生活方式。隱形瓜棚豆架，置身琴房畫室，登臨山水名勝，侍弄花鳥魚蟲，這些看似無用的事情，把他們的人生裝點得充實而趣味盎然。

　　莊子是中國古代閒適思想的建立者，開創了中國古代文人追求閒適生活的傳統。一部《莊子》可以說是莊子閒適思想最集中的體現。他主張「無為」，認為追求名利的勞碌是無意義的。「終生役役而不見其成功，苶然疲役而不知其所歸，可不哀邪！人謂之不死，奚益！」他主張「無用」，「有用」是對自

身的摧殘，「無用」是對自身的保護。「山木，自寇也；膏火，自煎也。桂可食，故伐之；漆可用，故割之。人皆知有用之用，而莫知無用之用也。」他主張「養生」，「養生」的關鍵是「養精神」，「養精神」的途徑莫過於順任自然，安心適時。「吾生也有涯，而知也無涯。以有涯隨無涯，殆已！已而為知者，殆而已矣！為善無近名，為惡無近刑，緣督以為經，可以保身，可以全生，可以養親，可以盡年。」莊子的閒適是對世俗世界的絕對超越。他神馳宇宙，魂遊六合，御風而行，衣袂飄飄，體現了悠閒散淡的生活態度和自由超越的人生境界，成為中國古代文人閒適情趣的源頭。

「綠蟻新醅酒，紅泥小火爐。晚來天欲雪，能飲一杯無？」想必不少朋友對白居易的這首詩都不陌生，全詩語淺情深，空靈搖曳，表現出作者濃濃的情誼和悠閒自適的心態。白居易首先提出了「閒適詩」這一概念，又從閒適的外在現象、深層內蘊及其創作特性等方面詮釋了閒適詩，認為「或退公獨處，或移病閒居，知足保和，吟玩情性者」，謂之閒適詩。其《閒行》詩曰：「五十年來思慮熟，忙人應未勝閒人。」並自嘲「世間好物黃醅酒，天下閒人白侍郎」（《嘗黃醅新酎憶微之》）。他晚年把詩集分成諷喻、閒適、感傷、雜律等類，且說：「時之所重，僕之所輕。」他所重視的就是諷喻詩和閒適詩。可以說，在中國古代，白居易的閒適思想很有代表性，對閒適詩的創作有直接的作用。

陶淵明和蘇東坡都是深受人們喜愛的作家，又是深諳閒適之道的有趣之人。陶淵明的閒適是遠離世俗，走進田園。他所處的東晉是一個政治昏暗的時代，國內混戰不斷，矛盾重重。陶淵明不滿官場黑暗，憤然辭去彭澤縣令之職，過起了躬耕隱居的生活。從此，他「結廬在人境，而無車馬喧」，他「採菊東籬下，悠然見南山」，他「種豆南山下，草盛豆苗稀」。生活雖然清貧，但他的內心閒適恬靜，生活是詩意的、愜意的。他更用生花妙筆為我們構造了一個「芳草鮮美，落英繽紛」、「黃髮垂髫，並怡然自樂」的「桃花源」，引得世世代代的人們嚮往不已。

與陶淵明相比，蘇東坡的閒適又另有特點。陶淵明不為五斗米折腰，毅然掛冠，歸隱田園；而蘇東坡雖然屢受小人圍攻迫害，但他始終沒有邁出歸隱的一步。如果說陶淵明是消極的出世者，那麼蘇東坡就是一個積極的入世者。但是在閒適樂觀這一點上，他們又是高度一致的。蘇東坡的一生，雖然屢遭貶謫，但他所作詩文，多閒適之樂。他所體認的閒適之樂，表現為曠達心境，忘身化外。他那篇有名的《記承天寺夜遊》，就是一篇典型的閒適小品，

充分表達了他的這種曠達心態。「元豐六年十月十二日夜，解衣欲睡，月色入戶，欣然起行。念無與爲樂者，遂至承天寺尋張懷民。懷民亦未寢，相與步於中庭。庭下如積水空明，水中藻荇交橫，蓋竹柏影也。何夜無月？何處無竹柏？但少閒人如吾兩人者耳。」文中表現出的曠達樂觀，根本看不出他是一個剛剛遭受貶謫之人。「閒倚胡床，庾公樓外峰千朵。與誰同坐？明月清風我。」這是蘇東坡閒適心境的寫照，閒得有趣而瀟灑，這是古代文人的傳統。

　　所謂閒適，並不是在優裕的物質條件下恣意享受生活，更不是游手好閒無所事事虛度光陰，而是內心的祥和與安寧，是精神上的自由不羈。古代文人的閒適，無關物質貧窮還是富有，更多的是精神上的閒適自由。不少文人，在物質條件優渥時享受閒適，在遭遇變故、生活艱難時依然能夠保持閒適之心。這是強大的內心使然。陶淵明生活困頓，不忘閒適；蘇東坡屢遭打擊，不忘閒適。明末文人張岱出生於鐘鳴鼎食的簪纓世家，早年過著錦衣玉食的奢靡生活；後來國破家亡，無所歸止，他依然不肯低下高傲的頭顱，「披髮入山，騃騃爲野人」，在極其艱苦的條件下，以極大的毅力完成了明史著作《石匱書》。他的《陶庵夢憶》、《西湖夢尋》、《夜航船》等，繁華落盡，雅致平淡，其中表現出來的閒適境界，讓人感覺愜意、神往。

　　達觀的人，哪怕物質上極其匱乏，他依然能保持閒適的生活態度。古代文人非常喜愛「負暄」這個詞。所謂「負暄」，即冬天曬太陽取暖之意，爲什麼會受到文人們的喜愛呢？我想一定是切合了古代文人那種閒適、達觀的脾性吧？「山居之士，負暄而坐，頓覺化日舒長，爲人生一快耳。」「春日踏青遠足，夏日陶醉江湖，秋日登高望遠，冬日光浴負暄。」「負暄」取暖，竟然成了文人冬日獨樂之趣，足見他們的知足常樂。因爲喜愛，許多文人把「負暄」用在書名中。比如宋陳樵的《負暄野錄》，宋顧文薦的《負暄雜錄》，明顧薦的《負暄錄》，清周馥的《負暄閒語》。當代學者張中行有《負暄瑣話》、《負暄續話》、《負暄三話》、《負暄絮語》。至於把「負暄」寫入詩文中的更是不計其數。

　　1924 年，周作人在《北京的茶食》中寫道：「我們於日用必需的東西以外，必須還有一點無用的遊戲與享樂，生活才覺得有意思。我們看夕陽，看秋河，看花，聽雨，聞香，喝不求解渴的酒，吃不求飽的點心，都是生活上必要的——雖然是無用的裝點，而且是愈精練愈好。」這一段話，可以說道破了「閒適」的要義所在。「閒適」可以說正是一種「無用的遊戲與享樂」，惟其無用，生活才有意思。我們在「人閒桂花落，夜靜春山空」裏體驗寂無人聲的空靈

清韻，在「寒波澹澹起，白鳥悠悠下」裏體驗無我之境、以物觀物的寧靜致遠，在「只在此山中，雲深不知處」裏體驗高潔超俗的世外生活……這些體驗於我們的物質生活是完全無用的，可是它們卻給我們帶來了極大的審美享受，讓我們的生命因此變得絢爛多彩。

閒適，是一種態度，是一種品質；閒適，是一種情趣，是一種境界；閒適，更是一門藝術，是一種生活的姿態和品味。現代化的巨輪滾滾向前，我們不可能再回到緩慢悠閒的農耕時代。然而，我們依然可以保持內心的祥和與寧靜，用內心的祥和與寧靜化解生活中的焦慮與煩擾。「結廬在人境，而無車馬喧。問君何能爾？心遠地自偏。」不管外面的世界如何喧鬧嘈雜，只要保持內心的澄淨與安寧，滾滾紅塵也能成為世外桃源。

（2016 年）

花月還同賞，琴詩雅自操
——漫話古代文人之四

《紅樓夢》第三十七回《秋爽齋偶結海棠社　蘅蕪苑夜擬菊花題》中，賈探春給寶玉等人寫信提議結社作詩，得到眾人熱烈響應。探春說：「我不算俗，偶然起個念頭，寫了幾個帖兒試一試，誰知一招皆到。」李紈說：「雅的緊！要起詩社，我自薦我掌壇。」黛玉說：「既然定要起詩社，咱們都是詩翁了，先把這些姐妹叔嫂的字樣改了才不俗。」李紈說：「極是。何不大家起個別號，彼此稱呼則雅。」恰好賈芸孝敬寶玉兩盆珍貴的白海棠，他們便以此命名「海棠詩社」。

在這段對話中，出現頻率最高的就是兩個字：「雅」與「俗」，這也是這段對話的關鍵詞。探春首先表白：我提議結社作詩，「不算俗」。得到李紈的肯定：「雅的緊！」黛玉又進一步提議眾人把「姐妹叔嫂」的稱呼改了，這樣「才不俗」，又得到李紈「雅」的肯定。可以看出，眾人都一心向「雅」，唯恐落入「俗套」，被人視作俗人。寶釵拿寶玉開玩笑，也是在「俗」字上做文章：「有最俗的一個號，卻於你最當……就叫你『富貴閒人』也罷了。」李紈雖嘴上自謙為「俗客」，其實內心自詡的是「清雅」。可見這個「雅」字在古人心目中的份量。

　　何謂雅？「雅」，從造字方法上看，其實並不雅。雅，從隹，牙音，與鳥有關，據說是烏鴉的一種。《說文解字》曰：「楚烏也。」「雅」最初的含義是「尖銳的牙齒」，後被引申為「基準、標準、合乎規範」。《毛詩序》中說：「雅者，正也。言王政之所由廢興也。」再後來，一切高尚美好的東西，都與雅字攀上了親戚，如雅道、雅算、雅集、雅音、雅量、雅學、雅操、雅篇等等。

　　正因為「雅」代表正確、高尚、美好，所以受到古人尤其是古代文人的追捧，人人爭做雅事，追求雅趣，爭當雅人。如果有誰不幸被人視為俗人，那無異於奇恥大辱。黃山谷有言：「人胸中久不用古今澆灌之，則塵俗生其間。照鏡覺面目可憎，對人亦語言無味也。」（黃庭堅：《答宋殿直書》）換句話說，一個人如果不讀書，就俗得無法交往了。

　　的確，在古代文人心中，「雅」字份量極重。文人一向被稱作雅士，可見「文」和「雅」是連在一起的——不知「文雅」這個詞是否與此有關？也許因為飽讀詩書、受到書香薰染，文人墨客的情趣大多卓爾不群，不同流俗。

　　雅作為一種評判標準，是看不見、摸不著的，必須附著在某種具體的事物或行為上面。所以，清初文人施清在《芸窗雅事》中就列舉了當時文人喜愛的種種雅事，包括：「溪下揉琴。聽松濤鳥韻。法名人畫片。調鶴。臨《十七帖》數行。磯頭把釣。水邊林下得佳句。與英雄評較古今人物。試泉茶。泛舟梅竹嶼。臥聽鐘磬聲。注《黃庭》、《楞嚴》、《參同解》。焚香著書。栽蘭菊蒲芝數本。醉穿花影月影。坐子午。嘯。奕。載酒問奇字。放生。同佳客理管絃。試騎射劍術。」（清·王晫、張潮編纂：《檀几叢書》）真正的雅，並非刻意為之，而是融化在血液裏，體現在生活的方方面面。

　　談到古代文人的雅，元末明初著名畫家倪瓚（雲林）是一個繞不開的人物。倪雲林最經典的名言是：「一說便俗。」那是當他被軍閥張士信無故鞭打，受到屈辱之後。別人問他何以不申解，他說：「一說便俗。」「張士誠弟士信，聞倪善畫，使人持絹，侑以重幣，欲及其筆。倪怒曰『倪瓚不能為王門畫師！』即裂去其絹。士信深銜之。一日，士信與諸文士遊太湖，聞小舟中有異香。士信曰：『此必一勝流。』急傍舟近之，乃倪也。士信大怒，即欲手刃之。諸人力為營救，然猶鞭倪數十。倪竟不吐一語。後有人問之，曰：『君被窘辱而一語不發，何也？』倪曰：『一說便俗。』」（明·馮夢龍：《古今談概》卷七）從這句話就可以看出，倪雲林絕對不是一個俗人。

　　倪雲林的確是一個大雅之人。他的畫雅。雲林擅畫山水、竹石、枯木等，

早年畫風清潤，晚年變法，平淡天眞。疏林坡岸，幽秀曠逸，筆簡意遠，惜墨如金。以側鋒乾筆作皴，名爲「折帶皴」。墨竹偃仰有姿，寥寥數筆，逸氣橫生。雲林與黃公望、王蒙、吳鎭合稱「元四家」，明代江南人以有無收藏他的畫而分雅俗。他的人雅。雲林清高孤傲，潔身自好，不問政治，不事俗務，自稱「懶瓚」，亦號「倪迂」，常年浸習於詩文書畫之中，和儒家的入世理想迥異其趣。雲林性好潔。「每盥頭，易水數次，冠服著時，數十次振拂。」（明‧蔣一葵：《堯山堂外紀》卷七十七）「文房什物，兩童輪轉拂塵，須臾弗停。庭有梧桐樹，旦夕汲水揩洗，竟至槁死。」他還親自設計了別具一格的「香廁」：「其溷廁，以高樓爲之，下設木格，中實鵝毛。凡便下，則鵝毛起覆之，一童子俟其旁，輒易去，不聞有穢氣也。」（明‧顧元慶：《雲林遺事》）倪瓚的詩文造語自然秀拔，清雋淡雅，不事雕琢。「照夜風燈人獨宿，打窗江雨鶴相依。」這是他的生活的眞實寫照。倪瓚曾作一詩以述其懷：「白眼視俗物，清言屈時英，富貴烏足道，所思垂令名。」

　　文人雅集是中國古代文人以文會友、切磋文藝、娛樂性靈的重要活動，是中國文化藝術史上的獨特景觀。傳統的文人雅集，其主要形式是遊山玩水、詩酒唱和、書畫遣興與藝文品鑒，帶有很強的遊藝功能與娛樂性質。諸如蘭亭雅集、西園雅集、玉山雅集、滕王閣雅集等，更是引爲歷代文壇佳話。東晉「書聖」王羲之在《蘭亭序》中這樣描寫：「永和九年，歲在癸丑，暮春之初，會於會稽山陰之蘭亭，修禊事也。群賢畢至，少長咸集。此地有崇山峻嶺，茂林修竹；又有清流激湍，映帶左右，引以爲流觴曲水，列坐其次。雖無絲竹管絃之盛，一觴一詠，亦足以暢敘幽情。」「蘭亭雅集」借書聖之筆流芳千古，令人心馳神往。

　　中國文人雅趣很多，琴、棋、書、畫、詩、酒、花、香、茶，等等，都深受中國傳統文人喜愛。據說北宋詩人蘇舜欽喜歡以《漢書》下酒，每到興會處則拍案叫絕，滿飲一大杯。一個晚上下來，竟能飲酒一斗。著名女詞人李清照最感興趣的樂事，是在飯後與丈夫賭書飲茶。贏家可以品茶一小杯，輸家只能聞聞茶香。李清照才思敏捷，常常贏多輸少。清代詞人納蘭性德也曾經在詞中寫過賭書飲茶樂事：「被酒莫驚春睡重，賭書消得潑茶香。當時只道是尋常。」（納蘭性德：《浣溪沙‧誰念西風獨自涼》）

　　書齋是文人雅士精神的聖地，歷來文人對此更是用心。朱熹云：「出則有山水之興，居則有卜築之趣。」明人高濂《遵生八箋》寫道：「書齋宜明淨，

不可太敞。明淨可爽心神，宏敞則傷目力。窗外四壁，薜蘿滿牆，中列松檜盆景，或建蘭一二，繞砌種以翠雲草令遍，茂則青蔥郁然。」書齋的理想布置爲：「長桌一，古硯一，舊古銅水注一，舊窯筆格一，斑竹筆筒一，舊窯筆洗一，糊斗一，水中丞一，銅石鎮紙一。左置榻床一，榻下滾腳凳一，床頭小幾一，上置古銅花尊，或哥窯定瓶一，花時則插花盈瓶，以集香氣；閒時置蒲石於上，收朝露以清目。或置鼎爐一，用燒印篆清香。冬置暖硯爐一，壁間掛古琴一，中置幾一，如吳中雲林幾式佳。壁間懸畫一。書室中畫惟二品，山水爲上，花木次之，禽鳥人物不與也。……」

　　白居易的「廬山草堂」就是這樣的理想書齋：「三間兩柱，二室四牖，廣袤豐殺，一稱心力。洞開北戶，來陰風，防徂暑也。敞南甍，納陽日，虞祁寒也。木，斲而已，不加丹。墙，圬而已，不加白。砌階用石，羃窗用紙，竹簾紵幃，率稱是焉。堂中設木榻四，素屏二，漆琴一張，儒道佛書，各兩三卷。」（白居易：《廬山草堂記》）明末文人張岱的書房「不二齋」則是：「不二齋，高梧三丈，翠樾千重，牆西稍空，蠟梅補之，但有綠天，暑氣不到。後窗牆高於檻，方竹數竿，瀟瀟灑灑，鄭子昭『滿耳秋聲』橫披一幅。天光下射，望空視之，晶沁如玻璃、雲母，坐者恒在清涼世界。圖書四壁，充棟連床；鼎彝尊罍，不移而具。余於左設石床竹幾，帷之紗幕，以障蚊虻；綠暗侵紗，照面成碧。夏日，建蘭、茉莉，薌澤浸人，沁入衣裾。重陽前後，移菊北窗下，菊盆五層，高下列之，顏色空明，天光晶映，如沉秋水。冬則梧葉落，蠟梅開，暖日曬窗，紅爐毾氉。以崑山石種水仙。列階趾。春時，四壁下皆山蘭，檻前芍藥半畝，多有異本。余解衣盤礴，寒暑未嘗輕出，思之如在隔世。」（張岱：《陶庵夢憶》卷二）有書齋若此，不亦雅乎？數百年之後，民國文人梁實秋，還要把他抗戰期間在重慶北碚的幾間漏風漏雨、老鼠肆虐、蚊子猖獗的陋室命名爲「雅舍」，可見雅文化對中國文人影響之深。正是：「室雅何須大，花香不在多。」

　　「花月還同賞，琴詩雅自操。朱弦拂宮徵，洪筆振風騷。」（白居易《寄獻北都留守裴令公》）古代文人雅趣多矣，無法備述。時至今日，「雅」仍然是評判一個人品位高下的標準。然而，時移勢遷，「風流總被，雨打風吹去。」古人悠閒的生活態度、高雅的生活情趣，已經離我們遠去。我們只能從前人留下的典籍中，領略先人們的俊逸儒雅，追慕先人們的文采風流，給我們塵俗的心靈一點點慰藉。

　　（2016 年）

人無疵不可與交，以其無眞氣也
——漫話古代文人之五

　　追求完美是所有人的本能，人人都希望成爲一個完美的人。孔子曰：「君子有九思：視思明，聽思聰，色思溫，貌思恭，言思忠，事思敬，疑思問，忿思難，見得思義。」（《論語・季氏》）這是他對君子提出的九條要求，也是衡量一個人是否君子的九個標準。所謂「九思」，實際上也就是一個人不斷追求完美的過程。如果能做到這些的話，那就是一名君子，是一名「完人」。

　　《論語》中對「君子」有很多論述，如：「君子道者三，我無能焉：仁者不憂，知者不惑，勇者不懼。」（《論語・憲問》）「君子義以爲質，禮以行之，孫以出之，信以成之，君子哉！」（《論語・衛靈公》）「君子和而不同，小人同而不和。」「君子坦蕩蕩，小人長戚戚。」「君子泰而不驕，小人驕而不泰。」「君子以文會友，以友輔仁。」「君子上達，小人下達。」「君子喻於義，小人喻於利。」「君子成人之美，不成人之惡。小人反是。」「君子矜而不爭，群而不黨。」「質勝文則野，文勝質則史，文質彬彬，然後君子。」君子「修己以敬」，「修己以安人」，「修己以安百姓」。（《論語・憲問》）等等等等。

　　「君子」是孔子的理想的人格。在孔子看來，「君子」是做人的最高境界，他希望他的弟子們都努力修煉自己，成爲一名君子，一個完美的人。

　　孔子極力勸人向上，做一名完美的君子；可是明末文人張岱卻說：「人無癖不可與交，以其無深情也；人無疵不可與交，以其無眞氣也。」清代的張潮在《幽夢影》裏也說：「花不可以無蝶，山不可以無泉，石不可以無苔，水不可以無藻，喬木不可以無藤蘿，人不可以無癖。」明代袁宏道說得更絕對：「余觀世上語言無味、面目可憎之人，皆無癖之人耳！」（袁宏道《瓶史・好事》）按照他們的觀點，人不能太完美，必須有點小毛病、小瑕疵，否則就「語言無味、面目可憎」，都不值得交往了。這跟聖人的教誨豈不是背道而馳嗎？

　　其實不然。孔子所談，是他心目中理想的「君子」形象。可是這些標準實在難以企及，所以數千年來能夠被稱爲「君子」的屈指可數。反過來講，一個人如果眞的十全十美，毫無瑕疵，用莊子的話說「畸於人而侔於天」，這樣的人也有點可怕了。如果所有人都成了「君子」，恐怕這個世界也少了好多樂趣。

　　「癖」也好，「疵」也好，大抵是指無傷大雅的小毛病。前者是積久成癮的喜好；後者多指缺點和毛病。癖和疵，意味著執著，意味著眞實。張岱認

爲，一個人如果沒有一點癖好、沒有一點瑕疵，那麼是不可交往的，因爲他沒有深情、沒有眞氣。細細想來，確有幾分道理。君子固然可敬，卻不可親。

中國歷代知識分子，深受儒家思想影響，多有「修身齊家治國平天下」的遠大抱負，十分重視個人修爲；但是也有不少較有個性的文人，不願受禮教束縛，成心要做出一些驚世駭俗的行爲。這些文人的行爲，往往不爲當世所理解，甚至遭到排斥和非議。但是隔過千百年的歷史塵埃看過去，正是他們身上的那些小瑕疵、小缺點，使他們具有特別的可愛之處。

比如潔癖。元代畫家倪瓚（雲林）的「性好潔」已廣爲人知；最近翻了一些閒書，才知道原來古代以「好潔」聞名的並非只有雲林一個人，很多文人都因好潔而「青史留名」。比如唐代大詩人王維，周勳初主編的《唐人軼事彙編‧卷十三》記載：「王維居輞川，宅宇既廣，山林亦遠，而性好溫潔，地不容浮塵。有十數掃飾者，使兩童專掌縛帚，而有時不給。」王維的輞川別業當時就是一處名勝，他在此做了不少好詩。比如那首有名的《終南別業》：「中歲頗好道，晚家南山陲。興來每獨往，勝事空自知。行到水窮處，坐看雲起時。偶然值林叟，談笑無還期。」詩人在這所別業中豢養了多名園丁負責灑掃，並由兩個童子專司做掃帚，居然都時常來不及。南朝宋時期的畫家宗炳好潔，家裏來客人的話，都等不到人家告辭離開，就開始擦拭人家坐過的椅子。同樣是南朝人王思微，他家僕人伺候他穿衣服的時候手上必須裹上白紙。有狗在他家柱子旁撒了泡尿，他就讓僕人不停地洗柱子。洗完用刀反覆刮，還嫌不乾淨，乾脆砍了換新柱子。宋代書法家米芾，每天要洗幾十次手。他最喜歡硯臺，一次皇上賜他一方瑤池硯，他請蘇東坡觀賞。東坡曰：「此硯雖好，未知發墨何如？」就蘸著口水磨墨。米芾當場變臉大罵：「鬍子壞吾硯矣！」乾脆把硯臺送給了東坡。清朝人邵僧彌，每天擦帽子，擦鞋子，擦硯臺，不厭其煩，「雖僮僕患苦，妻子竊罵，不爲意也」。清中期雍正時代文人汪積山，文采斐然，詩寫得很好，但他因爲嫌考場髒，寧可捨棄功名也不去考試。

有以「好潔」聞名的，也有「不潔」到極點的。魏晉的嵇康是個公認的美男子，卻從不講究個人衛生，因此身上常長出許多蝨子。王安石不拘小節，衣著邋遢，《宋史》稱其「衣垢不浣，面垢不洗」。《石林燕語》載：「王荊公不喜修飾，經歲不洗沐，衣服雖敝，亦不浣洗。」一次上朝，身上的蝨子從衣服裏爬出來，順著鬍鬚往上爬，把皇上逗得哈哈大笑。因爲臉黑，僕人以爲其患病，請來醫生，醫生看了說：「此垢污，非疾也。」近代學人章太炎也以不講衛生而

出名，三個月不洗澡，衣服也不換，身上長有蝨子，指甲裏污跡斑斑。章太炎還愛罵人，別人只能聽之任之，不能答之，更不能附和，否則章就要打人。

在各種牲畜中，驢叫的聲音算是比較難聽的，可是偏偏有人喜歡聽，喜歡學。比如「建安七子」之一的王粲，平生喜歡聽驢叫，時常以學驢叫自娛自樂。所以，王粲去世之後，曹丕在他的葬禮上提議大家一起學驢叫爲他送行。《世說新語》中是這樣記載的：「王仲宣好驢鳴。既葬，文帝臨其喪，顧語同遊曰：『王好驢鳴，可各作一聲以送之。』赴客皆一作驢鳴。」這起歷史上最滑稽最搞笑的驢叫送葬禮，成爲中國文學史上的千古絕唱。

西晉詩人孫楚（字子荊），也是一個喜歡學驢叫的人。孫楚和王濟（字武子）是好朋友。王濟死後，孫楚前去弔唁，當著眾多名士的面撫屍痛哭，引得大家都跟著落淚。孫楚悲傷地說：你生前不是喜歡聽我學驢叫嗎？我再給你學一次。說罷，他眞的學起了驢叫，引得眾賓客破涕爲笑。誰知孫楚卻一板臉，說：竟然讓這樣的人死了，而你們卻還活著！「武子喪時，名士無不至者，子荊後來，臨屍慟哭，賓客莫不垂涕。哭畢，向床曰：『卿常好我作驢鳴，今我爲卿作。』體似眞聲，賓客皆笑。孫舉頭曰：『使君輩存，令此人死！』」（《世說新語‧傷逝》）

魏晉時期的文人大都很有個性，如妳衡、孔融，如嵇康、阮籍，他們的言行舉止均屬怪癖。王粲、孫楚二人性格孤傲、狂放、怪誕、不羈，喜歡學驢叫，一點也不奇怪。他們借學驢叫顯示自己的卓爾不群，排遣內心懷才不遇的悲涼；他們以驢鳴代替悲歌，表達失侶喪友之痛。王安石在《驢二首》中曾說，驢鳴聲正音純、坦率無邪，「臨路長鳴有眞意」。王粲與孫楚模仿驢叫，倒是讓我們感受到了魏晉文人率眞的一面。

一些文人寫作時還有一些怪毛病。有的文人喜靜，恨不得連一根針掉到地上的聲音都受不了。比如隋文帝時的內書侍郎薛道衡，是一個極度要求安靜環境的人，每當他受命寫公文，他立刻收拾紙筆，躲到空房子裏，一語不發，腳頂牆壁，躺著構思。倘若外面傳來一絲聲響，他必定暴跳如雷，怒髮衝冠，大加斥罵。而有些文人則喜鬧，越是吵鬧越是文思如泉湧，比如宋眞宗時的秘書楊億。據《宋史‧楊億傳》記載，他「才思敏捷，略不凝滯，對客談笑，揮翰不輟」，「每欲作文，則與門人賓客飲博、投壺、弈棋，談笑喧嘩」。

袁宏道說：「嵇康之鍛也，武子之馬也，陸羽之茶也，米顛之石也，倪雲林之潔也，皆以僻而寄其塊壘俊逸之氣者也。」林散之也說：「一個人要有癖好，古人云，不要友無癖者。因有癖，才有眞性情，眞心得。一個人一生要

有一好，如書、畫、琴、棋、詩文等。人生多苦難，有點藝術是安慰。」癖好為人生深情之所注，寄託之所在。按照梁啓超先生的說法是：「凡人必常常生活於趣味之中，生活才有價值。」（梁啓超《飲冰室合集》）所以，人有點癖好或者小毛病並不可怕。唐代詩人盧仝乾脆自號「癖王」，其《自詠》詩之三云：「物外無知己，人間一癖王。」

當然，所謂的「癖」或「疵」，只是指習性上的小毛病、小瑕疵而已，絕對不是人格缺陷或道德缺失。古代文人之「癖」、之「疵」，不但無損於他們的道德操守，相反往往還是人格堅守的一種手段，一個託詞，否則也不會流傳千古，為人們所津津樂道。比如以「好潔」聞名的倪雲林，就誓死「不為王者師」；「建安七子」之一的王粲，懷才不遇，只能以學驢叫自遣；宣稱「人無疵不可與交」的張岱，明朝亡後，披髮入山，隱居不仕，堅決不與清政府合作。他們不但藝文成就出眾，而且道德操守令人尊敬。所以說，「人無癖不可與交」，「人無疵不可與交」，與孔子提倡的「見賢思齊焉，見不賢而內自省也」，「無友不如己者」，是不矛盾的。

其實，世間並沒有絕對的完美，所謂的完美不過是人們的一種美好願望罷了。俗話說：「金無足赤，人無完人。」天底下沒有十全十美的人，任何人都或多或不地有一些這樣那樣的缺點。也沒有完美無缺的事，總是多多少少會有些小遺憾。正如蘇東坡在《水調歌頭·明月幾時有》中所說：「人有悲歡離合，月有陰晴圓缺，此事古難全。」可是這並不妨礙我們每天快快樂樂地活著。我們努力追求完美，並不是為了讓我們生活得更累，更痛苦，而是為了讓我們能夠生活得更好，更快樂。

（2016 年）

情不知所起，一往而深
——漫話古代文人之六

「十年生死兩茫茫。不思量，自難忘。千里孤墳、無處話淒涼。縱使相逢應不識、塵滿面，鬢如霜。夜來幽夢忽還鄉。小軒窗，正梳妝。相顧無言，惟有淚千行，料得年年斷腸處，明月夜，短松岡。」（蘇軾《江城子》）

　　這首詞，記不清讀過多少遍了，可是每次讀起來，仍會感到胸口尖銳刺痛，眼淚潸然而下。詞中所表達的那種陰陽兩隔的無奈、深情難忘的沉痛、無人可訴的淒涼，穿越千年的時光，仍然敲擊著一代一代讀者心中最柔軟的部分，催人淚下。

　　愛情，是人類最美好的感情，也是古今中外文學作品永恆的主題。在中國最早的詩歌總集《詩經》中，就有大量以愛情爲主題的作品。既有兩情相悅、男歡女愛的喜悅：「關關雎鳩，在河之洲。窈窕淑女，君子好逑。」（《關雎》）又有生死相依、攜手到老的莊重承諾：「死生契闊，與子成說。執子之手，與子偕老。」（《伯兮》）更有堅貞相愛、永不分離的誓言：「上邪！我欲與君相知，長命無絕衰。山無陵，江水爲竭。冬雷震震，夏雨雪，天地合，乃敢與君絕。」（《上邪》）

　　堅貞不渝的愛情總是如此美好，引來一代代的文人們競相書寫、頌揚。

　　幾千年來，以愛情爲主題的作品汗牛充棟，留下了諸多名篇佳作。那些有關愛情的詩句，什麼時候讀起來都是那麼溫馨、感人。這裡，有刻骨銘心的追念：「曾經滄海難爲水，除卻巫山不是雲。」（唐元稹《離思》）有對愛人的思念之情：「我住長江頭，君住長江尾。日日思君不見君，共飲長江水。」（宋李之儀《卜算子·我住長江頭》）有對美好愛情的渴望：「願得一人心，白首不相離。」（唐卓文君《白頭吟》）有對聖潔愛情的歌頌：「兩情若是久長時，又豈在朝朝暮暮。」（宋秦觀《鵲橋仙》）有重尋不遇的惆悵：「去年今日此門中，人面桃花相映紅。人面不知何處去，桃花依舊笑春風」（唐崔護《題都城南莊》）有意外相逢的喜悅：「眾裏尋他千百度，驀然回首，那人卻在燈火闌珊處。」（宋辛棄疾《青玉案·元夕》）有戀人幽會的歡愉與佳人難覓的傷感：「去年元夜時，花市燈如晝。月上柳梢頭，人約黃昏後。今年元夜時，月與燈依舊。不見去年人，淚濕春衫袖。」（宋歐陽修《生查子·元夕》）讀著這些優美的詩句，我們或會心微笑，或扼腕歎息，或潸然淚下，爲那美好的愛情而感動。

　　美滿的愛情固然令人羨慕、嚮往，然而，「人有悲歡離合，月有陰晴圓缺，此事古難全。」美滿的愛情可遇而不可求，更多的是愛而不能、愛而不得、生離死別的悲劇，也正是這樣的愛情悲劇，更有打動人心的力量。

　　白居易的《長恨歌》敘述的就是唐玄宗與楊貴妃的愛情悲劇，也是千古傳誦的愛情名篇。

　　《長恨歌》，作於元和元年（806 年），當時詩人正在盩厔縣（今陝西周至）任縣尉。在這首長篇敘事詩裏，作者以精練的語言，優美的形象，敘事和抒情結合的手法，敘述了唐玄宗、楊貴妃在安史之亂中的愛情悲劇。詩人借助歷史的影子，根據當時人們的傳說，街坊的歌唱，從中蛻化出一個迴旋曲折、宛轉動人的故事，用迴環往復、纏綿俳惻的藝術形式，描摹、歌詠出來，在歷代讀者的心中漾起陣陣漣漪。詩的最後四句：「在天願作比翼鳥，在地願爲連理枝。天長地久有時盡，此恨綿綿無絕期。」已經成爲膾炙人口的名句。

　　文人天生感情豐富、多愁善感，在對待愛情的態度上，他們比常人更加敏感，也更加執著、更加虔誠。愛情是他們生命中不可或缺的一部分，也是他們創作的源泉。他們，有的多情，如柳永，「多情自古傷離別，更那堪，冷落清秋節」；有的深情，如蘇軾，「十年生死兩茫茫。不思量，自難忘」；有的癡情，如陸游，「春如舊，人空瘦，淚痕紅浥鮫綃透」。他們的悲歡離合令人唏噓，他們的詩篇感人肺腑。當然也不乏見異思遷、始亂終棄之徒，他們的行徑令人不恥。

　　蘇東坡的《江城子‧乙卯正月二十日夜記夢》，是最令我感動的悼亡之作，詞中凝結著東坡對亡妻王弗深沉的思念。

　　王弗（1039～1065 年），蘇軾的結髮之妻，眉州青神（今四川眉山市青神縣）人，鄉貢進士王方之女，聰明沉靜，知書達理，十六歲時即與十九歲的蘇軾成婚。婚後，每當蘇軾讀書時，王弗總是陪伴在側，爲其研墨。蘇軾偶有遺忘，她便從旁提醒。對於蘇軾的問題，她也能輕鬆回答，令其滿意。二人情投意合，恩愛有加。可惜天命無常，宋英宗治平二年（1065 年）王弗不幸早逝，年方 27 歲。王弗去世後，蘇軾對她依舊一往情深，哀思深摯。熙寧八年（1075 年）正月二十日，蘇軾夢見愛妻王弗，便寫下了那首有名的悼亡詞《江城子》。

　　全詞滿含對亡妻濃濃的懷念之情。首句便直接傾訴了作者對亡妻十年來的深摯懷念和傷悼。陰陽兩世，生死相隔了茫茫十年，作者對妻子的懷念始終沒有淡化。即使不去思量，過去的一切自會浮漾心頭，難以忘懷。雖時光易逝，但眞情難忘。追念之情，不能自己。孤墳遠在千里，無處可訴衷腸。一句「無處話淒涼」寫盡作者孤寂悲鬱的心境，令人爲之心酸。即使在夢中相逢，然而卻「相顧無言」，「惟有淚千行」，不勝悲涼。全詞語言樸素自然，

純用白描，不事雕琢，具有令人盪氣迴腸的藝術魅力，堪稱悼詞之絕唱，使人讀後無不爲之動情而感歎哀惋。

堪與東坡媲美的，還有陸游。他們同樣遭遇了與愛妻的生離死別，也同樣寫下了感人至深的懷人之作。不同的是：蘇軾的悲劇是天命，不可違；而陸游的悲劇是人禍，不得已。

公元 1144 年，陸游與舅父唐仲俊之女唐琬結婚，結婚以後，他們「伉儷相得」，「琴瑟甚和」。不料，陸母卻對兒媳產生了厭惡感，以婚後三年沒有生育爲由逼迫陸游休妻。陸游百般勸諫、哀求無效，二人終於被迫分離，唐氏改嫁「同郡宗子」趙士程。十年以後的一個春日，陸游回到家鄉山陰（今浙江紹興）城南禹跡寺附近的沈園，與偕夫同遊的唐氏邂逅相遇。唐琬徵得趙士程同意後，派人給陸游送去菜肴，聊表撫慰之情。陸游感念舊情，悵恨不已，寫了著名的《釵頭鳳》：

> 紅酥手，黃藤酒，滿城春色宮牆柳。東風惡，歡情薄，一懷愁緒，幾年離索。錯！錯！錯！

> 春如舊，人空瘦，淚痕紅浥鮫綃透。桃花落，閒池閣，山盟雖在，錦書難託。莫！莫！莫！

> 相傳，唐琬看後，失聲痛哭，回家後也寫下了一首《釵頭鳳》，不久就鬱鬱而終了。

> 世情薄，人情惡，雨送黃昏花易落。曉風乾，淚痕殘，欲箋心事，獨倚斜欄。難，難，難。

> 人成各，今非昨，病魂常似秋韆索。角聲寒，夜闌珊，怕人尋問，咽淚裝歡。瞞，瞞，瞞。

此後，陸游北上抗金，又轉川蜀任職，幾十年的風雨生涯，依然無法排遣詩人心中的眷戀。他多次作詩，懷念唐琬。七十五歲那年，陸游倦遊歸來，唐琬早已香消玉殞，然而他對舊事、對沈園依然懷著深切的眷戀，他住在沈園附近，「每入城，必登寺眺望，不能勝情」，寫下絕句兩首，即《沈園》詩二首：

> 一

> 城上斜陽畫角哀，沈園非復舊池臺。
> 傷心橋下春波綠，曾是驚鴻照影來。

二

夢斷香消四十年，沈園柳老不吹綿。

此身行在稽山土，猶弔遺蹤一泫然。

沈園是陸游懷舊場所，也是他傷心的地方。他想著沈園，但又怕到沈園。春天再來，撩人的桃紅柳綠，惱人的鳥語花香，風燭殘年的陸游雖然不能再親至沈園尋覓往日的蹤影，然而那次與唐琬的相遇，伊人那哀怨的眼神、羞怯的情態、無可奈何的步履、欲言又止的模樣，使陸游牢記不忘。八十一歲那年，他又賦《夢遊沈園》詩：

其一

路近城南已怕行，沈家園裏更傷情。

香穿客袖梅花在，綠蘸寺橋春水生。

其二

城南小陌又逢春，只見梅花不見人。

玉骨久沉泉下土，墨痕獨鎖壁間塵。

陸游臨終前一年，也就是八十五歲那年春日的一天，再遊沈園，滿懷深情地寫下了最後一首思念唐琬的詩《春遊》：

沈家園裏花如錦，半是當年識放翁。

也信美人終作土，不堪幽夢太匆匆。

放翁是著名的愛國詩人，他曾經寫下許多慷慨悲歌、鐵馬金戈的愛國詩篇。同時他又是一位重情之人，他和唐琬的愛情故事流傳千古。終其一生，陸游都活在對唐琬的思念之中。這段刻骨銘心的愛情深深地埋在心底，陪伴他走完波瀾壯闊的人生，可謂古今第一癡情之人。

湯顯祖在《牡丹亭記題詞》中歎道：「情不知所起，一往而深，生者可以死，死可以生。」元好問也深有感慨地發問：「問世間，情為何物，直教生死相許。」（《摸魚兒‧雁丘詞》）的確，愛情是那麼神奇，也許就是一面之緣，也許只是驚鴻一瞥，如電光石火，心有靈犀，從此念念不忘，生死相依。「衣帶漸寬終不悔，為伊消得人憔悴。」（柳永《蝶戀花‧佇倚危樓風細細》）愛情是不死的，也是不朽的。天地玄黃，世易時移，滄海桑田，一代代文人早已化作一抔黃土，而他們的愛情故事卻永遠活在他們的詩詞歌賦中，活在後人的心中。

（2016 年）

夜讀抄（一組）

絮　語

「歐陽子方夜讀書，聞有聲自西南來者，悚然而聽之，曰：『異哉！』初淅瀝以蕭颯，忽奔騰而砰湃，如波濤夜驚，風雨驟至。其觸於物也，鏦鏦錚錚，金鐵皆鳴；又如赴敵之兵，銜枚疾走，不聞號令，但聞人馬之行聲。予謂童子：『此何聲也？汝出視之。』童子曰：『星月皎潔，明河在天，四無人聲，聲在樹間。』」（宋・歐陽修《秋聲賦》）

歐陽修此文，旨在借秋聲之淒切寫秋天之悲涼，而劈頭一句卻引來無數讀書人神往。數百年之後的文人周作人猶念念不忘：「幼時讀古文，見《秋聲賦》第一句云：『歐陽子方夜讀書』，輒涉幻想，彷彿覺得有此一境，瓦屋紙窗，燈檠茗碗，窗外有竹有棕櫚，後來雖見『紅袖添香夜讀書』之句，覺得也有趣味，卻總不能改變我當初的空想。」（周作人《夜讀抄・小引》）對傳統文人而言，「夜讀」是一件賞心樂事。漫漫長夜，青燈黃卷，一冊在手，其樂無窮。無論是「紅袖添香夜讀書」，還是「雪夜閉門讀禁書」，其樂總在「夜讀」二字上。

在如今這個新媒體高度發達、交際繁多、人心浮躁的時代，靜下心來閉門夜讀已經成了一種奢侈，而我總捨不得放棄夜讀的樂趣。正如知堂老人所說：「因為覺得夜讀有趣味，所以就題作《夜讀抄》，其實並不夜讀已如上述，而今還說逛稱之曰夜讀者，此無他，亦只是表示我對於夜讀之愛好與憧憬而已。」知堂此言，甚獲我心。吾自大學時代起遍讀知堂散文，喜其雋永沖淡。與知堂老人一樣，吾亦喜讀古人筆記，偶有所得，隨手記之。今不避嫌，將這組讀書筆記名之曰「夜讀抄」，實乃追慕知堂風範，冀以此向其致敬也。

言為士則，行為世範

「陳仲舉言為士則，行為世範，登車攬轡，有澄清天下之志。為豫章太守，至，便問徐孺子所在，欲先看之。主簿白：『群情慾府君先入廨。』陳曰：『武王式商容之閭，席不暇暖。吾之禮賢，有何不可？』」（南朝宋・劉義慶《世說新語・德行・一》）

　　評價一個人的品行，需從其言行兩個方面予以考察。《周易・繫辭上》：「言行，君子之樞機。」《荀子》說得更清楚：「口能言之，身能行之，國寶也；口不能言，身能行之，國器也；口能言之，身不能行，國用也；口言善，身行惡，國妖也。」

　　《世說新語》開篇即講陳蕃（東漢人，字仲舉）禮賢故事，並以「言爲士則，行爲世範」八字品評他的品行，可見對他的推重。「言爲士則，行爲世範」也成爲後世文人尊奉的標準。當代著名學者啓功先生爲北京師範大學撰定的校訓「學爲人師，行爲世範」，與此極爲相似，後四字則完全相同，不排除受此影響。

　　「言爲士則，行爲世範」，從「言」「行」兩個方面對天下讀書人提出要求。一個優秀的士人，一定要謹言愼行。其言談應該成爲讀書人的準則，其行爲應該成爲世人的典範。在兩者之間，「行」的份量顯然遠大於「言」。孔子說：「聽其言而觀其行。」就是說，不光要聽他怎麼說，還要看他怎麼做。與「言」相比，人們顯然更重視「行」。謝安夫人有一次問他：「怎麼從來沒見到你教育孩子啊？」謝安回答道：「我總是用身教來教育孩子。」（「謝公夫人教兒，問太傅：『那得初不見君教兒？』答曰：『我常自教兒。』」《世說新語・德行・三十六》）

　　做人應該言行一致，表裏如一。但在現實生活中，口是心非、言行不一的現象不是少數。當面一套背後一套，臺上一套臺下一套，說得道貌岸然，做得禽獸不如，這種「兩面人」尤需警惕。

且待小僧伸伸腳

　　「昔有一僧人，與一士子同宿夜航船。士子高談闊論，僧畏懾，拳足而寢。僧人聽其語有破綻，乃曰：『請問相公，澹臺滅明是一個人、兩個人？』士子曰：『是兩個人。』僧曰：『這等堯舜是一個人、兩個人？』士子曰：『自然是一個人！』僧乃笑曰：『這等說起來，且待小僧伸伸腳。』」（明・張岱《夜航船・序》）

　　這位僧人是值得佩服的。他在高談闊論的讀書人面前「畏懾」以至「拳足而寢」，這是絕大多數普通人面對名人的正常表現。可貴的是，他對士子並沒有一味崇拜，也沒有一味自卑。當他聽出士子的話有破綻後，他沒有想當然地懷疑自己的智商和學識，而是勇敢地對士子的水平產生了懷疑，並且勇敢地提出問題，從而讓士子露出了馬腳。這就不是所有人都能做到的了。假

如換一個人，也許首先懷疑的是自己，而不是士子。士子滿腹經綸，才高八斗，他怎麼會錯呢？錯的肯定是自己！

對於高於自己、強於自己的人，產生信任以至崇拜，這是人之常情。但是如果這種信任發展到絕對、崇拜發展到無限，以為凡是專家、權威說的都是對的，那就可怕了。人類思想的進步，總是從懷疑、否定前人開始的。沒有懷疑、沒有否定，人類文明不知道還停留在哪個年代。

專家、權威當然比常人知道得多些，讀他們的文章、聽他們講話總能有所收穫。但是如果學問做得不夠紮實，也難免鬧出笑話。如今凡論壇必定「高端」，凡會議定是「峰會」，出席者當然也是高端人士。聆聽專家演講，當然獲益匪淺。但也有那麼幾次，讓我聽出破綻，心底不禁「呵呵」兩聲，挺直的腰板也放鬆下來了。想起那僧人如果再世，恐怕也不必「拳足而寢」了。呵呵。

子非吾友也

「管寧、華歆共園中鋤菜，見地有片金，管揮鋤與瓦石不異，華捉而擲去之。又嘗同席讀書，有乘軒冕過門者，寧讀如故，歆廢書出看。寧割席分坐，曰：『子非吾友也！』」（南朝宋·劉義慶《世說新語·德行·十一》）

這則故事就是成語「管寧割席」的來源。管寧、華歆都是漢末人。有一天，兩人同在園中鋤草。看見地上有一片金子，管寧依舊揮動鋤頭，視之如同瓦片石頭一樣；而華歆卻高興地撿起來，大概是看到管寧的神色不對才扔了它。又有一次，他們同坐在一張席子上讀書，有人穿著華服乘著豪車從門前經過，管寧還像原來一樣讀書，華歆卻放下書出去觀看。這兩個舉動讓管寧看清了華歆愛慕金錢貪圖享受的品行。於是，管寧割斷席子，與他絕交。最後摺下一句話：「你不是我的朋友！」換言之，「你和我不是同道中人！」

「子非吾友也！」這句話的份量很重。結交朋友，首重品行。品行端正，可以容忍小的缺點；品行不正，再大的本領也要敬而遠之。孔子曰：「益者三友，損者三友。友直，友諒，友多聞，益矣。友便辟，友善柔，有便佞，損矣。」與三種人交朋友對自己有益，即正直、誠實、見多識廣的人；與三種人交朋友對自己有害，即阿諛奉承、當面恭維背後誹謗、花言巧語的人。益友，是人生的財富；損友，是進步的羈絆。對於損友，我們要向管寧學習，毫不猶豫地與其切割清楚：「子非吾友也。」

不欲虛此清供也

「旬日晴煦，小盆水仙梅花盛開，香氣郁勃，終日在氳氤中。有招者，俱不赴，不欲虛此清供也。」（明·李日華《味水軒日記》卷一）

最近李日華好生奇怪，朋友們幾次餐聚都不參加。問他爲何，吱吱唔唔的也不肯說，可別是出了什麼事吧？大夥不放心，這天相約了一起去看他。進得門來，水仙梅花盛開，滿室清香。這位李先生手捧清茶，面色紅潤，神定氣閒。「李兄，你怎麼了？」「我沒事啊。」「沒事？你一個人躲在家裏？」「哦，各位兄臺請看，我家花兒開得正好，香氣郁勃，我捨不得離開它們啊！」「李兄是雅人，我等凡夫俗子不配爲伍，告辭！」「各位，別，別呀……」

這當然是虛構了，不過這位李先生的確是雅人、癡人，令人羨慕。你看，他爲了一室的清香，拒絕了所有的邀約，終日與水仙梅花爲伴。事實上，李日華也正是一位散淡之人。他厭倦官場，曾辭官歸家奉養老父，鄉居長達二十餘年，或讀書作文吟詠詩詞，或與親朋同好煮茶品茗鑒賞書畫，或倘伴浪跡於湖光山色之間。這樣的清雅之士，就算在古代也不多，現代社會當然更是絕跡了。套用現在的一句流行語「帥到沒朋友」，這位李先生恐怕也是「雅到沒朋友」了。

人生在世，要做的事很多。「天下熙熙，皆爲利來；天下攘攘，皆爲利往。」普天之下，芸芸眾生，爲了利益而勞累奔波。按照現代的觀點看來，其實也無可厚非。但是在追逐利益的過程中，也要經常給自己的心靈一點空閒，讓勞碌的心靈得到一點休息。正所謂：「爲名忙，爲利忙，忙裏偷閒，喝杯茶去；勞力苦，勞心苦，苦中作樂，拿壺酒來。」

此間有甚麼歇不得處

「余嘗寓居惠州嘉祐寺，縱步松風亭下。足力疲乏，思欲就亭止息。望亭宇尚在木末，意謂是如何得到？良久，忽曰：『此間有甚麼歇不得處？』由是如掛鉤之魚，忽得解脫。若人悟此，雖兵陣相接，鼓聲如雷霆，進則死敵，退則死法，當恁麼時也不妨熟歇。」（宋·蘇軾《東坡志林·卷一·記遊松風亭》）

東坡先生住在惠州嘉祐寺的時候，有一天信步走到松風亭下，感到腿酸疲乏，很想到亭子裏去休息一會兒。可是抬頭一看，松風亭還在高處，心想這可如何爬得上去呢？苦思良久，忽然想到：幹嗎非要到亭子裏才休息啊，

難道這裡就不能休息嗎？這麼一想，心情一下子就放鬆了，就像已經掛在魚鉤上的魚兒忽然得到了解脫。

東坡不愧為曠達之士，一件本來令人沮喪的遭遇，換個角度想想，立馬豁然開朗，「由是如掛鉤之魚，忽得解脫」。這種思考方式，在後來貶謫過程中不斷從蘇軾筆下表現出來，這既是蘇軾對自己生活困境的一種積極反抗——以樂處哀，又是蘇軾在具體現實中始終不墮其精神品格、自我提升到一種曠遠開闊境地的呈示。

從「意謂是如何得到」，悟出世間「有甚麼歇不得處」的道理，這種即時放下，隨遇而安，「當恁麼時也不妨熟歇」的曠達態度，正是蘇軾從自己豐富的人生磨礪中而來的。這在當代著名學者啓功身上也有鮮明體現。啓功曾被打成右派，這當然是人生中的大不幸，可他卻說：「當『右派』，不許我教書，我因禍得福，寫了許多文章。幸虧有那麼些曲折，讓我受到了鍛鍊。」面對無法避免的災難，與其消極等待怨天尤人，不如振作精神積極應對，把災難所造成的傷害減到最低。就算「兵陣相接，鼓聲如雷霆，進則死敵，退則死法」，也「不妨熟歇」，先睡個好覺再說。

唯丘壑獨存

「庾太尉在武昌，秋夜氣佳景清，使吏殷浩、王胡之之徒登南樓理詠。音調始遒，聞函道中有屐聲甚厲，定是庾公。俄而率左右十許人步來，諸賢欲起避之，公徐云：『諸君少住，老子於此處興復不淺。』因便據胡床與諸人詠謔，竟坐甚得任樂。後王逸少下，與丞相言及此事，丞相曰：『元規爾時風範不得不小頹。』右軍答曰：『唯丘壑獨存。』」（南朝宋・劉義慶《世說新語・容止篇・第二十四》）

庾太尉就是東晉權臣庾亮，字元規，精玄學，擅清談，《晉書》稱其坦率行己、「性好老莊」、「風格峻整」。這裡有對他的兩句評價，也就是丞相王導和王羲之的對話：「元規爾時風範不得不小頹。」「唯丘壑獨存。」——「元規那時候的風度氣派不得不說已稍稍減弱。」「唯有高雅超脫的情趣依然保存著。」

「丘壑」一詞，本指山水幽深之處，亦指隱者所居之處；後來多用它來比喻深遠的意境，高雅的情趣，曠達的襟懷。初唐詩人王勃《上明員外啓》云：「一丘一壑，同阮籍於西山；一嘯一歌，列嵇康於北面。」黃庭堅《題子瞻枯木》有句：「胸中元自有丘壑，故作老木蟠風霜。」陸游《木山》詩中云：

「一丘一壑吾所許，不須更慕明堂材。」這些句子都表達了對阮籍、嵇康、蘇軾等前賢的仰慕之情。王逸少標高獨具，能入他法眼者鳳毛麟角，「丘壑獨存」是對庾亮極高的評價。庾亮坐在小馬紮上，和下屬一起吟詠、談笑，在外人看來風度稍減，但骨子裏內在的神韻卻是掩飾不了，明袁中道就稱其為「韻事」。如今，還有誰能當得起「丘壑獨具」這樣的評語嗎？

蘭之味非可逼而取也

> 「蘭之味，非可逼而取也。蓋在有無近遠續斷之間，純以情韻勝，氤氳無所，故稱瑞耳。體兼眾彩，而不極於色，令人覽之有餘，而名之不可，即善繪者以意取似，莫能肖也。其真文王、孔子、屈原之徒，不可得而親，不可得而疏者耶？」（明·張大復《梅花草堂筆談·卷八·蘭》）

蘭花的香氣，悠遠而綿長，彌漫而飄忽，不須逼近聞嗅，純以情韻取勝。蘭花的色彩，素淡清純，含蓄溫潤，給人無窮的視覺和心靈愉悅，卻又難以用語言來表達。蘭花的形態意趣，即使是善於繪畫的人，也不能畫出它的神韻。蘭花恐怕就是周文王、孔夫子、屈原大夫的同類，不可以褻玩，但又不可一日無此君吧？

張大復的這篇《蘭》，與周敦頤的《愛蓮說》有異曲同工之妙。蘭花清雅高潔，卓爾不群，被譽為「花中君子」、「王者之香」，象徵了一個知識分子的氣質，以及一個民族的內斂風華。對於蘭花，中國人可以說有著根深蒂固的民族感情與性格認同。在中國傳統文化中，養蘭、賞蘭、繪蘭、寫蘭，一直是人們陶冶情操、修身養性的重要途徑，中國蘭花成了高雅文化的代表。

張大復是明代戲曲作家、聲律家。他博學多識，為人曠達，興趣獨特，偏又貧窮多病，至四十歲完全失明，家產也因治病而變賣殆盡。但他堅持著述不輟，以口述的方式創作了名著《梅花草堂筆談》，以及《噓雲軒文字》、《崑山人物傳》、《崑山名宦傳》、《張氏先世紀略》等著作。張大複寫《蘭》，是否以蘭花自況自勉呢？有意思的是，周作人對他評價不高，而錢鍾書則認為他可與張岱媲美，兩人曾為此打過筆墨官司。

卿喜傳人語，不能復語卿

「有人問謝安石、王坦之優劣於桓公，桓公停欲言，中悔曰：

『卿喜傳人語，不能復語卿。』」（南朝宋‧劉義慶《世說新語‧品
藻‧五二》）

生活中有一種人，專喜傳話，搖唇鼓舌，添油加醋，飛短流長，搬弄是非，
今天東家長，明天西家短，唯恐天下不亂。這位先生看來就是這樣的「長舌
婦」，好在桓溫（東晉政治家）及時醒悟，及時打住，沒有中他圈套。

　　余素不喜背後說人閒話，但是也曾險些中招。還是大學剛剛畢業後不久，
有一位年長幾歲的朋友跟我特別親近，經常跟我發布各種內部消息，臧否各
色人等。我向來不愛打聽別人的事情，也不愛背後議論別人，但是礙於情面，
有時也不得不點個頭，應承一下。沒想到這一點頭、一應承，也給了他傳話
的資源。直到有一天一位長者提醒我，我才知道原來他把自己的話都安到我
頭上並散佈出去了，從此我對此君多加小心，無論他說什麼，我一概不予理
會。時間久了，他大概也覺得無趣，終於不再找我了。

　　俗語說：「誰人背後無人說，哪個人前不說人？」人作爲社會成員，難免不
被人議論，也不可能不議論別人，這是很正常的現象。議論，實際上是一種評
價，是對一個人的言行舉止給予肯定性或否定性意見。但是，這種議論，要客
觀公正，而不編造誣陷；要出以公心，而不爲洩私憤；要與人爲善，而不惡意
攻擊。最重要的，不能當面一套背後一套，當面說人話背後說鬼話。本來很單
純的人際關係，往往因爲幾個「攪屎棍」而變得複雜起來。作爲領導者，尤其
要善於辨別眞僞，不能被一些不負責任的議論牽著鼻子走。對於愛打小報告、
搬弄是非的人要保持警惕，直至堅決制止：「卿喜傳人語，不能復語卿！」

但少閒人如吾兩人耳

「元豐六年十月十二日，夜，解衣欲睡，月色入戶，欣然起行。
念無與爲樂者，遂至承天寺尋張懷民。懷民亦未寢，相與步於中庭。
庭下如積水空明，水中藻荇交橫，蓋竹柏影也。何夜無月？何處無
竹柏？但少閒人如吾兩人耳。」（宋‧蘇軾《東坡志林‧卷一‧記承
天寺夜遊》）

《記承天寺夜遊》是蘇東坡的散文名篇。全文短短八十四字，有敘事，
有寫景，有抒情，從容不迫，遊刃有餘。最爲人稱道的，是文中表現出來的
那種瀟灑自然、清奇空靈、質樸恬淡。其實，此文寫於蘇軾因烏臺詩案被貶
謫黃州之後，作者在政治上有遠大抱負，卻報國無門，心情之憂鬱苦悶可想

而知。但是，我們從文章中看不出一點點消沉低落。這正是蘇東坡的曠達之處。蘇軾一生，仕途坎坷，三次被貶，而他始終能隨緣自適，自我排遣，保持樂觀曠達的心態。蘇軾曾寫過一首《自題金山畫像》，用自我調侃對自己一生的遭遇作了總結：「心似已灰之木，身如不繫之舟。問汝平生功業，黃州惠州儋州。」黃州惠州儋州正是他三次被貶之地。

人的一生，如坐過山車，有起必有伏，有升必有降，有得必有失。重要的是保持一顆平常心，得之不喜，失之不悲，笑看得失榮辱。如果做不到的話，那麼不妨找點有益或有趣的事情，來轉移心思，排解憂鬱。哪一個夜晚沒有月亮？哪個地方沒有竹子和柏樹呢？只是我們很多人沒有這樣閒適的心情罷了。當代著名學者啟功半生坎坷，歷經不幸，幼年喪父，中年喪母，晚年喪妻，自己曾被打成右派，遭遇文革。有人問他，經歷這麼多磨難為何還這麼樂觀？他的回答十分簡練，又極富哲理：「我從不溫習煩惱。」

小人都不可與作緣

「劉眞長、王仲祖共行，日旰未食。有相識小人貽其餐，肴案甚盛，眞長辭焉。仲祖曰：『聊以充虛，何苦辭？』眞長曰：『小人都不可與作緣。』」（南朝‧劉義慶《世說新語‧方正‧五一》）

在中國語言系統裏，「君子」、「小人」分別是有德者與無德者的專用稱謂名詞。古人關於「君子」與「小人」有過很多論述，光是在一部《論語》中就有好幾十處。比如：「君子懷德，小人懷土。君子懷刑，小人懷惠。」「君子坦蕩蕩，小人長戚戚。」「君子泰而不驕，小人驕而不泰。」「君子和而不同，小人同而不和。」「君子周而不比，小人比而不周。」「君子喻於義，小人喻於利。」「君子之交淡若水，小人之交甘若醴。」「君子成人之美，不成人之惡；小人反是。」等等等等。這些論述從多個方面說明了君子與小人的區別，已經成為人們耳熟能詳的警句。

正因為如此，人們常說：「寧可得罪君子，不可得罪小人。」此話初聽有道理。君子胸懷坦蕩，待人寬厚，即使得罪了他們也不必擔心受到報復。而小人呢，心胸狹隘，睚眥必報，千萬不可得罪。可是往深裏想，又不對了。君子好脾氣、有胸懷、好說話，大家都去欺負他，好事輪不著他，累活重活髒活都是他的；小人得罪不起，於是大家都哄著他、讓著他，有缺點有錯誤不敢批評，有好處先讓給他。這樣豈不是讓君子吃虧，小人得勢？現實中確實不乏這樣的例子。

　　所以還是劉惔（眞長）說得對：「小人都不可與作緣。」凡是小人，都不可以跟他們有關係、打交道，要跟他們保持距離，讓他們沒有作惡的機會和藉口。今天你得了他一分好處，明天他會連本帶利地要回去。所以要「近君子，遠小人」。

　　（2018 年）

一說便俗

　　「倪元鎭爲張士信所辱，絕口不言。或問之，元鎭曰：『一說便俗。』」（〔清〕余澹心編：《東山談苑》卷七）這則佚事在周作人的著作中反覆出現，令人不能不發生一探究竟的興趣。

　　明人馮夢龍在《古今談槪》中對此事有詳細記載：「張士誠弟士信，聞倪善畫，使人持絹，侑以重幣，欲及其筆。倪怒曰：『倪瓚不能爲王門畫師！』即裂去其絹。士信深銜之。一日，士信與諸文士遊太湖，聞小舟中有異香。士信曰：『此必一勝流。』急傍舟近之，乃倪也。士信大怒，即欲手刃之。諸人力爲營救，然猶鞭倪數十。倪竟不吐一語。後有人問之，曰：『君被窘辱而一語不發，何也？』倪曰：『一說便俗！』」

　　倪元鎭，名瓚，號雲林，元末著名畫家、詩人。他的畫簡中寓繁、似嫩實蒼、淡遠簡古、不同流俗；他的人也甚有意思，超凡脫俗。據載，他家是吳中有名的富戶，他不願管理生產，自稱「懶瓚」、「倪迂」，把所有財產盡數分送給親故，自己過著漫遊生活。他一生不隱不仕，飄泊江湖，別人不瞭解他，他也不想被人瞭解。也只有這樣的奇人，才能有「一說便俗」的妙言。

　　記得從前讀《水滸》，讀到第七回，兩個公人將林沖誆進野豬林，正欲下毒手之際，林沖淚如雨下，哀求饒命。公人董超道：「說什麼閒話？救你不得！」當時頗怪兩個公人何以如此歹毒，爲了幾個錢，就要了一條人命。現在想來，該是林教頭的不是了。死到臨頭了，還向要殺你的人討生命，可不是「說閒話」麼？金聖歎在閒話句下批曰：「臨死求救，謂之閒話，爲之絕倒。」虧得作者能想出這麼貼切的字眼，活畫出公人對林沖這個怕死鬼的鄙夷。可憐林沖一世英豪，在這件事上卻做得不漂亮，不灑脫，留下千古的笑柄。林沖畢

竟不是雲林，他哪懂得「一說便俗」的道理呢？

荀子曰：「言而當，知也；默而當，亦知也。」這句話有兩層意思，前一層意思容易理解，對於後半句有人卻莫名其妙。其實，會沉默的人也許比能言善辯者更聰明。涪翁詩云：「百戰百勝，不如一忍；萬言萬當，不如一默。」有時候，沉默才是最有力的發言，其撼人的力量並不亞於滔滔不絕的講演。每每看到口若懸河的講演者，我總要想，他若能省下一半的話語，效果也許更好呢。沉默也是一門藝術，可惜懂得這門藝術的人卻寥寥無幾。或許是有感於此，周作人特別推崇倪雲林，對他讚不絕口，並有意識地傚仿他。

周作人有一篇《知堂說》，頗有意思，文僅110字，不妨一錄：

「孔子曰，知之為知之，不知為不知，是知也。荀子曰，言而當，知也；默而當，亦知也。此言甚妙，以名吾堂。昔楊伯起不受暮夜贈金，有四知之語，後人欽其高節，以為堂名，由來舊矣。吾堂後起，或當作新四知堂耳。雖然，孔荀二君生於周季，不新矣，且知亦不必以四限之，因截其半，名曰知堂云爾。」（周作人：《知堂文集》）

看來知堂老人是深諳「知」之真諦的。熟悉周作人的人稱他具有中國古代士大夫的風範，吾生也晚，無由得瞻先生風采，但從他的著作中總能領略一二。知堂一生所為，功過皆有，褒貶參半；難得的是他懂得自重，並不強行辯解。譬如對於與乃兄魯迅失和事、對於投敵當漢奸事，周作人都恪守「一說便俗」的信條，實行「不辯解」主義。這種事本來就是越描越黑的，何妨超脫一點，留一個謎讓後人猜去。或許有人認為，周作人頑固不化，沒有對自己的叛國行為作出懺悔。我不這樣看。在《知堂回想錄》中，周作人感慨道：「古人有言，『壽則多辱』，結果是多活一年便多有一年的恥辱，這有什麼值得說的呢？」這不是積極的反省，但至少對自己的行為有了悔意了吧？撇開那件事實不談，他的這種態度總還是聰明的。周作人雖曾糊塗一時，畢竟聰明一世，他總還知道什麼時候該講話，什麼時候則該管住自己的嘴巴。

懂得「一說便俗」的道理的，據我看來起碼還有一位——胡適之。梁實秋在《懷念胡適先生》一文中寫了這麼一件小事：「有一天我們在胡先生家聚餐，徐志摩像一陣旋風似的衝了進來，抱著一本精裝的厚厚的大書。是德文的色情書，圖文並茂。大家爭著看，胡先生說：『這種東西，包括改七薌仇十洲的畫在內，都一覽無遺，不夠趣味。我看過一張畫，不記得是誰的手筆，一張床，垂下了芙蓉帳，地上一雙男鞋，一雙紅繡鞋，床前一隻貓蹲著抬頭

看帳鉤。還算有一點含蓄。』大家聽了爲之粲然。」(《梁實秋懷人叢錄》) 梁實秋記下這件事，只是爲了說明胡適這個「聖人」的性格中也還有「輕鬆活潑的一面」，我讀了卻不禁頓悟。世間的事，無論雅俗、大小、好壞，原都不可言說、一說便俗的。胡適和周作人，同爲新文化運動的巨擘，一個有心，一個無意，不約而同地從不同的角度說明了同一個道理。可惜我輩俗人，又有幾個能解其中味呢？

（1992 年）

古人的潔與不潔

讀了周作人的《蝨子》，才知道蝨子這種小動物在中國文化史上曾經有過不低的位置。據說晉朝王猛的名譽，一半固然在於他的經濟事業，而他的「捫虱而談」至少也要居其一半。到了 20 世紀初，梁任公（啓超）先生在橫濱辦《新民叢報》，手下一位重要的撰述員，還起名叫「捫虱談虎客」，可見古風猶存。

蝨子的產生，大致與不潔有關。我們今天讀古人的書，常常產生一種誤會，以爲古人都是丰姿綽約、仙風道骨、風流倜儻、不食人間煙火的高士，彷彿仙人一般。其實正好相反。從不少流傳下來的筆記來看，古人大多是不怎麼注意個人衛生的。古代衛生條件差，古人們又忙於吟詩喝酒，懶於梳洗，身上當然不乾淨了。那位被尊爲「竹林七賢」之一的嵇康就曾自供：「頭面常一月十五日不洗，不大悶癢，不能沐也。」因而「性復多虱，把搔無已」。白居易詩云：「經年不沐浴，塵垢滿肌膚。」如此「惜水」，不生蝨子才怪呢。據說王安石也是特別不愛洗澡更衣，常常帶著一身污垢、兩腳泥土就鑽進被窩，弄得夫人都不願與他共枕。一次上朝，一隻蝨子從他的衣領中鑽出，順著鬍鬚往上爬，逗得皇上龍顏大開。這隻曾經「御覽」的小蟲也成了寶物。

因不潔而生虱，本不是什麼大事；可笑的是它被推向極端，成爲一種時尚。清人褚人獲編《堅瓠集》中記有這樣一件趣事：「清客以齒斃虱有聲，妓哂之。頃妓亦得虱，以添香置爐中而爆。客顧曰：熟了。妓曰：愈於生吃。」清客與妓女比賽吃虱的技巧，可謂時髦。據說古時一位將軍，平時從不洗腳，認爲洗腳會將運氣一併洗掉。一次吃了敗仗，回家對夫人大發雷霆。原來就

在出陣的前一天晚上，夫人因爲實在忍受不了他的腳臭，強迫他洗了一次。我們是把它當作笑話來讀，其實又豈止是笑話呢。近代有名的辜鴻銘，就曾經禮讚過不潔，認爲身體的不潔正是靈魂的潔淨。

在西方，也曾經有過以「不潔」爲榮的時尚。羅素在《婚姻與道德》中講到中古時代思想時說：「那時教會攻擊洗浴的習慣，認爲凡是使肉體清潔可愛者皆有發生罪惡的傾向。骯髒不潔被讚美，於是聖賢的氣味變得更爲強烈了。聖保羅說，身體與衣服的潔淨，就是靈魂的不淨。蝨子被稱爲神的明珠，爬滿這些東西是一個聖人的必不可少的記號。」在他們那裡，一個人的潔與不潔，已經上升到思想認識、政治立場的高度了。這豈止是荒謬，簡直是可怕！

正因爲長期以不潔爲美，以「捫虱而談」爲雅致，偶而出現一位愛好潔淨者，反而不正常了，於是成爲奇人、怪人，值得大書特書。元代畫家倪雲林的名譽，我看至少有一半應歸功於他的「性好潔」。

倪雲林的「一說便俗」，經周作人的反覆引用和極力推崇，差不多已成爲一句名言了。說出如此妙言的總該是一位奇人吧？這樣的推測大致不錯，倪雲林就是一位奇人，或者用莊子的說法，是「畸人」。「畸人者，畸於人而侔於天。」（《莊子·大宗師》）奇人也罷，畸人也罷，總之跟常人不同就是了。

倪雲林通體都是一個奇人，言談舉止，生活習俗，乃至爲詩作畫，都透著一股「奇」勁。而且他的「奇」不是有意爲之，而是出乎天然。我在拙文《一說便俗》中曾說到，他自稱「懶瓚」、「倪迂」，散盡萬貫家財，一生不隱不仕，漂泊江湖。這樣的行爲是夠奇的。其實他最有名或者說最奇的，還是「性好潔」。

「性好潔」，天性愛好潔淨，這是一種良好習慣，本沒有什麼奇的。可是以「性好潔」而留名的，恐怕就不多見了。好幾種古人的筆記中都鄭重其事地記有倪雲林「性好潔」的趣事。據載，他的衣服頭巾每天都要換洗數次，房前屋後的樹木早晚汲水揩洗；文房什物，兩僮輪轉拂塵，須臾弗停。最有意思的是他的廁所：「以高樓爲之，下設木格，中實鵝毛，凡便下，則鵝毛起覆之，一童子俟其旁，輒易去，不聞有穢氣也。」（明顧元慶《雲林遺事》）雲林不愧爲大藝術家，設計的廁所也別出心裁。好潔若此，不失其雅。

即使身處困境，雲林也還是改不了「好潔」的本性。一次吃官司入獄，「每傳食，命獄卒舉案齊眉。卒問其故，不答。旁曰：『恐汝唾沫及飯耳！』卒怒，鎖之溺器側。眾雖爲祈免，憒哽竟成脾泄。」（明馮夢龍《古今笑史·倪雲林事》）因好潔而致禍，雲林不幸！

現在看來，雲林的「好潔」是有點病態，也就是今天所說的「潔癖」，由是弄出一些可笑亦復可歎的事情來。明人馮夢龍的《倪雲林事》中記有不少，試摘其一：「（雲林）嘗留友人宿齋中，慮有污損，夜三四起，潛聽焉。微聞嗽聲，大惡之，凌晨令童索痰痕，不得，童懼笞，拾敗葉上有積垢似痰痕以塞責。倪掩鼻閉目，令持棄三里外。」

因擔心客人弄髒自己的房間床鋪，而致夜不成寐，並幾次三番地起來潛入窗下竊聽動靜，這分明是病態的表現。可笑的是他的好潔逼出了下屬的弄虛作假，更可笑的是他對下屬的弄虛作假不但毫無所知，還「掩鼻閉目」，信以為真。假若客人真的「有污損」，而未被童子清理，我們這位好潔之士又該如何呢？

倪雲林因「性好潔」而鬧出的笑話很多，下面這個已近乎黑色幽默了。一次，一位客人來訪，看到他的僕人入山擔泉水歸來。雲林用前桶裏的水煎茶，用後桶裏的水洗腳，弄得客人莫名其妙。問他原因，他說後面那桶水被童子的屁氣弄髒了，所以用來洗腳！

潔癖本不是什麼了不起的毛病，是能治好的。當時的名醫葛仙翁就曾嘗試過。倪雲林有個閣子叫清秘閣，很少有人進去過；有匹白馬，很是愛惜。恰值母親生病，他請葛仙翁來診視。當時天下雨，葛仙翁要他用白馬相迎，上馬以後，在泥淖中踐踏而行，人馬都沾了泥污。到了家門，葛仙翁先要求登清秘閣，倪雲林不敢拒絕。葛仙翁很用力地踩著就上去了，咳出來的痰吐得滿閣都是，古玩書籍都被他翻遍了。倪雲林從此便廢棄了這個閣子，終身不再上。有人說：倪雲林有仙骨，葛仙翁這麼做是想破破他的迂僻性格，希望能把他度出世外，可惜他一直沒有領悟。

倪雲林的潔癖，看來是不可救藥了，這本來也無關他人，不是什麼大事。可是在古代，這就成為笑柄，成為遭害的原因。其實在我看來，雲林的「好潔」，並不只是一種衛生習慣，同時也是他發洩對現實不滿的一種方式。他不願為權貴作畫，寧願受罰，不吐一語；他不願迎合世俗，面對「面目可憎、語言無味」者，斥之而去。一日宴席，耽好聲色的楊廉夫脫下歌妓的鞋載盞行酒，謂之「金蓮杯」，雲林大怒，翻案而起，二人就此決裂。這樣的奇舉，只有雲林做得出來。寧為玉碎，不為瓦全，他不願放棄自己潔淨的靈魂去迎合污濁的現實。舉世皆濁，唯我獨清。在「不潔」盛行的社會裏，又怎麼能容忍「好潔」的存在呢？

（1992 年）

朱湘的灑脫與不灑脫

在我們一般人的想像中，現代詩人朱湘應是一位脾氣乖戾、性格孤傲的「奇人」，奇得讓人不敢接近、令人無法忍受。可他的朋友告訴我們：「熟識子沅（即朱湘——引者注）的人，方始知道子沅的人是這樣的清高，這樣的直爽，他待友人的心情是這樣的忠厚。」（柳無忌：《我所認識的朱湘》，載《二羅一柳憶朱湘》，三聯書店 1985 年版。以下引文凡未注明出處者，皆引自本書）在同一本書裏，我們還發現，朱湘原來還頗有幾分灑脫呢。有一年冬天，有人在上海的《幻洲》上寫文章罵朱湘，把他的詩比作程硯秋的戲。他的朋友羅皚嵐氣不過，寫文章替朱湘鳴不平，並把這事告訴了朱湘。朱湘回信道：「罵也好，贊也好，反正我的詩不會損害毫末的。皚嵐，你讓他們去吧。」（羅皚嵐：《朱湘》）朱湘生前樹敵頗多，他的仇敵們恐怕不會想到，朱湘對他們竟是這般寬容。也許正因爲他清高、灑脫、不拘小節，才在無意間得罪了別人呢。

朱湘的灑脫完全出乎自然，而非刻意爲之。這固然是天生的性格使然，而對藝術的摯愛又使他忘卻了世俗人間，以致有時幹出的事未免可笑，讓人不可理解。梁實秋有言：「在歷史裏一個詩人似乎是神聖的，但是一個詩人在隔壁便是個笑話。」此話信然。朱湘在清華讀書時，窮得連飯都吃不起，卻還要擠出錢來辦一個刊物《新文》，專門刊登自己的詩文作品，並採用自己設計的別出心裁的標點符號：黑點與白圈。這種刊物的發行量可想而知，朱湘終於賠不起，刊物只出了兩期就夭折了。而詩人之所以要「賠本賺吆喝」，爲的僅僅是心裏暢快，精神上的愉悅。「我記得從前印《新文》月刊，看到幾大捆的書打開的時候，什麼都是自己出的主意，那一股的滋味眞是說不出的那樣鑽心。如今想來，仍舊是餘味一縷嫋嫋不盡。」（羅念生編：《朱湘書信集·致羅皚嵐》，上海書店 1983 年影印）聯想爲了衣食而奔波的芸芸眾生，眞令我輩羨煞窮詩人的那一份清高，那一份灑脫！

朱湘一生中幹得最灑脫、最漂亮的，當推他被清華開除那一節——不，準確地說，是他開除了清華。據「清華四子」中的子潛（孫大雨）給羅念生的信中說：「朱湘因爲在清華學校抵制齋務處在早上學生吃早餐時點名的制度，經常故意不到，記滿了三個大過被開除學籍。」（轉引自羅念生：《憶詩人朱湘》）羅念生爲此感歎道：「這樣被開除，在清華還是破天荒第一次，轟動全校。我因此想看看這位同學，只見他在清華西園孤傲地徘徊，若無其事，

我心裏暗自稱奇。」（羅念生：《憶詩人朱湘》）讀至此，我忍不住也要拍案，大叫一聲「妙！」了。

詩人以一種抗爭的姿態迫使清華開除了他，並非存心要驚天動地，驚世駭俗，實乃詩人的天性使然。他在給羅念生的信中寫道：

「你問我為何離開清華，我可以簡單回答一句：清華生活是非人的；人生是奮鬥的，而清華只有鑽分數；人生是變換，而清華只有單調；人生是熱辣辣的，而清華是隔靴搔癢。我投身社會之後，怪現象雖然目擊耳聞了許多，但這些正是真的人生。至於清華中最高尚的生活，都逃不出一個假，矯揉。」

（羅念生編：《朱湘書信集‧致羅念生》）

假如據此斷定朱湘是一個通體灑脫之人，那就錯了。他也有不灑脫的時候，有時固執得近乎頑固。1927 年，朱湘赴美留學。據柳無忌回憶，在勞倫斯大學期間，有兩件事給了朱湘很大的刺激。一件事情是：「有一回我們一同約好去看紐約戲劇協會演員來蘋果里演出的《銀索》一劇，但當我們把原劇先讀一下的時候，子沅看到了劇裏有譏諷華人吸食鴉片的幾句，他就憤恨著把一元半買來的票子撕去了。」另一件事，是直接發生在學校的。有一次，在法文班上，教師讓他們讀都德的小說。「其中有一段形容中國人像猴子一般，在這當兒，那些年輕的美國男女學生都哄堂大笑起來。朱湘不能忍受此侮辱，因為這不是他個人而是全體中國人的恥辱。」他當即決定轉學。雖然後來法文教授親自登門道歉，柳無忌也再三勸說，但他固執不聽，終於冒雪離開了勞倫斯大學。「我眼看著朱湘離去住宅的一幕鏡頭：他手提著簡單的兩件行李——其中大部分是書——一輛黃色汽車就把他載走了。」（柳無忌：《朱湘：詩人的詩人》）

這一幕很容易令人憶起當年清華西園孤傲的背影，可詩人的心境卻大不相同。當年他超然、輕鬆地擊敗了清華，現在卻屈辱地被社會現實所擊垮。面對這樣的現實，稍有良知的人誰還能灑脫得起來？

朱湘轉學到芝加哥大學，情形並沒有好轉，他遭到的又是無窮無盡的歧視、凌辱、折磨，雖然他一再容忍——這本不符他的個性，但為了學業，他不得不忍氣吞聲——但屈辱日益加重。終於，他又逃走了，不光彩地逃走了，學業未完，他就逃回了國內。

國內也沒有詩人的立足之地。在過了短短一段優裕的生活之後，詩人又肩起了生活的重擔。他處處碰壁，心靈的創傷日益加深。終於，他以不滿三

十歲的年輕生命，仿傚他景仰的詩人屈原，飲著酒，吟著詩，把自己的名字寫在了水上——詩人生命中的最後一筆，寫得灑脫，還是不灑脫？如果說這也是一種灑脫的話，這種灑脫也太沉重了，它的上面壓著多少悲憤和屈辱！

人們大都把朱湘看作一位「奇人」，我倒寧願同意柳無忌先生的觀點：「朱湘是現代詩壇上的一位畸人。」（柳無忌：《現代詩人朱湘研究·序》）「畸人者，畸於人而侔於天。」（《莊子·大宗師》）朱湘確是一位異於常人而與天齊一的「畸人」。他「活躍於想像的文學領域內，沉醉於詩歌美妙的音調、形象、氣氛與意境中，朱湘超越了也脫離了實際的人生，不斷與現實相搏鬥；結果，他被打倒，喪失了生命。」（柳無忌：《朱湘：詩人的詩人》）可以這麼說，朱湘是「灑脫」與「不灑脫」的奇妙結合體。他的灑脫出於天性，成就了他的事業；他的不灑脫則是對現實的一種反抗，塑造了他的人格。無論是灑脫還是不灑脫，朱湘終歸逃不脫黑暗現實的重壓和悲慘的結局。真不知道我們的詩人是該灑脫，還是該不灑脫？

朱湘（1904～1933），中國現代詩人。原籍安徽。生於湖南沅陵。字子沅。

一生致力探索中國新詩創作和外國詩歌的譯介，提倡詩歌的「形式美」。在清華大學學習期間，人稱「清華四子」之一，享有詩名。1926年與人合辦《晨報·詩鐫》。1929年留學美國，回國後執教於安徽大學。他為人外冷內熱，性情孤傲、倔強，一生窮困潦倒，顛沛流離。有詩集《夏天》《草莽》《石門集》《永言集》，散文、評論集《中書集》，評論集《文學閒談》，書信集《海外寄霓君》等，翻譯有《路曼尼亞民歌一斑》《英國近代小說集》《番石榴集》等。離開安徽大學後，南北奔走求職未果，心灰意冷，1933年12月5日自沉於長江。被魯迅稱為「中國濟慈」。

（1992年）

「他讀得書多」

在中國現代文學史上，有兩個作家的散文最令我佩服：前者周作人，後者董橋。上個世紀八十年代，我初次接觸到周作人、張愛玲等人的作品，才發現在正統的現代文學史之外還有這樣一些作家，他們的作品與當時佔據大

學中文系教材的左派作家作品大異其趣。以周作人而論，他的散文平和沖淡，清雋幽雅，全無乃兄魯迅筆下習見的刀光劍影、火氣戾氣，與我的個性高度吻合，令我一見傾心。我搜集了當時市面上所能搜到的所有周氏著作，做起了研究之夢——當然後來是無疾而終了。

上個世紀九十年代，董橋忽然從天而降，他的散文風靡全國，甚至有人諄諄告誡「你一定要讀董橋」。對於風雲人物，我一向是心懷牴觸敬而遠之，所以在很長時間內都沒讀過董橋。直到 2008 年我被派赴香港工作，週末逛書店，發現竟設有董橋專櫃。好奇之下，我抽出一本隨手翻閱，這才發現自己冤枉董橋了。董橋的散文雄深雅健，兼有英國散文之淵博雋永與明清小品之情趣靈動，讀之令人回味無窮，確實不是浪得虛名。我相識恨晚，深悔之前過於武斷，從此迷上董橋，逢董必買，常常徹夜閱讀，不知東方之既白；並曾登門拜訪，相談甚歡。

周作人和董橋的散文，風格相近，都是雋永沖淡一路；我個人覺得，周氏文字更古拙平實，而董氏的文字則更精緻唯美。另一個共同特點是都散發著濃濃的書香。我有個偏見，我以為讀書也是講究童子功的。從小打下的基礎可以受益終生，半路出家總歸是基礎不牢。周董兩家都是世家，童子功自然是沒有問題的。他們又都接受過外國先進文化的薰陶，本身都是學貫中西的大學者，所以他們的散文蘊含著淵博的學識，說古論今，談天說地，搖曳生姿，回味綿長。有一段時間，我一邊讀董橋，一邊讀另一位作家的隨筆。相比之下，高下立現。

三十年前，鍾叔河編選《知堂書話》時，在《序》中引用了張宗子《〈一卷冰雪文〉後序》中的一則典故：

> 昔張公鳳翼刻《文選纂注》，一士大夫詰之曰：「既云文選，何故有詩？」張曰：「昭明太子所集，於僕何與？」曰：「昭明太子安在？」張曰：「已死。」曰：「既死不必究也。」張曰：「便不死亦難究。」曰：「何故？」張曰：「他讀得書多。」

張宗子就是我們大家熟悉的明末傑出散文家張岱，也是一位「讀得書多」的飽學之士，他的《陶庵夢憶》《西湖夢尋》《夜航船》為無數讀書人所喜愛。這則典故一向為人津津樂道，用來表達對博學者的尊崇之意。其實不少人恐怕只是理解了其中的一半。「讀得書多」固然不易，最難得的是「讀得活」、「讀得通」。周作人、董橋都是讀書既多且又活又通的人，他們的學識已經溶化在

血液裏，所以寫起文章來酣暢淋漓，如清泉出山，行於所當行，止於所不可不止。幾十年來，學周者前赴後繼，不計其數，其中雖然有佼佼者如俞平伯、廢名、張中行等，但絕大多數卻畫虎類犬，即使學得一點皮毛，也總是缺那麼一股精氣神。這當然是學識不夠之故。但如果以為多讀了幾本書就能夠成為周董一樣的人物，那也未免太天真了。

（2015 年）

第四輯　說長道短

呼喚典雅精緻的文學語言

中央電視臺播出的第二屆「中國漢字聽寫大會」，宣布啓動「全民焐熱冰封漢字行動」，在觀眾和網民中引起熱烈反響。有人驚歎，祖國的語言文字博大精深，過去卻知之不多，眞是慚愧；也有人對節目的動機和效果表示懷疑，指責節目選擇的字詞太過生僻，譏之爲「語文版奧數」。不管怎麼樣，我們都不得不承認一個令人尷尬的事實：成人的書寫正確率屢創新低，表面上只是一個書寫的問題，實際上暴露的是語言知識儲備的不足。這一現象令人汗顏也令人深思。很多典雅精緻的文字，都靜靜地躺在前人的典籍裏，如果無人傳承下去，將隨歲月流逝而萎逝。

當然，用「漢字聽寫大會」的標準去要求普通大眾，未免過於苛刻；但我認爲，對以文學創作爲事業的作家提出一定的文字要求，當不爲過。

漢字作爲表意文字，集形象、聲音和辭義於一體，這在世界文字中是獨一無二的，因而具有其他文字所無法比擬的獨特魅力。魯迅先生將之歸納爲三美，即「意美以感心，音美以感耳，形美以感目」。古人對文字的運用可謂爐火純青，從詩經、楚辭、漢賦，到唐詩、宋詞、元曲，多少優美的文學作品，多少膾炙人口的精美詩句，至今讀之依然令人怦然心動。「杏花春雨江南」，「小橋流水人家」，互不關聯的幾個名詞，不加任何修飾地放在一起，卻組成了一幅幅生動的畫面，產生了動人心弦的效果。這是語言大家的本事，也是漢字的魅力所在。

五四新文化運動以來，以魯迅、茅盾、巴金等爲代表的現代作家，在倡導並實踐運用白話文創作的時候，並沒有拋棄文言文的精華。相反，他們積極學習和借鑒文言文的語言藝術，使自己的作品語言呈現出別樣的特色和魅力。魯迅的犀利辛辣、凝重洗練，巴金的簡潔生動、流暢奔放，沈從文的清新靈動、典雅唯美，老舍的俗白簡練、幽默詼諧，在現代文學史上獨樹一幟。當代不少優秀作家繼承了前輩作家的優良傳統，十分注重作品語言的錘鍊，形成了自己的語言風格。在當代作家中，汪曾祺堪稱語言大師。他的小說語言從日常口語、方言、民間文學和古典文學中汲取養分，看似平淡無奇，實則匠心獨運，呈現出中國古典文學特有的音樂美、繪畫美、意境美，令人回

味無窮。鐵凝的作品善用方言俗語，情景交融、精練含蓄，充滿張力又富含詩意。當我們閱讀他們的作品的時候，我們不僅是在讀故事，同時也是在享受語言的魅力。

文學被稱爲「語言的藝術」，作家自然是「語言的藝術家」，應該成爲規範使用語言的榜樣，他們的作品應該是人們學習語言的標本。遺憾的是，能夠當得起這一稱呼的作家並不是很多。勿庸諱言，現在有一些作家，不太重視語言的運用。有的作品語言粗糙，詞匯匱乏，讀之無味；有的作品語言鄙俗，趣味低下，甚至以髒詞入文；有的作品濫用外來語和網絡語言，破壞漢語言文字的純潔性和規範性。不特文學作品，在其他以語言爲基礎或與語言相關的藝術樣式──如電影、戲劇、歌曲中，也存在語言貧乏和粗俗的現象。以歌詞爲例。好的歌詞，本身就是一首優美的詩歌。前人曾經創作了大量語言精美、意境深遠的歌詞，成爲代代相傳的經典。「長亭外，古道邊，芳草碧連天。晚風拂柳笛聲殘，夕陽山外山。天之涯，海之角，知交半零落。一觚濁酒盡餘歡，今宵別夢寒。」這樣的歌詞，本身就是一首精緻的小令，文辭清秀雋麗，聲轍抑揚頓挫，意境深邃渺遠，感情哀而不傷。無論是唱是讀，品之如飲甘醴，回味綿長。反觀當下的一些歌詞，語言直白，一覽無餘，像白開水一樣毫無味道。有的作者甚至把不雅之詞寫入歌詞中，有的電視臺也就堂而皇之地播出。這樣的作品，怎麼能起到以文化人的作用呢？前些時候，我看到香港一位老報人撰文，嚴厲批評某報把網絡語言中的髒詞用在報導中，是媒體的恥辱，深以爲然。

有人認爲，作家只要把故事寫得精彩、寫得好看就行了。至於語言，是雕蟲小技，不必過於在意。此言差矣！語言是文化傳承的重要載體，如果連承載文化的語言都掌握不好，何以傳承文化？在文學作品中，語言是和內容同時存在，不可剝離的。沒有語言，何來內容？語言粗糙，內容怎麼可能精彩？沈從文對語言文字非常講究。他曾說過：「文字是作家的武器，一個人理會文字的用處比旁人淵博，善於運用文字，正是他成爲作家的條件之一。」汪曾祺認爲，語言和內容（思想）同等重要。世界上沒有沒有語言的思想，也沒有沒有思想的語言。從這個意義上說，寫小說就是寫語言。我們強調語言的重要，不是提倡作家在作品中堆砌詞藻，而是希望作家敬畏文字，善待文字，善用文字，創造出規範健康、典雅精緻的文學語言。

（2014 年）

要讓方言添彩不添堵

　　金宇澄的長篇小說《繁花》出版後，因其大量使用上海方言而引起熱議，也使「方言寫作」這個話題再次引起人們的關注。挺之者認為，方言寫作使小說更接地氣，更有地方特色；反對者認為，過分使用方言，會給非本方言區的讀者帶來閱讀困難，不宜提倡。

　　我讀《繁花》，倒沒覺得有多困難，雖然閱讀速度比較緩慢，沒有那種暢快淋漓的快感，不過可以細細品咂小說語言中的上海味道。但我由此也想起一個問題：是不是所有的讀者——或者退一步講，是不是大多數讀者都有這樣的耐心，願意慢慢閱讀並理解一部攙雜了大量陌生方言的小說？作家應該怎樣把握方言的運用，避免方言成為讀者享受閱讀的障礙？

　　有些人把小說中夾雜有方言的寫作方式一概稱為「方言寫作」，對此我不認同。所謂方言寫作，應該是指作家用方言作為母語進行創作，作家在寫作的時候，思維方式是方言的，落到紙上的自然也是方言。這方面的代表作有近現代的《何典》《海上花列傳》等。這類小說幾乎完全用某種方言寫成，非此種方言區的讀者幾乎無法閱讀，所以很少有作家敢於冒這樣的風險。當然，也有作家願意為了傳承方言而作出犧牲，對這樣的作家我們應該理解並尊重。更多的情況是，作家在寫作時，主要用的是普通話，但是在作品中出於表達的需要而穿插一定的方言，方言多數出現在人物對話中。應該說，這種情況是相當普遍的，很多作家的作品中都或多或少地有一些方言或方言詞匯。只不過有的作家用得比較多，因而引起人們特別的注意罷了。

　　無論是方言寫作也好，還是在寫作中適當運用方言也好，我認為都沒必要一概加以反對。方言作為地域文化最重要的組成因素之一，蘊含著豐富的民俗風情特色和歷史文化內涵，不少地方方言中還保留了很多古漢語的習慣用語。文學作品中適當運用方言，一是可以強化小說的語言表現力，為小說增色添彩。有的方言寓意豐富，形象生動，是普通話所無法表達的。二是使小說具有地方色彩、地域特色。三是可以保存一些瀕臨消亡的方言。近年來，方言日益式微，不少以方言為基礎的地方戲急劇消失。用文學作品的形式保存方言，使流行於狹小區域的方言詞語被吸納到全民通用的規範話語體系，從而不斷豐富全民共同語，實際上也是在為搶救傳統民俗文化作貢獻。

　　但是，作家如果希望自己的作品被更多讀者接受的話，就不能不處理好

方言運用的度。中國地域遼闊，十里不同風，百里不同俗，各地的方言也是千差萬別。雖然漢民族用的都是漢語，但是不同方言之間的鴻溝有時候並不比不同語言之間的差別小。方言所展現出的民間話語環境，對特定地域外的人們來說是非常陌生的，會給讀者理解文意的過程造成一定的障礙和不便。怎樣在文學作品中恰當地運用方言，使其不至於阻礙外地讀者對作品的閱讀、理解，這是對作家功力的一個考驗。作家陳忠實在談到方言運用的時候說：「文學寫作的表述語言中摻進方言，有如混凝土裏添加石子，會強化語言的硬度和韌性。我後來漸次明確，從字面上讓外地讀者猜不出七成意思的方言，堅決捨棄不用，用了反倒成了閱讀障礙。」金宇澄也認為，小說應該使紙上的滬語變得更加通暢、明白。「語言是為小說服務的。滬語小說最吸引讀者的還是它獨有的文學價值，也就是小說通過上海話呈現出來的上海生活。因此小說中的滬語應該是容易讓人懂的且能增加讀者閱讀樂趣的滬語。這樣既能讓小說的文學價值被讀者更廣泛地接受，也有利於滬語的推廣。否則，滬語小說只是有局限性的方言地域小說。」他在小說中避免了滬語的擬音字，放棄了不易書面表達的滬語句子。他們都清醒地認識到，方言在文學文本中的作用是雙向的，處理得當可以為作品添彩，處理不當則有可能給讀者「添堵」。作家在使用方言的時候，要善於提煉吸收方言裏的養分，使其更好地為作品服務。不少作家在用方言表情達意的同時，都在努力避免製造閱讀障礙，這種努力值得稱道。

（2014 年）

盼望健康的批評空氣早日出現

近年來，人們對文藝批評現狀不甚滿意，認為插花的多、裁刺的少，表揚的多，批評的少；評論家們也一肚子委屈，不是不想批評，實在是「老虎屁股摸不得」啊！

一個社會、一個時代的文學要健康發展，離不開良好的生態環境；一個社會、一個時代的文學批評要健康發展，同樣如此。而營造良好的文學批評環境絕不僅僅是文學批評家自己的事，需要全社會特別是作家和文學批評家

共同努力。當代文學批評不盡如人意，當然有批評家自身的原因；但另一方面，文學批評的生態環境不盡理想，也是一個很重要的原因。爲什麼當下文學批評溫文爾雅的多、有棱有角的少呢？爲什麼批評家們插花的多、栽刺的少呢？難道批評家們都看不出創作中存在的問題嗎？顯然不是。說白了，就是不少人心有顧慮，怕惹麻煩。輕則得罪作家，在圈裏「混不下去」了；重則官司上身，不得安寧。在這種心態的影響下，批評家怎麼敢說眞話？

我認爲，作家和批評家的關係應該是朋友關係。這個朋友關係當然不是普通意義上的個人私交，更不是酒肉朋友，而是諍友、畏友。夏衍先生在《生活、題材、創作》中說過：「我們不該把批評家當作敵人，而應該把批評家當作諍友。」當一個作家的作品發表之後（甚至在發表之前），他首先想到的就是：請我的批評家朋友看一看，這部作品有沒有什麼毛病？如果到了這個份上，可以說文學批評已經有了一個健康的、良好的環境。可事實並非如此。有的作家作品問世後，希望聽到的是批評家們的歡呼而不是批評。這當然也沒有錯，人都是喜歡聽好話的嘛。可是面對眞誠的批評，作家們也應該有虛心接受的雅量，而不是「老虎屁股摸不得」。

縱觀古今中外的文學史上，作家和批評家成爲諍友的例子不勝枚舉。韓愈是唐朝文壇領袖，他對張籍又有提攜之恩，但他有個毛病，就是恃才傲物，聽不得不同意見。張籍沒有爲尊者諱、爲友人諱，而是一再寫信給他，直言不諱地提出忠告和批評，最終促使他認識並改正了自己的毛病。韓愈在給張籍的回信中表示：「當更思而悔之耳。」他們的友誼並沒有因爲開展批評而中止，反而在這種批評中不斷加深，韓愈終其一生對張籍這位諍友都懷有感激之情。俄國著名作家果戈理儘管以現實主義的作品聞名世界，但他思想上一度頹廢，甚至在作品中歌頌農奴制。他的朋友、文學批評家別林斯基對他展開了猛烈的同時又是有理有節的批評，果戈理終於心悅誠服。這樣的關係，正是我們理想中的創作與批評的關係。可是，在當下的中國文學界，到底有多少作家把批評家視爲諍友，還是一個問題。

當然，營造良好的批評環境，關鍵還是在於批評家。首先批評家要有敢於批評的勇氣，要出於公心，沒有私心，不夾帶個人情緒，不圖謀個人私利；要與人爲善，而不是一棍子把人打死；要擺事實、講道理，不要爲批評而批評，不故作驚人之語。批評不是目的，提高創作水平、推動文學事業繁榮發展才是目的。

早在 1983 年，胡喬木就指出：「在整個新文學運動的歷史上，文學批評從來是比較薄弱的一個方面。」（《胡喬木談文學藝術》，人民出版社 1999 年，第 291 頁）因此，胡喬木提出，我們更需要努力培養文學批評家，更需要愛護良好的文學批評，而這就要求有一種健康的批評空氣。三十多年過去了，文學批評「比較薄弱」的狀況並沒有得到徹底改善，健康的批評空氣還遠未形成。我們要為批評家營造良好的生態環境，讓健康的批評空氣早日出現。

（2014 年）

用現實主義精神觀照現實生活

一段時間以來，「重提現實主義」的呼聲日漸高漲。中國有著悠久的現實主義文學傳統，從《詩經》誕生直到今天，現實主義始終是中國文學的主流。即使是在現代主義、先鋒派等各種文學思潮風起雲湧的上個世紀八十年代，現實主義作為一種重要的創作方法依然被廣大作家所運用，從來就沒有退出過歷史舞臺。2015 年，第九屆茅盾文學獎揭曉，獲獎的 5 部長篇小說——格非的《江南三部曲》，王蒙的《這邊風景》，李佩甫的《生命冊》，金宇澄的《繁花》，蘇童的《黃雀記》，均為現實主義力作，被稱為「現實主義的勝利」。

可是，相對於人民群眾的需求來說，這樣的優秀作品還是太少太少，有數量缺質量、有「高原」缺「高峰」的狀況還沒有得到根本改變。人們呼喚現實主義，更主要的是呼喚一種精神。我們需要堅持和發展現實主義創作方法，更需要重振和弘揚現實主義精神。

人文關懷是文學的崇高品質

文藝創作應該用現實主義精神和浪漫主義情懷觀照現實生活，用光明驅散黑暗，用美善戰勝醜惡，讓人們看到美好、看到希望、看到夢想就在前方。現實主義不僅是一種創作方法和創作技巧，更是一種人文精神和人文情懷。二十多年前，作家路遙就清醒地認識到：「現實主義在文學中的表現，決不僅僅是一個創作方法問題，而主要應該是一種精神。」注意：路遙在這裡用的不是「而且」而是「主要」。它表明路遙對現實主義的理解，已經從創作方法、

創作技巧的「技術」層面，上升到創作精神、創作態度這個「精神」層面。在他看來，最重要的不是用什麼方法來創作，而是用什麼樣的態度、什麼樣的眼光審視現實、表現生活。

人文關懷是文學的崇高品質。「人文關懷是一種崇尚和尊重人的生命、尊嚴、價值、情感、自由的精神，它與關注人的全面發展、生存狀態及其命運、幸福相聯繫。」（童慶炳：《文學理論教程》，高等教育出版社 2004 年版）現實主義追求「以人為中心」的價值理念，主張作家藝術家應該熱愛生命，熱愛生活，熱愛人民，對國家、對民族、對人民懷有深厚的、真摯的感情，體現了深切的人文關懷。在近年問世的長篇小說中，陳彥的《裝臺》、遲子建的《群山之巔》、東西的《篡改的命》等作品備受好評，正是緣於它們對普通百姓和小人物命運的關注。對於寫作的目的，陳彥有著高度的自覺：「有人說，我總在為小人物立傳，我覺得，一切強勢的東西，還需要你去錦上添花？我的寫作，就儘量去為那些無助的人，舔一舔傷口，找一點溫暖與亮色，尤其是尋找一點奢侈的愛。」

優秀的文學作品必然凝聚著作家深邃的思想內涵，蘊含著作家深厚的思想感情，傳達出作家對人生、對歷史、對現實深刻的思考，給人昂揚向上的正能量。文學不能放棄精神擔當，不能只關注「杯水風波」、「一己悲歡」。關心人民疾苦，以人民為中心，為人民寫作，這是現實主義最重要的精神品質。

文學要凝視當下，昭示未來

文藝作品歸根結底是現實生活的產物。現實主義強調，現實是文學創作的本源和指向。文學要關注現實，真實地反映現實。巴爾扎克說：「我只是法國歷史的書記員。」文學藝術是人們瞭解現實世界、把握現實世界的一種方式，是對現實存在、現實活動及現實關係的感性摹寫。同時，每一個堅持現實主義文學精神的作家，都要以人類理想生活為目標，要以批判精神、審美立場和人文關懷，觀照當下，昭示未來。不僅要直面現實存在的矛盾、衝突，而且要致力於解決現實中的矛盾、衝突，推動社會進步。

白居易認為：「文章合為時而著，歌詩合為事而作。」偉大的作家，必須擁有「仰觀宇宙之大，俯察品類之盛」的博大胸懷，必須擁有「為天地立心，為生民立命」的崇高志向，必須擁有心繫社會、悲天憫人的高尚情懷。文藝

創作是個性化的勞動，但是不能僅僅滿足於表達個人的小情感、小悲歡。俄羅斯作家帕烏斯托夫斯基說過：「作家的工作不是手藝，也不是職業，而是一種使命。」現實主義意味著責任、擔當和勇氣。

　　現實主義作家總是把深情的目光灑在腳下的土地上，並為這片土地上出現的一切不和諧、不美好而流淚、而焦急萬分、而呼號吶喊。王蒙的《這邊風景》，寫於 40 年前、完成於作家盛年，堪稱「出土文物」，給人們帶來了意想不到的驚喜。它對上個世紀七十年代做了最為真實詳盡的描寫，被譽為西域的「清明上河圖」。周大新的《曲終人在》，關注腐敗問題，直面矛盾，深入思考，對迫切的時代問題做出了有力的探索和回應，體現了一位現實主義作家強烈的現實參與感和批判精神。此外還有金宇澄的《繁花》，用滬語寫作呈現都市生活，描摹市井閒人；劉醒龍的《蟠虺》，從現實問題著眼，對當代知識分子的靈魂發出叩問；等等。

　　然而，也確有一些作家，缺乏擁抱時代、擁抱現實的熱情，甚至存在著「逃避時代」、「逃避現實」的傾向。他們熱衷於寫自我，寫玄幻，寫穿越，寫懸疑，總之就是要遠離現實。究其原因，就是因為作家放棄了關注現實的責任，缺乏直面現實的擔當和勇氣，因而也缺乏對現實生活的熟悉和把握能力。有人擔心，文學離現實太近，會不會削弱它的文學性。這種顧慮是多餘的。縱觀自古至今的優秀作品，幾乎無不是它所處那個時代的忠實反映，這不僅無損於它的文學性的表達，而且為後人留下了那個時代的忠實記錄。

現實生活永遠是滋養文學碩果的沃土

　　文學要真實地反映現實，推動社會變革進步，首先作家要全面而深刻地瞭解現實，準確地把握歷史發展規律。要從現實中積累素材，汲取營養。如果沒有對現實深入而真切的瞭解，甚至在象牙塔中閉門造車，那是不可能寫出反映現實、推動歷史的好作品的。

　　對於文學與現實的關係，別林斯基曾作過一個很好的比喻。他說：「現實之於藝術和文學，就好像土壤之於它所培養的植物一樣。」文學是現實生活的反映，火熱的生活永遠是創作的源泉。離開生活，離開實踐，文學創作只能是無水之魚、無本之木，沒有生命力，不可能長久生存下去。

　　文藝創作方法有一百條、一千條，但最根本、最關鍵、最牢靠的辦法是

紮根人民、紮根生活。紮根人民，紮根生活，就是要沉下心來，撲下身子，融入到現實生活和人民群眾中去。紮根人民，紮根生活，是現實主義文學的優良傳統。當年柳青辭職當農民的例子至今仍爲人們所津津樂道。柳青的女兒說，柳青不是深入生活，而是融入生活。的確如此，他已經與皇甫村、與皇甫村的農民融爲一體，成爲他們中的一分子。回顧近年來湧現的優秀作品，無一不是作家深入生活、紮根人民取得的成果。賈平凹的《極花》來源於現實中的一個眞實故事，劉慶邦的《黑白男女》由10多年前的一次特大礦難而引發，周瑄璞的《多灣》經過了 8 年的構思與修改，張者的《桃夭》得益於對知識分子問題的長期觀察與思考……這些作品，來源於現實生活，經過長期思考、長期沉澱而寫就，所以才有著撼人心靈的力量。

珍貴的礦藏總是深埋在地下，只有深入挖掘才能採獲。要想獲得生活的富礦，就要深入到生活內部去辛勤挖掘。蜻蜓點水，淺嘗輒止，走馬觀花，浮皮潦草，在地表或淺層翻翻撿撿很難有所收穫。要沉得住，潛下來，沉潛於歷史的深處，沉潛於生活的深處，沉潛於生命的深處，這是做人與作文的大境界。

現實主義並不排斥其他創作方法，也不固步自封，相反，它是開放的，包容的，善於兼容並蓄也善於自我革新。法國新小說派代表作家羅布·格里耶說過，一個作家在創作方法上可能是非現實主義的，但他的世界觀中仍然包含著現實主義的精神。正是由於善於吸收一切優秀創作方法，現實主義才能不斷發展、完善，現實主義的道路才能越走越寬闊。

（2016 年）

現實主義傳統不能丟

電視連續劇《平凡的世界》的播出，勾起了人們對作家路遙的懷念。近日，我重讀原著，依然像當年初讀作品時一樣，一次次被感動得熱淚盈眶。這說明，這部作品並沒有塵封在人們的記憶裏，它依然充滿鮮活的生命力，閃耀著人道主義的光輝。

《平凡的世界》是路遙用生命寫成的現實主義巨著。上個世紀八十年代，

我國文學界非常繁榮，各種文學思潮、文學流派風起雲湧，現實主義的寫作方法被一些人認爲已經過時。面對各種思潮，路遙沒有盲從，沒有迷失方向，他清醒地認識到：不能輕易地被一種文學風潮席卷而去。現實主義沒有過時，相反它仍有蓬勃的生命力。他決定用現實主義的手法創作一部反映中國農村巨變的長篇小說。經過長期的積累和艱苦的寫作，他終於推出了三卷本的長篇小說《平凡的世界》。事實證明，路遙的判斷是正確的，他的選擇也是正確的。《平凡的世界》經過二十多年時間的考驗，不僅沒有過時，而且如陳年老酒一樣，歷久彌香。電視劇《平凡的世界》受到歡迎，再一次證明了現實主義強大的生命力。

路遙認爲：「現實主義在文學中的表現，決不僅僅是一個創作方法問題，而主要應該是一種精神。」我認爲，這句話有著深刻的內涵，它表明路遙對現實主義的理解，已經從一種創作方法上升到作家的思想和情懷這個高度。在路遙看來，最重要的不是用什麼方法來創作，而是用什麼樣的態度、什麼樣的眼光審視現實、表現生活。

堅持現實主義精神，首先心中要裝著讀者，要努力爲讀者創作精品力作。要腳踏實地，甘於寂寞，不急功近利，不好高騖遠。路遙說：「作家的勞動絕不僅是爲了取悅於當代，而更重要的是給歷史一個深厚的交待。如果爲微小的收穫而沾沾自喜，本身就是一種無價值的表現。最渺小的作家常關注著成績和榮耀，最偉大的作家常沉浸於創造和勞動。」爲了寫作《平凡的世界》，他做了大量準備：閱讀了近百部各種風格的長篇小說，翻閱了1975 年到 1985 年這十年間的《人民日報》、《光明日報》及其他報紙，深入城鎮鄉村、工礦企業、機關學校、集貿市場體驗生活，廣泛接觸各方面人士，瞭解不同階層生存狀況。他用了四年時間做準備，用了一年多時間寫完全書。如果沒有這些腳踏實地的艱苦勞動，絕對不會寫出這樣優秀的傳世之作。

上個世紀五十年代，文藝理論家秦兆陽就寫過一篇題爲《現實主義——廣闊的道路》的著名論文。回顧半個多世紀的中外文學史，這樣的判斷並沒有過時，現實主義文學精神依然有著廣闊的道路。當然，現實主義也不是一成不變的，不能墨守成規，固步自封；必須與時偕行，不斷完善，永葆生機和活力。

（2015 年）

漫談境界

　　文學創作的境界問題，是文藝理論中的一個重要問題。古人關於這個問題的論述很多，其中尤以王國維的論述影響最大。他把有無「境界」作爲衡量文藝作品藝術價值的主要標準。在《人間詞話》中，他明確指出：「詞以境界爲最上。有境界則自成高格，自有名句。」

　　什麼是境界？自古眾說紛紜，莫衷一是。就連王國維也只是說：「能寫眞境物、眞感情者，謂之有境界；否則謂之無境界。」雖然他也沒有得出一個明確的結論，但是至少給出了境界的兩個必備因素，一是「眞境物」，二是「眞感情」。在王國維看來，言之有物、下筆有情者才有境界。這一論述已經超越了文學的範圍，而直指人生領域。他關於成就大事業和大學問的「三境界論」，更是廣爲人知。「古今之成大事業、大學問者，必經過三種之境界：『昨夜西風凋碧樹，獨上高樓，望盡天涯路』，此第一境也。『衣帶漸寬終不悔，爲伊消得人憔悴』，此第二境也。『眾裏尋他千百度，回頭驀見，那人正在燈火闌珊處』，此第三境也。」可見，王國維所說的境界，不僅是指藝術境界，更是指人生境界、精神境界；不僅是指文藝作品的藝術水平達到什麼樣的狀態，更是指作家、藝術家及其作品在精神領域所達到的境界。

　　境界一方面是指藝術所達到的層次，同時更是指人們所達到的精神狀態。所以，境界不僅指向藝術領域，同時也指向人生領域。著名哲學家馮友蘭認爲，中國哲學的任務，不是增加關於實際的積極的知識，而是提高人的精神境界。同樣，我們也可以這樣說：文學所能使人達到的全部精神態度就是文學的境界。文學的任務，不只是愉悅讀者，更重要的是要提高人的精神境界。

　　文學作品的精神境界，是決定文學作品價值高低的重要因素。一部作品的價值高低，要看它精神境界的深度、廣度與高度。古往今來，凡屬世界一流的文學作品，其中必然凝鑄著令人刻骨銘心、爲之震撼的價值取向與精神境界。

一、作家要有教化育人的文學理想與精神追求。

　　文學作品作爲特殊的精神產品，具有認識功能、教化功能、審美功能，其中最重要的還是教化功能。通過對社會生活圖畫的描繪，以及作家滲透於其中的感受、理解和評價顯示出來的是非愛憎傾向，對人的政治思想、道德

情操、精神性格等產生影響，這是文學的責任所在。

我國古代就有「文以載道」、代聖賢立言的傳統。孔子說：「詩可以興，可以觀，可以群，可以怨。」「興於《詩》，立於禮，成於樂。」這是談詩也談文學的功能、作用。《尚書》說：「詩言志。」《毛詩序》說得更明白：「詩者，志之所之也。在心為志，發言為詩。……故正得失，動天地，感鬼神，莫近於諸。先王以是經夫婦，成孝敬，厚人倫，美教化，移風俗。」北宋著名哲學家張載說：「為天地立心，為生民立命，為往聖繼絕學，為萬世開太平。」這些論述都強調了文學的教化功能。古人把「立言」（即提出具有真知灼見的言論）與「立德」（即樹立高尚的道德）、「立功」（即為國為民建立功績）一起並稱為「三不朽」，視文章為「千古事」，可見古人對於「立言」的重視。作家做的就是「立言」的工作，應該自覺承擔起人類靈魂工程師的責任。

俄羅斯作家帕烏斯托夫斯基在《金薔薇》中說：「作家的工作不是手藝，也不是職業，而是一種使命。」我國著名作家路遙也說，一個作家不能「喪失遠大的使命感」。「遠大的使命感」就是對祖國和人民的感情和熱愛，就是社會責任感。

文學要達到教育人、引導人的目的，首先作品本身要思想深邃、格調高雅。所謂格調，是指作家作品的藝術特點的綜合表現。格是體格，即思想內容；調是聲調，即聲律形式。古人說：「意是格，聲是律，意高則格高，聲辯則律清。」可見古人是把作品的思想內容和藝術形式並重，而思想內容又是形式格調的決定因素。前七子的代表人物、明代文學家李夢陽就強調「高古者格，宛亮者調」。雖然古人所說的思想內容和我們今天不完全一樣，但是重視思想內容和藝術形式的完美統一則是一致的。

優秀的文學作品必然是思想內容和藝術形式完美統一的結晶。首先必須具備深刻的思想性，凝聚著作家深邃的思想內涵，傳達出作家對人生、對歷史、對現實深刻的思考，給人昂揚向上的正能量。現在，一些作品確實存在格調低下的問題。有的作品熱衷於寫宮廷鬥爭，宣揚皇權思想、人治思想、專制思想，把古代封建社會的皇帝寫得十全十美；有的作品熱衷於追求新奇、刺激、有趣，放棄對人的精神價值、對高尚道德理想、對人性全面發展、對人的終極關懷的追求；有的作品對縱慾主義、頹廢主義、虛無主義、享樂主義抱著玩賞的態度。這樣的作品怎麼能給人傳遞正能量，怎麼能引導人們積極向上。

二、作家要有審美追求。

教化不是教育，而是情感的「感化」。包括淨化靈魂、影響思想，激勵情感、鼓動宣傳，諷喻頌彰、抑惡揚善。

文學的教化功能，是要通過文學的語言、文學的手法、文學的內容實現的，所以要有美學追求。文學的本質特徵就是審美，是一種使創作者和欣賞者心靈獲得愉悅的情感活動。文學作品是作家對社會生活現象能動的藝術反映，是作家按照藝術美的規律來構建的，是作家對社會生活審美意識的物化形式。但作家僅有生活積累和思想認識還不能寫出動人的文學作品來，對於作家來說，最重要的品格就是對於美的不懈追求。文學創作作爲一種特殊的審美活動，需要作家努力發掘社會生活，評價其中所包含蘊藏的美醜是非、崇高卑下、悲傷欣喜等，並使它們以一種具體可感的形式呈現出來，使讀者通過閱讀能受到情感上的震撼和精神上的洗禮。

文學的審美功能，是指文學作品通過生動的形象、優美的意境、健康的趣味，給人以精神愉悅、情感滿足，並在自由狀態下獲得身心健康的積極休息的特殊作用。

文學的認識作用、教化作用和審美娛樂作用，三者是統一的，難以分割的。這種緊密的聯繫體現了眞善美的密切關係。古羅馬詩人、文藝理論家賀拉斯在《詩學．詩藝》中說：「寓教於樂，既勸諭讀者，又使他喜愛，才能符合眾望。」詩應帶給人樂趣和益處，也應對讀者有所勸諭、有所幫助。教是目的，教必須通過樂的手段才能實現，教化功能在詩和藝術作品中不應脫離使人獲得愉悅的具體形象，欣賞者總是在審美體驗和審美感受中得到陶冶、教化的。文學作品中所包含的眞、善、美必須通過明晰的個性化，轉化爲個體感性可以直接接受的形式，文學作品必須是形式與內容的美的融合、統一。

三、作家要有鍊字鍊句、精雕細刻的文字追求。

文學被稱作「語言藝術」，因爲它是以語言爲媒介構成藝術形象、用語言來表情達意的藝術樣式。文學以語言的形式存在，無論是作家的創作還是讀者的欣賞，都離不開語言。作家如果不能熟練地掌握語言，就無法進行文學創作；讀者如果沒有一定的語言基礎，也無法進行文學欣賞。那些著名的文學家往往被稱爲「語言大師」。

孔子說：「言而無文，行之不遠。」文章如果沒有文采，就會讓人覺得面

目可憎，無法卒讀，當然不可能傳之久遠。文字是內容的載體，如果文字不美，內容再豐富、思想再深刻，也無人問津。

祖國的語言文字非常優美。我國古人非常重視修辭，講究文字之美，為了寫出優美的字句，不惜苦苦思索，反覆推敲。杜甫「吟安一個字，撚斷數莖鬚」，發誓「語不驚人死不休」；賈島騎在驢上還在琢磨是「僧推月下門」還是「僧敲月下門」更好，以至於衝撞了京兆尹韓愈的儀仗隊。當韓愈知道緣由後，不但沒有責備處罰賈島，反而對他讚賞有加。白居易每寫一詩，都要讀給老嫗聽，以老嫗能聽懂為宜，如果老嫗聽不懂他就再改。這樣的例子不勝枚舉。前人為我們樹立了很好的榜樣，我們在遣詞造句上也要像他們一樣下苦工夫。

我們提倡重視修辭，還有一層意思，就是要尊重、愛護祖國的語言文字，自覺維護漢字的純潔性，不要破壞漢字之美。現在文學作品中語言粗俗、惡俗現象還是很嚴重的。語言粗俗，生造詞語，亂改成語，濫用網絡語言，這不是豐富祖國的語言，而是破壞祖國語言的純潔。

已故著名作家汪曾祺先生就特別重視語言，他的作品文字典雅精緻，別具特色，令人回味無窮。他認為，語言不只是一種形式，一種手段，而應該提到內容的高度來認識。語言不是外部的東西，它是和內容（思想）同時存在，不可剝離的。世界上沒有沒有語言的思想，也沒有沒有思想的語言。往往有這樣的說法：這篇小說寫得不錯，就是語言差一點。這種說法是不能成立的。語言是小說的本體，不是附加的，可有可無的。從這個意義上說，寫小說就是寫語言。小說使讀者受到感染，小說的魅力之所在，首先是小說的語言。小說的語言是浸透了內容的，浸透了作者的思想的。

汪曾祺先生在這裡就強調了語言與內容同等重要的地位，語言與內容（思想）同時存在，相互共生而不可分離，並且更進一步提出「寫小說就是寫語言」的口號，主張語言是小說（文學）的本體。確實，在文學文本中，語言通過再現現實而創造和生成意義，使意義在自己的懷抱中生長，語言不僅是意義的表達工具，更是創造意義的場所。語言是文學文本的美得以形成的原材料或資源，通過作家對語言這一「美的資源」的悉心開發和鑄造，語言本身就會在意義表達中顯示出它的獨特的「美」。可見，語言美是文學美的重要組成部分。

四、作家要有關注時代、書寫時代的寬廣胸懷。

胸懷，或者叫胸襟、襟抱、襟懷，指的是一種高遠的志趣，一種偉大的抱

負，一種執著追求美好人生與社會理想的恢宏氣度。雨果說過：「世界上最寬廣的是大海，比大海更寬廣的是天空，比天空更寬廣的是人的胸懷。」一個作家有怎樣的胸懷，決定了他的作品會有怎樣的思想境界，創作出有怎樣襟抱的人物形象。「居高聲自遠，非是藉秋風。」有寬廣的胸懷，他的視野就會開闊，關注的是時代、社會和人生，而不是自己的一點點小喜悅或小哀愁。宋人羅大經在《鶴林玉露》中說，李白、杜甫之所以為「詩人之冠冕者，胸襟闊大故也。」清代詩論家葉燮在《原詩》中亦云：「有是胸襟以為基，而後可以為詩文。」清代著名詩人、評論家沈德潛說：「有第一等襟抱、第一等學識，斯有第一等眞詩。」劉熙載在《藝概・文概》中指出，文學創作，「非文之難，有其胸次為難」。在評論家看來，有博大的胸懷比寫作還難。王國維指出：「東坡之詞曠，稼軒辛棄疾之詞豪。無二人之胸襟而學其詞，猶東施之效捧心也。」這話說得非常形象也非常深刻。沒有蘇東坡、辛棄疾那樣的胸懷，卻去模仿他們的詞作，其結果只能是東施效顰。有大胸懷才有大眼光、大氣象，也才能寫出大作品。

　　文學是時代的產物。文學的產生、發展和變化，與社會生活有關密切的關係。不同的時代的社會生活、政治狀況、學術風氣以及社會思潮等，都能給文學深刻的影響，從而決定著或影響著文學的發展變化。文學是隨著時代的發展而不斷演變的。因此劉勰指出：「時運交移，質文代變。」「歌謠文理，與世推移。」「文變染乎世情，興廢繫乎時序。」白居易認為：「文章合為時而著，歌詩合為事而作。」這就是文學發展的一個基本規律。文學是社會生活的反映。沒有生活，就沒有創作源泉，就沒有文藝作品。文學來源於生活，又高於生活。火熱的生活永遠是創作的源泉，離開生活，離開實踐，文學創作只能是無水之魚、無本之木，沒有生命力，不可能長久生存下去。偉大的作品永遠來自於現實生活。作家要關注時代，關注現實，關注生活，要用手中的筆去反映時代，反映現實，反映生活。文學本來就有為後人研究歷史提供坲本的功能。文學雖不是社會學歷史學著作，但是它包含著豐富的時代信息，後人從中能夠獲悉大量的當時代的知識。一部《紅樓夢》，就是一部清朝社會的百科全書，它裏面包含了詩詞歌賦、琴棋書畫、醫療保健、飲食玩器、服飾、建築、禮儀、風俗、人情世故……從這部小說中，我們可以瞭解到當時社會的方方面面。

　　文學與現實的關係，別林斯基曾作過一個很好的比喻。他說：「現實之於藝術和文學，就好像土壤之於它所培養的植物一樣。」

我們說文學來源於生活，並不是說文學必須亦步亦趨地照抄生活，更不是要圖解時下的政策，它必須高於生活，超越生活。正如魯迅所說的：「文藝是國民精神所發的火光，同時也是引導國民精神的前途的燈火。這是互為因果的，正如麻油從芝麻榨出，但以浸芝麻，就使它更油。」（《墳·論睜了眼看》）

時代呼喚作家感應時代、書寫時代，譜寫出反映時代的華麗篇章。然而，令人憂慮的是，一些作家缺乏擁抱時代的熱情，甚至存在著「逃避時代」的傾向。當前文學創作中，疏離生活、脫離實際的現象還是相當普遍、相當嚴重的。很多作品普遍缺乏對現實生活的真實描寫，在不少作品中看不到鮮活的人物形象、生動的生活細節和活潑的人物語言。究其原因，就是因為作家缺乏對生活的熟悉和把握能力。想像是文學創作的重要前提，但是任何想像都不可能沒有生活為基礎，正如人不可能揪著自己的頭髮把自己從地球上提起來一樣。如果內容空洞、思想蒼白，一味玩文字技巧，這樣的作品是不可能流傳下去的。有人擔心，文學離現實太近，會不會削弱它的文學性，成為某種政策的圖解。這種擔心不無道理，我們過去確實走過彎路，有過慘痛的教訓。但我們也不必因噎廢食，從此就談現實色變，遠離現實，逃避現實。只要你具備適當的文學素養和寫作水平，一樣可以寫出傳之後世的名篇佳作。巴爾扎克自稱：「我只是法國歷史的書記員。」他的作品離時代、離現實很近很近，這一點無損於它們的文學性，無損於他成為一位偉大的作家。

五、作家要淡薄名利，甘於清貧。

當下的文學界，要警惕一種傾向，就是文學的趨利傾向、商品化傾向。商業和資本對文學的操控和侵蝕日趨嚴重，在利益的驅動下，文學成為一種商品。這種傾向應該引起我們的重視。

文學作為一種產品，當然也有商品屬性；但是文學作為一種特殊的精神產品，又有它不同於其他產品的特殊性，那就是它的文化屬性、審美屬性。文學除了給人提供娛樂功能外，更重要的是提供認識功能、教化功能、審美功能。如果沒有了後面三項功能，只有娛樂功能，那是文學的墮落，是作家的墮落。

作家受到人們的尊重，被稱為「人類靈魂的工程師」。面對名利問題，理應成為人們的楷模。孔子曾經盛讚他的學生顏回：「賢哉回也，一簞食，一瓢飲，在陋巷，人不堪其憂，回也不改其樂。賢哉回也。」這裡講顏回「不改其樂」，就是貧賤不能移的精神，這裡包含了一個具有普遍意義的道理，即人

總是要有一點精神的，要堅持自己的理想，即使生活清苦困頓也自得其樂。古人說：「窮且益堅，不墜青雲之志。」這個「窮」當然不是今天的「貧窮」的意思，它所指的是一切艱難險阻，當然也包括貧窮困厄。古人尚且能做到「不爲五斗米折腰」，難道我們就不能抵擋住利益的誘惑嗎？

我們號召作家甘於清貧，淡泊名利，不是要求大家都去過苦日子。我們當然希望作家們都能夠生活得好一點，衣食無憂，安心創作。我們只是希望作家們在對物質利益、物質享受的態度上，比常人更淡泊一些，更超然一些。淡泊名利是一種境界，追逐名利是一種貪欲。「貪如火，不遏則燎原。欲如水，不遏則滔天。」如果老是惦記著名和利，哪能潛心學習、潛心觀察、潛心創作？如果都被資本牽著鼻子走，怎麼可能出現純正的作家和純正的作品？

我們很多作者都希望自己能夠早出作品、多出作品、早點成名，這是可以理解的。但是文學創作不是一朝一夕之事，是需要下苦工夫、硬工夫的。前人說：「板凳要坐十年冷。」曹雪芹寫作《紅樓夢》，「披閱十載，增刪五次」，「字字看來皆是血，十年辛苦不尋常。」正因爲他下了這樣的苦工夫，才創作出流傳千古的傑作。現在有的作家一年就能寫出好幾部長篇小說，我們很難相信，以這樣的高產速度能寫出傳之後世的優秀作品。

著名學者、北大教授王瑤先生生前曾經對他的學生、後來成爲著名學者的錢理群有過三次談話，告誡他「不要急於發表文章」、「要抵擋得住誘惑」。「要學會拒絕，不然的話，在各種誘惑面前，你會暈頭轉向。」錢理群總結道：「現在仔細想想，王瑤的三次師訓其實都是一個意思，概括地說就是『沉潛』兩個字。要沉得住，潛下來，沉潛於歷史的深處，學術的深處，生活的深處，生命的深處：這是做學問與做人的大境界。切切不可急功近利，切切不可浮躁虛華：這是做學問、做人的大敵。」王瑤講的都是大白話、大實話，沒有任何深刻的理論，但語重心長，句句在理。現在文學界有一股浮躁的風氣，有的作者恨不得一夜成名，有的還沒學會寫短篇就開始寫長篇，有的剛剛發表了幾篇作品就沾沾自喜，忙著開發布會、研討會，自吹自擂。這種風氣說到底都是受到利益的驅動。要甘坐冷板凳，肯下苦工夫，耐得住寂寞，受得了清貧。

六、作家要重視人格修爲，培養高尚的情操。

人們常說：「文如其人。」又說：「人品決定文品。」人品指的是人的品格，文品指的是文章的格調。郭沫若說：「文章是人寫的，因此首先是人的問

題。古語說：『文如其人。』這是說什麼樣的人，就寫什麼樣的文章。」中國自古注重人的品格的塑造。孟子說：「吾善養我浩然之氣。」養浩然之氣、重人倫道德是文化傳統的重要內容之一。古往今來賢能之士無不道德文章相得益彰，文品與人品是分不開的。文天祥「風骨甚高，亦有境界」。風骨是人格與文格的統一，只有具有高尚的人格，才能做到有境界。

我們所說的人品，不只是指個人的品德修養，更重要的是指一個人在涉及國家、民族等重要問題上的立場、行爲，是指他對祖國、對人民、對民族的感情。《史記》被稱爲「史家之絕唱，無韻之離騷」，不只是因爲它的文學成就、史學價值，更重要的是對作者司馬遷高尚品格的讚揚：「不虛美，不隱惡」、秉筆直書的勇氣，「就極刑而無慍色」、「隱忍苟活，幽於糞土之中而不辭」的自我犧牲精神。文天祥的詩句「人生自古誰無死，留取丹心照汗青」，之所以傳誦千古，就是因爲他用自己的生命實踐了諾言。還有于謙的《石灰吟》，岳飛的《滿江紅》等等，文章詩詞的高絕無不與他們偉岸的人格相映成輝。

不可否認，自古至今也有不少人格卑下而才華橫溢的作家，他們的作品也不乏才華，他們的作品也不一定格調低下。但是「聽其言觀其行」，他們的人格決定了他們的作品不可能有眞正崇高的境界，決定了他們的作品不可能傳之久遠。汪精衛年輕的時候刺殺清攝政王未遂，在獄中寫下了「引刀成一快，不負少年頭」的名句，傳誦一時；但是當他淪爲漢奸，成爲祖國和人民的敵人，他當年的豪言壯語也成爲諷刺，誰還會再去吟詠？最近我翻閱了漢奸文人胡蘭成的作品。應該說，胡蘭成還是很有才氣的，他在發掘張愛玲上也功不可沒。但是他卑下的人品，使他的作品不可能具有高遠的境界；他投敵賣國的行爲，更是他永遠無法抹去的污點，使他的文和他的人一樣遭到了歷史的唾棄。

王國維說：「三代以下之詩人，無過於屈子、淵明、子美、子瞻者。此四子者，苟無文學之天才，其人格亦自足千古。故無高尚偉大之人格，而有高尚偉大之文學者，殆未之有也。」又說：「天才者，或數十年而一出，或數百年而一出，而又須濟之以學問，帥之以德性，始能產眞正之大家。此屈子、淵明、子美、子瞻等所以曠世而不遇也。」這話說得再明白不過了。再有才的人，如果沒有高尚的品德作引導，沒有紮實的學問作基礎，也不可能成爲眞正的大家。像屈原、陶淵明、杜甫、蘇軾這樣的詩人，就算他們沒有文學上的天才，他們高尚的人格也足以流傳千古。沒有高尚、偉大的人格，卻有高尚偉大的文學成就，這是根本不可能的。

作家應該是有點精神潔癖的，不妨清高一點，孤傲一點，脫俗一點，純淨一點。作為一種特殊的精神產品的創造者，作家應該具備比一般人更清澈深邃的目光，更豐富純淨的心靈，更博雅宏達的修養，更優美高尚的情操。這樣，他才能夠寫出有境界的、撼人心靈的作品來。

（2014 年）

網絡文學當自強

網絡文學誕生十幾年來，恐怕從未受到過如此之高的禮遇：先是人民日報與中國作協聯合推出「網絡文學再認識」專欄，一批專家學者就網絡文學的現狀及其走向各抒己見，連百歲著名作家馬識途先生都親自撰文參與討論；接著中國作協書記處成員赴各地就網絡文學現狀進行專題調研；然後又是全國網絡文學理論研討會召開。與這些大動作相呼應的是，繼一些省份成立網絡作協或相關機構之後，全國性的網絡作家協會也呼之欲出。媒體的熱情也相當高，紛紛發表相關報導和評論。一時間，網絡文學、網絡作家成為人們關注的中心、談論的對象。有人說，2014 年是「網絡文學年」。誠哉斯言！

網絡文學受到關注，這是好事。網絡文學誕生時間雖然不長，但是發展迅猛，已經擁有了相當數量的寫手和數量可觀的受眾，據統計，到 2013 年底，中國內地已有綜合性文學網站約 300 家，網絡註冊寫手 500 多萬人，網絡文學用戶已達 3.51 億。10 餘年來的網絡原創作品無論按字數還是按篇數計都已經遠遠超過 60 年來紙質媒體發表的文學作品的總和。這邊廂，網絡文學在互聯網上風生水起；那邊廂，主流輿論場的反應則顯得冷冷清清，相關的理論評論更是相對滯後。對於這麼一支有影響的力量，不予關注、不予重視顯然是不行的。現在，社會各界關注網絡文學，為它的健康發展出謀劃策，實在是一件應該慶賀的好事。可以預見，網絡文學必將迎來一個更加燦爛的明天。

任何事物要成長、壯大，外在的環境固然重要，但是根本的還是自身的努力。外在的幫助代替不了內在的努力。文學創作作為一種個體化的勞動，更是如此。面對社會各界的關心，面對大好的發展機遇，網絡作家們應該增強責任感，努力提高自我修養，加強自我約束，創作出更多優秀作品，使網

絡文學邁上一個新臺階。網絡文學長期被主流媒體冷落，自然有社會各界特別是主流文學界對其認識不足的原因，但是其自身的不足也是一個重要原因。人們說起網絡文學，大多有這樣的評價和印象：思想內容格調不高，藝術手法比較粗糙，注水嚴重，內容重複，等等。這些評價和印象，用來概括網絡文學的全部顯然是不對的，但是相當一部分網絡文學作品確實存在這些問題。網絡文學遲遲不能進入文學場，與自身存在的諸多問題是有密不可分的關係的。

網絡文學有自身的特點，但是不能一味強調特點，而放棄對文學性的追求。網絡文學說到底還是文學，「網絡」只是它傳播的手段而已。與這種新的傳播媒介相適應，網絡文學有一些不同於傳統文學的特點是正常的，但是這些特點不能成為它削弱文學性的藉口。網絡文學不應排斥傳統文學，網絡作家都是從傳統文學受到啟蒙，可以說是吃傳統文學的奶長大的，本身就根植於中國文學傳統的土壤，網絡文學的創新也應是在繼承中國文學傳統基礎上的創新。

有人說，網絡文學本來就是通俗文學，不登大雅之堂，無須對它提出那麼高的要求。這種說法顯然不對。文學本無雅俗之分，即使習慣說法的「高雅文學」和「通俗文學」也沒有尊卑之分。所謂的高雅文學，如果寫得不好，照樣不受歡迎；而所謂的通俗文學，只要具備高超的文學水準，高雅的格調品位，高尚的精神境界，一樣可以成為經典。我國四大古典名著中，至少有三部是通俗小說，誰又能否認它們的經典地位？就連《紅樓夢》這樣今天被視作雅文學的作品，當年也是不為正人君子所接納的通俗小說，可這並不影響它成為世界文學史上難以逾越的高峰。以通俗文學作品名世的作家太多了，不勝枚舉。網絡文學誕生十幾年來，已經出現了一些佳作，我們期待湧現更多的能夠傳之久遠的精品力作。

當然，不少網絡作家都面臨一些困難和問題，包括生活上的、工作上的、創作上的，等等，有關部門和社會各界應該努力幫助他們克服和解決，讓他們心無旁騖，安心創作。

總之，網絡文學要贏得人們的尊重，要進入主流文學場，各方面的關心、呵護、幫助固然是重要的，但是最重要的還是網絡作家們要自強不息，要用自身的實績在中國文學史上佔有一席之地。

（2014 年）

小小說要有「三度」

前一段時間，有機會集中閱讀了一些小小說。其中雖然也有一些優秀之作，但總體上感覺質量平平。

小小說以篇幅短小、立意新穎、構思奇巧而深受歡迎，擁有廣泛的作者隊伍和讀者隊伍。但是長期以來，小小說總是很難得主流文學界的認可，我想這跟一些小小說自身的缺陷有關。小小說作爲小說家族的一員，不但應該具備小說的文學品質，還應有自身特質，才能在小說家族佔有一席之地。根據我的觀察，不少小小說缺乏三個「度」：深度、厚度和溫度，這是它的致命傷。

一是深度，即深刻的主題。小小說篇幅都很短小，一般千字左右，可謂「螺螄殼裏做道場」。這樣短小的篇幅，作者一般多在新、奇、巧上下工夫，努力把小說寫得好看、抓人。這是沒錯的。但是如果一味地追求新奇巧，而忽略了對主題的挖掘，那無異於「買櫝還珠」，很有可能流於淺薄。深度決定高度，文學作品的厚重緣於深刻的思想內涵，優秀的文學作品不僅要有完美的表現形式，更重要的是要有較強的思想性。優秀的小小說也是如此。沒有深刻的思想內涵，作品就沒有了靈魂。再好看的故事，也難以打動人心。不少作者把小小說當成了「小品」、「段子」，熱衷於插科打諢，製造笑點，製造包袱，這顯然是對小小說這種文體的誤解，也是對小小說的傷害。

二是厚度，即豐富的內涵。小小說一般以簡短的篇幅寫出一個故事，一個場景或一個片斷，但與長篇小說、中篇小說、短篇小說具有同樣的文學審美價值，這是其與故事、速寫的本質區別。小小說要有厚度，以小見大，含蓄雋永，令人回味。

那麼它的厚度體現在哪裏呢？我認爲，小小說的厚度體現在它的留白裏。我國傳統藝術有一個重要的表現手法——留白。就是在書畫藝術創作中有意留下空白，給讀者留下想像的空間。小小說篇幅有限，更要講究留白，一定不能把話說完，不能一覽無餘，不能把故事講得淋漓盡致，要給讀者留下想像的空間。這樣才更有嚼頭，讓人回味無窮。

三是溫度，即溫暖的情懷。文學作品要以情感人，缺乏藝術感染力的作品是發揮不了文學的特殊功能的，也是沒有生命力的。小小說同樣如此。現在不少小小說，故事講得很精彩，但是缺少打動人心的力量，原因何在？就是因爲沒有溫度，沒有感情，讀上去冷冰冰的，沒有讓人溫暖的力量。作者

挖空心思去構思一個奇巧的故事，一個出人意料的結局，可是恰恰忽視了最重要的東西：感情。他沒有用心去寫，沒有把自己的感情投入進去，所以作品是蒼白的，只有一個外殼。一個優秀的作家，無論他寫何種體裁的作品，總是用心去寫，筆下常帶感情。一味地玩弄技巧，注定成不了大家。我們讀讀汪曾祺的小說《陳小手》，表面上看上去淡淡的，不動聲色，淡定得很；實際上作者通過陳小手的悲慘命運，深刻揭示了人性的愚昧與醜陋，體現了一個人道主義者的悲憫情懷。這是小小說作者應該努力追求的方向。

（2015 年）

敬畏文字

在很多場合，我總是不遺餘力地呼籲：作家要重視語言。

雖然是老生常談，但確是有感而發。實在看不慣一些寫作者對於文字的隨意和輕慢。

人們常說，文學是語言的藝術。那麼，作家理所當然地應該是語言藝術家，應該是運用語言文字的典範。文從字順，語言流暢，這是對寫作者最基本的要求。再進一步，文學作品的語言，要典雅精緻，雋永深刻。好的作品，不但能讓人欣賞作品營造的意境，同時能享受作品的文字之美。可是也有太多的作家，對鍊字鍊句不屑一顧。他們以為只要把故事講好就行了，至於文字嘛，那是小兒科，不必費工夫。所以，有一些很有才華的年輕作家，故事講得很好，可是文字粗糲，令人惋惜。讀他們的作品，就像吃飯時吃到沙子一樣，那種感覺很不舒服。這種風氣對一些初學寫作者也帶來了不好的影響。一些作者的稿件錯別字連篇，當編輯給他們指出、改正後，他們竟然不以為然，譏之為小題大做。試想，這樣的態度怎麼可能產生優美的文字？

古人對文字的虔誠，真是令人感動。「為人性僻耽佳句，語不驚人死不休。」「吟安一個字，撚斷數莖鬚。」「兩句三年得，一吟雙淚流。」這些詩句讓我們看到了古人在遣詞造句上下了多大的工夫。因為對文字的敬畏，還留下了不少「一字之師」的佳話。宋人計有功《唐詩紀事》中就有這樣的記載：「鄭谷在袁州，齊己因攜所為詩往謁焉。有《早梅》詩曰：『前村深雪裏，昨夜開數枝。』

谷曰：『「數枝」非早也，不若「一枝」則佳。』齊己矍然，不覺兼三衣叩地膜拜。自是士林以谷爲齊己「一字之師」。』二十世紀四十年代初，郭沫若的話劇《屈原》在重慶公演時，演員張逸生建議把劇中臺詞「你是沒有骨氣的文人」改成「你這沒有骨氣的文人」，郭沫若不但欣然接受，還特意寫了一篇短文附在劇本後面，尊稱張爲「一字之師」。「老師」是一個崇高的稱謂，僅僅因爲改正一字而被尊稱爲「師」，可以看出古人是多麼地重視文字。如今，不知有幾人還願意當「一字之師」，也不知有幾人還有拜師的勇氣和雅量？

　　語言文字不但是文化的載體，其本身就是一種文化。朱光潛先生有個觀點：「語言即思想。」汪曾祺先生也說過：「寫小說就是寫語言。」「世界上沒有沒有語言的思想，也沒有沒有思想的語言。」語言是無法從思想中剝離開來的，一篇作品是無法脫離語言而存在的。所以，重視語言不是小題大做，鍊字鍊句亦非雕蟲小技。

　　歷經幾千年歷史變遷、朝代更迭而傳承下來的文字，是凝聚著人類智慧和心血的寶貴財富，我們理應懷有敬畏之心，認眞學好、努力用好並發揚光大。敬畏文字是一種文化品德，既是對祖國語言文字的尊重，也是對讀者的尊重。

　　（2015 年）

先器識而後文藝

　　最近，第二屆豐子愷散文獎揭曉，我的散文《司馬遷的選擇》有幸獲獎。評委會在授獎詞中說：「徐可的散文，談文品人，論古道今，堪稱世事洞明，人情練達，情理相生，文理並茂。其文字的優雅具有老派散文的質地，也是人、文高度一致的體現。《司馬遷的選擇》中，以知識分子的責任感與自省意識，抒寫了知識分子的風骨。」我在發表獲獎感言時說：「今天，我們在這裡用自己的文字向豐子愷先生致敬，也是表明自己的心志：先器識，而後文藝。」評委會的授獎詞強調了知識分子的風骨、責任感、自省意識，與我所說的「先器識而後文藝」，可謂不謀而合。

　　「先器識而後文藝」，這是豐子愷的文藝觀，這一文藝觀是從他的老師李叔同那裡繼承而來。豐子愷在《李叔同先生的文藝觀——先器識而後文藝》

一文中寫道：「『先器識而後文藝』，譯爲現代話，大約是『首重人格修養，次重文藝學習』，更具體地說：『要做一個好文藝家，必先做一個好人。』」他還說：「李先生平日致力於演劇、繪畫、音樂、文學等文藝修養，同時更致力於『器識』修養。他認爲一個文藝家倘沒有『器識』，無論技術何等精通熟練，亦不足道。所以他常誡人『應使文藝以人傳，不可人以文藝傳』。」

豐子愷是典型的中國傳統文人，是中國讀書人的一座標杆，也是我素所敬仰、所熱愛的一位作家藝術家。從少年時代讀到他的散文起，這份熱愛就從未改變。我至今依然記得當年閱讀《緣緣堂隨筆》《給我的孩子們》等作品時的喜悅。他的散文和漫畫中流露的慈悲、仁愛和童心，令人感動，也給我以深刻影響。正如俞平伯所評價的那樣：「一片片的落英，都含蓄著人間的情味。」

豐子愷是一個有情懷、有風骨的文人。他深受弘一大師影響，終其一生都忠實地實踐著這一文藝主張，他的爲文與爲人高度統一。豐子愷篤信佛教，終生以慈悲爲懷，他愛人類，愛社會，愛世間萬物，尤其喜愛孩子。他的作品與他的人一樣，充滿了愛。愛，是豐子愷所有作品的主題，是他所有創作的出發點和落腳點。正是他筆下流淌出來的濃濃愛意，感動著一代又一代讀者。

「先器識而後文藝」，也是我的文學主張。孔子說：「志於道，據於德，依於仁，游於藝。」孔子認爲，「游於藝」（禮、樂、射、御、書、數）不過是「志於道」、「據於德」、「依於仁」之餘事，「道」、「德」、「仁」先於「藝」，重於「藝」。唐代劉晏總結孔子等人的教育思想，明確提出「士先器識，而後文藝」的教育觀，強調「士」要先培養自己的胸懷、器識，培養自己對社會、對人生的基本信仰和價值觀，然後才能學藝。古人關於「器識」與「文藝」關係的論述對於我們仍有很重要的啓發意義。人們常說：「爲文先爲人。」「人品決定文品。」人品指的是人的品格，文品指的是文章的格調。郭沫若先生說：「文章是人寫的，因此首先是人的問題。古語說：『文如其人。』這是說什麼樣的人，就寫什麼樣的文章。」中國自古注重人的品格的塑造。孟子說：「我善養吾浩然之氣。」養浩然之氣、重人倫道德是文化傳統的重要內容之一。古往今來賢能之士無不道德文章相得益彰，文品與人品是分不開的。王國維說：「三代以下之詩人，無過於屈子、淵明、子美、子瞻者。此四子者，苟無文學之天才，其人格亦自足千古。故無高尚偉大之人格，而有高尚偉大之文學者，殆未之有也。」沒有高尚偉大的人格，就不可能有高尚偉大的文學。這一論斷可謂擲地有聲！

文章關乎世道人心，爲文須有擔當。我寫《司馬遷的選擇》，正是有感於他在面臨人生重大抉擇時的風骨與勇氣。司馬遷一生中有三次重大選擇，三次選擇成就了一部偉大的《史記》，也成就了一位偉大的歷史學家、作家。在面臨生死選擇之際，他沒有爲保全名節而慷慨赴死，而是以極大的勇氣選擇了被視爲奇恥大辱的宮刑，選擇了更爲艱難的「隱忍苟活」，唯一的目的就是爲了完成自己的使命：發憤著書，「究天人之際，通古今之變，成一家之言。」當我寫作《司馬遷的選擇》的時候，我時時爲之感動以至涕下。作爲一名作家，「器識」永遠重於「文藝」。當我們提筆寫作時，絕對不能忘記自己的責任與使命。

（2017 年）

書卷多情似故人

把近年來所寫有關讀書、憶人、隨想的文字收集起來，是爲《三更有夢書當枕（之二）》。

「書卷多情似故人，晨昏憂樂每相親。」「三更有夢書當枕，千里懷人月在峰。」把書卷比作故人，將讀書與懷人並列，這是愛書人的癡語。「萬般皆下品，唯有讀書高。」這是對知識的敬重，對讀書的尊崇。所以，古人把讀書這件事看得特別鄭重，對讀書的環境格外挑剔，對書卷的態度格外恭敬。春晨秋暮，花朝月夕；明窗淨几，沐浴更衣；淨手焚香，正襟危坐；輕捧書卷，虔敬誦讀。讀書，不僅僅是爲了獲取知識，其行爲本身就是一種淨化靈魂的修行，一種向書籍致敬的莊嚴儀式。

書籍既爲故人，那麼讀書即是與故人促膝長談，傾心交流。青燈黃卷，如對故人；悲喜與共，款曲相通；思接千載，神遊萬里。書籍是溫暖的，它能夠滋潤你枯竭的心田，慰藉你孤獨的靈魂；書籍是熱情的，它邀李白與你對酌，請杜甫爲你放歌；書籍是神奇的，它能夠提升你的「顏值」，增添你的氣質，讓你「腹有詩書氣自華」；書籍是忠誠的，無論你是貧窮還是富有，是健康還是殘疾，是得意還是失意，它總是不離不棄，忠誠相伴……書籍的可愛、讀書的樂趣眞是不可盡述。南宋詩人鄭思肖寫自己在報國寺的隱居生活，只用了寥寥十一個字：「布衣暖，菜羹香，詩書滋味長。」一個「長」字，讓人回味無窮。

我們今天遙想古人的風範，仍然豔羨不已。不過時代已經發展到了二十一世紀，已經沒有多少人會把讀書看得那麼神聖。如果我們照搬古人的程序，附庸古人的風雅，把每一次讀書都做成一個莊嚴的儀式，未免矯情而可笑。在私人的空間裏，站讀，坐讀，臥讀，怎麼舒服怎麼讀，絕對不會再有教書先生拿著戒尺打你的手心。而且，隨著新媒體的發展，紙質圖書不再是獲取知識的唯一途徑，讀書已經衍變成更廣義的「閱讀」。一部小小的手機，一個神奇的微信，可以隨時隨地讓你實現閱讀，完成閱讀。有人抱怨新媒體影響了人們的閱讀，我的看法正好相反，新媒體讓閱讀變得更加快捷而方便，是對傳統閱讀方式的拓展和延伸。

我是一個比較守舊的人，我還是比較喜歡紙質書籍那淡淡的墨香，喜歡紙張在手中翻動的感覺；但我也不拒絕接受新鮮事物，微信等新媒介已經成為我閱讀的一個重要途徑和有益補充。當然遇見特別喜歡的書，我是一定要買來放在家裏的。看著實實在在的書靜靜地臥在我的書櫃裏，我的心感覺特別踏實而充實。

我至今仍算是一個愛書之人，可是我愛的大多是無用的閒書，「經世濟國」之類的有用之書委實讀得不多。清人張潮在《幽夢影》裏說：「少年讀書，如隙中窺月；中年讀書，如庭中望月；老年讀書，如臺上玩月。」我的年齡早已過了少年階段，可是仍然只會「隙中窺月」，未得其精髓和要義，可見不會讀書。

本書凡三輯，曰「秉燭談」、曰「懷人篇」、曰「寸心集」。首輯主要為讀書隨筆，兼及隨筆式的文藝評論文章；次輯為憶人散文，所寫包括文化名人、親朋故舊；三輯為隨想隨感，有對親情友情的憶述，也有對生活的感悟感慨，不過是將腦中偶而迸發出來的火花記錄下來而已。將讀書、憶人、隨想的文字集合為一冊，私心裏也有點兒以書為友、喻友為書的意思。

（本文係本人散文集《三更有夢書當枕（之二）》序言，略有刪節）
（2016 年）

與故鄉一起前行

每個人都有一個故鄉。故鄉哺育了我們的生命，也涵養了我們的精神，所以一個人的性格、氣質都與所處地域有一定關聯，正所謂「一方水土養一方人」。

自古以來，故鄉、鄉愁始終是文學創作的一個重要主題，故鄉是文學的起點，更是創作的富礦。美國作家福克納終其一生都在書寫他的家鄉，「那塊郵票般大小」的奧克斯福；中國作家莫言筆下的「高密東北鄉」也揚名天下。我國古代的詩人們，不惜用最美麗的語言讚美自己的家鄉，傾訴思鄉之苦、思鄉之情。「露從今夜白，月是故鄉明。」「忽聞歌古調，歸思欲沾巾。」「此身如傳舍，何處是吾鄉。」「行人無限秋風思，隔水青山似故鄉。」「宦情不獨今年薄，遊子從來念故鄉。」「望極天涯不見家，家在夢中何日到。」「洛陽城裏見秋風，欲作家書意萬重。復恐匆匆說不盡，行人臨發又開封。」關山萬里，何日歸故鄉？鴻雁聲斷，難訴思鄉情。這種有家歸不得的煎熬，令遊子對故鄉的思念尤其濃厚，牽掛更加強烈。古人留下的優美篇章汗牛充棟，成為我國古代文學寶庫中的寶貴財富，至今仍令我們感動不已。西晉文學家張翰，就因為思念故鄉的美食，連官兒也不當了，駕起車子就回去了，給我們留下了一個美好的成語──「蓴鱸之思」。

在當下的散文創作中，故鄉、鄉愁也是作家們偏愛的一個主題。交通工具的便利和通訊手段的發達，使故鄉變得不再遙遠，免去了人們的歸鄉之難與思鄉之苦；然而，時代的飛速發展，社會的快速轉型，故鄉的巨大變化，令人眼花繚亂，心情複雜；尤其是日益衰落、不斷消失的鄉村，更是令作家們倍感惆悵、失落。他們無限懷念記憶中的那個故鄉，那也許只是一個貧窮、落後、閉塞甚至愚昧的小山村，可是在他們的筆下卻都美好如世外桃源一般，歲月靜好，民風淳樸，山青水秀，草木葳蕤。於是，懷舊成了當代鄉情散文的主題。這種感情無可厚非。中國有句古話：「兒不嫌母醜，狗不嫌家貧。」這本是一個值得稱道的美德，但是如果無限放大故鄉記憶中的好、而不加分析地排斥它的變化，這就未免失之偏頗了。

在涉及故鄉、鄉情題材散文的寫作上，我始終秉持謹慎、克制的態度。我認為，既不要刻意美化故鄉、詩化故鄉，也不要一味展示過去的苦難以賺取同情的眼淚；同樣，對於新農村建設過程中出現的問題，要本著科學、客觀、理性的態度進行觀察、思考、分析。因此，在三十餘年的散文寫作中，關於故鄉的散文不過十餘篇。這些散文集中在新近出版的《背著故鄉去遠行》（作家出版社 2018 年 10 月第 1 版）一書中。在這本書裏，我深情回憶了故鄉的人：我的慈祥的外婆（《外婆家》）、我的淳樸的父親（《父啊，我的父啊》），故鄉的事：童年時代的遊戲（《「鍬兒站，家裏喊」》）、露天電影場上的奇遇（《昨晚你到哪去了》）、鄰家失竊的往事（《賊子》），故鄉的景：夜晚的美（《夜行》）、

刺槐樹的美（《故鄉的刺槐樹》）；我抒寫了離別故鄉的不捨之情（《別情》）。我用最質樸的語言，表達了我對故鄉、對親人最深沉的感情。故鄉的人、故鄉的事、故鄉的景，什麼時候想起來心裏都是暖暖的，溫馨的。

然而，當我回望故鄉的時候，我並沒有迴避它曾經的貧困、落後，我沒有一絲一毫地美化它。時光長河的沖刷，並沒有淡化過去貧窮生活留下的記憶；相反，隔開時間迷霧再去打量故鄉，我的眼光更加客觀、科學、冷靜，我更多地思考「爲什麼」和「怎麼辦」。《日暮鄉關何處是》就是我經過深入觀察、思考之後寫下的一篇散文。春節返鄉，踏訪已經消失的村莊，我的心中難免有一絲惆悵，然而我並沒有「爲賦新詞強說愁」，相反我由衷地爲故鄉的巨變而高興。曾經熟悉的村莊，留給我的記憶是溫暖的、溫馨的、溫情的，但也是貧窮的、飢餓的、愚昧的。那樣的「鄉愁」不應該是我們所要的。如今，經過家鄉人民的努力，家鄉發生了天翻地覆的變化，鄉親們終於過上了幸福溫飽的生活，難道這還不值得我們爲之慶幸嗎？

當然，在新農村建設的過程中，也出現了一些問題，主要體現在兩個方面：一是物質的，環境污染；一是精神的，道德滑坡。這些問題都很重要，我在寫作中也作了認眞的思考。我認爲，它們是發展過程中的問題，還是要在發展中解決。萬萬不能因噎廢食，更不能抱殘守缺，回到過去那種狀態中去。所以我說：「我們呼喚鄉愁，絕對不是要再回到過去那種貧窮的生活中去。與保護古村落同等重要或者比前者更重要的，是涵養鄉村文化、培育鄉村精神，讓鄉愁『詩意地棲居』。我們不能死守著歷史抱殘守缺，而是要從現實中尋找答案，讓鄉愁長駐在我們的心靈深處。」「鄉愁既不是『牧歌』也不是『輓歌』，而是平平常常一首老歌。」

所以，我們書寫故鄉、抒寫鄉愁，不能僅僅停留於緬懷「過去的好時光」，不能總是唱著「昨日的歌謠」；而是要和著故鄉發展的步伐，一同前行。讓鄉愁滋養我們的文學，讓我們今天的書寫，成爲故鄉發展的見證，成爲後來者的歷史。

（2019 年）

發現讀書的美好

捧讀《第三屆「書城杯」全國散文大賽獲獎作品選》，心中感慨繫之。

　　由深圳出版發行集團主辦，深圳市書城文化投資控股有限公司承辦的「書城杯」全國散文大賽，至今已連續舉辦三屆了。三年時間不算長，但是，從這項活動開辦的初衷，到有關各方堅持不懈的實際行動，可以看出主其事者的文化擔當、文學情懷，特別是他們對書的摯愛，對愛書讀書不遺餘力的倡導。

　　關於讀書的重要、讀書的樂趣，前人的論述可謂汗牛充棟。其中最有名的當屬下面這兩句詩：「萬般皆下品，唯有讀書高。」在一個特殊的時期，這句話曾被當作鼓吹讀書做官、鄙視勞動人民而受到批判。今天看來，此話雖然有失絕對，但是，詩中表達的尊重知識、推崇讀書的思想卻是無比正確的。一個社會，如果尊重知識、尊重知識分子成為風尚，那是令人欣喜的。可惜的是，雖經多年號召和倡導，這種風氣始終未能成為社會主流。在這個高度信息化的時代，在這個快節奏的時代，在很多人眼裏，讀書的樂趣已經被無數種樂趣所取代，讀書的重要性更是大打折扣。對於整個社會來說，一個以讀書為主題的散文大賽無疑是杯水車薪，但其良苦用心卻是值得我們敬佩的。

　　令人欣喜的是，從參賽者的踴躍程度來看，我們這個社會不乏愛書人，或者借用葉靈鳳創造的一個稱謂：愛書家。三屆大賽，都受到愛書人士的熱烈歡迎和積極參與。參賽者中，既有白髮老者，也有青蔥少年；既有比較成熟的作家，也有相對業餘的文學愛好者。從職業分佈來看，更是三教九流，無所不包。閱讀的範圍和興趣不盡相同，寫作的水平也參差不齊，但是從中不難發現一顆顆熱愛讀書的心靈。

　　收入本書的，就是第三屆「書城杯」全國散文大賽獲獎作品，是從 5000 多件參賽作品中遴選出來的佼佼者，基本代表了本屆比賽的最高水平。

　　我以為，讀書的最糟糕狀態是「死讀書，讀死書，讀書死」；與之相對應的，讀書的最高境界則是「活讀書，讀活書，讀書活」。數千年來，第一種形態不乏其人，達到第二種境界的則寥寥無幾。本次獲得一等獎的《亂世時期如何在桃花源安居樂業？》，就是一篇能夠把書「讀活」的佳作。本文號稱「《齊民要術》的另一種讀法」，其實是以《齊民要術》為索引，對陶淵明的《桃花源記》做了另一種解讀嘗試，寫成一篇不無野狐禪味道的讀書箚記。文章以《齊民要術》和《桃花源記》互相映證，視野開闊，想像豐富，議論風生，讓人耳目一新。

　　「在冬天與一本好書相遇，是獨屬一人私自悄然享有的幸福，讓我在抵禦這個越發冰冷的世界，多了一隅紙質的身心居所，我的冬天便有了文字的

春色和暖意，有了閱讀的豐沛和豐足。」同樣獲得一等獎的《紙房子　書天堂》可謂道出了天下愛書人的心聲。讀書的樂趣只有愛書人才能體會得到。正像古人詩中所述：「書卷多情似故人，晨昏憂樂每相親。」書籍是人類最好的朋友，無論什麼時候、無論什麼心情，它都會忠實地陪伴在你身邊。讀書真是一件美好的事情。如果我們人人都能愛書、惜書、讀書，讓我們周圍彌漫著濃濃的書香味、書卷氣，那麼，我們這個世界不也變得更加美好了嗎？

　　所以，讓我們捧起圖書，發現讀書的美好……

　　（本文係《第三屆「書城杯」全國散文大賽獲獎作品選》序言，略有刪節）（2018 年）

附：

徐可談啓功：國學大師是怎樣煉成的

　　啓功先生從文學發展的角度論述歷代詩歌之不同：「唐以前詩次第長，三唐氣壯脫口嚷，宋人句句出深思，元明以下全憑仿。」他在給學生講課時對歷代詩歌特點作了這樣的總結：「僕嘗謂：唐以前詩是長出來的，唐人詩是嚷出來的，宋人詩是想出來的，宋以後詩是仿出來的。嚷者，理直氣壯，出以無心。想者，熟慮深思，行以有意耳。」

　　徐芳：啓功先生 2005 年去世，今年是先生 105 歲誕辰。我們都知道，您與啓功先生是「忘年交」。你們感情深厚，自述「情逾祖孫」。您是怎麼與啓功先生「結緣」的？啓功是不是一個「好玩」的人？據說語言幽默的規律之一是：話語的邏輯發展突然中斷、心理期待猛地撲空，隨之又滑到一個並非預期、然而又非毫不相干的終點，便可以造成一種「恍然大悟」式的「笑」，可否舉例說明？

　　徐可：我與啓功先生結緣，應該追溯到上個世紀八十年代上半葉。1984年，我考入北京師範大學中文系，啓功先生正是北師大中文系的教授。入學後我們就知道，師大中文系有幾大「寶」：鍾敬文、陸宗達、蕭璋、黃藥眠、

俞敏、啓功，等等。其他幾位老先生，那時已是八十左右高齡，基本上不給本科生上課了。只有啓功先生才 72 歲，在他們中算是「小弟弟」，除了給研究生講課外，有時也給本科生講課、開講座，甚至還給夜大生講課。鍾先生和啓先生的課我都聽過。鍾先生的學生給我們講授「民間文學」課，曾請鍾先生給我們做過講座，但鍾先生的口音太重了，他的話實在很難聽懂。

我曾經聽他講過《紅樓夢》和古典詩詞，具體內容記不住了，但他豐富的表情、生動的動作和風趣的講解，卻是深深地印刻在腦海中的。那時還有同學借機向他求字，或者「截留」他在課上寫的字。我們這批學生有福，曾經親承鍾敬文、啓功等大師謦欬，這是終生受用的寶貴財富。後來的學生就沒有這份福氣了。

啓先生就不一樣了，他是地道的北京人，一口京腔，字正腔圓，抑揚頓挫，底氣十足，又風趣幽默，光是聽他說話就是一種享受。再加上他的名氣太大，所以每次講課都是人滿為患，過道裏都站滿了人。啓功先生的弟子趙仁珪、秦永龍教授都是我們的老師，分別講授古典文學和書法課。他們曾請來啓功先生為我們做講座。我曾經聽他講過《紅樓夢》和古典詩詞，具體內容記不住了，但他豐富的表情、生動的動作和風趣的講解，卻是深深地印刻在腦海中的。那時還有同學借機向他求字，或者「截留」他在課上寫的字。我們這批學生有福，曾經親承鍾敬文、啓功等大師謦欬，這是終生受用的寶貴財富。後來的學生就沒有這份福氣了。

真正與先生「親密接觸」，那是我從北師大畢業以後。1991 年由於一個機緣我們的交往漸漸密集起來，我受到先生信賴，成為一個可以隨時登堂入室的忘年交。而我對先生的感情，也就在這長期的交往中，通過一件件小事而逐漸加深。我曾經說過一句話：「在我到了必須對自己的言行負責的年紀之後，我沒有崇拜過任何人，但我從不諱言我對啓功先生的崇拜。」出於對先生高尚人格的尊崇，我曾經寫下過大量文章，還寫過一部中篇紀實文學《文衡史鑒總菁華》，出過一本《三憶啓功》。我做這些，都是為了弘揚先生的精神。

啓功是一個很好玩的老人，不管你跟他熟不熟，只要跟他在一起待上一會兒，肯定會被他感染。有一個成語「如坐春風」，說的就是這種感覺。他經歷過那麼多磨難，可是卻保持著樂觀、開朗的心態，用他自己的話說就是：「我是『手心手背，沒心沒肺。』」熟人之間，他喜歡開些無傷大雅的玩笑。有一次我跟他道謝，他說：「甭謝（卸）了，套著喂就行了！」這是指驢呢。

徐芳：一位國學大師究竟是怎樣煉成的？

徐可：世人皆知啓功先生是一位大書法家，其實他在諸多方面都卓有建樹和成就，只不過他在書法上的名聲太大了，以致在某種程度上掩蓋住了他的其他「身份」。

最廣爲人知的當然是他的書法。啓功的書法博師古人，典雅挺秀，美而不俗，在當代書壇獨樹一幟，形成一家之風，被人們稱爲「啓功體」或「啓體」。特別是他晚期的書法作品，體現了「書貴瘦硬方通神」的風格，中宮緊湊，四外開合。這內緊外放的結體，遒勁俊雅的筆劃，布局嚴謹的章法，體現了「啓體」書法特有的神韻，達到了爐火純青的高超水準。從他的書作中，我們可以明顯地感受到他內心的清雅與寧靜。似深水靜流，又似藍天閒雲，沒有張揚，沒有造作，只見一派從容和悠然。

細細品味啓功先生之書作，那瘦硬而剛勁的線條，那法度謹嚴的結體，那規整有序的布白，無不透射出其堅忍剛毅的品格魅力。書法界這樣評價他的書法：「不僅是書法之書，更是學者之書，詩人之書。它淵雅而具古韻，饒有書卷氣息；它雋永而兼灑脫，使觀者覺得餘味無窮。因爲這是從學問中來，從詩境中來的結果。」

他不僅從事書法創作實踐，而且對書法理論深有研究，形成了自己獨特的觀點。他對我國古代著名碑帖進行過廣泛而深入的考辨，寫下了大量的專業論文，對書法史和碑帖史的研究可謂居功至偉。他的《論書絕句一百首》，以一詩一文的形式，系統總結了自己幾十年研究書法的心得體會，在書法界具有廣泛而深遠的影響，被公認爲「既是一部書法史，又是一部書法研究史」。他的《論書絕句》和《論書箚記》被學界譽爲書論經典。啓功的書法思想因其獨到的創新精神，被稱爲「啓功書法學」，被書法界公認爲權威書法理論。

同「書法家啓功」的名號相比，「畫家啓功」的「知名度」似乎就沒那麼高了，這實在是對老先生繪畫水平的「委屈」。啓功早年作畫頗勤，擅山水，風格秀逸，繼承了明清文人畫的傳統。70歲以後常作蘭、竹，構圖平中寓奇，以書法之筆入畫，明淨無塵，清勁秀潤，充滿書卷氣。上個世紀50年代，他的畫就達到藝術高峰，專家評論他的畫最突出的特點是：「以畫內之境求畫外之情，畫境新奇，境界開闊，不矯揉造作，取法自然，耐人尋味。」後來由於他的書名大盛，「書債」不斷，應接不暇，他只好忍痛割愛，所以他的畫作不多，尤顯珍貴。

　　啓功還是一位高產高質的詩人。先生從小就接受了很好的家學，打下了古典詩詞的底子。青年時代，他經常參加同族長輩和詩壇名士溥心畬、溥雪齋等人主持的筆會，與師友談詩論詞、酬唱應和，當時就小有名氣。後來他出版有《啓功韻語》、《啓功絮語》、《啓功贅語》等詩集。他的詩詞格律嚴謹工整，語言典雅豐贍，意境深遠含蓄，學力深厚堅實，深具古典風韻。同時又能堅持「我手寫我口、我口道我心」的原則，「筆隨意到平生樂，語自天成任所遭。」不爲古人所宥，寫出自己的眞情實感，密切貼近現實生活，參用當下詞匯，深具現代氣息。

　　特別是一些詼諧幽默的詩，很好地體現了他的人生態度，形成了鮮明的個性特徵，爲古典詩詞的發展作出重要貢獻。啓功的書法作品，很多是書寫自作詩詞的；而他的畫作，均有自己詩詞佳句的題跋。詩、書、畫在同一幅作品中展現，達到了和諧統一，讓人領略到「詩中有畫，畫中有詩」的境界。

　　在詩詞創作實踐的同時，啓功還對古典詩詞發表了很多精闢的見解，從理論上對詩詞創作進行了深入的探討。他從文學發展的角度論述歷代詩歌之不同：「唐以前詩次第長，三唐氣壯脫口嚷，宋人句句出深思，元明以下全憑仿。」他在給學生講課時對歷代詩歌特點作了這樣的總結：「僕嘗謂：唐以前詩是長出來的，唐人詩是嚷出來的，宋人詩是想出來的，宋以後詩是仿出來的。嚷者，理直氣壯，出以無心。想者，熟慮深思，行以有意耳。」他在《詩文聲律論稿》中精闢地歸納了舊體詩的格律，藉以詮釋古典詩歌的語言藝術，探索詩體的革新，爲中國詩的發展尋求出路。

　　在「詩人」、「畫家」、「書法家」的光環後面，啓功先生還是一位博學廣識、成就卓著的學者。他一生教授古典文學和古漢語，對古代文學、史學、經學、語言文字學、禪學等都有深入而獨到的研究，留下了一批富有教益、啓迪後人的研究成果。

　　他是一位紅學家。1953 年，人民文學出版社決定出版《紅樓夢》程乙本。經俞平伯先生推薦，啓功憑藉自己深厚的文史功底爲這部文學巨著作注釋。俞先生說：「注釋《紅樓夢》，非元白不可。」在爲《紅樓夢》作注釋的過程中，啓功寫下了《讀〈紅樓夢〉箚記》。《讀〈紅樓夢〉箚記》和他注釋的《紅樓夢》程乙本，位列紅學研究的必讀書目。在這兩本書中，他對照自己所熟悉的旗人上層社會文化生活，從朝代、地名、官職、稱呼、服飾、禮儀等方面，揭示了曹雪芹運眞實於虛幻的藝術手法。

他是我國頂尖級的文物鑑定專家。先生說過：「我平生用力最勤、功效最顯的事業之一就是書畫鑑定。」1947 年，35 歲的啓功即受聘爲故宮博物院專門委員，成爲故宮文物鑑定小組中最年輕的成員。在古物館負責鑑定書畫，在文獻館負責審閱文獻檔案。新中國成立後，國家文物局邀請謝稚柳、徐邦達、朱家溍、啓功等組成專家小組。凡有清代書畫時，時任國家文物局局長的鄭振鐸先生就說：「一定要找啓功來！」

1983 年，國家文物局聘請國內頂級專家組成七人小組，對國內各大博物館收藏的珍品進行甄別鑑定，啓功和謝稚柳擔任組長。1986 年啓功又被國家文物局聘爲國家文物鑑定委員會主任委員。幾十年間，他所經眼的書畫文物數以萬計，還參與了震驚文物界的《出師頌》《淳化閣帖》的收購與鑑定工作，爲保護我國珍貴文物遺產作出了卓越貢獻，被公認爲「不可多得的國寶級人才」。

此外，啓功在文字學、文獻學、語言學、聲律學等方面都有過人的成就，一時不可盡述。他學問廣博，可謂諸子百家無所不知，三教九流無所不曉。他自戲爲「雜貨鋪」，實則是博學多聞，而且能打通各學科的界限，成爲一名通學博儒。

徐芳：啓功先生是帝胄後裔，他的這些學問的取得跟他的出身也有一定關係吧？

徐可：很多人都知道，啓功是滿族人，姓愛新覺羅，是雍正皇帝的第九代孫，典型的「皇親國戚」。所以，在不少人眼裏，他能成爲大學者、大藝術家就一點也不奇怪了——人家出身好、有條件嘛。其實，這話只說對了一半。出身皇族是不假，可啓功卻沒沾著皇族的半點光。他打小兒就是苦出身，「幼時孤露，中年坎坷」，這才是先生前半生歲月的眞實寫照。他的一切成就，都得益於恩師的培養和自己的堅持與刻苦。啓先生曾詼諧地說過：「本人姓啓名功字元白，不吃祖宗飯，不當『八旗子弟』，靠自己的本領謀生。」他獨創「啓」姓、自當「始祖」，實際上也是對過去「家世」的一種告別。

1912 年 7 月 26 日，啓功出生於北京。儘管貴爲帝胄，可是經過九代的演變，他的家道早已中落。他一歲時父親就去世了，揭開了家族迅速衰敗的序幕。幼年失怙的啓功跟隨曾祖父和祖父生活。四歲入私塾讀書，以後又師承戴姜福先生學習古典文學，跟隨賈羲民先生、吳鏡汀先生學習繪畫，很快就顯示出高於常人的天賦。先生們經常帶他到故宮博物院看陳列的古字畫，使他在國畫鑑

賞知識上受到不少啓迪和教育，這爲他後來的書畫鑒定打下了基礎。

　　1922 年，年僅 10 歲的啓功又遭受了沉重的打擊：半年之內，包括曾祖父、祖父在內的五位親人相繼去世，家中只剩下父親克連珍和未出嫁的姑姑恒季華。「家敗如山倒」的嚴峻現實，使他們不得不變賣家產，用來發喪，償還債務。

　　在啓功一家陷入絕境之際，出現了令他感動終生的眞情一幕：他的曾祖父和祖父的一些門生，主動周濟他們。其中兩位先生帶頭捐錢，並發起募捐，買了七年的長期公債，用其利息來維持一家三口的日常生活。那募捐詞中的兩句話：「孀媳弱女，同撫孤孫。」啓功終生難忘，去世前不久說起來還心酸不已。在這樣的扶持和鼓勵下，啓功刻苦學習，生怕辜負了他們的希望。少年啓功便表現出異常的秉賦，給同學們留下深刻印象。

　　然而，儘管啓功無比珍惜學習機會，但經濟和精神上的雙重壓力使他中學未畢業便輟學了。那時他才 18 歲，一面教家館賺些錢貼補家用，一面急於謀求一份工作，好養家糊口。1933 年，他迎來了生命中最重要的「貴人」——輔仁大學校長陳垣先生，得到先生「寫、作俱佳」的讚賞。在瞭解了啓功的學識與爲人後，陳垣大膽地啓用只有中學學歷的啓功到輔仁附中教國文。家境貧寒的啓功感念陳垣校長的知遇之恩，在工作崗位上兢兢業業地發揮著自己的才幹。然而，分管附中的院長卻認爲他「中學未畢業就教中學不合制度」，把他辭退了。陳垣不改初衷，又安排他到輔仁大學美術系任助教。不巧，分管美術系的仍是那位院長，又以「學歷不夠」爲由將他辭退。艱難之中，向啓功伸出援手的還是陳垣先生。他始終堅信啓功是個有眞才實學的青年，不應被埋沒。他再次聘請啓功回到輔仁，執教一年級的「普通國文」。從此，他在陳垣校長的身邊勤勉工作，培養了一批又一批學生。難得的是，啓功並沒有因爲有陳垣校長這棵「大樹」的庇護而驕縱自滿。兩次被解聘的經歷使他認識到，自己沒有過硬的學歷，要想在這所高等學府裏安身立命，並且做出一些不負陳校長厚望的成績來，就必須比別人更加勤奮，以眞才實學換得各方面的承認。從此，他就養成了在學術上紮實用功、嚴於律己的精神，幾十年來從未懈怠。1945 年，他就晉升爲副教授，並被北京大學聘爲兼職副教授，1956 年又被評爲教授。即使在反右和文化大革命的艱難歲月，他被劃爲「右派」、打成「準牛鬼蛇神」，也沒有放棄學術研究。他利用運動間隙和休息時間，偷偷地寫出學術專著《古代字體論稿》和《詩文聲律論稿》，出版後引起學術界廣泛重視。

　　啟功在書畫創作上的驕人成就，同樣得益於他幾十年的持續努力。他從 6 歲開始臨帖，一直到九十高齡，仍每天臨帖不輟。他 15 歲拜賈羲民為師學畫，後又得吳鏡汀、溥心畬、張大千、溥雪齋、齊白石等先生指點與薰陶，用心領悟，終成大家。

　　啟功在學術上也從不迷信古人。

　　啟功從古人那裡吸取了豐富的藝術營養，但對他所崇敬的先輩大家，他同樣保持著自己可貴的品格：不泥古，不迷信。他善於與前人「求異」，從先輩大師的經驗中發現可以改進創新之處。比如，宋元書法家趙孟頫說：「書法以用筆為上，而結字亦須用功。蓋結字因時相傳，用筆千古不易。」啟功通過幾十年的實踐得出的結論卻不同。他認為：「從書法藝術上講，用筆與結字是辯證的關係。但從學習書法的深淺階段講，則應是以結字為上。」他經過多年的探索，發現鍊字的九宮格、米字格並不準確，因為字的重心聚處並不是在格的中心點，而是在距離中心不遠的四角處。根據這些體會，他大膽地修正了趙孟頫「書法以用筆為上」的理論，提出「用筆何如結字難，縱橫聚散最相關」的結論。

　　徐芳：提到啟功，人們常常會想到兩個人，一個是他的恩師陳垣，一個是他的夫人。啟功對他們的感情令人感動。而在糟糠之妻於 1975 年病逝不久，也就是他 66 歲時，他自撰墓誌銘：「中學生，副教授。博不精，專不透。名雖揚，實不夠。高不成，低不就。癱趨左，派曾右。面微圓，皮欠厚。妻已亡，並無後。喪猶新，病照舊。六十六，非不壽。八寶山，漸相湊。計平生，諡曰陋。身與名，一齊臭。」好像沒有人像他那樣，提前 27 年用打油詩給自己蓋棺定論了。那樣寫，情動於衷，莫貴乎真！

　　徐可：的確如此。陳垣先生和啟功的夫人是他生命中非常重要的兩個人，啟功是一個重情重義的至人，他終生對他們懷有深厚的感情。

　　陳垣校長作為啟功成長途中一貫的賞識者和堅定的提攜者，在啟功的人生中佔據了無可替代的重要位置。啟功在《「上大學」》一文中特別強調：「恩師陳垣這個『恩』字，不是普通恩惠之『恩』，而是再造我的思想、知識的恩誼之恩！」終其一生，啟功都牢記並感激陳校長的再造之恩。陳垣逝世時，他懷著萬分悲痛的心情，一字一淚地撰寫了一副情真意切的輓聯：「依函丈卅九年，信有師生同父子；刊習作二三冊，痛餘文字答陶甄。」在北師大舉行

紀念陳垣誕辰百年大會時，啓功跪在地上書寫了大會會標。他流著眼淚寫下
《夫子循循然善教人》一文，回憶陳垣先生對他的耳提面命。爲感謝陳垣先
生對自己的培養並作永久紀念，他義賣書畫作品籌集資金，以陳垣的書齋名
命名設立「勵耘獎學助學基金」，用於資助和獎勵貧困學生。

　　啓功對夫人章寶琛的感情更是令人淚下。章寶琛長啓功兩歲，23 歲與啓
功成婚。啓功的婚姻是母親包辦的，是「謹遵母命」的產物。他們結婚之前
並不認識，當然更談不上什麼感情。妻子文化程度不高，但是勤勞、善良、
賢慧、樂於容忍，幾乎具有中國婦女一切傳統美德。自從她進門之後，家裏
的一切大事小情都無需啓功操心，他只需集中精力做他的學問。當生活拮据
的時候，她把珍藏的首飾拿出去典賣，換點錢以供家用。她知道啓功醉心學
業，生活再緊，也要留出一部分錢給啓功買書用。在安葬了母親之後，啓功
悲傷中想到妻子日夜侍奉老人的辛勞，再也抑制不住自己的感激之情，雙膝
跪地給妻子磕了一個頭。可以說，他們是「先結婚，後戀愛」，他們的感情是
在婚後產生、發展起來的。

　　真正的夫妻，貴在任何厄境中都能攜手同行，不離不棄。1957 年啓功被
劃成「右派分子」，妻子心疼而堅定地勸他：「那麼苦的日子我們都挺過來了，
還有什麼能難倒我們？」「誰批你，罵你，你都不要怕，陳校長知道你是個好
人，我也知道你是個好人。」「文革」中，紅衛兵抄家，細心的妻子偷偷地把
啓功平素珍愛的書畫和文稿用油紙包了一層又一層，深深地埋在後院牆角的
深處。直到 1975 年一病不起的時候，才把藏書畫、文稿的地方告訴了啓功。

　　自從妻子病重起，悲傷欲絕的啓功就開始將她的身影言行織進詩篇之
中，他爲妻子寫的《痛心篇二十首》，字字啼血，句句情深：「相依四十年，
半貧半多病。雖然兩個人，只有一條命。我飯美且精，你衣縫又補。我剩錢
買書，你甘心吃苦。今日你先走死，此事壞亦好。免得我死時，把我急壞了。
枯骨八寶山，孤魂小乘巷。你且待兩年，咱們一處葬。」「夢裏分明笑語長，
醒來號痛臥空床。鰥魚豈愛常開眼，爲怕深宵出睡鄉。」如今，當我重讀這
些詩篇，我仍是淚如雨下，不能自己。

　　妻子的去世給啓功留下了年復一年揪心的痛，每年清明節，他都堅持去
墓地「帶」妻子回家。他對身邊的親屬說：「要是我走了，就把我與寶琛合葬
在一起。我們來生還要做夫妻。」喪妻之後的啓功形單影隻，做媒的人四面
八方湧上門來。但啓功一心懷念著患難與共的老妻，堅決不同意續弦。爲明

心志，他還把雙人床換成了單人床。同時，他還懷念著他的母親、姑姑，以及其他親人。他很看重友情，對朋友們有一顆金子般的心。

1993 年的一天，我去啓功家裏，見他的臉色很不好。他說，昨天一夜未眠，想念他的母親、姑姑、老伴，寫下一首《中宵不寐，傾篋數錢，淒然有作》：「鈔幣傾來片片眞。未亡人用不須焚。一家數米擔憂慣，此日攤錢卻厭頻。酒釀花濃行已老，天高地厚報無門。吟成七字誰相和，付與寒空雁一群。」他說，「我夜裏睡不著覺，老是想起我最親愛的人，我的母親、姑姑、老伴，她們在世的時候，我沒有錢讓她們過好日子。現在她們都死了，只留下我一個人，要這麼多錢有什麼用呢？」言語間不勝悲戚。啓功先生給人的印象，是樂觀開朗，幽默風趣，其實他的內心有大悲哀大痛苦。

徐芳：啓功先生曾論及現行的幾種古代文學史教材有一定的局限，因此雖不可不讀，也不可「太」讀。他本人曾受到了傳統通達教育的影響，在詩書畫創作、文物鑒定、文學訓詁、唐詩研究等方面殫精竭慮，都達到了很高的境界，可說是當代的集大成者。在碑帖之學上，他開拓了新的研究方法，嘗作詩論曰：「買櫝還珠事不同，拓碑多半爲書工。滔滔駢散終何用，幾見藏家誦一通。」您能否介紹他在文化傳承與建設上的「突出貢獻」？

徐可：啓功是一位雜家、博家、通家、大家。他沒有接受過科班教育，這是他的一個遺憾，但也許正是這個「遺憾」成就了他。他說過，他的學問是「東抓一把，西抓一把」抓來的。他自嘲是「豬跑學」，意即「沒吃過豬肉，還沒見過豬跑嗎」？有感於此，他反對割斷傳統的做法，對現行的教育方法也頗有微詞。他寫過一首《如夢令·中國歷史博物館（現國家博物館前身）八十週年紀念》：「歷史不能割斷。今古年經億萬。文化五千春，處處繁榮燦爛。多看，多看，民族光輝無限。」

啓功認爲，我們的教育長期以來有一個問題，就是人爲分段，畫地爲牢。一個學科只能教一個學科的東西，一段只能教一段的東西。比如，中國古代文學就分成先秦、漢魏、唐宋、元明清四段，四段中又按朝代分爲若干個小部分，學生只能選擇其中的一段去學習，老師只能講自己的那一段，講唐詩的就不能講宋詩，講宋詞的就不能講清詞，否則就越界。實際上宋詩和唐詩之間是有著繼承關係的，不能割裂開來。並不是宋朝一建立，唐朝的詩人們就跟著都殉國了。這樣培養出來的學生知道的就是他學的那一點點東西，也

就培養不出通才。這裡實際上也有一個尊重傳統的問題。

前面說過，啓功在《紅樓夢》研究上頗有成就。實際上他對《紅樓夢》是有自己獨特見解的。比如，大家都說「寶黛愛情」是一個偉大的悲劇，說賈母是阻撓定黛自由戀愛的罪魁禍首，啓功就不以爲然。他認爲，第一，在寶玉婚姻問題上起決定作用的是寶玉的父母親，即賈政和王夫人。賈母雖然在家裏有絕對權威，但在這個問題上還是要尊重兒媳婦的意見的。第二，寶玉之所以不能跟黛玉結婚，其實是一個簡單的常識問題：從前習慣「中表不婚」，尤其是姑姑、舅舅的子女不婚。如果姑姑的女兒嫁給舅舅的兒子，這叫做「骨肉還家」，更是犯了大忌。黛玉是姑姑的女兒，寶玉是舅舅的兒子，如果黛玉嫁給寶玉就是「骨肉還家」。我們的古人還是很科學的，雖然可以表兄妹通婚，但絕不能「骨肉還家」，那樣生出的孩子會有缺陷。這是連農村老太太都知道的常識。所以他主張，對《紅樓夢》研究不要神化，要用一顆平常心對待它。他對當時一些現象也有自己的看法，比如對所謂的曹雪芹故居，他就持懷疑態度，說「打死我也不相信」。

啓功對碑帖有精深的研究，是碑帖學的開拓者之一。他認爲，碑帖是很重要的古代文獻，其中內容非常豐富。碑文上記有古代的很多事，貼上有古人的書信往來，這爲我們研究歷史提供了很好的資料。另外，碑帖本身也是很好的書法作品，可以供我們欣賞學習。所以，研究碑帖，主要目的有二：一是研究其中的歷史資料，以碑刻文辭證史補事，或校讀文辭。二是鑒賞、研究其書法藝術。這二者都很重要。可是很多人往往只注重後者而忽略前者，只注重形式而忽視內容，等於是「買櫝還珠」，所以他寫了前面那首詩對這種現象提出委婉批評。

啓功認爲，研究碑帖，是學習書法的一個重要手段，但是一定要防止機械地模仿。他還寫過一句詩：「學書別有觀碑法，透過刀鋒看筆鋒。」這是他幾十年學碑的心得體會。一定要透過碑刻的表面現象看出原迹的面目。我們都知道碑帖要經過書丹（或摹刻上石）、鐫刻、傳拓等多道工序，加之年代久遠，風化剝蝕，距離原作面目越來越遠。學習碑刻書法，要明白刀和毫是兩種不同的工具，用刀雕刻的效果和用毛筆所寫的效果當然不同。勉強用毛筆去模仿刀刃的效果，那能好得了嗎？所以他另有一詩：「少談漢魏怕徒勞，簡牘摩挲未幾遭。豈獨甘卑愛唐宋，半生師筆不師刀。」這也是他多年研究碑帖的經驗之談。

徐芳：人們提到啓功先生，除了他在學術研究、書畫創作、文物鑒定方面的巨大成就外，總要講到他的爲人，他的高尚人格爲人稱頌。

徐可：有人說：「世無完人，啓功例外。」這話當然有點誇張了，不過卻在一定程度上反映了啓功先生人格的偉大，以及人們對他的無限崇敬和愛戴。中國知識分子的傳統美德，仁、義、禮、智、信，他幾乎無不具備。凡是有機會跟他接觸的人，無不爲他的人格魅力所折服。事實上，我跟啓功先生交往十幾年，我最爲尊崇的就是他的品格，他對我影響最大最深遠的也是他的品格。

啓功達觀開朗，胸襟曠達，淡泊名利。他66歲就給自己寫好了墓誌銘，表示「六十六，非不壽。……身與名，一齊臭。」他從不把書法當成牟利的工具，不管三教九流，幾乎有求必應。他擔任中央文史研究館館長後，有人向他祝賀：「這可是部級呢。」他一笑了之：「不急不急，我眞不急。」他曾經爲我寫過一幅對聯：「能與諸賢齊品目，不將世故繫情懷。」這正是夫子自道。

啓功爲人謙和，但是外柔內剛，在原則問題上從不退讓。1993年，因爲有人假冒他的名義進行所謂的古字畫鑒定，他鄭重請我代發聲明，憤然表示不再爲任何個人鑒定字畫。有一次，有人自稱是某首長秘書，命他寫字，被他斷然拒絕。「一拳之石取其堅，一勺之水取其淨。」正是他性格和爲人的眞實寫照。

啓功心地善良，知恩圖報，關心社會。他慷慨捐出創作所得，以恩師陳垣書齋名設立勵耘助學獎學基金。他經常參加賑災捐獻活動，熱心慈善事業。他特別重情重義，對母親、夫人、老師、朋友莫不如此。先生對人彬彬有禮，特別講究禮節，用北京話講就是「講老禮兒」，對我這樣的晚輩說話都是稱「您」，爲朋友題簽落款都是「啓功敬題」，每次必送我到門外。

關於啓功先生，那眞是說不盡、道不完。雖然他走了，但是他一直也永遠活在我們這些後人的心裏。

（本文係《解放日報》記者所作訪談）

（2017年）